明人别集叢編

鄭利華 陳廣宏 錢振民 主編

# 李東陽全集

【八】

錢振民 編訂

復旦大學出版社

# 李東陽全集卷一三八

## 佚文卷之九*

### 志於道據　四句

君子之學，功求全也。甚矣，學貴有全功也。合道德仁藝而兼體之，則君子之學全矣。

且道一也，而得之斯爲德焉，純之斯爲仁焉，衍之斯爲藝焉，而世之學者將何以體之也？殆必以學莫先于立志，志莫先于適道。方其未入于道也，所以志道者不容已也。一辨志也，必于道也；一遜志也，必于道也。道志矣，而德不足以守之，

* 此卷八篇制義文輯自清康熙三十八年可儀堂刻本俞長城編可儀堂一百二十名家制義卷之三，原題李西涯稿。卷前有俞氏題識，每篇制義文中有旁評，篇末録有各家評，今皆略去。

所志者不皆虚乎？故志道之後，又有據德之功焉，所以繼其志之所不及也。德據矣，而仁不足以熟之，所據者不易亡乎？故據德之後，又有依仁之功焉，所以繼其據之所不及也。道與德合，德與仁合，而理無一之或遺；志而又據，據而又依，而功無一息之或間。

學如是而足耶？未也。吾之道德散見于藝之中，而吾之仁亦流衍于藝之内，又當不以藝視藝，而以道德視藝，從而遊之，則隨在皆藝，亦隨藝而見道德之呈露矣。不惟以道德視藝，而又以仁視藝，從而遊之，則隨在皆藝，亦隨藝而見仁之所發見矣。藝可緩于志道、據德、依仁之後而不遊哉？是知始焉信心而遺象，繼焉由象以識心；始焉離物以求道，繼焉因物以見道：爲學之功全矣。

## 欲罷不能 一節

大賢悦聖道之深而盡其力，見聖道之的而難爲功。蓋道可以力求，不可以力得也。大賢學之盡其力，而造之難爲功也，其以是夫。

昔顔子自言其學之所至，意謂聖人之道，雖高妙而難入，而其教我以博約也，則有序而可循。是故沉潛于日用之間，但覺其旨趣之深長也，雖欲自已，不可得而已焉；體驗于行事之際，但見其意味之真切也，雖欲自止，不可得而止焉。鈎深致遠而致其博者，無一理之不窮，則已罄吾智之所能矣；克己反躬而歸之約者，無一事之不盡，則已殫吾力之所至矣。于是向之所謂高者，始得以見其大原，如有象焉，卓然而立乎吾前也；向之所謂妙者，乃得以識其定體，若有形焉，卓然而在乎吾目也。當斯時也，于斯境也，將勇往以從之，則幾非在我，愈親而愈莫能即，又何所施其功乎？將畢力以赴之，則化不可爲，愈近而愈莫能達，又何所用其力乎？顔子之自言如此，可謂深知聖人而善學之者歟！

雖然，顔子之所謂末由者，豈其若是而遂已哉？擴其所已然，養其所未然，優遊厭飫，至于日深月熟而化焉，則亦將有不期而自至者矣。其終不克至是而與聖人未達一間者，乃命焉，非學之過也。後之君子，尚無以至之難而自沮也哉！

## 舜有天下 一節

聖君之用夫賢也當，故其化乎人也深。蓋用賢之當，智也；而化人之深，則仁矣。天下之賢一用，而天下之不善化焉，仁、智之相爲用，豈不于是而可見哉？

昔樊遲因問仁知于孔子，得「舉直錯諸枉，能使枉者直」之言而疑之。子夏乃推其意，若曰：帝舜當富有四海之時，正親賢爲治之日。雖萬邦之共臣，而精選其賢，則德降民懷者，莫臯陶若也；雖九德之翕受，而嚴擇其賢，則謨明弼諧者，莫臯陶過也。于是拔之于百工之間，置之于九官之列，而四凶莫得以蔽之焉；舉之于百僚之内，任之于士師之職，而庶頑莫得以間之焉。其用賢之當如此，所謂「舉直錯諸枉」也，非智而何？惟其所選者賢，故天下之人皆有所畏而不爲；惟其所舉者賢，故天下之人皆有所慕而知勸。薰陶漸染，潛消其不仁之心以歸于仁，雖近在朝著，若遠去而不之見矣；觀感興起，盡草其不仁之習以入于仁，雖並生天地，若遠遁而莫之覿矣。其化人之深如此，所謂「能使枉者直」也，非仁而何？吁！于知人之中而有愛人者存焉，是仁、智不惟不相悖，而反相爲用矣。孔子之言之富也，詎不信夫？

不特此也，湯之有天下，猶舜也；其舉伊尹，猶臯陶也。蓋其用賢之智同，故其化人之仁皆同。臯陶之陳謨曰：「知人則哲，安民則惠。」必先知人而後安民者，亦足以見其與舜同道矣。孔子之論仁智，其施于治者正如此。蓋惟子夏識之，而樊遲者惡足以語此哉？

## 有德此有　四句

既具夫平天下之本，自饗夫有天下之利。蓋德者，平天下之本也。平天下者而有其德焉，則凡有天下之利，有不期饗而自饗矣。

大學傳治國平天下，而論及「君子先慎乎德」。謂夫君子之于明德也，能物格知至，而有明之之端，意誠心正，而有明之之實，則止至善之功成，而絜矩之道具矣。既有其德，則天下之人並生並育者皆稱王臣，異服異言者皆爲赤子，而于是乎有人焉。既有其人，則天下之地際天薄海皆入于版圖，絶裔窮荒悉歸于疆界，而于是乎有土焉。天下之財出于土，既有土矣，于是任土作貢，而下之所輸者無不充，則壤成賦，而上之所取者無不給，非有財乎？天下之用在于財，既有財矣，于是若朝會，若賓祭，皆可以量出納之劑，而無匱急之憂；若服食，若工作，皆可以制經費之宜，而無空乏之患。非有用乎？

凡此皆天下之利，而非有本者莫之能饗也。孰謂平天下而可不慎其德哉？

## 知所以修……侯也

中庸論修身之理，于政之施者無不該；舉爲政之經，自身而推者有其序。甚矣，身之不可不修也！中庸于此，舉政以該其身，而自身以推于政也，獨無意乎？

子思述孔子答哀公問政之言及此，謂夫爲政固在于修身。吾身之理，即在人之理也。誠知所以修身，則德立道行，其于人也，特推而及之耳，豈不知所以治人者乎？一人之理，即萬人之理也。既知所以治人，則篤近舉遠，其于衆人也，特舉而措之耳，豈不知所以治天下國家者乎？身之可以該乎政者如此。

然天下國家不可以不治，其政之經常者有九焉。夫爲天下國家之本在身，故所謂修身者，其始也。修身之道，當資于人，故人之賢者，必尊之而不敢慢；道之所進，莫先其家，故族之親者，必親之而不敢疏。由家以及朝廷，大小之臣，皆立于朝者也。于大臣，則敬之而盡其禮；于羣臣，則體之而察其心。由朝廷以及其國，民工之衆，皆聚于國者也。于庶民，則子愛之以遂其生；于百工，則招來之以盡其力。由其國以及天下，有遠人焉，則柔而服之，使之各得其所；有諸侯焉，則綏而懷之，使之不失其度。治天下國家之政，于是乎盡矣。政之自身而推者又如此，然則人君豈可不以修身爲務哉？

## 所謂故國 全章

大賢慨齊之不得爲故國，必詳以用人之道，欲之也。夫賢才者，國之楨也。用之而謹，則無患于失人矣，尚何忝于故國哉？且人君之立國也，近之有一代之親臣，遠之有百代之世臣。苟或不能任世臣以爲故國之實，而徒恃喬木以爲故國之榮，多見其不知父母斯民之道也已。

然所謂任世臣者，豈可昔日進而今不知其亡矣乎？又豈可以不才之難識，而遂自諉矣乎？亦惟慎之又慎，而如國君之進賢焉，斯可耳。蓋國君之進賢，以尊卑變置，若甚褻者，不敢以易心乘之也；疏戚易位，若甚慢者，不敢以忽心臨之也。慎之于左右之所賢矣，而所以慎之于大夫者，猶是焉。推其心，必識其才，果可以尊且戚也，而後用之耳。不然，其可以左右先容而遂徇之乎？慎之于大夫之所賢矣，而所以慎之于國人者，猶是焉。推其心，必識其才，果可以尊且戚也，而後用之耳。不然，其可以譽言日至而遂信之乎？觀于去邪勿疑者不可不謹，則任賢勿貳者不可不謹，益見矣；觀于天討有罪者當察其實，則天命有德者當察其實，益彰矣。人君果能用其所當用，又謹其所當謹，則舉措公而好惡協，將不謂民之父母乎哉！夫至于爲民父母，則民之永戴，與國之靈長，相爲無疆矣。國之所以爲故者，誠在兹也，喬木云乎哉！齊宣欲以故國稱于天下，信當預養世臣以爲之地矣。

## 惻隱之心……智也

大賢因夫情之皆善，著其性之本然。蓋情者心之用，而性則其體也。自非指其情之善而觀之，則性之善亦曷得而見哉？孟子因公都子疑性善之説而曉之者如此。且人之心，體用具焉，藴而爲仁、義、禮、智之性，發而爲惻隱、羞惡、恭敬、是非之情者，皆同也。是故感阨窮之事而傷之切，念煢獨之人而痛之深者，惻隱之心也。是心也，即性之仁焉。蓋仁之理主于愛，而所謂惻隱者，皆愛也。使無是仁，則無是惻隱矣，而惻隱非仁乎？己有不善，愧恥而無所容，人有不善，憎疾而不少貸者，羞惡之心也。是心也，即性之義焉。蓋義之理主于制，而所謂羞惡者，皆制也。使無是義，則無是羞惡矣，而羞惡非義乎？至若容貌莊肅于承接之時，志意儼恪于對越之際者，爲恭敬之心。而禮之理實主于敬也，苟無是禮，則安有所謂恭敬者乎？是心也，即性之禮也。知人之善而斷以爲是，知人之惡而别以爲非者，爲是非之心。而智之理實主于别也，苟無是智，則安有所謂是非者乎？是心也，即性之智也。

情之感于物者，隨所發而皆同；性之具于心者，本固有而非外。知情之皆善，則性之本善可見矣。

## 由堯舜至 三節

聖人之生有嘗期，或傳其道于同時，或傳其道于異世。蓋聖人之生，即道之所在也。非見之者之在當時，聞之者之在後世，則斯道也，孰從而傳之哉？孟子于此而歷敘之，意有在矣。

蓋嘗論之，道之在天下，必待聖人而後傳。然其生也不數，故率以五百年而一見。堯、舜者，道之所由以傳者也。自堯、舜以至于湯，以其年計之，則五百有餘也。當是時，見而知其道者，禹得之于執中之命，皋陶得之爲典禮之謨。若湯之生也，則聞其道而知之焉。觀于「上帝降衷」之言，則斯道之統在于湯矣。自湯至于文王，以其年計之，亦五百有餘也。當是時，見而知其道者，伊尹得之而爲一德之輔，萊朱得之而爲建中之誥。若文王之生也，則聞其道而知之焉。觀于「緝熙敬止」之詩，則斯道之統在于文王矣。自文王至于孔子，亦五百餘年，猶湯之于堯、舜，文王之于湯也。當是時，見而知其道者，得之爲丹書之戒，則有若太公望焉；得之爲彝教之迪，則有若散宜生焉。若孔子之生也，則聞其道而知之。賢者識其大，不賢者識其小，無所不學，即文王之道也。斯道之統不又在于孔子乎？

吁！世雖有先後也，而道無先後之殊；傳雖有遠近也，而道無遠近之異。然則斯道之在天下，曷嘗一日而無哉？

# 李東陽全集卷一一三九

## 佚文卷之十

### 贈文林郎廣西道監察御史陸君墓表

君姓陸氏，諱溥，字宗博，蘇之長洲人。係出吳大司馬抗。宋有千九朝議者，始居陳湖。四傳曰仲祥，以力田爲鉅家。又三傳曰起敬，娶於周，壯而無子，間夢其先人抱一兒遺之，乃生君。

性温厚謹飭，有鉅人度。稍長，其父若母若所生母夏繼卒，能治喪祭，去佛齋弗用，人稱爲難。既乃與其弟宗涵協力家政，以儉樸率下，家益起。平居無私藏，一飲食未嘗不共。遇族人恩意尤厚，恒曰：「人能以祖宗之心爲心，則何疏戚之間？」居室服食待君而具者數人。所識窮乏若急難，赴之唯恐後。郡縣廉其賢，推掌鄉賦，事不告廢而以身爲民庇者尤多。未中歲，輒營别第，將謝紛冗，從賢士大夫遊，以詩酒圖史自老，而遽嬰疾以卒，其年甫四十二。後十年，以子完貴，贈文林郎廣西道監察御史。

方君之疾也，鄉人相率走神祠，祝曰：「幸活陸君，以終惠吾人！」卒，皆往弔，且哭曰：「公需甚急，孰爲我紓之？歲輸漕粟多以破家産，孰代我往役而蠲其息？地苦潦荒，孰不幸災爲利且貸我出粟以償逋賦如吾陸君者？」是言也，流聞郡城，郡之人皆歎且惜之。今吏部侍郎吴公原博爲君銘，載其事爲詳，予得而觀焉。

夫天道好生，故人之能利物，天必佑之，若賞其心而酬其勞。至其多寡輕重，亦若有典籍存焉。雖旦夕不相應，要其終未有不合也。世之人知善之獲福而不爲，甚者肆其兇惡以召禍取僇，甘其心而不悔，亦獨何哉？陸君一布衣，無榮辱予奪之柄，而惠澤所被，至使人樂其生而哀其弗壽以死，其可謂之善非耶？身没未幾，而其子登高科，爲顯官，行績表著，貤天子之寵以耀於厥世，君之所得，顧不既多矣哉！夫使富者散其財，强者輸其力，顯者施其澤，一人倡之，百人從而效之，自一鄉一國以及於天下，天下之福，寧有□乎？君之澤在一鄉，君之子又將爲天下用，天之報君，蓋自是未可量也。然則録名紀行以垂後世，非獨以勵爲善，亦豈不足爲有子者勸哉！因用完請，表於君墓，而書其階秩與銘異者，表贈後作也。

君以成化丁酉十二月己丑卒，乙亥正月壬午，葬其地曰福壽山之原。娶華處士惟德之女，封孺人，有内行。子三，完其長，次宜，次宇。女亦三，皆嫁名族。

此墓表原載明正德刻本懷麓堂續稿補遺，今移録於此。

## 明故淶水縣儒學教諭文先生墓表

長洲文先生爲淶水縣教諭之四年，爲成化己亥，請老歸長洲。兩閱月，爲秋八月二十有二日，卒於正寢。又一年，予以試事奉詔南京，其子永嘉知縣林自述事狀，寓予書，請表墓道。予事竣輒歸，不及報。林書抵京師五六至，歲再閱，乃克表於其墓曰：

先生諱洪，字公大，姓文氏。文氏出西伯，以謚姓。在成都者徙廬陵，至信國公天祥，始大顯。曾祖晉卿，元季爲都元帥，鎮武昌，因居衡山。伯祖定開，從太祖平僞漢，授荆州左護衛千户。祖定聰，婿於浙江都指揮使蔡本，遂爲浙江人。父諱惠，婿於蘇張聲遠氏，生先生，始居長洲。

秀嶷天出，少不好弄。稍長，知好學，從山西參政祝公灝受易。家貧，市酒給養。刻勵不倦，手一編坐酒肆，肆中器具往往亡去，不之覺。其父督責，私喜謂其母曰：「吾文氏世武弁，此兒殆以儒易之耶？」乃盡散市資，以佐學費。舅氏張宗德教諭龍遊，先生往就學，學益勵，至忘寢食。三年歸吴，爲縣學生。御史按試二十餘，皆首羣士。時輩推許，稍少者遂屈爲弟子，從者日衆。及同校藝，多取捷以去，而先生每試輒斥。蓋自景泰庚午至成化乙酉，凡六試，始舉鄉貢。子林，既鄉舉，從試禮部，遂登進士。先生又輒斥。自丙戌至乙未，三試得一科，遂受命至淶水。勤誨迪，雖不久任，亦多造士。林在永嘉，禄不裕養，嘗以書告。先生還書戒曰：「爾力而職，毋禄我是念。吾教爾士，不當如崔玄暐母一婦人邪？」既又報曰：「修我室，吾其歸矣。」遂不復仕以卒。

先生質直坦夷，不爲物競。人以謗告者，漠然若無聞。家雖貧，事父母，必求意適，力營葬事。撫弟妹，不俾失所。戚黨有負租者，取券還之。嘗爲妻擇葬，術者指舊冢云：「此地吉也，可徙而奪之。」葬者亦願徙以得利。先生曰：「豈可以我利害及朽骨，況未必利乎？」其重義如此。平居喜吟詠，所著有括囊稿，藏於家。今舉子當爲校官，爲匿年規，免至蒙譴，何不少避？及得職，或戀戀至老不忍釋。充是心殆所謂患得患失者，師道在天下日以不兢，亦豈獨其勢然哉？先生不難居卑，又易於自退，非中有所介辨，殆不及此。出師於官，處則以範其鄉，宜哉！

先生娶於陳，繼顧及吕。子三：其長林也，能文，有政譽，御史嘗旌爲浙令第一；仲子森；季子彬。女一，適縣學生俞楫。孫二：奎、璧。先生年五十有四，辛丑十二月二十一日葬武丘鄉，長洲縣地也。

原載明正德刻本懷麓堂續稿補遺，今移録於此。

## 陝西布政使司左參議致仕進階中順大夫王先生墓表

世有以字著者，曰王尚文先生。既卒之四年，予以其子韋請表於墓，爲之文曰：

先生姓王氏，諱徽，號辣齋，尚文字也。以應天府學生舉景泰丙子鄉薦。天順丁丑，禮部會試，丁外艱。登庚辰進士第，授南京刑科給事中，調貴州普安州判官，擢陝西布政司左參議致仕，後用詔例進階中順大夫以卒。其爲生，已受知提學孫御史鼎。爲進士，預選庶吉生，内閣李文達、吏部王忠肅二公試春雨詩百餘韻，奇其才，以限年不果用。爲給事中，上疏言：經筵宜講治鑒，以考得失；大臣有小過，宜優容以存體貌；武臣多僨事，宜先黜本兵不職者，以端藻鑒；内臣寵眷，宜稍爲減節，庶可使常保貴富。

憲廟登極，大婚成，屬有更易，先生率同官追論司禮牛太監玉首罪，并及内閣。欲中以危法，上素寬仁，竟不深罪，乃有普安之謫。地極險陋，先生不鄙夷其人，導以禮義。土官有嫡子當襲，爲族人所争，以賄請先生。斥使去，即日具勘狀歸之。有武官貪縱，事覺，先以生魚假廩人以入。先生曰：「此非地産，必出某氏，將餂我也。」即案其不法數事，鎮守内臣爲請，竟不能奪。居七年，以秩滿當去，民相率詣部使，請留爲州正，不果，遮道攀送，有泣下者。

先生家居三年，爲吏部敦迫，上京師，復謝病去。又十餘年，入孝宗朝，言事者論薦不已，朝廷知其名。時王端毅公爲吏部，特起爲參議。延安民驁不共税，先生以理開諭，不施鞭樸，徵以萬計。邊河諸郡歲苦沖決，勞費不貲。先生謂若以所費疏其上流，可以永逸，已而果然。蓋雖遷謫沉滯，不爲怨懟，而隨事補益乃如此。

然自是已無意仕進，於復得請，惟日謳吟述作，與諸名勝棋酒爲樂。雖達官貴人，未嘗報訪。貧無餘貲，舊所蓄書畫或以貿易，恬不介意。所著有辣齋稿、引笑集、史疑若干卷，詞意清遠，作者鮮及。吏部侍郎儲浄夫志其墓，謂先生剛大若不易親，接之者無不意滿；坦易若不屑世故，而遇事明決，莫之或欺；豪爽若不受羈束，而讀誦終日，凝然一室，未嘗厭倦。儲雖晚進，亦稱知己，君子曰不誣。

韋世守文行，舉弘治乙丑進士，爲庶吉士。當留官翰林，以父老不忍違養，就南京吏部主事；既闋服，復以母老就南京兵部：其孝可稱。論者又曰：「王先生有子矣。」予校文南都，公務倥偬，弗及造訪叙舊，爲終身憾，故不容以默云。

王氏本出河南考城，元季徙應天之江浦。曾祖諱仲，祖嗣宗，皆有隱德。父寧，贈普安州判。母胡氏，贈孺人。繼母楊氏，封太孺人。配俞氏，繼楊氏，皆贈孺人。再繼徐氏，贈恭人。側室吴氏，封太安人，韋所出也。女二：一在室，一暨孫女三，皆嫁士族。孫一，曰逢元。先生壽八十有三，生於宣德戊申十一月十八日，卒於正德庚午七月七日。以其年十二月二十三日葬其地曰長泰鄉祖堂山之原，在都城南三十里。

此墓表原載明正德刻本懷麓堂續稿補遺，今移録於此。

## 明故太中大夫浙江布政司右參政陸君墓表

太倉文獻，在天順、成化間最盛。憲宗皇帝首策進士，予同進者，陸太常鼎儀、張修撰亨父，皆天下選也。其次科則有若陸君文量者，予以二君故識之。長身豐幹，面若楨玉，聽其論亹亹不竭，見其文充然而有餘，信其鄉之多賢焉。二君既逝，越數年，君亦捐館，其子伸以書請表墓石。嗚呼！予顧不得表二君，於君又何靳乎？

按狀：君諱容，文量其字，本姓陸氏，蘇之崑山人也。曾祖諱福，育於徐氏，因冒其姓。祖諱繼宗，考諱裕，嘗被誣謫戍蘇州衛，君以縣學生上書都御史，得釋爲農。及舉進士，乃上疏復陸姓。

戊子，擢南京吏部驗封司主事。庚寅，丁父艱。癸巳，改兵部職方司。甲午，朝廷命將征北虜，君承敕紀功。丁酉，籍官馬於北畿、山東、河南諸府。比還部，陳馬政四事，下所司行之。戊戌，遷武庫司員外郎。己亥，復遷職方，爲郎中，陳兵備十四事。西胡貢獅，奏乞大臣帥兵迎之，君以爲不當遣。安南少有侵犯，或議舉兵，君以爲未可伐。有武臣求雲南要地，或諷令薦之，君以爲夷種不宜用。有鹽徒流劫江中，或議發官軍剿捕，君以爲招之足矣。有百户謫宣府，誣執民十餘人來告變，君疑之，請廷鞫其事，卒反坐以死。官校以捕妖言功遷官者例得世襲，焰益熾，君請止終其身。此數疏皆出君手，掌邦政者多倚重焉。甲辰，以母艱去。

弘治戊申，上京師，上疏言太倉兵衛八事，改武選。有都指揮二人夤緣爲都督僉事，君上疏論其不可，凡再上，竟奪所授。後復疏十事，言愈切。尋擢浙江布政司右參政。嘗行部至桐廬，有於潛民夫婦爲人所殺，婦忽蘇，覺有人蹴之，起，適遇君，呼冤。君捕得殺人者，兄弟並論死。浙東皆傳誦其事，章僉事德懋爲文頌之。癸丑，君得謝歸。營菽園書屋，嘯詠其間，言不及世故。甲寅，改作祠堂成，屬有疾，勉獻拜如禮。病遂劇，遺命以深衣斂葬於陳門塘世墓。

君孝友，尚義氣，動止有度。爲詩文，刊落葩藻，有沖和之氣，而奏牘尤詳密明暢，務期實用。所著有太倉志、水利集、兵署、問官二録、式齋、乙戊、浙藩、歸田四稿及雜記邇察若干卷藏於家。君年五十九，卒於甲寅七月二十二日，其葬以乙卯十二月十一日。

配張氏，封宜人。子伸，舉鄉貢。女二，適太倉衛指使張漢、鎮海衛指揮使武勳，皆封淑人。孫二：復陽、洊陽。孫女一。君之狀伸實爲之，予所見士大夫家若長沙夏太常子崇文、處州金御史子祺狀其父行及伸所狀，皆理而文，因以歎君之有嗣云。

輯自明弘治刻本陸容式齋先生文集附録，題下署「賜進士出身嘉議大夫禮部右侍郎兼翰林院侍讀學士知制誥經筵國史官長沙李東陽撰」。

# 明故荆州府同知李公墓表

有壯年美材位不滿其志而没者曰李君，諱翔鳳，字時暉，保定定興人也。生而警敏特達，犖犖異恒兒。年十三，通舉子業，下筆數百言，受春秋學，該貫經解，論議英發，流聲京師。舉天順己卯鄉薦第四，入國子，益勤問學，波及子史詩賦百家之言。

成化己丑，授奉議大夫，湖廣荆州府同知。時府長告闕，君至即攝府政。剗姦剔蠹，明斷曲直，號令錞若，陽煦而陰肅，荆之官僚士民，皆聳聽拭視以徯新政。明年庚寅春二月，君遽卒於官。卒之日，藩省嗟悼，閭野哀慟，徹於縉紳，弔賻駢沓，鴻儒碩士讚述歌詠，鑱金樹石，充溢豪楮者凡若干人。噫！此可以長悼永慕矣。

初，君在場屋，期必得進士，屢困省試，試輒墮乙榜。當得教職，輒辭弗拜。及當謁選，猶不輒往。君父按察公諭以□命，乃行。同知在鄉貢爲美除，荆州在南藩爲鉅郡，方謂既闕乎彼，當暢乎此，而又不遂，豈非有所謂命者如按察公言乎？嗚呼！世固有瑰奇健特之士，往往高志遠躡，恥於小就，蓋有所負而然無足怪者，然材與志悖，則不免有僨車折鼎之誚，其始終符契者，亦寡矣。君年不及强，仕爲府佐不過三數月，而聲績所著，如不可遏，其所自負者固如此。君之卒已八年，使果不死，其政與位顧可量哉！天之生材，若泉導而木植，然孰鑿其源而湮其流？孰曜其蕚而凋其實？此又理之不可知者。如君者，固可以悼慕也。

夫李氏居定興，譜牒散闕，莫詳其世。按墓碑所載，有諱伯通者，生五子，仕元，俱爲揔管。歷五世，爲君曾大父士成，入國朝，封文林郎後軍都督府都事。大父諱福山，西按察僉事，進封奉議大夫。父諱俊，陝西按察使，進封正議大夫資治尹。母張氏，封淑人。配孔氏。二子：齊、襄。女一。君弟鳴鳳爲太原知府，從弟文深及從子，皆鄉貢士，蓋望族也。太原君以予同年進士，用監察御史徐君文華狀徵予爲文，乃述君行實，附著其家世之詳，作墓表。

輯自清光緒十六年刻本（光緒）定興縣志卷之十八。題下署「賜進士出身翰林院侍講經筵官兼修國史長沙李東陽撰文」。

# 明故中憲大夫湖廣襄陽府知府封通政使司右通政王公墓表

士出科舉爲正途，仕至金紫爲美官，官而以理致事者爲完名，有子而封及其身者爲茂典，年至耋耄而卒于正寢者爲考終命。具是數美，天下之至難也。而况有隆名懋績足觀聽，可傳誦，愈久而不朽者哉？若貞齋王公，其人也。

公起縣學生，正統辛酉，舉鄉貢，爲禮經魁。乙丑，中禮部乙科，授武陟縣學訓導。誨迪有法，以所授經舉者六人，改湖廣荆門州。合九載考績，擢知武陟縣。修城建橋，立社學，行荒政，羣盜屏迹，民不告徙。都御史、御史交章薦之，徵拜監察御史。風裁整肅。京營牧馬地爲豪家所侵，承敕往勘，事遂直。按雲南，不事苛察，而姦慝聽制。再按湖廣，預流賊，釋協從者若干人。遷知永平府，凡諸所興革，皆如武陟。尤邇京邑，内給賦役，務舒民力。歲例出丁夫三千，燔塞草以絶南牧。部領非其人，民不勝困，奏罷之。重建夷齊廟，請于朝，賜額「清節」，著歲時祭令。

成化壬辰，歲大歉，都御史楊公璿見公先事有備，謂之曰：「使他府皆然，雖支數歲可也。」特薦公才識可任風憲，御史亦旌之。會邊帥匿賊事覺，公承檄按報，以詿誤受調知襄陽府。民累章乞留之，不獲。其在襄陽，治狀如永平。都御史原公傑經畫流民，公受任，專功亦多著。獨自念年老，且其子傅已舉進士，爲主事，乃謝其事以歸。越十三年弘治庚戌，傅以右通政考最，公例得封如其官。又三年壬子四月九日，沐浴具冠服，卒于正寢，壽七十有七矣。癸丑三月十九日，葬于終南山先墓。

蓋公自起科目，歷官四十年，其勳績在銓曹，名迹在郡志，儀刑在鄉社，始終之際，歷歷可考見。其視庸流冗調，羣進旅退，棺蓋而名滅，墓木未拱而人已忘之者，何其遠哉！近世葬法，必有銘表，而通政君既乞吏部尚書三原王公爲銘，謂宜樹石表墓，以請于予，因撮其概，以示來者。

公諱璽，字廷用，別號貞齋。其先西安咸寧縣人，居盩厔者四世。曾祖諱均禮，祖諱克中。考諱榮，累贈中憲大夫永平知府。妣何氏，累贈恭人。配鞏氏，累封恭人。三子：長伊，季伋，皆國子生；通政君其次也，以材譽顯于時。四女：長適國子生李瓚，次適監察御史隴州閻价，次適秦府鎮國將軍，次適國子生咸寧趙邦憲。九孫，九成爲郡學生。二女孫：長適張選，次適張子汾。曾孫一。

輯自中華石刻數據庫。題下署「賜進士出身中憲大夫太常寺少卿兼翰林侍講學士經筵講官兼修國史長沙李東陽撰」。

## 謝孝子墓表

成周賓興，以孝友睦姻任恤；漢舉孝廉，舉孝弟力田；唐舉孝弟德藝：皆先乎孝。孝者，百行之首也。故舉于國，足以成化；居於鄉，亦足以表里厲俗。及其没也，或著簡册，播聲歌，刻金石，以貽來者。其爲天下益，豈細故哉？予辱與翰林侍講黄巖謝公鳴治遊，進識其季父知寶慶府世修甫，獲睹其家乘，得其先孝子公，於寶慶爲曾祖，於侍講爲高祖，諱温良，字伯遜。幼失怙，事母陳，愉惋不離側。元至正間，知昌國州事王谷英禮致之。母病癥，孝子刃左股肉作糜以進，遂癒。

國初，盜發蘭秀山，天兵出，州人悉避匿谿谷。孝子抱病母，獨不去，帥義而釋之。孝子躬負母還黄巖，復往取橐。道夢母盛飾，占曰不祥，亟捐貲倍道歸。母復病痿，孝子夙夜扶掖，逾一紀，不少懈。藝蔬供母，每糞，必束其莖葉，使不穢。風日暄暖，則負出遊。母嘗腦痛，孝子方熨抑牀側，知饒陽縣郭德茂與客訪之。久不出，有訝者。郭曰：「使吾爲茅季偉客，顧不厚邪？」母没，孝子廬墓左，十年乃返。

洪武末，以孝廉舉。高皇帝親召問，言多稱旨，賜楮幣，俾供祀事，期還而官之。比抵家，以疾卒，年五十有八，葬杜家山。子四：雍、立、固、滋。孫十有一，性全贈南京兵部員外郎。曾孫三十有六，世衍封翰林院編修。玄孫六十有一。

孝子之卒也，草屋陸修正有傳，伊府紀善鮑原弘有敍，饒陽孫端朝爲著逸事。諸大夫士析爲八行，皆有詩。序者謂刲股固難事，然未必死；不避難，有死道，難於封股；至眠食起居，累歲如一日，非倉卒義激者，難於不避難。家，逸事稱肩母赴家及潔蔬供養、侍疾忘客，雖細故庸行，實人所難。使孝子徒有此而無他異，則世未必傳。用是爲孝子辨，且爲俗慨。他如割股、廬墓二事，諸詩以是非枉直爲説者尤多。

予謂善無大小，無難與易，惟在乎誠。誠則隨所履踐，皆爲實有。使矯彊爲能，藻飾爲華，雖極奇備，衆亦卒歸之僞而已。謝孝子之行，歷險夷，一常變，未始少遺其親，此其志誠出衷腑，必自盡之爲慊，非徇名搏利，苟有所激者之爲也。雖特具一節，亦不害爲孝，矧其行之備如此哉？古稱孝通神明，誠格天地，此理固然。孝子雖際盛明，録而弗用，然再世復乃益蕃碩，以文章德業顯於一世，未艾也。彼誠於善者，固不俟勸而後作，然亦詎非彊善之一助哉？是聲歌簡册固天下所不可闕，而亦奚以多議爲也？

孝子家居時，拾遺囊，竿之道傍，以俟遺者。客昌國時，見癩者，願葬於水，迫令還療而活之。此二事寳慶聞厥考員外公言，嘗自著遺狀於家，因附著焉。

輯自明弘治十年刻本赤城後集卷之二十五。

# 南耕王公墓表

台之黄巖有大族曰王氏，其先出杭之錢塘。唐季有大理少卿從德避地來居，累傳至元臨海教諭昇，昇生士傳，士傳生世鉉，世鉉生全禄，有德於鄉，實生南耕處士。

公諱阜，字宗民。自從德居寧溪，至公爲十有七世。自世鉉遷縣南門，至公爲三世。公有子五、孫二十、曾孫十有三。同譜牒者以千數，而其貴且賢者，爲公之子和州判封刑部主事秬、公之孫刑部員外郎今興化知府弼。公壽既高，會朝廷推恩，凡天下八十已上者賜冠服。有司欲以公奉詔，辭不應。鄉之人皆以地望稱爲南耕處士。年九十乃卒，弘治己酉八月□□也。

公生而秀發，有才略。父既老病，家頗蹙，公甫弱冠，輒出應户籍。籍本匠役，有工具爲里户所逋，時貴溪周旭鑒知縣事，政尚嚴辨，民死徵調者甚衆。縣符至，族大恐，公曰：「是在里户，令雖猛而明，我其往，告之情。」母弟準曰：「往必不免。兄死，弟雖在，無所與濟，請代焉。」公乃以私財輸其十之四，俾持以往，且授之辭曰：「令以某辭問，則以某辭對。」比至，問答一如公所授。周矍然曰：「良民也。」

釋而歸之。自是待公特優，亦因以重公。公一力起廢，奮不待助，積勤成裕，以復故業，且益加拓焉。

弟早世，婦蔣未三十，誓不嫁。公撫其三孤底于成，馭家以禮。置祭田若干畝，每時祭朔望謁已，則集子姓，申示勸戒，以爲常。視諸族雖服屬疏遠，不失恩意。族人將有事于縣，必先詣公。公爲理析，往往有不終訟而去者。蓋王氏爲鄉望，而公又其族之望也。夫家之與官，雖有公私小大，其道一也。官必有賢者長其屬，則政成；又必久任而不數易，乃可以保於不變。惟家亦然，必有賢且壽者長其族，而後可興也。然更任之久不久繫乎君，而人之壽不壽則繫乎天。故家之廢興隆替，雖人力所致，抑亦有莫之爲者。王之族所以微而復盛，盛而不可窮也，意天以是屬之公乎？爲公之復繼成業而蒙遺庥者，固不可一日忘也。

余觀翰林侍講方石謝先生所撰壙志，知公德爲詳，乃用興化君請表於墓。墓在縣東壕頭，王氏世所葬地。公配李氏，先公九年卒，且葬。公卒之年十二月□□，启竁而窆，因以李附之。

據明弘治十年刻本赤城後集卷之二十五所載此表整理，并參閲了丁延峰撰李東陽佚作輯考一文（古籍整理研究學刊第二期，二〇〇九年三月）

# 寶慶府知府謝公墓表

吾友謝方石鳴治，書報其叔父寶慶公之喪，以墓表屬予。予抆淚泣曰：「嗟乎！公不可作矣。予小子夙奉知遇，聯舟比席，書牘相往復，意勤勤不厭，誠不意其遽至此，敢有所孫，不爲公身後役哉！」

其文曰：公姓謝氏，諱省，字世修，世居台州黄巖縣，今分隸太平縣。爲宋康樂公靈運之裔，國朝孝子温良之曾孫。祖諱立，考諱全，贈南京兵部員外郎。

公以縣學生舉鄉貢士，登進士。歷官南京兵部車駕主事、武選員外郎，至湖廣寶慶府知府，階承德郎奉直大夫，至中順大夫。在車駕，領馬快船及太僕孳牧，馬以百千計，謂爲姦利所萃，禄奉外不私一錢。在武選，嘗市一奴，後知爲武官子，亟還之，仍俾從優給，例襲父職。在寶慶，推堂食錢月數緡爲公用，條民隱十四事上於朝。以春秋再行郊野，給民牛種，多至數百。會府藏所積可支五年，乃簡諸生少俊者教之，教於社，而公食之者倍其數。又撮朱子家禮，并作十勿詩，俾民誦習。督民婚喪，以拘忌勿舉者數家。黜知縣二人，籍其贓以代民賦。湖南北稱良吏第一。公顧有所掣，謂不盡用，乞爲教官，不許，連乞養疾，亦不許。既三年考績，至中途，上疏徑歸。當道者交章薦之，而公竟不至吏部。蓋公自景泰五年入官，至是爲成化九年，年僅五十四而已。民相與刻石記德，越二十年，思之不衰。

公歸，無厚積，割私田若干畝，創爲祠堂。歲一率宗人祭始祖之墓。既又與從兄封翰林編修世衍築會緦庵，作敦彝十二會以合族。又立鄉約數事，開義學，以教鄉之子弟若干人。從子鳴治以翰林侍講、國子祭酒兩歸其鄉，公與作望海、仰高、采藻三亭，日夕遊眺，大夫士相傳爲東南名勝地。以公號台南逸老，稱爲逸老先生，鳴治爲方石先生。兩先生文學論議相上下，名節相激厲。自謝氏有孝子、節婦以來，至是乃益顯。公所著有行禮或問、杜詩註解及諸詩文稿，藏於家。而其詩尤清鍊脱俗，爲識者所重云。公壽七十四，以弘治六年十二月七日卒，七年二月朔日窆於桃溪東山之壽藏。

鳴治既銘公，又曁其鄉士陳儒珍、郭端朝輩議，用吴淵穎故事，私謚曰貞肅。嗚呼！古者官人必言載采采，中世鄉評，或行覈而月更之，貴實也。公踐履施措，有古君子之風，顧進難退易，寡施而多斂，後之人或未能悉也。予故核行指事藉數而書之，以與銘並傳焉。

公配宜人王氏。子四：聲先公卒，次彩、業、休。孫四：孝、閆、儉、祐。聲、彩、孝皆縣學生，彩出爲公弟王城山人世懋後，公命也。

據明弘治十年刻本赤城後集卷之二十六所載此文整理，并參閲了丁延峰撰李東陽佚作輯考一文（古籍整理研究學刊第二期，二〇〇九年三月）

## 御用監太監趙公倫墓表

趙公諱倫，字德昇，系出昌黎之鉅族，曾大父以下代有聞人。公生而秀異，正統間簡侍内庭，小心恭順。英宗睿皇帝知公敏慧，特命就學司禮監書堂。公讀書既能通其大要，字書不求奇，惟務端楷。上嘉之，又命學鼓琴、圍棋，俱有造詣，累獲賞賚。景泰壬申，寶鈔提舉一員，僉曰「非趙公不可」，遂舉之。公掌其事。

成化改元乙酉，憲宗純皇帝繼登大寶，選其端謹内臣隨侍乾清宫，公居寶鈔局，長奉御。壬辰，上命選宫人之聰慧者就公學，悉有成效，陞御用監左監丞，尋陞右監。乙亥，陞左少監。壬寅，進太監，莅監事。癸卯春，上嘉其忠勤，賜以金織蟒衣，以旌其勞。凡宫禁等務亦多委任，宫人有物故者，無不命公殯葬。公竭盡其誠，務合典禮。

公賦性温厚，謹慎慈祥，動静語默，不違禮度。凡拯顛濟危，賙貧恤乏，惟恐其後。自奉儉約，不尚華靡，所居惟經史圖書而已。暇日默坐書齋，檢閲經史，究古今之得失與夫嘉言善行，靡不講貫。客至，或飲酒吟詩，或焚香鼓琴，或討論禮儀，未嘗一及於利。故囊無餘資，廪無餘粟，其清慎廉謹之操過人遠矣。歷事五朝，方隆委任，而遽止於斯，嗚呼惜哉！距生宣德辛亥二月十有四日，弘治癸丑閏五月十有六日以疾卒，春秋六十有三。訃聞，上悼，遣御馬監太監黄準同御用監典簿廖公堂董理襄事，頒賜諭祭寶鏹香燭之儀，皆殊典也。公之生榮死哀，亦可謂無憾矣。

侄男三：順、亮皆勇士，智錦衣冠戴小旗。孫一：安。以卒之年閏五月二十七日葬於原籍北山之原，從吉兆也。順等慮公之德久而湮没，具狀請文，勒諸貞珉，昭垂永久。故爲之表，以示趙之後人。

輯自民國二十二年鉛印本（民國）昌黎縣志卷之三，標題新擬。

# 鴻臚寺主簿與瞻公墓表

成化甲辰冬十月十有五日，鴻臚主簿何君卒於泰興，其子國子生樟將歸襄事，乃奉進士儲静夫所著狀，介尚寶寺卿仲君維馨，請予文表諸墓道。旬日間足十餘至，至則泣曰：「禮，奔喪當亟赴。樟尚在此，以茲文故也，蓋非此無以葬吾親。」予惻然感焉。

按狀：君諱嵩，字與瞻，姓何氏，揚州泰興縣人。曾祖彦清，生伯川、伯舟，伯川生叔明，伯舟生叔道、叔芳、叔璋，叔芳生嶽、巒及君。叔芳以富民籍京師，念從兄叔明無子，以君繼之。君既後叔明，乃稱叔芳爲叔父云。

君容止修整，幼嗜問學，不好戲弄。弱冠時，伯舟俾居一莊，君力事農業，連歲所獲，倍他莊遠甚。既長，念叔芳居京師久，日白父請北省。少保高公穀見君，欲薦之，不果。越一年，叔父命君歸，曰：「汝歸事爾父，勿使慮汝有弗子若心。」君泣曰：「吾父與叔父相離久，若得兄弟爲樂，嵩請代役，使吾父得弟歸，勝得兒矣。」叔芳歸一歲卒，君聞訃歸，叔母吕亦卒。君雖限服制，而哀痛甚至。時河洲王公竑巡撫揚州，三原王公恕知府事，皆禮接君，君用是益重於鄉。

及還京師，吏部姚公夔薦君於朝，授鴻臚寺序班，九年，遷主簿。嘗以父喪去職，喪祭如禮。兄嶽、巒繼卒，君積哀成疾。久益劇，謂子樟曰：「吾兩兄皆未葬，吾不可歸，汝歸代吾事。」比得樟報書，乃歎曰：「吾願畢矣。」既又念母孫老，上疏乞歸。歸半道，聞孫已卒，日兼程抵家，疾復作，竟亦不起，年五十有七。卜以乙巳年十一月十有三日庚申葬君於永豐之原。

君娶張氏，有婦行。三子：長杰；次楎，舉順天府鄉貢；次楫，出繼兄嶽而卒。次楷，出側室楊氏。女二，孫男一，孫女二。

嗚呼！自宗法廢，繼絶之禮亦隳。其有繼者，不過具名牒、承貲業，未嘗循子職。人不幸無嗣，不得已而繼，又無所賴焉，可慨哉！君爲人後，入修家業，出赴公役，内外始終之義有足觀者，非好德而達於禮，能然乎哉？觀於其兄弟之際，亦可見矣。夫處恒則易，處變則難。若君所處，匪獨可以勸，而亦可以傳也，作墓表。

輯自泰州文獻影印清光緒十九年刻本清何檀泰興何氏家乘卷之四。

## 潘夫人林氏墓表

尚寶監左監丞潘公忠之母夫人以弘治丙辰十一月十一日卒於家，卜以丁巳十二月十七日葬於文墨山之原。自念官在禁近，不獲躬後事，且潛德弗白，無以爲顧復報，思託文章以傳，乃屬尚寶司丞李公玠請於予，欲揭文墓道，以示永久。予以公務辭至再四，而請益亟，必得乃已。乃按狀而爲之表曰：

夫人姓林氏，世居廣東高州府電白縣，鄉曰下博，村曰文墨，爲處士諱廣宗之女。性明慧，儀度亦端雅，尤精女事。父母擇所宜配，歸於同邑潘君諱溥。入門事舅姑，孝謹備至，賓祭諸大事，必謹内相。遇諸妯娌暨凡姻黨，禮意周洽，雖儉不妄費，而周恤貧困往往不色吝，内外疏戚翕然咸稱爲賢，無間言矣。

天順甲申，廣西苗寇作，民室家不相保。夫人失所天，避兵旁池，摧毁過甚。子忠以少俊簡入内庭，屬御用監，久之未顯。成化戊戌，供事乾清宫，爲憲宗所眷，授奉御。歷陞本監太監，有蟒衣玉帶之賜。每思其母不置，至形夢寐。庚子之夏，遣價具舟車，自其姻家歐陽氏迎養於京，奉事歡甚。事聞，上賜白金五十兩，及珍饌時物，日日不絶。夫人亦自慶遭際，恒戒公竭力圖報，勿以寵榮自滿，爲身家憂。居一年，夫人未六十而衰病日加，念其鄉土，常在目睫。公留之不得，乃言於上，許給驛續食而歸。十有六年，年七十乃卒。蓋公自龍馭上賓，即供祀茂陵，比爲今上所知，已召入尚寶爲今官，署監事，僅一年而夫人卒矣。

夫中貴人之貴及其親者固鮮有之，其自僻遠達於秘近，沾被寵榮，華其躬以及其鄉者，殆未始見也。若潘公壯且貴，而不忘其親，以恭謹自律，以勤恪供所事，圖不忝於所生者，其孝不亦可稱乎？然則因子之孝，表母之賢，使不没於世，亦禮之所得爲者也。處士潘公有善行，爲鄉里所稱，卒於天順壬午。公方在孩稚，不能記憶先世事，然推厥慶源，宜有所自，故暨書之。而夫人以恩寵，故特備載云。賜進士出身嘉議大夫禮部右侍郎兼翰林院侍讀學士知制誥國史館會典總裁長沙李東陽撰。

輯自清光緒十一年刻本（光緒）高州府志卷之五十三。

## 感樓賀君墓表

姑蘇名勝地，代不乏人，仕而顯有勳績者不俟論，一時遺逸若東原杜君用嘉、醒庵陳君孟賢、味芝陳君永之、感樓賀君美之輩，予不能悉也。數君者相繼淪没，賀君差少，没亦獨後。予聞其人于吴春坊原博、陳大理汝玉、劉侍御與清、黄進士日昇。君配王氏之葬，嘗致書請予銘。及君病，其子慈輩復用治命，遣人上京師徵銘原博，而以墓表屬予。予雖不預識君，而君之屬我厚如此，予亦不能負也。

君真確不浮，善剖析事理，尤精計慮。每臧否古今人物，皆有分别。儀貌修古，衣冠整潔，恥與世俗士相溷。爲文疏達簡質，不事鉤棘，往往爲騷人墨客所稱。與郡大夫有所纂述，亦禮致之。鄉黨後進執經請業者甚衆。嘗爲無錫縣所薦，以非本郡不應例而歸。家貧，初不免凍餒，每有所入，節不妄費。中浸裕，久乃益饒。

屋宇田壤，具有成緒。傭人佃夫，各效厥職，然迹其所爲，計銖兩明當，未嘗贏取過致。雖出納酬酢，不廢觴詠，蓋于此有餘力焉。子恩以易學舉南畿鄉試第一，已有名，益教之不厭，未嘗挾以誇人。家既盛大，訓子孫，每舉貧賤時事，或以故物示之曰：「今已倍此，毋忘也。」然拯窮赴急，義所在，則亟爲之。有弟庸，遇之殊厚，教其二子，意愈若己出。又有族人在湖南，亦取而鞠之。其他所爲，悉稱是。烏乎！自薦舉法行，有司每盛爲條格，以杜私倖，蓋於勢有不得不然也。有如君者，顧以例格之，不得一命以殁，法固使然邪？予方有感於斯，因敍君事，俾表於其鄉，與諸君並傳焉。

君諱甫，美之其字。始號恥軒，後更號感樓，人稱爲感樓先生。其先自蜀徙蘇之吴縣，大父大理評事，諱賢，嘗爲江陰訓導，僑居江陰。考諱宗振，娶薛氏。及君壯，始還吴，遂定業云。子四：慈、恩、息、應，應早世。女一，適沈堂。孫五：牧、收、放、改、教。孫女及曾孫各一。君生於永樂乙未二月二十一日，葬吴縣先墓，其地曰胥台鄉黄山之原。以王氏祔。君遣使時，病已劇，尚未屬纊，故虚其卒葬，屬慈補書之。其卒以弘治庚戌十二月十一日，葬以明年九月二十四日，壽七十有六。

奉議大夫左春坊左庶子兼翰林院侍講學士經筵官兼修國史長沙李東陽撰並

篆額。

據明錢穀纂吴都文萃續編卷之四十二（四庫全書繕録時所用底本）所載此文整理，并參閲了司馬周撰李東陽佚文一則一文（江海學刊二〇〇四年第四期）。

## 聽竹華處士墓表

予爲無錫華氏文數矣，蓋雖未識華氏，每以其鄉大夫士之故而然。聽竹處士之殁，諸甥員外郎錢榮世恩奉所著狀請表其墓，布政使陳公朝用復以書速予。朝用予同年友，世恩則予禮部所舉士，其文辭論議皆可據而信也，故不可以已。

按處士諱禛，字守吉，以字行，蓋其兄弟皆然，南齊孝子寶三十三世孫也。曾祖公愷，國初卜築於鵝湖之上，所著有慮得集。祖仲諄，父思源，代以貲勝，敦尚禮義。

處士生晚，少知自植，而天性孝友。父病癱，手爲摩拭，毒延掌握間，猶籲天請代。其居喪，戴星秉耒，以營冢壙，而於祀事尤嚴。有異母弟，視若同出。諸姊妹家業盡落，悉周之。諸甥婚嫁，亦爲之助。葬其喪三人，附祭其無後者一人。族黨之貧者皆有給。田所入租，量歲而減至十之二三，畝貸無息米一斗。處士持己謙謹，治家詳密有法，不苟狥時以射利。雖穀價騰踴，未嘗閉糴。族人以産業相鬻蚌，每爲虚心抑己，委曲以取平。有嫉之者嗾姦人誣以事，不果發。未幾，嗾者殺人，事且覺，或請因而扼之，處士弗計也。以賑饑例當旌爲義民，請于御史大夫，移旌祖墓。後有司屢懸爵勸分，輒使其諸子應之，而以韋布自老。耕植之暇，多種竹，賞其音，每坐嘯移日，其號聽竹處士以此。後進子弟不敢字稱，因以號舉，處士亦欣然應焉。平生泛涉經籍，見格言要論，則揭而訓於庭。出則遍遊三吴，西泝長江，東躋泰嶽，南極於會稽天目。及其既倦，雖鄉飲亦遜不赴。豫營兆域，中爲石槨，繚垣甓道，費踰其居，曰：「此歸全之地，吾所重也。」比病篤，猶趣諸子刊家譜，修孝子祠，葺大宗墓，其敦本尚義如此。然則大夫士之欲表之也，固以是哉？噫！若其子燀以是而見予於千里者，可謂知所重矣。

處士生正統丁巳九月十八日，卒於弘治癸亥七月二十日，壽六十又七。明年甲子十二月四日，葬其地曰艮山之原。娶母族鄒氏。子五人：爗、燠、燀、爟、勳。女三人：長適義官鄒愚，次適錢概，次適義官鄒霑，皆姻也。孫七：謹、誥，皆縣學生；次謨、訓、諫、年齡、鶴齡。女五。曾孫男女各八。其來者尚未艾云。

據無錫文庫影印明隆慶六年刻本華氏傳芳續集整理，并參閱魏寧楠撰李東陽佚詩文考釋（古籍研究二〇一八年第一期）

## 用齋華君守器墓表

錫山華氏由宋元來，其族愈盛。有吉士曰守器君，蓋自其始祖寶以孝行顯于齊、梁間，歷三十有四世而得幼武，號栖碧，著黄楊集。栖碧之子悰韡，號貞固，著慮得集，則君之高曾祖也。貞固生仲諄，仲諄子五人，思浩居行之四，持重木訥，時稱長者。娶邦孝徐先生之孫，有淑行，則君之考妣也。

君生有至性。總角鋭意書史圖畫，傾囷縣橐購之，漁獵其中，皆得其領要。事親長，定省侍奉，尤顓顓謹飭，未嘗有毫髮忤。居常馭羣下寬和有制，不見其惡言厲色。雖承家世饒夥，雅尚儉素，居取堅朴，衣取整潔，飲食惟適，口無兼味。田園儲蓄，確守其所有，不求充拓。有以奢麗豪俠言者，必正色斥之。代父兄掌外内事踰二十年，經畫干制，動循理度，人稱其能。天順間歲饑，民不堪命，而巡撫都御史劉猶征賑濟，有司迎合，蚤夜督責。君奮曰：「苛政猛於虎矣！」乃冒刑辱，力陳其不便於劉。劉爲之罷征，民歡呼鼓舞，如脱虎口。既而有恩例勸民出粟，君即應募輸五百斛。又以冠帶授之，懇辭以勉。或譏其賣直，笑而頷之。鄉人顧文富爲人所誣，獄既成，將寘之死，不能自白。君憫其無辜，密爲中救，遂得末減，而顧不知。久之，詢聞其由，攜老幼頓顙泣謝。君曰：「此官府之明，吾何力焉？」慰勞而遣之。君子謂其勇於行義而不矜伐，以爲三難。中歲委事諸子，遠抵江浙，近入城府，往來詩壇文社，登臨覽勝。遇古今事迹之可喜可怒，必假詩歌以發其憤。好事者慕其曠達，争欲内交，而君忽遘疾。疾甚，命移卧于正寢，翼日而没。

其生以正統丁巳十月十五日，卒以成化丁未六月四日，春秋五十有一。配曹氏。子男五：長經，娶錢氏；次紈、紹，皆娶鄒氏；綸、綺，蚤世。女一，適蔡山。孫男三：昌元、昌本、昌明。經等既彙其所作，題曰用齋詩集，鋟梓以傳。將以弘治戊申冬十一月廿又五日葬君于祖塋之側，先期奉夏侍御德乾狀徵文墓道，以圖不朽。予稔聞夏君行誼，知其不我誣也，乃大書曰用齋華君守器墓表。

於戲！使予之言不足徵君之行則已，如其可徵，則予言傳信於後世無疑。言傳行亦傳也，孰曰諛墓云乎哉！

據無錫文庫影印明隆慶六年刻本華氏傳芳續集整理，并參閱了魏寧楠撰李東陽佚詩文考釋一文（古籍研究二〇一八年第一期）

# 太子少保工部尚書賈公墓碑

束鹿縣賈公起鄉貢士，爲監察御史，歷按察司僉事副使、都察院右僉都御史、工部左右侍郎，至尚書，加太子少保致仕，令馳驛歸鄉，敕有司歲給米二十四石、輿隸四人。及卒，遣官諭祭，營葬事。蓋其歷事三朝，積官三十餘年，階至二品，贈及再世，壽躋六十有八，若公者可謂卓然不羣者矣。

公諱俊，字廷傑，世居保定束鹿者，保定屬縣也。祖諱原智，不仕；考諱威，知河南滎陽縣，治狀最著：皆贈資德大夫工部尚書。少從父于官邸，有奇質，識者以爲不凡。稍長，入縣學爲弟子員。景泰庚午，以詩舉京闈，卒業國子監，需次吏部。天順己卯，被簡爲山西道御史。凡五出巡，自浙江、山西、陝西、河南至於南畿。所在奬廉黜貪，鋤梗植弱，見稱爲能。母喪服闋，擢僉山西按察司，承敕協守寧武諸關，軍政明肅，邊徼無事。尋調山東，時流徙甚衆，公且賑且輯，民賴以寧。遷副使，分司臨清，刑獄不撓。兼督修德王府，工輒就緒。用大臣薦爲右僉都御史，巡撫寧夏，蓋異選也。公至，持憲度，嚴軍法，麾指任使惟所當，數年西人不敢犯。

成化癸卯，召入爲工部右侍郎，飭材訓藝，動必信度。乙巳，河南饑，敕公往視，悉力賑貸，多所全活。丁未，遷左侍郎，未幾進尚書。今上即阼，益敦用舊。弘治辛亥，敕修太廟夾室成，加太子少保。久之，有足疾，三上疏乞休罷，賜優詔令勉就職。甲寅，疏復上，辭益懇，上重違公志，乃意決許之。歸三年而卒。

公性簡約，介介自持，雖貴顯，服食若韋布，比老不變。下至胥隸，皆能窺其廉隅，而歎其賢無異辭。嗟夫！世乃有出入矩矱、動自侈大以憤身喪節、甘心焉而不悔者，其於公所得何如也？公生於宣德戊申，卒於弘治乙卯。

輯自清光緒十二年刻本（光緒）保定府志卷之四十三。

# 李東陽全集卷一四〇

## 佚文卷之十一

### 明故資善大夫禮部尚書兼翰林院學士掌詹事府事贈太子太保謚文定吴公墓誌銘

公姓吴氏，諱寬，字元博，學者稱爲匏庵先生，蘇之長洲人。祖諱壽宗，贈嘉議大夫吏部右侍郎。考諱孟融，累贈亦如之。

公在成化、弘治間，爲翰林院修撰，遷右春坊右諭德、左春坊左庶子兼侍讀，進詹事府少詹事兼侍讀學士，出爲吏部右侍郎，轉左侍郎兼學士，入内閣典誥敕，掌詹事府事，終禮部尚書，兼職如故。生宣德乙卯十二月丙寅，卒於弘治甲子七月戊戌，壽七十。配陳氏，累贈淑人。貳室陳氏。生二子：奭、奐。以明年乙丑十一月丙申葬於吴縣花園山新阡之原。

公蚤學晚達，雖有奇遇殊寵，而弗究於用，天下有遺望焉。烏乎慟哉！蓋公年十二而爲府學生，十八而應試，三十四而舉於鄉，三十八而登進士，在官三十三年。其得科第也，始試久不售，已絶意進取，提學陳御史士賢見其文，奇之，敦勸就試，爲京闈書魁。試禮部，名第一。殿試之日，魁選未定，憲廟已出御便殿，趣讀卷，衆亟擬以省元卷上。既賜及第，時論翕然。

其校士，則辛丑、甲辰爲同考，丁未、壬戌爲主考，皆在禮部，得人爲多。而壬戌所取爲庶吉士者，即奉詔授之業。讀卷例用尚書，己未之試，公獨以侍郎預。其講讀侍從，則今上在東宫時，爲講讀官，御極初，敕充經筵官，最後乃值日講。而今皇太子講讀，又以官僚長日預侍焉。

其史事，則修憲廟實録，兼校正，修大明會典，充副總裁。比修歷代通鑑纂要，亦如之。凡此皆翰林職任，自部曹復入領者，前所鮮見。其居喪，則在修撰時，以父病乞歸省，年不應例，特予告，遂終制。及以侍郎丁繼母憂，員載闕，吏部仍擬公名，服未闋數月，朝廷爲虚位待之，尤仕途所未有。

其寵遇之典，則以三品賜鶴袍、犀帶，詔旨稱卿。春秋丁遣祭先師孔子，御殿傳制，皆用内閣禮。以疾告，則命醫診視，遣中官存問，賜酒肉蔬菜諸物。訃聞，則命有司治葬祭如例，而加祭二壇，賜鏹楮萬緡爲賻，驛給舟車，遣官護送，超贈太子太保，皆出常格。賜謚文定，則本朝自南陽公之外，一人而已。其長子奭以三品恩已蔭爲國子生，比以舊學恩當官其少子奂，特命奭爲中書舍人，而以奂爲國學生。蓋上欲大用公而年已弗逮，故其既没，尤爲之眷注周悉如此云。

公識趣高雅，行履端潔。孝友天至，遇族里有恩。其居官，廉慎律物，以權勢所在，未嘗寧處。既復就清簡，雖優詔累留，而引退不置。惟於學充然自得，所爲文醇古有法，詩得唐格，書酷似蘇體。辭命在朝廷，紀載在史局，碑板翰墨遍於天下，執此亦可以不朽矣。

奭奉禮部左侍郎李公世賢狀請予銘，乃哭而爲之銘。銘曰：

維世有望，間不容僞。上有廷論，下則輿議。遠且賤者，夷狄奴隸。彼懵無知，孰强而致？其所自致，匪爵齒位。矧其兼之，功詎云易？官居六卿，孰謂非貴？年貴七旬，壽亦云至。惟三不朽，公亦有二。有德有言，功則未既。其所未既，尚有餘地。我銘吳公，以俟來世。

原載明正德刻本懷麓堂續稿補遺，今移録於此。清文淵閣四庫全書繕録（正德）姑蘇志卷之三十四亦收有此墓誌銘，末署「榮禄大夫太子太保禮部尚書兼謹身殿大學士知制詔經筵國史官會典總裁長沙李東陽撰」。

## 明故封文林郎廣東道監察御史王君墓碣銘

封監察御史王君，諱瑾，字廷用，卒於吴。其子獻臣以詿誤至京師，會赦，得白，將歸襄事，而君配宋氏孺人之訃繼至矣。

王本汴人，宋南渡始遷吴。自遭兵火，譜逸不可考。曾祖勝一，以資雄於鄉，勝國時，授承事郎，國朝洪武初，徙實金陵。祖諱文榮，輸粟爲義官，永樂初，扈從至京師，以工籍錦衣衛。考諱成，供事内局。

君少代役，以書數授任而非其好，然夙夜勤恪，未嘗有過。人有罪責，必曲爲開釋。嘗曰：「公門固隱德地也。」性本好義，鄰家有遺白金數斤者，君得而歸之。其人分以爲謝，君笑曰：「吾不攘其多，顧利其少乎？」蓋自弱冠時已然。家既落，無厚積，聞族黨婚喪弗舉者，苟力所至，必周之。有女兄闔門病疫，俗忌傳染，無敢近，君親視湯藥，皆得全愈。獻臣舉進士，授行人，擢廣東道監察御史，進階文林郎，以最績封君如其官。嘗出按遼陽，會有核勘，必欲盡法。或懷白金數百兩私君，君峻却曰：「吾兒使朝鮮，毫髮無所取，今官執法，而可以是撓之耶？」弗便者競相爲謀孽，獻臣幾𡚒棰掠，謫上杭縣丞，再謫都許驛丞。君居京邸，僅僅自給，不爲色懟，日與仇東之杜思男諸名勝爲真率會，悠然自得也。正德初，獻臣遷永嘉知縣，君就養於官。非時節慶會，罕接賓客。聞有善政，輒爲之喜。獻臣擢高州府通判，復爲怨家所稱，屢涉危險，力砥名節，不少屈抑，以表見於世，謂非君教所及不可也。君雖京産，而恒思南土。既歸，避迹公府，植竹數百竿，自號盟竹以著志。比嬰疾，猶耽玩不厭，竟以此自老云。

孺人，上海鉅族處士道安之女，以京籍歸君。事姑謹畏，烹飪紉纁，必躬執役。君年三十餘，尚未有嗣，病卧牀褥者三年，孺人日夜扶掖，至變簪珥爲醫藥費。君舉四婚五喪，皆極力贊相。既禄食，分給所厚，雖寡必均。乳伯氏孤子，視若己出。每歸寧，口不道有無狀，以成子志。子之友有見者，退曰：「非遠器也。」已而果然。此其識見非女婦所逮可以媲德矣。子三：獻臣最長；次獻民；次獻夫，蚤慧而夭。女一，適張傑。孫四：錫魁、錫麟、錫豸、錫環，錫麟習舉子業，餘皆不禄。女二，長許嫁翰林侍讀朱懋忠子景固。君生宣德乙卯八月二十五日，卒於正德庚午八月十六日，壽七十六。孺人生於正統癸亥九月十一日，後公十五日卒，實維九月之朔，壽六十八。又三年癸酉三月二十八日，合葬於長洲縣彭華鄉陽山大石塢新阡。

獻臣遊吾友翰林編修南屏潘先生之門，其舉進士，又予禮部所録，因奉南屏狀介其友禮部崔郎中傑請予銘墓碣。崔，吾甥也，道君事尤悉。乃敍君行，以孺人附之而並爲銘。銘曰：

居於燕，郊有廛兮；歸於吴，田有廬兮。生有封，命服在躬，保厥終兮；殁有銘，有行與名，庶以爲後徵兮。

原載明正德刻本懷麓堂續稿補遺，今移録於此。

## 明故奉政大夫太醫院院使仲君墓誌銘

曩仲君維馨自言吾非老壽者，自是不過可度十歲。時方强壯無疾疢，予頗訝之。今年訃至，計其時僅十歲耳。君以醫名，每聞其切脈決生死壽夭多奇中，此尤奇者。固以醫故邪，抑其識見有絶人者而非獨醫也？卒之日，其子禮部主事棐在京師，奉禮部右侍郎傅公狀泣告於曰：「吾父恒言，死必得先生銘，今敢以請。」然則君固已訃及此矣，其亦可念也哉！

君諱蘭，字維馨。先世本揚州人，國初居寶應，亦揚地也。高祖明齋，元醫學教授。曾祖彦霖，祖恭，世不易業。考諱旺，贈尚寶司卿。

父喪，君甫七歲，母鄭宜人矢不貳志，鞠成之。君稍長，通醫學，諸父莫能屈，每以試人，輒中。天順、成化間，伯父昶被徵官太醫院判。及闋服再上，君皆從行。名漸彰，求之者户屨常滿。尤工楷法，嘗以所書上進憲廟，以爲能，命試字中書。三年，授中書舍人。又數年，仍以醫入直御藥。進藥輒效，陞尚寶司丞。後皇太后違和，獨被秘旨，膺專任，累四十餘日。功既奏，特陞卿，尋命掌太醫院事。上嘗令診脈，奏曰：「聖躬萬福，患微在膂耳。」時中官皆不預知。因稱旨，賞賚殊厚。君世戍廣西，間以請，特改醫籍，蓋曠典也。又數年，陞右通政，莅事如故。屬在告累月，憲廟既彌留，趣召君時，已不及。今上即祚，左遷太醫院使。尋念春宫舊勞，特賜幣焉。未幾，以疾告歸其鄉，四年卒。

君長身偉貌，論議亹亹，其爲人敦雅和厚。以文義緣醫術，不局方案。其理院事，力去宿弊，擇羣醫少俊者汲引之，皆有名。尊賢樂善，能赴人之急。以伯父教育恩，歸其父子二喪，禮葬之，周其後甚厚。重時祀，雖旅寓，必割牲饗客以爲常。尤敦母事，滫瀡備至。雖在遠外，必時致鄉物。既貴，累貤封命，力揚母節。有司聞之，爲請於朝，旌爲貞節之門。其歸也，母就孫養，居京師。因留其妻，俾備甘旨，獨處鄉邑，旁無媵侍。忽思母甚，累請還。比至，閱月而君疾作，君知不可爲重傷母，匿不以告，蓋至死無遺屬也，是亦可悲矣！

君娶楊氏，封宜人。三子：本、棐、相。一女，適大河衛指揮崔謙子恩。孫三：天佑、天穀、天吉。女孫四。君生正統辛酉三月十日，卒以弘治乙卯六月二十日。明年四月　日，葬於黄浦鄉之原。

君每慊不出甲科，謂本、棐曰：「必强吾志。」棐舉丁未進士，爲翰林庶吉士，授今官。本舉庚戌進士，授刑部主事。君聞之，愀然弗樂，曰：「吾世以活人爲業，今爲刑官，寧能保不誤殺乎？」及聞本坐累補汝寧府通判，喜曰：「釋重負矣。」二子皆學於予，能勵志，謹官守，於君有光，君於是無後憾云。銘曰：

士貴用世，用或以藝。君實藝試，亦足自致。知君者流，謂有餘地。科名部曹，有述君事。推所用者，惟厥所至。尚徵厥成，以永終庇。

原載明正德刻本懷麓堂續稿補遺，今移録於此。清道光二十年刻本（道光）重修寶應縣志卷之二十六亦載有署李東陽撰之仲蘭墓誌銘，題名右通政仲維馨墓誌銘，文字大異，録附於後。

# 右通政仲維馨墓誌銘

銀臺仲公維馨卒於家，卒之明歲，其子進士本以行狀來京師，謂東陽曰：「先大人弃其遺孤，奄忽就冢。念生平通家交契無如公者，倘肯不靳珠玉，書其已事，以光幽隧，先大人且不朽矣。」東陽讀之，悄然喟然汪然出涕曰：「嗟乎！維馨乃至於是，其忍爲之銘哉？又忍不爲之銘哉？」

按公諱蘭，字維馨，揚之寶應人也。其先明齋公者，仕元爲醫學教授。明齋公生彦霖，是爲公曾大父。彦霖生恭，是爲公王父。恭生旺。旺生公，後以公貴，獲封官如公云。

公生而神敏，英概絶倫。幼孤，依伯父院判公德明。數歲能偶句，應聲立就。又數歲通五經，善屬文，命筆如飛，可日試十萬言；又工鍾、王書法。伯父寶愛之，其官於京師也，挾以自隨。憲廟時，院判公入直侍上起居，上從容問之曰：「卿諸子孰可用者？朕將官之。」院判公對曰：「臣諸子皆駑下，使繼醫業足矣。臣弟之子蘭材器優異，或可備驅使也。」上笑謂侍臣曰：「昔祁奚内舉則以其子，今昶舉其侄，不亦賢乎？」大學士劉吉進曰：「謝安舉玄，吕蒙正舉夷簡，才實可用，非舍其子，以明不私也。」上曰：「善。」院判公歸沐，即呼公語之故，左右皆賀。公但唯唯而已，無喜容也。退而謂人曰：「我即不才，猶堪博一第，以見庸於世。今乃以恩得官，人其謂我何？」尋有中書之命，不獲已，始就職。

公在紫薇署，聞時政有闕遺者，每上封事言之，上輒改容嘉納，大被寵眷。後以院判公卒，改官入醫局，陞院使。歲餘遷璽卿，轉遷通政司右通政，掌院事如故。公雖兼醫院，而特留意於當世之務，正色敢言，多所獻替，持身峻整，人不敢干以私，一時臺省諸名臣多屈己下之。望高樞筦，將有晉拜，而公以菟裘老焉。若究厥施，即謝車騎、吕平章之業豈遂少乎？君子爲當時惜，不爲公歎也？

公動遵禮法，爲縉紳所宗。其所與遊者，極一代之選。事母孝，遇昆弟友愛。鄉之人有避杖而閲墻者，聞公之名，即縮舌愧汗，不敢睹其面，蓋孝悌之感如此。公生於□□，卒於□□，享年□□。配楊氏，封宜人，子三：長本，進士，陝西按察司使；次棐，禮部祠祭司主事，前翰林院庶吉士；次相，禮部儒士。今歲十月，葬公于縣北黄浦之原。友人李東陽誌其墓，從而爲之銘曰：

淮之水，湯湯者源；堤之木，菁菁者根。醫以壽國，儒以興門。淑哉銀臺，繩繩子孫。

## 前文林郎南京中軍都督府都事龍君墓誌銘

成化辛丑二月二十有九日，龍君諱祥字以蓋卒於京師。予季父鎮撫公聞之，曰：「嗟乎！吾故人也，今死矣。」越三日，知榆社縣李君以君子世寧持其門人鴻臚杜君昌所著事狀來徵銘，予以予季父故不得辭。

按狀：君之先安慶懷寧人也。大父諱福海，始以工籍隸京衛，服役内局。考諱剛，正統己巳，死事漠北。君籍當代，以書典兵仗簿計，慨然曰：「非我事也。」乃習爲舉子業。家貧，奉母讀書。或膏燭不繼，則登樓乘月，月且入乃已。今鹽運使關西樊公未第時，館郭外玄静觀，君出就學。每雞鳴起受業，已，手一編，步月行且讀，候郭門啓，走詣家，問母安否，即赴内直。案牘暇，誦不輟口。同事者羣誚譏之，君孫謝而已。比退直，復告母詣學。或日晏，郭門幾閉，必疾趨出。如是者三年。天順己卯，以書經領順天府鄉薦。累舉不第，卒國子業，謁選吏部，得南京中軍都督府都事。奉母就養。

中軍者，留司在焉。幕政填委，君竭心贊畫，事無壅格，爲元戎所禮見，稱爲才。三載書上考，例贈厥考文林郎南京中軍都督府都事，封母郭氏太孺人。六載再上，既復任，適有考核之令，罷歸京師，時輩惜之。君買屋治業，暇則閱陰陽、醫方。與客會集，輒奕棋投壺，不及官事。居四年，忽寒疾作。且革，顧念老母，惓惓不忍死。召諸子屬之，乃瞑。

君穎達通儻，不爲邊幅，言論亹亹無諱忌。每痛父死難，語及輒涕泗交下。奮自翹拔，脱尺籍，取科第，貤恩先世，誠落落不易得。得失不足較，獨其貧居力學，足爲後來子弟楷式者，不可誣也。

君生宣德壬子十月二十有九日，年五十。配陳氏，封孺人。子四：世寧、世昌、世亨、世珍。女一，嫁錦衣衛百户張祥。孫女一。君卒之月十有一日，葬君玉河鄉亭子村之原。君念先世故業，嘗歸懷寧，建祠堂，置祭田，命族子弟主之。比卒，以母老不能歸，葬於北，亦治命也。銘曰：

勞筋憊軀，爲學之驅。志行氣隨，莫我或沮。彼造物者，孰謂弗慳？所予幾何？復奪之還。予聞古人，人定者勝。定邪非邪？天不我應。

輯自中國國家圖書館藏拓片，題下署「賜進士出身翰林院侍講兼修國史經筵官長沙李東陽撰」。

## 明贈徵士郎中書舍人柳公合葬墓誌銘

瑞安柳公，諱信，字尚孚。既卒，葬於大篔簹嶺先塋。後以子楷貴，贈中書舍人。其配封孺人陳氏與公並命，又二十二年卒。楷歸祔葬，奉狀請予銘。且泣曰：「府君之喪，銘未備禮者，固以俟今日也。」予與楷居鄰，甚厚。乃敍公族系、事行、生卒、葬地、歲月、子姓之名，與次附太孺人而並繫以銘。

敍曰：柳氏本河東著姓，唐乾符末，避亂遷福州。宋建炎間，招討使□□始分居平陽苕溪，五世祖安撫使芳遷藻溪，公曾祖如慶始遷瑞安，皆温州地也。祖東源處士，諱禮，及弟宗文皆業儒。宗文以儒顯，拜監察御史。而東源以陰陽學行於鄉，家至今傳焉。考諱安，妣林氏。

公蚤失恃，事父甚孝。父疾篤，醫弗能療，夜以身禱於神，果愈。事繼母趙，終身無間言。遇庶弟成及裕，至爲昏娶，與均其産。善交際，貸不重息，且多棄責。

見鬭閲者，輒義責而解之。生楷四歲，教以書翰。七歲，邑大夫以能書薦，奉詔肄業翰林。公歎曰：「吾幸不廢業，愧弗克顯揚萬一，庶其在汝！」因數至京，諭使□□□□於杭州之邸。

太孺人，同邑處士□之女。性婉順，領書史大義。年十有八，歸於柳。柳□微，故業蕩析，至無所棲託。太孺人脱簪珥，營屋宇，躬事蠶織，爲衣食費，故公之得優遊林壑。祀先訓後、禮不弛乎賓友者，皆與有力焉。孀居二十餘年，内政益□□□倍。及楷爲中書直内閣，每寄手所織紝，俾服之，曰：「□□富貴無忘貧苦時也。」成化癸卯，楷疏乞歸省，且請就養。太孺人曰：「吾素甘澹泊，所以教汝者，非口腹計也。汝官資薄，吾終不忍爲汝累。汝其勉之！」楷至官，復分歲所入俸歸養，曰：「吾以爲榮也。」蓋食其禄二年而卒。

子四：長相，後以字行，曰文斐，陰陽訓術；次檻，次根，根、檻皆早卒，文斐之卒，後孺人一月；楷其季也，在諸子中賢且貴，竟如公言。女二：長適周惟禮，次適□□。孫三：長璟，次□，次瑞，縣學生。女九：長適姜立紀，次適謝淵、張據、蔡□、孔辛、鮑潛、□宗、毛士英、陳儒辛，縣學生，餘多官族。曾孫三女三。

公壽六十有三，生永樂丁亥八月二十六日，卒以成化己丑六月二十九日，葬以

庚寅五月　日。太孺人壽八十有四，生公同歲十月二十六日，卒以弘治庚戌十二月十六日，□□月□日乃祔。銘曰：

有子若斯，匪教曷施？惟封君之嚴，亦惟母慈。操所得羸，歸以報之。□有未覺者，皆公之遺。彼□有□，亦既善止。矧基而構，詎弗能子？九原有知，柳□奚□家成有□□諫有□□是惟柳氏之傳，以徵諸後賢。

輯自中國國家圖書館藏拓片，題下署「賜進士出身奉議大夫左春坊左庶子兼翰林院侍講學士經筵官兼修國史長沙李東陽撰並篆」。

## 明故中書舍人徐君墓誌銘

常之江陰有鉅族曰徐氏，徐氏之長而賢者曰中書君，諱頤，字維正，别號一庵。以病歸其鄉，三十餘年而卒。卒之日，戚鄙鄉郡及凡所與遊者，遠近畢弔。蓋君雖斂處林壑，而世家譽望著於東南久矣。

君舊譜相傳出漢南州高士之裔。高祖亨一，曾祖均平，世隱弗耀。祖本中，國初舉人材，以老得歸。父景南，正統間賜冠服，旌爲義民。家寖就盛，然猶未顯也。

君少以父命受經鄉先生，又學六書法藝。上京師，詔令隸中書舍人，習誥敕事。三載，拜爲中書舍人，直文華殿，出入勤慎。居無何，得疾，予告歸。歸則二親皆逮養，日冠服左右侍，鄉人榮之。疾既愈，或勸俾就職。君曰：「違養圖仕，非志也。」比親終，亦不復出。家舊多資，君益勤儉治生業，增産拓地，殆無虚歲。乃以其羡賑凶貸乏，而薄其息入，以爲常。及其子元獻舉鄉貢，喜甚，會當征逋穀，貧不能償者數千石悉捐之。縣南通衢有永安橋，當潮衝，圮弗治，君發私財修之，工役頗鉅。自餘葺治橋道，多至不可數。尤重宗誼：弟士亨守荆門，卒於官，君遣人歸其喪，躬視葬事，并教其子元穀、元菽如己子；飭幼弟理家政，俾勿墜業焉。

君莊矜嚴毅，不溺聲伎，無諧謔玩好。每與燕會，危坐終日，坐客傾竦，至或爲之不歡。其資性挺特，與流俗異，類如此。其立名亢宗，卓有成業，有以也夫！

君生永樂壬寅十二月二十九日，卒於成化癸卯九月六日，年六十有一。配顔氏，福建參政澤之女，有内行，先君六年卒〔一〕。子二：元獻其長，先君六月卒；次側出元壽。女二：長適夏綸，次適朱昇，皆同邑鉅族。孫一，曰經，元獻子也。君卒之又明年乙巳十二月十三日，葬於梧塍祖塋之次，以顔氏祔。

初，君遣元獻就學，實延吾友檢討張君亨父爲傳。余嘗聞亨父言，君教子嚴甚。

不侈服，不重肉，館於後圃，左右圖籍，不令與闤市相接，而日躬課覈，至夜分乃罷。故元獻弱冠成舉子，及古文歌詩，皆有名。今膏粱家子弟豢養成習，罔知問學，學亦不力求，善教如君者，百不一二見也。元獻既劬書得疾，齎志以死。而君亦卒，竟不及禄養。天不成人之志而遽違奪之，固若是烈哉！意富與貴皆造物所靳，而名尤甚，故不使兼得之邪？得失不足較，獨君教子之篤可以爲世法矣。

元獻之葬，諭德吴君原博爲銘。君之銘，其孫經具書狀以請於予。予哀元獻，復因以悼君，乃爲作銘。狀出前户部郎中卞君華伯所著。卞君，君鄉人，稱經奇穎好學，君於是有世矣。銘曰：

大江之陰，山高水深。君居其間，不聞足音。有田有廬，有服與簪。亦有行義，邦人所欽。西順之鄉，梧塍之里，生斯葬斯，終復其始。著名刻石，作者太史。九原有知，以慰汝子。

陳麥青先生得此墓誌銘於上海周梁溪先生之雙月樓，轉而惠贈。此墓誌銘爲明文徵明楷書重録，原銘後署「翰林院侍讀學士長沙李東陽撰，正德庚午夏六月長洲文璧重録」。

【校勘記】

〔一〕「卒」，原無，以文意意補。

# 副都御史謝公墓誌銘

公姓謝氏，諱士元，字仲仁。其先上虞縣人。在宋徙玉融州，今福青地也。國初徙長樂縣，始定居焉。曾祖鍾，祖琬，考磐，封建昌府知府。妣陳氏，封恭人。

公以縣學生舉景泰癸酉鄉薦，登甲戌進士。授户部主事，分納京儲。首論時弊，力與中官敵。敵者忿，幸公去，繫其羣吏，因捃摭公罪，不可得。數年，擢知建昌府。建昌兵多竊民財，武官庇之。公攝以危語，皆畏法，姦無所伏。大新學校，購書萬卷，躬督課授。教習古射禮，表黄孝子、譚節婦之門。南城民得石像，蒙以腐鼠，置屋瓦，羣鴉噪其上。民陽驚，集衆發之，以爲神，趨者如市。公取其石碎於庭，乃止。有妖憑魯巫來言禍福，忽自云：「吾畏謝公，吾去矣。」巫遂如常。民有懷券訟田宅者，公遥見，輒謂曰：「何得以僞券給我？」民遽伏罪。僚佐問曰：「何以知之？」公曰：「彼所訟二紀前事，其券乃今式。」於是訟者漸引去。郡再饑，公稍出私俸，富民争開廩延糴，民賴以不困。大理卿夏公時正考覈官吏，薦公治行。

朝廷給誥命，封其父母及妻。九載，民詣闕請留，加從三品俸，仍知府事。以内艱去。改廣信府，治如建昌。永豐縣有銀冶，久閟，處州越境盜礦，行旅幾絕。公勒民兵東至靈鷲山下，直趨之。邏卒遇賊二三輩，矢輒發。公驚曰：「此誘我！」亟止之不及，伏果四起。賊環刺公，中左股，血流滿韡。有巡檢大呼曰：「此謝公也！」賊乃退。公裹創出戰，搗其窟而還。後改永平府，以外艱不赴。服闋，擢四川右參政。流民寇東鄉縣，凡三劫，公捕殺數百人。或議徙縣，公不可，命守吏甓城浚隍，戍以土兵，後竟無變。建始縣有頑民挾縣吏，或邀於路以怵代者，部使不至凡五十年。公徑往，得首惡，羣党盡散。居六年，陞本省右布政使。上以全蜀非公不可，乃用廷議擢都察院右副都御史，巡撫其地。吐番有大小二姓，生熟二虜，相煽爲亂，吏告急。公託行邊，繕亭障，嚴斥堠，簡軍實。番覺有備，帥其醜獻羊豕，羅拜道左。公諭遣之。姦民多代輸邊儲，實不時納。公覈其數，得米十三萬有奇。歲大侵，民流入藩府。公置廣室十餘區，爲粥以食餓者，飲病者以藥，死則葬諸叢冢，願歸者給驛傳送之，所活萬計。蓋其剸繁應變，不局繩墨，卒克有濟，多類此，可謂難已。

公在官，兩迎父養。事從父甚謹。三弟終身不異財，所得俸入，使弟侄主其籍，聚食千指。或弗給，自啜粥於堂以率儉。旅孤而貧者，必爲之所。建祠祀先，置祭田若干畝。家政尚肅，内外秩秩。尤好學，非甚疾，不廢吟諷。所藏有約庵稿若干卷，詠史三百首行於時。

公配陳氏，賢而克相，累封恭人。三子：長廷柱，陳出，舉鄉貢；次廷棐、廷最，縣學生。孫三：本寬，本忠，本裕。

公生洪熙乙巳三月乙亥日，卒弘治甲寅六月庚辰日，享年七十。訃聞，上命禮部遣祭，工部遣官營葬。廷柱卜卒之又明年丙辰十二月二十四，葬公於懷安雞籠山，奉狀請余銘墓。予聞公夙具才行，所至有聲績，而爲郡尤著。在建昌，士大夫爲立生祠，刻碑頌德，公聞而止之。比去，碑復立。後嘗道郡，郡人空巷出迓，至擁其輿不可行。此事編修羅景鳴言甚悉。景鳴嘗受公業，今所爲著狀者也。銘曰：

事必歷試，其長乃見。公閲二郡，治行獨擅。久者建昌，澤施尤遍。前曹後臺，罔弗諳練。内訓耕穡，外督攻戰。隨時樹功，曷往非善？民思太守，若覯公面。彼懵弗知，公在藩憲。史家者流，有狀如傳。庶有民社，於我民勸。

輯自明弘治刻本徐紘皇明名臣琬琰後集卷之二十一。

# 明故都察院左都御史前南京户部尚書黃公神道碑銘

比歲，都察院左都御史黃公有疏請老，朝廷慰留之，公請不已，乃許致仕，令有司給驛歸。嗚呼！歸有日，遽以疾卒于寓舍，弘治癸丑八月二十二日也。

公諱紱，字用章。其先河南封丘人，元季兵亂，曾祖思豫携家客湖廣沅州，國初從三帥克復雲南，占貴州平越衛籍。祖諱秀，考諱中，俱贈都御史。

公少補衛學生，正統丁卯，合試雲南鄉闈，名第五。戊辰，登進士第。初命爲行人，久之，擢南京刑部員外郎，進郎中，嘗署部事。陞四川布政司右參議，督糧，兼理兵備。松潘地險，番夷出没，饋餉道阻，戍卒多餓死。公撫士通餉，嚴立賞罰，或出兵剿寇，至冒矢石以行，闔境無事。遷左參政。出行屬縣，有被誣爲盜者，逮繫幾三十人，久未決。公潛察其冤，辯釋之，民競稱快。進右布政使。督建昌銀課，公以所費倍所産，特奏免之。轉湖廣左布政使。每歲京課，銀幾萬兩。會修南京國監，賦銀亦不下萬兩。公念歲歉，不忍取民，悉以官帑餘銀代納，自餘節縮浮費，凡所積，視昔倍多。妖僧繼曉歸鄉祭掃，大張聲勢。公竟擒於獄，未幾拿赴京師斬之，中外服其明決。蓋歷正統、景泰、天順、成化以來，稱久次者，莫之或過，而其名愈著不衰。

遷右副都御史。巡撫延綏，公增築邊墻，移改驛渡，邊人皆利之。參將郭鏞違法過多，公劾奏提問，巡按御史李興勘實，覆奏斬之。公平生執法，門無私謁。今上即阼，南京户部尚書闕，太傅吏部尚書王公宗貫素知公〔二〕，與諸大臣會薦之，以副都御史徑拜尚書者，殆近時所未有也。先是，浙江、福建、湖廣、江西諸布政歲入錢鈔，多因緣爲姦，公請折銀課，行之至今。尋改南京左都御史，越二年而致仕。

公性嚴介不容物，遇事輒徑行己志，無所顧慮，亦爲時所憚。或諷其崖異，卒不爲變。此王公所爲知公者也。

公娶孫氏，户部員外郎鏞之女，封宜人，贈淑人；繼娶魯氏，封淑人。孫出三子：楫、霖、彬；女一，適刑部郎中門相長子。魯出二子：杞、桓，杞以恩例爲國子生，先公八日卒；一女，尚幼。孫一：應鶴。公雖歷寓諸藩，老念河南桑梓故地，地且善，仍營故里，將老焉。乃以楫、霖俱補府縣學生，彬舉鄉貢進士。其卒也，年七十有一。上聞傷悼，遣官諭祭，命有司營葬事，皆如制。諸孤預致書狀，介其戚人户部主事侯士賓請余爲公墓表，乃卜明年甲寅十二月十一日葬公長葛馬陵之原，以成公志。嗚呼我銘！銘曰：

翼翼南都，並建朝署。中臺屹屹，彈壓曹吏。公居其間，地望實崇。垂紳執簡，有大臣風。自少及老，閱所嘗試。十命四朝，殆盈五紀。保功完名，于宦之成。天不終壽，七帙亦盈。生歸没葬，公有治命。汴州故墟，卜乃天定。志有人物，宦寓各殊。後人求公，當不一書。我銘非史，以識終始。百世之下，庶其在此。

弘治癸丑冬十二月上澣之吉，賜進士出身嘉議大夫禮部右侍郎兼翰林侍讀學士經筵講官專管誥敕兼修國史長沙李東陽撰文。

輯自明正德十二年刻本（正德）長葛縣志卷之五。清康熙三十年刻本（康熙）長葛縣志卷之八亦載此墓誌銘，題名黄公神道碑。

【校勘記】

〔一〕「公」，原脱，據（康熙）長葛縣志補。

# 潘母金宜人墓誌銘

宜人金氏卒，將葬，其子錦衣衛副千户傑、陜西按察司副使楷以父命請予銘。

蓋其屬纊之際，楷在官，傑亦勘獄雲南，皆不獲親視含斂，謂非刻銘著行，無以用其情者。楷之舉於鄉，予實校其文，聞其家世爲詳，乃按狀爲銘。

宜人金氏生京師，父甫山，籍錦衣爲校尉。爲之擇配，得潘君本中之賢，遂歸焉。初，君考宗盛贅於錦衣小旗歸，無子，籍公代役，因冒歸姓。君復代之，時甫成童。三弟皆幼，孤孱寡援。宜人能以勤儉佐家政，每饋事暇，澼滌紉綴，未嘗少輟。歲時家祭，必極精潔，曰：「生不逮養，没又不能祭，安用爲婦也？」君在官，每輸錢免役。宜人曰：「此豈可久？盍免圖後計？」君乃奮力從事，著勤能聲，爲指揮袁公彬所信任，承委卷牘。天順癸未，門指揮達與袁構隙，君坐重累，謫戍遼東。家屬當從，或謂其子若女皆幼，宜人宜留京師，別買媵以往。宜人泣曰：「婦我從夫，死生以之，安得以患難相背棄哉？」以子女託其從父，盡脱簪珥爲資撫育，乃就道。故君雖處顛沛，籍以朝夕，殆忘其憂。

成化乙酉，君值赦還，調武成後衛。見二子已穎出，遣從外傅。宜人親給膏火及束脩費，延致賓友，與同講習，而私督戒之。袁事白，君亦復籍錦衣，以年勞稍遷爲總旗。庚寅，被薦入東廠，領緝訪事。壬辰，以捕盜功陞百户。乙未，被敕命，封宜人爲安人，於是始奏復潘姓。

弘治戊申，君稱老致仕。子傑嗣其官，以才敏受任分理獄訟，陞副千户，獲被誥命，以其官封君，宜人始進今封。楷舉丁未進士，爲翰林庶起士，歷監察御史，至今官，綽有治行。庶子榮從使哈密，將見甄録。而宜人以壽終庚申二月十一日也，距生宣德戊申正月二十八日，年七十三。是歲十一月十日，葬都城東下馬莊社之原。女三，適錦衣千户許璋、王輔、鄉貢士冀業。孫炳，隨侍東宫。曾孫一，表。

嗚呼！宜人孝敬自將，儀範及物，爲婦爲母，足以無愧。至於嫁孤妹，賙貧族，尤人所難。中值險厄，晚遭榮遇，其順適燕豫安居而色養者，蓋無幾也。然有子登仕，皆能以職業爲揚顯地，衍祚延祉，天固將賞之，觀德者亦有徵焉。予故銘其事行，以慰君及其子之心。銘曰：

從夫於難，而與其榮。教子以勤，而饗其成。盈虧益謙，乃數之恒。弗上壽以上，壽其能平。有來繩繩，將以爲後徵兮。

據豐臺區石刻文物圖録繕録整理，并參考了其釋文及晏選軍、堯育飛撰李東陽佚作十二則考釋一文［湖南工業大學學報（社會科學版），二〇一六年第四期］。

# 明故封淑人趙母張氏合葬墓誌銘

予與遷安趙君希賢，舊通家，少嘗□其母淑人于堂，歲時報謁。錦衣公多在直衛，饋饗延接，希賢必受内指。居所□湯餌，皆淑人手製。聞予病，輒分遺予。淑人之賢，予實知之。淑人訃至，予方病，未克弔哭。希賢遣從弟揞奉同邑行人張君廷綱狀來請銘，且曰：「先公之葬，實吾子銘。兹母銘弗獲，是無以稱吾考也。」越數日，病已，乃爲銘。

淑人姓張氏，世居京師，富峪衛指揮僉事諱友之女。生有懿質，慧中靜外，慎言簡笑。卜云必歸貴人，富峪云：「是固當爾。」比得錦衣公，器宇豐碩，偉然賢大夫也，於是兩家交賀。錦衣始在金吾僉指揮事，職領禁衛，晚陟要地，進位同知，竟以淑人拜三品錫命，如卜者言。

淑人事舅姑謹，動惟意適，喪居哀毁。載接仲季，暨于諸娣，恩禮咸宜。下逮羣從，食飲昏嫁，視若己出。姻鄙貧之者，輒周之。希賢既壯，請諸錦衣曰：「每見武弁子不學禍家，如公顯達，亦縣學致。魯也敏，可使就學。」錦衣曰：「吾意也。」遣入武學，親經籍，遠聲色狗馬，與賢士大夫遊。數年而錦衣棄養，希賢蔭補僉事。

淑人益嚴母教，動引先公爲訓。希賢既克自樹，聲益起，凡朝廷有所擬用，時論必意屬焉。比用錦衣諸公薦，入禁衛，督象房事。不數日，剗革姦弊，政令一新。淑人曰：「兒不愧而父，吾死不憾矣。」越兩月卒。公卿而下，念錦衣舊好，又重希賢，咸往弔祭，如喪錦衣時云。

淑人生永樂庚子十月十六日，卒之日爲成化辛丑五月二十六日，年六十。有二子，一希賢，魯其名，娶馬氏，先淑人卒。孫三：永忠，殇死；庶長，曰永暉；次適，曰永昌。六月十七日，合葬淑人于城北北望原錦衣公墓。嗚呼，予與希賢交自髫丱，今皆壯矣。予既銘其先公，三年而銘其室，又一年而銘其母，可哀也已。銘曰：

有子如夫，□壼之模兮。有死如生，錫典之榮兮。有銘在原，照耀後先，永世其傳兮。

輯自中華石刻數據庫。題下署「賜進士出身翰林院侍講兼修國史經筵官長沙李東陽撰」

# 明故昭勇將軍驍騎右衛指揮使致仕尹公墓誌銘

公姓尹氏，諱剛，字克柔，晚號遂休居士。先世蘇之常熟人。曾大父諱銘，贈龍驤衛百户。大父諱傑，考諱俊，皆以公貴，贈昭勇將軍驍騎右衛指揮使。考死事交趾。公用蔭補百户，歷副、正千户，指揮僉事、同知，五轉而至爲使。以疾致仕，壽終于家。其爲副千户，在正統己巳，以都城却虜功；爲正千户，以霸州追剿功。爲指揮僉事，在景泰壬申，以征廣東猺賊功。爲同知，在天順癸未，以兩廣功。爲使，在成化丁亥，以討荊襄賊功。皆不離故衛，且典衛政，稱爲能官。迨謝事，長子端已夭，子竑代。再期亦夭，子蹭代。公食其禄二十二年，年七十五，弘治庚戌四月四日卒。是月二十四日，合葬城西白石橋滕淑人墓兆。滕，鳳陽舊族，驍騎副千户諱輔之女。有内行，先公二十年卒。子五：蹭以上滕出；次靖、竚，出側室張氏。女二：長適驍騎正千户劉喜，次適中書舍人黄璨。孫男女各二。

公少警敏，涉書史，論議英發，遇事無所避。人有困乏，必極力赴之。恒語人曰：「戰本危事，必身家兩忘，乃克致勝。稍有顧忌，則敗矣。」病革，索筆紙，戒子孫治喪去佛事，曰：「吾先公莫之行也。」蹭輩皆謹識不敢忘。然尤有甚難者。公少時，母疾殆，刲左股肉，和糜以進，老猶有瘢焉。去年公疾，蹭刲股至再。公既愈，始知之，因泣曰：「吾兒亦至是乎！」蹭屢以將才薦，至是乃用孝著。君子曰：「克肖其父。」予聞諸栝蒼潘時用、玉田徐時鳴。及蹭述治命以銘請，時鳴實爲狀，而時用亦爲速銘。銘曰：

刲股不死，天佑孝子。天佑孝子，壽六逾紀。我最公行，曰此攸始。公既有禄，亦復有子。爰及來裔，公行是似。行不必似，孝弗可墜。匪公則諛，厲我同類。

輯自中華石刻數據庫。題下署「賜進士出身奉議大夫左春坊左庶子兼翰林院侍講學士經筵官兼修國史長沙李東陽文并篆盖」。

# 中府左都督范氏先墓碑

大同范氏，出鳳陽定遠。元有講林者，生子燧，當季世，在軍中爲副帥，歲己亥歸我太祖高皇帝。洪武間，累功授驍騎衛百户，遷龍虎衛正千户，改燕山護衛，進指揮僉事，又改平山、山海二衛以卒。子堅，蚤世。堅子安，以嫡孫嗣，從太宗文帝，累功遷指揮同知，改署大同後衛事。永樂初，征西北邊，遷指揮使，改大同左衛。復扈蹕北征，獲賞無算，卒，無子。宣德初，母弟祥嗣，有能名，未幾亦卒。子瑾，尚在繈褓，母馬氏鞠之，名紀宦籍。正統初，嗣官，出隸戎伍，茂著勤效，累遷至中軍都督府左都督，階特進榮禄大夫，品正一。貤恩三世，曾祖考而下，贈如其官；曾祖妣而下，皆贈夫人。惟母馬氏以存，故封太夫人。范氏之盛，至是始極。

都督公之嗣指揮使也，實承事業，閑武藝，上屬下攝，久益練政務，聞馳四方。歷參將、遊擊將軍副將，至總戎事。若寧夏，若大同，若甘肅，號令明慎，部伍齊肅，今之稱名將者莫之或釋。蓋范氏之所爲盛者以此。

嘗觀古者諸侯、卿大夫，世國世家，祭有廟，葬有墓，傳諸後嗣者不絶。迹所由起，未始不艱難困苦，階累級積，以底於成。及世運恬熙，外患不作，吏責不備，則已忘其所有事。甚者恣志縱欲，爲聲色狗馬之好，亡身而阽家者衆矣。周書戒世禄，春秋譏世卿，迹所因襲，其來已久。唐之房、杜，功不及於再世，當其時，亦有藉口爲子孫戒者，矧今之人有不古若者哉？比聞邊吏言，概得都督公才略功績。及入總京營，爲大將，復同朝著，觀其器度論議，信非選耎汩没者比也。是不特代次名秩相先後，而亢宗逮閥有榮耀焉。俎簋世繼，宗祀不絶，有繇然已。

自公高祖考妣而下，斂葬於白羊城牛心山之原，歲月久弗識。公考葬於宣德壬子仲冬吉日，妣以成化庚寅四月吉日祔。弘治壬子，荷蒙上推恤典，爲營葬域，遣山西承宣佈政使司左參政王臣諭祭。總名之曰范氏先墓，爲敍及銘，以示來裔，從都督公請也。公伯父安，有二室，楊氏以節死，詔封爲貞烈恭人。此事尤武弁家所不易得者，故附著之。銘曰：

范以邑氏，自陶唐啓。傳劉及杜，士會攸始。漢既唐宋，聲華繼起。我明肇興，俠奮閭里。封百千户，至指揮使。爲左都督，品極而止。桓桓都督，克邁其始。維都督賢，迭鎮西紀。爲國元帥，簡我先帝。雖非武家，式慕文事。式遡厥自，四世是祀。矧惟墓封，昭穆並峙。赫赫英靈，肇於一氣。若埋干鏌，光焰不死。越百千禩，請我銘視。

輯自中華石刻數據庫。題下署「賜進士出身中順大夫太常寺少卿兼翰林院侍講學士經筵官兼修國史長沙李東陽撰文」。

## 承事郎劉君合葬墓誌銘

詹事府少詹事贈禮部左侍郎謚文恭劉公之季子承事郎諱澣，以弘治癸丑四月十四日朔卒於長洲。其配汪孺人，先以壬子九月二十四日卒，未葬。其子梓在京師，卜甲寅九月十一日合葬於武丘鄉袁巷之原。暨君從子大理寺副察屬其姻黨太常少卿馬君宗勉請予銘，刻石以歸，其狀則雲南按察副使賀君澤民所著也。

按狀：劉氏本汴人，南宋時有爲黄州統領者，徙建康。有爲平江路榷茶提領者，居長洲，因居焉。君字介之，生京師官舍，修偉不凡。六歲失恃，文恭公口授書史，輒能記憶，日累數百言，無所遺失。公督使就學，□公仲子按察副使約之登進士第，乃俾君爲蟲幹，心計手籍，出納有經。仰□□□□□門略，邀遊兩畿，接四方卿士，謙慎中禮，不爲諂瀆。及家居，敬長□□□不□□恤，外内賢之，曰：「真儒家子也。」成化丁亥，飢，用例輸粟若干斛，□□服授正七品階，曰承事郎。君恒自念不獲卒業，以效用於世，欿如也，因□謂子曰：「必終吾志！」卒時年六十五矣。孺人出寧波望族，越國公華之別裔，□□□□□之孫，贈光禄署丞晉之女。其歸也，文恭公甚喜之。性尚儉靜，服□□□猶完潔如故，僕妾數百指，未嘗輕箠撻，人亦稱其慈。君在外久，家政□□□出，諸子皆受督就業，有成效焉。蓋其生卒俱先君一歲，而壽亦如之。□子謂□□並福偕老，而無後憾，可以爲難矣。子凡五人：橋，長而早卒；次梓，次桐，次榮，次栩，梓、栩皆以例七品階，榮以善書賜冠服，桐舉鄉貢士。君所屬以終志者，固其在此。女三人，其婿曰韓勳、黄經、顧岩。孫亦五：庶、點、默、熊、烋。女孫加一。銘曰：

□有仁□，教有義方。善不獨成，於家暨鄉。靈傑之邦，文恭之子。文恭有子，惟□□似。□似伊何，有訓在庭。服義在躬，官以是名。歸全有家，式墓公側。質幽□明，□□□□。

輯自中華石刻數據庫。題下署「賜進士出身中順大夫太常寺少卿兼翰林院侍講學士經筵講官兼修國史長沙李東陽撰」。

## 明故昭勇將軍都指揮僉事薛公合葬墓誌銘

昭勇將軍薛公之卒也，越四年，爲弘治甲子，其子欽卜以是歲八月三日，奉其母李淑人柩，合葬於都城西張花村，奉狀泣請銘于予。予與薛公契，且舊與聞世德，惡敢以不文辭哉？

按狀：公諱瑛，字世傑，福建連江縣新安里人。曾祖諱貴，洪武初，以戰功陞陝西西安衛百户，永樂壬辰，封昭信校尉，調濟州衛。祖諱福，以疾不仕。叔祖旺，繼亦以疾蚤卒。公以長承職，謀勇韜略，見服於衆。正統己未，以平虜功次陞署指揮僉事。景泰庚午，克南叛，實授指揮僉事。天順丁丑，陞指揮同知，封昭勇將軍。曾祖、祖，皆贈如其官。曾祖妣郭氏、祖妣侯氏，俱贈爲淑人。成化丙戌，公以將才奉敕守備倒馬關。會大臣奏公謀勇靖虜，陞都指揮僉事。丁未，以襄城侯李公舉，充副將，奉敕守備德州等處地方，所至威望並著。

弘治壬子，歸京，深居簡出。嘗訓諸子曰：「吾受國恩，愧無以報稱。萬一汝代有禄秩，其慎圖之。」性孝友，嫉惡向善，存誠秉直。虬髯長嘯於林下，雖老矍鑠，猶口談兵不置，誠將臣之翹楚老成者也。弘治庚申八月十日卒，距其生宣德丙午十一月十四日，壽七十五。配韓氏，封淑人。鄭氏、李氏，俱先卒。繼配李氏，生有淑質。既歸，凡中壼事，井井有條緒。公兩出鎮，佐助嚴慎，上下咸得其心。比公之閒居也，白首相對如賓客。歲時奉祀，肅恭不爽。盖其善教之有所本，故生子皆賢，爲女中懿範，良不誣也。弘治甲子七月二日卒，距其生正統辛酉十二月二十八日，壽六十四。子男二：長即欽，濟州衛指揮同知，直宿衛，兼總五軍營二司事，娶劉氏，鄭出也；次鋭，娶曹氏，李出也。女三：長適通州衛指揮劉振，次適留守衛指揮靳鑾，俱韓氏出；次適永清右衛指揮仝勳，今卒，李出。孫幼二：長欽之子，閻氏出；次鋭之子，曹氏出。皆公恩所及無窮焉。銘曰：

維公捍邊，桓桓厥武。斱栅拔營，鎮服西虜。受命于東，貔貅之雄。風清令肅，載收厥功。維公令名，寔資内助。夫人之賢，敬慈仁恕。張花新卜，合璧高原。勒銘昭示，千載若存。

輯自中華石刻數據庫。題下署「太子太保户部尚書兼謹身殿大學士知制誥經筵國史官會典總裁長沙李東陽撰」。

# 明故封中憲大夫太常寺少卿前陝西按察司副使劉公墓誌銘

封中憲大夫太常寺少卿劉公約之，文恭公之子也。舉進士，歷大理右寺副，累遷右寺丞，出補延平府同知，進漳州知府，擢陝西按察司副使歸。及其子棨爲尚寶司卿，陞階從四品，以考績例得誥進公今階，以東宫正字恩進今官，以兩宫尊號恩當復給誥，則又以移封例回所得誥，封公爲今官。時今天子登極，公已以致仕，恩復進階，有三品冠服之賜。未幾卒，朝廷遣官諭祭如例，而特敕有司治葬事。蓋公以世業繼顯科，爲要官，中道蹉跌，久弗大振，而晚歲遭際皆奇，特出常格如此云。

公諱瀚，約之其字，别號樗庵。先世本汴人，宋南渡有爲黄州統領者，徙建康，後有順之者榷茶平江路，遂居長洲。高祖諱元善，元季集義兵，保障其鄉。曾祖諱德讓，國初爲沛縣儒學教諭。祖仲輿，贈中書舍人。考鉉，累官翰林學士國子祭酒詹事府少詹事，贈禮部左侍郎，以學行聞於時，文恭其賜謚也。

公少爲蘇州府學生，景泰庚午，領南畿鄉貢，卒國子業，有名。其舉進士，在天順丁丑，試政禮部。頒詔至揚州府，府饋金二鋌，公峻拒弗納，列郡皆相戒勿饋，縉紳繪却金圖，賦詩頌之。其爲大理，在天順、成化間，讞駁詳慎。嘗奉敕録京畿及江西重獄，平反四百餘人。出賑河間諸府，飢民籍名給粟者十五萬。其爲同知八年，專理戎籍，多所釐正，鄰郡訴訟者踵相逷。爲知府，得專制，鉏强抑暴，民甚安之。部使旌於朝，章至八九上。爲副使，益持憲體。會邊徼多事，督餉不乏，資望日積，而遽謝事以去。西安府饋金爲贐，却之，曰：「不聞致仕與在任同邪？」時弘治己酉也。

居鄉十七年，足不至公室。歲鄉飲，有司禮爲大賓。其平生服履孝義。與人交際，無訑詞妄語。精法比，達政體，善古文歌詩，而終身不自伐。纊未屬，呼諸子孫至前，連舉孝弟忠信四字訓之，猶懇懇不置。其卒以乙丑十二月二十一日，壽八十有一矣。配吴氏，有内行，先公二十餘年卒，累贈恭人。子男十一：棨其長也，自爲中書舍人，直内閣，預經筵國史事，以慎敏稱；次梁，義官；次霖、裴、棻、采、秉、棊、棨、臬、臯，棻、秉、臯皆儒學生，裴、采、棊皆先卒。女十，其婿爲前錦衣衛指揮徐世良，國子生李珇、吴鑾，義官李琦，河間府推官李煒，醫士施璧，士人張鐙、李嵩，鴻臚寺序班徐元蔇，儒學生張文貞。孫男八，孫女十三。初，吴恭人葬於武丘鄉袁巷村先墓，公卒之明年爲正德丙寅十一月廿七日葬焉。公之歸，舊業未拓，粢分所得俸爲養，每欲歸省，不可得，比卒，乃奉吴編修南夫狀請予銘，禮也。吏部侍郎王公濟之方修郡志，列公名宦，當藉是以傳，銘惡足恃哉！銘曰：

儒臣之子，爲刑法家。内寺外臺，厥績孔嘉。理同事殊，父有遺教。其所爲教，維甲科是紹。亦有遺恩，匪我自取。所弗自取，維以貽我後。維詞及翰，亦詎非儒？還以錫予，其祖風之遺乎？

輯自中華石刻數據庫。題下署「光禄大夫柱國少傅兼太子太傅户部尚書謹身殿大學士知制誥同知經筵事國史總裁長沙李東陽撰」。

## 明故司禮監太監高公墓誌銘

正德壬申十二月初十日，司禮監太監高公卒。訃聞，上震悼，命司禮監太監賴公義，御馬監太監李公能，内官監太監劉公英、楊公森、朱公輝理其喪，禮部諭祭，工部治凡葬事，賜銀幣米布爲賻。慈聖康壽太皇太后、慈壽太后暨中宫咸賜賻有差。公以正統己未六月四日生，至是壽七十有四。卜以癸酉二月初三日，葬于都城西玉河鄉之壽藏。公之存，嘗預屬予爲墓表，及諸學士大夫爲碑及傳。兹其從子後軍右都督得林、尚寶司丞榮以諸太監意請爲埋銘，辭弗獲，司禮太監温公祥、蔣公貴亦爲速予，乃敍其履歷歲月，而以恤典先焉。

公自入内庭，景泰丙子，始受學内書館。天順戊寅，英宗命領司禮書札。甲申，預治大喪及憲宗納后禮。乙未，授奉御。壬寅，擢惜薪司右司副。癸卯，僉司事。甲辰，致祭襄府。乙巳，遷内官監右少監，仍署司事。己酉，孝宗命治秀懷王陳夫人喪禮。庚戌，理岐王就邸事。辛亥，遷左少監。壬子，奉使遼府。歸，特命爲東宫典璽局丞，侍今上講讀，夙夜勤恪。凡講官所進授，日爲温習，起居動止、食飲寢處，因事啓沃者不可勝計。甲寅，遣祭順妃。戊午，賜蟒衣，許乘馬禁中，始進司禮爲太監，仍兼局事，賜玉帯。癸亥，以疾告，累命醫診視，仍賜御藥。比入謝，以步履未健，命乘肩輿。乙丑，上登極，命視監事，掌機密，委任隆重，累辭弗許。一時新政，裨益居多，賜歲禄二十四石。命典大喪，復奉太皇太后論選大婚。丙寅，禮成，加歲禄，前後至八十四石。公累引疾求謝事，上不忍釋，面諭再四，乃許之，命歸外第，秩禄皆如故，加給内庫米十石、薪夫十人。既而，復召入視事。己未，復得謝。又三年，乃卒。

公爲人純慤簡易，無疾言遽色，中不設崖阱，不屑屑爲恩怨計。蚤嗜問學，所治官自壯至老，皆文翰事。其尤大者，則儲宫之輔翊、内政之樞機。竭志殫力，務求實用，而恒固不易，進退裕如，遭際之盛、持養之厚，兼得之矣。其所制祠堂，嘗賜額曰褒賢，誠賢也哉！

公諱鳳，字廷威，號梧岡。世居順天之深州，譜逸不可考。考四翁，贈榮禄大夫後軍都督府都督同知。妣白氏，贈夫人。從子五：景春、景文、得山，皆義官；得林，初以軍功歷都指揮同知，掌錦衣衛事，奉敕緝訪，功進都督同知；榮，以恩歷中書舍人，皆至今官。從孫六：淮、友、才，俱錦衣衛百户；萬良、瓚、安賢，爲涿鹿衛百户。兹不厭重録者，爲埋銘計也。銘曰：

儲宫翼翼，職專承弼。惟先皇帝，手自甄擇。宸居肅肅，官列監局。惟今天子，□篤是屬。有美高公，兩際其盛。盡思盡忠，退不失正。煌煌命服，鬱鬱佳城。禄賜山積，恩波海盈。惟天錫之，實備壽祉。惟帝念之，用篤終始。公生達死，公死猶生。維百千年，永此令名。

輯自中華石刻數據庫。題下署「特進光禄大夫左柱國少師兼太子太師吏部尚書華蓋殿大學士知制誥同知經筵事國史總裁長沙李東陽撰」。

# 明故尚膳監太監傅公墓誌銘

尚膳監太監傅公以正德甲戌四月二十四日卒於外第，遺命義子清等曰：「吾荷國厚恩，灰身莫補，勿乞祭葬。」清等謹卜五月二十八日，窆於都城西香山鄉南海甸之原。御用監右少監蘇公章，公所撫育，爲治大事，謂墓不可無銘，遣清來禮請于予。予雖老而且病，辭不可得，强起敍而銘之。

按狀：傅氏乃山後蔚州人，其先世系未詳。公父諱福興，永樂壬寅，方幼，被虜掠去，在彼服力勤事。虜遂將牢不疑，以女鉢囉罕氏妻之，即公生母也。久之，公陰謀南歸。正統己巳，乘間棄其妻，獨攜公並幼女伯失罕，潛奔來降。邊臣遣人護送至京，聞于上。賜公父充勇士，收公妹入宫。以公爲寺人，諱錦，字文組，送進禁中，給與尚膳監太監張公輝名下撫育。景泰丙子，以勤敏有聲，選本監長隨。成化乙酉，受薦加奉御。丙戌，擢右監丞。丁亥，遷右少監。戊子，轉左。壬辰，進太監。歷任年深，積有勞勩，欽賜蟒衣玉帶、内地乘馬，以彰其功。庚子，遽膺心疾，力請辭職歸田，懇乞三章，特以奉御侍香長陵。甲辰，病愈，詔起爲右監丞，調景陵神宫監管事。弘治壬戌，轉尚膳監左監丞，提督羊房。癸亥，兼提督裏外牛房。正德丙寅，陞太監，提督如故。公出入履歷，更事最多衙門，百凡供御，庶羞品味，修製極盡精微。辦官之外，禁止浮費，恒以節財裕民爲念。平生剛中而氣和，貌嚴而心平，言不妄發，發必中節。讀書雖少，聽人講誦，頗曉大義。長於射法。所謂範我驅馳，舍矢如破者也。盖人有非常之才者，必獲非常之用，際非常之用者，必享非常之福。公自少而壯，由壯而老，以稀旬有七之年，承五朝明主之寵，威益重而名益著，節愈堅而志愈貞，夙夜匪懈，善始善終，中貴大臣年高德邵如此者，夫豈多見？

公既失恃，奉養繼母如嫡母，克盡子道。有一繼母弟曰鉞，早逝。妹爲宫人，年老放出，卒于家。公並葬之以禮。止遺弟婦劉氏，嫠居衰邁，此外更無别親。嘗自謂此身如寄，何事厚殖貨財，以故日用之間，食前方丈，頗近糜費。然於賙恤困窮，略無少吝。蓋因見理分明，有古人風烈，而忠君孝親，良德美行，足以使人追慕不已。嗚呼，此不可爲有職者勸哉！銘曰：

人生可嘉，落茵之花。彼委溷者，徒歸泥沙。人亡可紀，流芳青史。豹死皮存，其文蔚耳。日近清光，侍膳馨香。蟒衣玉帶，五服攸彰。奉盈履冰，在寵思辱。節財裕民，安享天禄。樂施尚賢，處之泰然。忠孝兼盡，性成自天。位顯名揚，既福且壽。歸窆近郊，銘鐫不朽。

輯自中華石刻數據庫。題下署「特進光禄大夫左柱國少師兼太子太師吏部尚書華盖殿大學士致仕長沙李東陽撰」。

## 吴胄墓銘

去險就夷，正不復馳，是謂知幾。闡幽爲耀，以成子孝，是謂善教。生有封秩，殁有贈恤，以光於家室。玄扃永閟，是謂永保貞吉，其孰我敢軼？

輯自清雍正九年刻本（雍正）揭陽縣志卷之七。

# 附録

# 一 碑傳序跋

## 特進光禄大夫左柱國少師兼太子太師吏部尚書華蓋殿大學士贈太師謚文正李公東陽墓誌銘

楊一清

公姓李氏，東陽名，賓之字也。少居京師。先本湖廣茶陵人，國朝洪武初，以戎籍隸燕山左護衛，後改金吾左衛。曾祖文祥，祖允興，父淳，皆以公貴，累贈如其官。曾祖妣、祖妣、妣俱累贈一品夫人，繼母麻氏，再封一品太夫人。

生正統丁卯六月九日。方三四齡，輒能運筆大書至一二尺，中外稱爲神童。景皇帝召見，親抱置膝上，命給紙筆書，賜果鈔送歸。六歲至八歲，再召見，賜賚如初，送順天府學肄業。

天順丁丑，授舉業於華容黎文僖之門。壬午，年十六，舉順天鄉試。癸未，中會試。甲申，殿試，得二甲第一，入翰林，爲庶吉士。成化乙酉，授編修，修英廟實録。丁亥，實録成，陞從六品俸。壬辰，予省墓湖南。甲午，滿九載，遷侍講。乙未，經筵侍班。癸卯，再滿九載，遷侍講學士。甲辰，選侍東宫講讀。父卒，解官守制，賜祭一壇。五品，父例無祭，實自公始。

孝宗嗣位，弘治戊申，召修憲廟實録，以喪辭。己酉，服闋，乃起供職。以從龍恩遷左春坊左庶子，仍兼侍講學士。辛亥，實録成，遷太常少卿，兼職如故。壬子，始供事日講，并經筵講書。時大旱，應詔上疏，摘經筵所講孟子中要論切於治道者，析爲數條，極論其理，而時政得失以類附焉。上嘉納。

甲寅，内閣薦陞禮部右侍郎，兼侍讀學士，專管誥敕。乙卯，與木齋謝公並命入閣。中外相賀，以爲得人。公感知遇，力持國是，知無不言，兼稽古纂述之務。上嘗命撰祭三清樂章。公等上疏，言天子祭天地，禮以簡爲貴，祭不過南郊，故漢祀五帝，儒者非之。況三清者道家邪妄之説，不敢奉詔。科道官劾近倖二人，召公等議所當去留者。且出諸司題奏，令一一擬斷，親賜可否。葢自是始復奏事之制云。武岡知州劉遜爲藩府所奏訐，被逮至京，科道奏乞寬貸。上怒，俱下詔獄。公等言：遜誠情輕譴重，言官爲國盡忠，而概以爲罪，後有大利害、大闕失，誰肯言者？事竟得釋。戊午，皇太子出閣進學，加太子少師禮部尚書，兼文淵閣大學士。上慮京營總戎多不得人，召公等議更置。乃出英國公輩所辭疏，面與商確，曰某可去，某可調。公執筆撰稿，上御書：下兵部行之。辛酉，病眩，三上疏辭，不允。壬戌，賜玉帶。癸亥，賜蟒衣一襲。大明會典成，凡議例表奏，皆出公手，加太子太保户部尚書謹身殿大學士。甲子，孝肅太皇太后喪，上以廟制事重，屢召内閣臣面議，多公言是用。自是，不數日輒召問，因事納忠，每稱意旨。

闕里孔廟重建成，敕遣公往行祭告禮。還朝，以途中所見民物困弊狀具疏言之，因乞罷。是年冬，復以病屢辭。乙丑春，又辭。俱不允。五月，上不豫，召内閣三人入造乾清宫，直叩御榻。聖諭諄複，以今上皇帝爲託。公等頓首奉慰出。翼日，宫車晏駕，公號慟幾絶。

今上嗣位，凡詔册議謚大制作，出公手尤多。以侍從輔導恩加少傅兼太子太傅户部尚書謹身殿大學士。又以上兩宫尊號恩賜誥命，階光禄大夫，勳柱國，贈及三代。修孝廟實録，爲總裁官。正德丙寅春，初開經筵，命同知經筵事。上親耕藉田，預九推列。三月，幸大學釋奠先師，公分獻兖國復聖公。八月，册皇后，充納吉納徵副使。

公既受顧命，毅然以天下爲己任。事有未當，偕同事二公，盡言匡正，無所忌避，至再至三不輟。又以詔書不信，政令失中，條陳十事，指斥貴近，自劾失職，乞解任。時逆瑾已柄用，於是劉、謝二公皆得謝去，而公獨留。公據案涕泣，連疏懇乞同罷。上素重公，兩宫亦言：舊臣惟此一人，不宜聽其去。瑾不得已，故留之。公以病不良於行，乃詔免朝，日赴閣與新命焦、王二公同治事。已而，進二公官，遞加公少師兼太子太師吏部尚書華蓋殿大學士。公卧家懇辭，丁卯春正月，猶不起。閏正月，上偶違和，力疾出。

尚寶卿崔璿，御史姚祥、張彧，主事張偉，給事中安奎，各因事被繫。瑾方欲示威，俱令枷號。公奏：各人所坐，自有本法，枷號重典，不宜濫施。俱得寬釋。通鑑纂要書成，賜宴於禮部。瑾以修書盛典，欲因以示恩。公謂：此書先帝所命，不及進御，豈敢言功？瑾内銜之。會進焦、王二公少傅，而加公正一品俸。鎮守中貴有請便宜行事者，公執不可。一日早朝，有文書一卷投於丹墀，録瑾過惡。上命瑾等詰問，無肯承者，遂執朝官三百餘人，送詔獄。公奏：此事必一人所爲，同朝諸臣倉皇拜起，豈能知之？一人之外，皆無罪之人。乃盡得釋。時瑾立苛法，公卿重足立，道路以目。分遣徼卒四出，真僞莫辨，遠近驚悚，争以厚斂祈脱禍。公上疏極論之，大忤瑾意，然亦稍稍戢。瑾又患盗賊日滋，欲并其家屬，俱坐編戍。公言：爲盗之人，惡心猝動，雖其父兄，有不預知。自古罪人不孥，若玉石俱焚，何以開自新之路？於是得從末減。有儌卒捕盗不得，并其無服親執送官。法司承風旨，概坐以籍没發遣。公謂：即如新例，亦不當連坐。乃令改擬如律。又有以例前盗援新例處分者，悉不行，所全活者不知幾何。其他類此者，不能盡述也。瑾威權日盛，狎視公卿，惟見公則改容起敬。然他人瑾前論事唯喏，無敢與可否，公獨事事辨析。瑾不能平，每切齒焉，卒不能害也。

庚午夏四月，寧夏慶府寘鐇與都指揮何錦等叛逆，朝廷出師徵討。公請詔天下，稍革近時苛政。敕旨日十數降，迅筆擬奏，動中機宜，王師出而捷報至。八月，寧夏獻俘，瑾罪惡暴著伏誅，乃贊新政。凡瑾所變更者，令所司查革，悉遵成法。天下忻忻，想望太平。上録公功，加特進左柱國，廕一子爲尚寶司丞。力辭，不允。

是年冬，復與同官上疏，以儲嗣未建爲言。辛未，又屢疏乞休。屬羣盗蔓延，兵事方殷，不敢決去。一品九載考績，降敕獎諭，令兼支大學士俸，仍賜宴禮部，再給一品誥命，加厚賚。公辭，不許。以修省辭宴，許之。壬申，羣盜寖平，公卧家，凡七上疏辭，俱荷慰留，累遣吏部諭意，鴻臚官敦迫，乃復出。無何，賊首爲王師所殲，捷至論功，内閣臣各有賜賚，及廕子姪一人爲錦衣千户。公等三疏辭，特改授文階。又辭，乃命公兼支尚書俸，公仍辭大學士俸。十二月，公復卧家再辭。上察其誠，勉從所請，賜敕褒諭，令有司時加存問，月支米八石，歲給輿隸十人，仍廕其姪兆延爲中書舍人。

公既致仕，非展墓不出。宅東有隙地，構軒爲石假山，諸所厚者日造問，棋局詩酒，隨意所適。丙子年七月，公卿大夫士奉觴獻壽者彌月不止，積勞與熱，病卧不能興。至七月二十日，終於正寢。聞者莫不嗟嘆曰：「西涯先生亡矣！」有司以訃聞，上震悼，輟視朝一日，賜寶鏹一萬貫，致米布爲賻，遣禮部官諭祭九壇，贈太師，謚文正。國朝文臣謚文正者，自公始。

公天資英邁，讀書一目數行下，輒成誦不忘。少入翰林，即負文學重名。然恒持謙沖，未嘗以才智先人。資望既積，而當道殊不意慊，每沮抑之，士論譁然不平，公裕如也。比柄用，遭遇孝宗，不時召對，啓沃之功爲多。更化以來，值權姦用事，隨事應變，所以解紓調劑、潛消默奪，天下陰受其賜者，公不自言，而人亦或鮮知之。是時微公，衣冠之禍不知何所極也。公位既顯，恒以盛滿爲憂。顧受知兩朝，求退愈切，而眷留愈至。有疾必命太醫院官診視，遣内官齎厚賚，禮意隆重，無與爲比。至於謝政，歲時賜鮮，及頒上尊珍饌，皆與任事同。郊祀慶成，光禄猶致宴。皆先是所未有者。

事父孝謹。嘗夜歸，寒甚，父口占一絶諭之，自是終身不夜歸。痛母劉夫人早世，語及，哀不自勝。養繼母麻太夫人如母，事季父如父。同母弟東川、東山，早卒無子，哭之痛。東溟，麻太夫人所出，亦没，遺二男，公撫之如子。

所著有懷麓堂前後稿各若干卷，别有南行、北上、東祀諸録。真行草隸，俱有法，而篆書則一剗近習，復古之功爲大。樂汲引人才，有善輒稱揚不已，所薦士不使人知。同考、主考禮部會試者各二，主順天、應天鄉試者各一，廷試讀卷者八，門生半四方，凡經指授，多有時名。

初娶劉氏，累贈一品夫人；繼岳氏，蒙泉先生女，贈宜人；再繼朱氏，故成國朱公女，累封一品夫人。子兆先，岳夫人出，廕國子生，少有盛名。其卒也，舉朝惜之，孝廟遣近臣慰問賜賻。次兆同，朱夫人出，今以東溟子爲後，即兆蕃，恭謹有文，能世其家。擇以卒之年九月二十八日，葬於京城西直門外畏吾村，蓋公祖塋也。

録自明焦循國朝獻徵録卷之十四。

## 李東陽傳

致仕特進光禄大夫左柱國少師兼太子太師吏部尚書華蓋殿大學士李東陽卒。東陽字賓之，先世本湖廣茶陵人，以戎籍居京師。生四歲，能徑尺大書。景皇召見，抱置膝上，且試之書，賜果及鈔。六歲八歲兩召見，試對偶，講書大義，稱旨，賜皆如初，命肄業京學。

年十六，舉鄉試，十八登成進士，改翰林庶吉士，授編修。秩滿，遷侍講學士，尋侍東宫講讀。四年，憲廟實録成，遷太常少卿，兼官如故。七年，大學士徐溥等奏：大臣誥敕，當如舊專官撰擬。遂擢禮部右侍郎兼侍讀學士，以領其事。尋被命兼文淵閣大學士，參與機務。十一年，進太子少保禮部尚書。十六年，進太子太保户部尚書，改謹身殿大學士。武宗即位，進少傅，兼太子太傅。尋加少師，兼太子太師吏部尚書華蓋殿大學士。正德七年，累疏懇辭致仕。至是卒，訃聞，上輟視朝一日，祭葬如例，仍賜米布五十石匹、新鈔一萬貫，贈太師，謚文正，賜之誥命。

東陽在翰林，以文學名，前輩或忌之。遷侍講學士數年，始與經筵，然不以爲意也。嘗大旱應詔陳言，剖析孟子中語切治道者數條，附以時政得失爲獻，孝廟甚嘉納之。既入閣，不時召對，遇事多所規益。末年受顧命，縷縷數百言，東陽感激思報。正德初，羣小壞政，遂與同官劉健、謝遷條陳十事，指斥貴近，言甚剴切。因自劾求退，健、遷皆罷，而東陽獨留。命下，據案涕泣，連疏乞歸，不許。於是劉瑾威權日盛，狎視公卿，惟見東陽，則改容起敬。時焦芳與東陽同官，又助瑾煽虐。東陽隨事彌縫，去太去甚，或疏論廷辯，無所避忌，所以解紓調劑、潛消默奪之功居多。否則，衣冠之禍不知何所極也。或者乃以其依違隱忍、不即決去非之，過矣。

所著有懷麓堂前後續稿百餘卷。凡朝廷詔册謚議諸大制作，多出其手。詩篇碑板，傳播四裔。雖字書小枝，亦精絶逼古，人罕及之。

録自明武宗實録卷一三九。

# 李東陽傳

李東陽，字賓之。茶陵人，以戍籍居京師〔一〕。四歲能徑尺書，景帝召試之，甚喜，抱置膝上，賜果鈔，還其家。後兩召講尚書大義，稱旨，命入京學。天順六年，年十六，舉順天鄉試。遂成進士，選庶吉士，授編修。累遷待講學士，充東宫講官。弘治四年，憲宗實録成，由左庶子兼侍講學士，進太常少卿，兼官如故。

東陽盛有文名，不爲當軸所喜，至五年始得與講筵。旱災求言，東陽條陳孟子七篇大義，附以時政得失，累數千言上之，帝稱善。閣臣徐溥等以詔敕繁，請如先朝王直故事，設官專領。乃擢東陽禮部右侍郎兼侍讀學士，入内閣專典誥敕。八年，以本官直文淵閣，參預機務，與謝遷同日登用。時政闕失，輒偕溥等盡言極諫。東陽工古文辭，閣中疏草必屬之。疏出，多爲人傳誦。久之，進太子少保禮部尚書，兼文淵閣大學士。

十七年，重建闕里廟成，奉命往祭。還，上疏言：

臣奉使遄行，適遇亢旱。天津一路，夏麥已枯，秋禾未種；挽舟者無完衣，荷鋤者有菜色；盜賊縱横，青州尤甚。南來人言淮揚諸府，流亡載道，掘胔而食。江南、浙東，方數千里，户口消耗，軍伍空虚；庫無旬日之儲，官缺累歲之俸。東南財賦所出，一歲之饑已至於此。北地呰窳，素無積聚，今秋再歉，何以堪之？事變之生，恐不可測。言及於斯，可爲痛哭。臣自非經過其地，則雖久處官曹，日理章疏，猶不得其詳，況陛下高居九重之上者耶？道路言冗食太衆，國用無經，差役頻煩，科派重疊。京城土木繁興，供役軍士財力交殫，每遇班操，寧死不赴。勢家鉅族，田連郡縣，猶請乞不已。親王之藩，供億至二三十萬。遊手之徒，託名皇親僕從，每於關津都會，大張市肆，網羅商税。國家建都於北，仰給東南，商貿驚散，大非細故。更有織造内官，縱羣小掊擊，閘河官吏，莫不奔駭，鬻販窮民，所在騷然。此又臣所目擊者。

夫閭閻之情，郡縣不得而知也；郡縣之情，廟堂不得而知也；廟堂之情，九重亦不得而知也。始於容隱，成於蒙蔽。容隱之端甚小，蒙蔽之禍甚深。臣在山東，伏聞陛下以災異屢見，敕羣臣盡言無諱。然詔旨頻降，章疏畢陳，而事關内廷貴戚者，動爲掣肘，累歲經時，俱見遏罷。誠恐今日所言，又爲虚文。乞取從前内外條奏，詳加採擇，斷在必行。帝嘉歎，悉付所司。因再疏自劾求退，不許。明年，與劉健、謝遷同受顧命。武宗立，屢加少傅兼太子太傅。數諫帝失德，不見省。及劉瑾入司禮，與健等即日辭位，而東陽獨留，恥之，再疏懇請，不許。健等瀕行，東陽祖餞泣下。健正色曰：「何哭爲？使當日力争，與我輩同去矣。」東陽嘿然。

是時，中外大權皆歸瑾，務摧抑縉紳。而焦芳既入閣，助之虐，老成忠直士放逐殆盡。東陽悒悒不得志，然遇傳免日講、日晏視朝，每拜疏切諫。瑾兇暴日甚，無所不訕侮，於東陽猶陽禮敬。凡瑾所爲亂政，彌縫其間，亦多所補救。尚寶卿崔璿、副使姚祥、郎中張瑋以違制乘肩輿，給事中安奎、御史張彧以核邊餉失瑾意，皆荷重校幾死，東陽力救，璿等謫戍，奎、彧得釋。

三年六月，朝退，有遺匿名書於御道數瑾罪者，詔百官悉跪奉天門外。頃之，令大僚及翰林皆出，執庶僚三百餘人下詔獄。次日，東陽等力救，未報。瑾廉知乃同類所爲，衆獲宥。東陽又疏言數事，章下所司覆奏，有所輕減。瑾大怒，矯旨詰責數百言，中外駭歎。瑾患盜賊日滋，欲戍其家屬，東陽力争。或自陳捕盜七十人功，所司乞詰鄰伍及爲之囊橐者，將以新例處之。東陽言：如是，則百年之案皆可追論也。由是俱得免。

東陽既求去不得，委蛇避禍，而焦芳疾東陽位己上，日夕搆之。瑾乃令人摘通鑑纂要小疵，爲東陽等罪，而除謄録官數人名，欲因以及東陽。東陽大窘，度勢不能争，屬芳與張綵爲解，乃已。瑾久亦安之。當其威虐烜赫時，東陽婉言曉譬，屢見聽從。劉健、謝遷、劉大夏、楊一清及平江伯陳熊輩幾得危禍，皆賴東陽而解。其潛移默奪，保全善類，天下亦陰受其庇，而氣節之士多非之。侍郎羅玘上書勸其早退，至請削門生籍。東陽得書，俯首長歎而已。

焦芳既與中人爲一，王鏊雖持正，亦不能與瑾抗。東陽乃援楊廷和共事，差倚以自强。已而，鏊辭位，劉宇代之。未幾去，繼以曹元。皆瑾黨也，以故東陽勢益孤。東陽前已加少師兼太子太師，後瑾欲加芳官，詔東陽食正一品禄。久之，摘會典中訛謬，奪所加禄。居數日，以孝宗實録成，旋復之。蓋東陽亦不免狎侮矣。

五年春，帝以久旱下詔恤刑。東陽等因上詔書所未及者數條，帝悉從之。已，法司劉璟等畏瑾，減死者止二人。其秋，瑾誅，東陽乃上疏自列曰：「臣備員禁近，與瑾職掌相關。凡調職撰敕，或被駁再三；或徑自改竄；或持回私室，假手他人；或遞出謄黄，逼令落稿：真假混清，無從別白。臣雖委曲匡持，期於少濟，而因循隱忍，所損亦多。理宜黜罷。」帝慰留之。以平寘鐇，加特進左柱國，廕一子尚寶司丞。爲御史張芹所劾，帝怒，奪芹俸。東陽亦乞休辭廕，不許。時焦芳、曹元已罷，而劉忠、梁儲入，政事一新。然張永、魏彬、馬永成、谷大用等猶用事，帝嬉遊如故。皇子未生，多居宿於外；又議大興豹房之役，建寺觀於禁中。東陽等憂之，前後上章切諫，不報。霸州盜劉六等亂起，侍郎陸完方出師涿州，賊已至固安，京師震動。帝乃召對東陽、廷和、儲於左順門，欲召還完軍。東陽稱善，因言賊本烏合，朝廷賞罰明信，使諸將效力，賊自不足平。帝曰：「然。」遂慰勞賜羊酒而退。時帝久不接大臣，及是但答問數言，無所獻替，人益責望東陽。七年，東陽等以京師及山西、陝西、雲南、福建相繼地震，而帝講筵不舉，視朝久曠，宗社祭享不親，禁門出入無度，谷大用仍開西廠，屢上疏極諫，帝亦終不聽也。九載秩滿，兼支大學士俸。河南賊平，廕子世錦衣千户。再疏力辭，改廕六品文官。其冬，帝欲調宣府軍三千入衛，而以京軍更番戍邊。東陽等力持不可，大臣、臺諫皆以爲言。中官旁午索草敕，帝坐乾清宫門趣之，東陽等終不奉詔。明日，竟出内降行之，江彬等遂以邊兵入豹房，小人愈得志矣。東陽以老疾乞休，前後章數上，至是始許，賜敕給廩隸如故事。又四年卒，年七十，贈太師，謚文正。

東陽事父淳有孝行。初官翰林時，常飲酒至夜深，父不就寢，忍寒待其歸，自此終身不夜飲於外。爲文典雅流麗，朝廷大著作多出其手。工篆、隸書，碑版篇翰，照耀四裔。獎成後進，推挽才彦，學士大夫出其門者，率粲然有所成就。自明興以來，宰臣以文章領袖縉紳者，楊士奇之後，東陽而已。立朝五十年，清節不渝。既罷政居家，購請詩文書篆者填塞户限，頗資以給朝夕。一日，夫人方進紙墨，東陽有倦色。夫人笑曰：「今日設客，可使案無魚菜耶？」乃欣然命筆，移時而罷。其風操如此。故與楊一清善，及疾亟，一清視之，東陽以謚爲憂。一清曰：「本朝無謚文正者，請以奉公。」東陽自牀上頓首謝，後竟得之。

此傳録自横雲山人集明史稿列傳第五十九。

## 【校勘記】

〔一〕「戍」，明武宗實録、明焦循國朝獻徵録所載楊一清撰特進光禄大夫左柱國少師兼太子太師吏部尚書華蓋殿大學士贈太師謚文正李公東陽墓誌銘皆作「戎」。

# 懷麓堂稿序

楊一清

古之人所以名世而不朽者有三，立德、立功、立言是已。今天下政化出於一，六經四書之旨如日麗天，固無俟於所謂立言者。其見於著作，若紀述鋪敍之爲文，詠歌吟諷之爲詩，可以考見得失，垂世鑒戒而興起其善端，大則用之朝廷，施諸天下，以鳴一代之盛，謂非古者立言之遺意哉！今少師致仕西涯李先生，以扶輿間氣挺生於重熙累洽之朝。弱冠入翰林，已負文學重名。金梓所刻，卷帙所録，幾遍海內。大夫士得其片言，以爲至寶。後進之士凡及門經指授，輒有時名。中年益深造遠詣，比掌帝制，登政府，則又衍而爲經綸黼黻之文，稽古代言，以定國是，變士習，裨政益化，有非文章家之可名言者矣。

日文至今日而盛，而弊亦隨之，故聯篇累帙盈天壤間皆是物也。其能追古名家超然自立於世者，蓋亦不數數見已。自餘作者，各挾所長，非無足取，彙而閱之，樂恣肆者失之駁而不醇，好摹擬者傷於局而不暢。近或習爲瘦辭硬語，使人不復可句，以是爲古所謂「以艱深文淺近」者。文之弊一至是，可慨也。

先生高才絶識，獨步一世，而充之以問學，故其詩文深厚渾雄，不爲倔奇可駭之辭，而法度森嚴，思味雋永，盡脱凡近，而古意獨存。每吮毫伸紙，天趣溢發，操縱開闔，隨意所如，而不逾典則。彼旬鍛月煉以求工者，力追之而不可及也。譬之大人君子，冠冕佩玉，雍容委蛇於廟堂之上，指麾百執事各任其職，未嘗有叱咤怒罵之威，而望之者起敬，即之者傾心。至其衆體具備，無所不宜。探之而益深，索之而益遠，則如大河之源出於崑崙，至於積石，又至於龍門底柱，既乃吞納百川以達於海，涵浴日月，頃刻萬變而不知其所窮。嗚呼，至矣！

孔子曰：「有德者必有言。」先生孝友天至，其素行金完玉粹。名滿天下，而自視欿然；位極人臣，而樂善如不及；履常應變，恒介介不易守。蓋其文章與功業並懋，斷有以立於世者，而謂其不本之德不可也。

先生嘗自輯其詩文凡九十卷，總名之曰懷麓堂稿：詩稿二十卷、文稿三十卷，在翰林時作；詩後稿十卷、文後稿三十卷，在内閣時作。南行稿、北上録則附於前稿之末，講讀、東祀、集句、哭子、求退諸録則附於後稿之末，以皆雜記，故不入卷中。徽州守熊君桂，先生禮闈所取士，間從所知得副本，乃謀諸同知王君仲仁輩刻之郡齋，走書京師，索余序。予辱先生知與四十年，多所規益。每有撰述，輒爲指摘疵垢，不少隱。顧庸惰不立，少而學焉，老而未能測其谿徑，况望窺其室堂哉！然平生企向之懷，得託姓名於不朽以爲幸，而熊君汲汲公善之心，亦不可以不白，故僭爲之言。

先生所著別有燕對録，藏於家，及密勿章疏，文字甚多，人不及見，予承乏内閣，始得窺見之。若致仕以後詩文，則別爲續稿，他日當自有傳之者。

正德丙子秋七月朔，光禄大夫柱國少傅兼太子太傅吏部尚書武英殿大學士知制誥兼經筵官石淙楊一清序。

## 懷麓堂文集後序

靳貴

此少師西涯先生李文正公之集也。詩賦共若干首，銘誌雜文若干首，奉敕碑記若干首，奏疏若干首，總若干卷，而續集不與焉。嗚呼，富矣！

予嘗聞有一代之興，必有一代英賢之佐，進而左右厥辟，考修班制，敷爲述作，以昭覲文華國之美。然其成也有漸，其發也有機。必治極百年，天鑒昭格，篤生賢輔，始克際登兹盛。如周至宣王，數更九世，作材復古，紹休先王。於時尹吉甫、仍叔、申伯、仲山甫、方叔、召虎咸能先後禦侮，陞政大猷。而仍叔、吉甫之徒又能鋪張贊詠，以道其事，如車攻、崧高、蒸民、江漢、韓奕諸作是已。夫周之治固郁郁其文，然微諸賢，則所謂至今望其君臣若神人然者，又惡能若是其烈哉！

我皇祖受命開極，肇隆文化，列聖相繼，引養引恬。至於成化、弘治間，人文之盛，於斯爲極。公適出會其期，攄其所藴，見於詞章。高文大册，既已光朝著而澤海宇，而長篇短述，又皆流播四方，膾炙人口。蓋操文柄四十餘年，出其門者號有家法。雖在疏逖，亦竊效其詞規字體，以競風韻之末而名一時，豈偶然哉？

夷考公平生，小心慎密，不事矯襮。歷官禁近，節儉正直，雅有羔羊之風。方今上嗣德訪落之初，及元凶鞫人忮忒之際，公以耆望，屹然在服。中間扶持善類，將順德意，陰利天下，蓋有人不及知者。罪人斯得，益啓淵衷，進賢屏惡，溥惠滌瑕，以植民生而綿國脉。傳謂爲人臣者「怠則張而相之，廢則掃而更之，謂之社稷之役」，公實有焉。及其憂則違之，賁於丘園，賓從遊歌，若忘素顯，而聞朝廷用一善人、興一善治，必喜動顔色，如自己出。或議及古今政疵民瘼，亦復恫瘝乃身，故予嘗爲文壽公，謂其居廟堂未嘗不以山林爲念，在山林未嘗不以廟堂爲憂。其心始終不廢民胞物與之情，乃心王室之義，正謂此也。

公既捐館，國論益明，朝貤節惠，謚曰文正。孔子曰：言有物而行有恒也。是以生則不可奪志，死則不可奪名。公固今日之山甫、仍叔也。向非文與功偕，德與位侔，亦烏能獲是名於天下後世哉！公之所謂文者蓋如此，然非予一人之私言也。

集刻於徽州郡齋。前守熊君桂請予序其後，今守張君芹又繼請不已。且公未屬纊時，亦嘗面有是命。予雖不敏，其何敢忘？敬爲論著聖朝文運治化之盛與公平生志節之大如右，俾讀是集者有所考焉。

正德戊寅十二月朔旦，門生京江靳貴謹序。

# 李文正公麓堂續稿序

邵寶

麓堂續稿若干卷，太師西涯先生李文正公致仕後所著也。公所著有麓堂前後稿者，刻於徽郡，公門下士提學侍御張君汝立實與圖焉。公卒之明年，汝立復得是稿，遂於蘇郡刻之，而屬寶爲序。

寶嘗聞之，道之在天下，其極至於萬變，君子言行以之。文也者，言之精而行之著也。是故道盡乎變而後可以言道，文盡乎變而後可以言文。苟非其人，則何以與於此？公生四年，以神童承顧寵，儲養進修。又十餘年，學用大成。既舉進士，回翔翰苑。久而後登秘閣，進位師傅。歷三朝五十餘年，高明端雅，盛德嘉謨，上沃下敷，澤被海内。乃或當艱應遽，定震稽疑，所謂道者，隱然在公之身。故其爲言，弘衍旁流，即物陳義，惟其所當，皆能極乎其所止。雖其言篇篇殊，而所謂道者，錯然在焉。蓋自六經至諸傳子史，上焉準之，次焉資之，下焉亦時取之。如大將御戎，不聞號令，而一鼓一麾，無不如意。如金之鑄於良冶，造化自我而不知所以爲之者。有道哉！文乎可謂能盡其變矣。其卓然稱大家而爲學者宗師，有以也夫！固有承迂襲隱，謂之理學，否則荒於釋老，否則雜於稗野，自以爲玄，爲達，爲辨博者，皆公門之棄也。

寶不敏，出公門下，幾四十年，辱公指教，多且深矣。東歸以來，病餘閒居，竊有所論，如此公德厚方將書以請焉，而公已矣。先是，公嘗作信難遺實，乃今有餘思焉。敢以是爲汝立復。公德厚而章，功鉅而遠，古稱三不朽，公實兼之，天下後世當有公論焉。謹序。

正德十有二年春三月既望，門人通議大夫户部左侍郎侍養前都察院右副都御史總督漕運無錫邵寶百拜書。

# 二 年譜

## 新訂李東陽年谱

錢振民 著

### 説 明

一、本譜首撰譜前，以明譜主家世。

二、本譜以舊曆紀年，按年月日先後順序編列譜文，注文分列於每條譜文之後。譜主之行實不能確考年代者，一般不採入譜文。月份不明而有春秋時序者，編入一季之末，季度無考者繫於年末。

三、譜主所撰詩文甚夥，本譜僅摘要述之。

四、依據燕對録、聯句録、玉堂聯句及其他新輯散佚詩文，略作補訂，亦注意參閲了司馬周君所撰李東陽年譜補編等新出成果。

五、限於非獨立成書之性質，本次新訂，對拙著舊譜略作删節，酌削了部分今已非稀見史料及各年譜後之時事等文字。

六、野史傳聞而無從考訂之資料，本譜原則上不予採用，亦不附録於譜後。

七、本譜於譜主，以其字「賓之」稱之，其餘人物能够考知其姓名者，一般直稱其姓名。

八、與譜主交遊之重要人物，爲之撰寫小傳，置於相應注文中，並注明依據。

九、譜主致政前之詩文主要收録於懷麓堂稿中，致政後之詩文收録於懷麓堂續稿中。懷麓堂稿由詩稿、文稿、詩後稿、文後稿、南行稿、北上録、講讀録、東祀録、集句録、哭子録、求退録十一部分組成，懷麓堂續稿主要由詩續稿、文續稿兩部分組成，本譜略去總書名，直用各部分書名，如詩稿、文稿等。筆者新編李東陽全集，簡作全集。

十、大明憲宗純皇帝實録簡作明憲宗實録，大明孝宗敬皇帝實録簡作明孝宗實録，大明武宗毅皇帝實録簡作明武宗實録。楊一清撰特進光禄大夫左柱國少師兼太子太師吏部尚書華蓋殿大學士贈太師謚文正李公東陽墓誌銘簡作墓誌。

十一、譜主所撰墓表碑銘類文章，不能確考其年月者，繫於墓主卒之年。

十二、本譜所涉譜主之親屬師友等之生卒、舉進士年月，已見於一般工具書（如歷代人物碑傳綜表、明清進士題名碑録索引等）者，不再一一注明出處。

十三、譜文中所徵引文字，皆依所據文本，一般不作校改；明顯訛誤者，隨文訂正之；異體字及避諱字而無須保留者，徑正之；脱漏及漫漶不清者，以「□」標示。

十四、鑑于詩文標題多兼具紀事性，本譜對所徵引詩文標題文字較多者施以標點，以省却再次徵引。

十五、本譜直接徵引之文獻資料皆隨文注明出處，譜後不再附録參考文獻。

此前編訂李東陽全集，杜怡順君建議將筆者舊著李東陽年譜附列於其末，以方便學界。筆者却一時惶恐。近年，隨着藏書理念之不斷進步、現代科技之飛速發展，大量往時難以窺見之古代文獻資料已影印面世，或被電子化、數字化和網絡化，理應將舊譜詳加增補釐訂，而迫於時日，只好留下遺憾，寄希望於他日了。

# 譜前

李東陽，字賓之，號西涯。筮仕時，嘗自號警齋。祖籍湖南茶陵，以戎籍居京師。墓誌：「公姓李氏，東陽名，賓之字也。少居京師。先本湖廣茶陵人，國朝洪武初，以戎籍隸燕山左護衛，後改金吾左衛。」

集句録引自署曰：「成化戊戌夏五月六日西涯識。」案，西涯爲賓之故居所在地，生於斯，長於斯，感情深篤，因以自號（參法式善西涯考）。其集中詠西涯之作甚多，如詩稿有重經西涯詩七首，卷九有西涯雜詠十二首，詩後稿卷六有次李白洲督復西涯舊業韻二首。謝鐸、倪岳、程敏政等人集中西涯十二詠之作，亦爲賓之所賦也。約於成化初年，賓之已用「西涯」之號。

詩後稿卷十題崔甥畫卷詩序：「禮部郎中崔甥世興得中書焦瑞家畫卷十幅，皆正統、天順間一時名筆。内有予詩十首，跋一通，皆書『警齋』，而字畫圖印絶不類。疑其僞也，間以質予。予筮仕時實有此號。」

茶陵李氏，出自臨洮，傳爲唐之西平忠武王晟之後。宋有州同知慶遠者，有惠政於民，始留居茶陵之中洲。

南行稿高祖戊七府君墓表：「惟我李氏，出自臨洮，譜傳爲西平忠武王之後。王之第十子曰憲，爲觀察使，始居江西。江西之八世諱餘，始遷於茶陵之中洲。」劉大夏劉忠宣公遺集文集卷一茶陵望德祠記：「李氏裔出西平，遠不可考。茶陵之始祖在宋爲州同知慶遠，有惠政於民，因留居之。」倪岳青谿漫稿卷十八壽憩庵李先生詩序：「李氏本西平忠武王晟之後，世家長沙之茶陵。」案，李晟，字良器，唐隴右臨洮人。德宗時，以討平叛亂，收復長安諸功，累官至太尉兼中書令，封西平忠武王。舊唐書卷一百三十三有傳。

高祖，名無考，行戊七。不仕。爲人敦樸謹厚，德浮于言，人稱長者。高祖母譚氏。

南行稿高祖戊七府君墓表：「茶陵之九世爲我曾祖考處士諱某，行戊七。……淳生不及祖考，祖妣賀之存，尚能道曾祖時事。曰：『吾舅爲人，敦樸謹厚，德浮于言。其行吾則不能詳，然人皆曰：是長者也。……』」案，是表爲賓之代父之作，故言曾祖。而標題當爲賓之彙編詩文之際所增，故題中稱「高祖」。下同。文後稿卷十五祠堂成告文：「維正德六年歲在辛未八月戊寅朔越六日癸未。孝玄孫特進光禄大夫左柱國少師兼太子太師吏部尚書華蓋殿大學士東陽敢昭告於顯高祖考處士府君、顯高祖妣譚氏……」

族高祖祁，字一初，號希蘧，又號危行翁、不二心老人。元末明初詩人，有雲陽先生集十卷。

錢謙益列朝詩集小傳甲前集李翰林祁：「祁，字一初，茶陵人。元統元年進士，應奉翰林文字。母老，就養江南，授婺源州同知，遷江浙提舉副提舉。母憂，解職歸，隱居永新山中。入國朝，力辭徵辟，年七十餘卒。一初爲左榜進士第二人，其右榜第二則余闕廷心也。嘗爲廷心序青陽集，自以爲不得乘一障效死如廷心爲恨。又以爲委質事人，不可終負，見諸詠王明妃及和王子讓之詩。……國兵入永新，一初被傷，儒衣冠僵仆道左。總制新安余茂遺人舁歸，辟正舍禮之。歿而刻其遺文，爲雲陽先生集十卷。」

文稿卷二十四族高祖希蘧先生墓表：「東陽少時，則聞族高祖希蘧先生。……及屢見先生書迹圖印，乃知其號希蘧，又號爲危行翁。」

同書卷二十一敬書雲陽集後：「右我希蘧府君詩文集十卷。……近又見朱大理文徵所藏清明上河圖跋尾真迹，蓋今第十卷所載。後有印曰『不二心老人』，此平生所未聞者。」

曾祖文祥，行繼二。洪武初，以戍遷於京師。爲人質直簡默，不事侈靡。累贈光禄大夫柱國少傅兼太子太傅户部尚書謹身殿大學士。曾祖母賀氏，累贈一品夫人。

文稿卷三十先叔父前金吾左衛百户李公墓誌銘：「洪武初，吾曾祖繼二府君籍義兵，歷濟南衛，改燕山左護衛。」

墓誌：「曾祖文祥、祖允興、父淳，皆以公貴。」

南行稿高祖戊七府君墓表：「國朝洪武初，我祖考處士始以戍遷於京師。」案，是表爲賓之代父行素之作，故言祖考。

文後稿卷八曾祖考少傅府君誥命碑陰記：「聞吾祖言，府君質直簡默，不事侈靡。始居北方，風土不習，言語不相解，未久而卒。」

文後稿卷十五祠堂成告文：「維正德六年歲在辛未八月戊寅朔越六日癸未，孝玄孫特進光禄大夫左柱國少師兼太子太師吏部尚書華蓋殿大學士東陽……顯曾祖考贈光禄大夫柱國少傅兼太子太傅户部尚書謹身殿大學士府君、顯曾祖妣贈一品夫人賀氏，顯祖考贈光禄大夫柱國少傅兼太子太傅户部尚書謹身殿大學士府君、顯祖妣贈一品夫人陳氏，顯考贈光禄大夫柱國少傅兼太子太傅户部尚書謹身殿大學士府君、顯妣贈一品夫人劉氏。」

墓誌：「曾祖文祥，祖允興，父淳，皆以公貴，累贈如其官。曾祖妣、祖妣、妣俱累贈一品夫人，繼母麻氏，再封一品太夫人。」

案，賓之曾祖父母、祖父母、父母之封贈，均據此二處注文，下文不再一一贅列。

祖允興，字福永，行允三。代父役，與靖難功，授小旗。調金吾左衛，以藝簡入内局。後以坐賈爲養。爲人純孝，樂於賙貧。累贈光禄大夫柱國少傅户部尚書謹身殿大學士。

文稿卷三十先叔父前金吾左衛百户李公墓誌銘：「吾祖允三府君在永樂初與靖難功，授小旗。」

南行稿高祖戊七府君墓表：「國朝洪武初，我祖考處士始以戎遷於京師，實生我先考處士諱允興。」

劉大夏劉忠宣公遺集文卷一茶陵望德祠記：「先生之祖文祥府君、父福永府君，皆積德累善，晦迹都邑。」案，據記，知是祠爲賓之父行素之祠，「先生」，即行素也。

文後稿卷八祖考少傅府君誥命碑陰記：「吾祖入京師，稍長，即代父役。靖難之師，實在行伍。以功當禄，掾吏索米三斗，當得官。時大饑，米斗千錢。府君曰：『官豈可賂得？』竟弗予。止得小旗，調金吾左衛。以藝簡入内局，值初製軍器，每以新意佐官長。官長欲白其功，則謝曰：『我賤者，雖功何益？』終其身不以語人。純孝無僞，刲肉療母。夜禱於神，以刀置碗上，鏗然有聲。不越月而創愈，鄉鄰傳而神之。或以問焉，弗答也。遷居海子之西涯，坐賈爲養。不需厚息，息日滋，則以賙貧者，囊無留資。性不嗜殺，雖蟣蝎之類，必縱使得所。」

祖母陳氏，武進人。簡默寡言笑，勤儉以持家。累贈一品夫人。

文後稿卷八祖考少傅府君誥命碑陰記：「祖妣本王氏，從舅氏之姓曰陳，常之武進人。從父上京師，禮配吾祖。簡默寡言笑，躬勤女事。家舊藏祖像，布褐服有補綴處，皆祖妣手所紉製，其儉如此。」

父淳，字行素，號慙庵。少聰穎，習舉子業，弱冠爲里塾師。醇篤嗜學，博通經史及陰陽地理諸子之説。喜吟詠，精行楷。不仕。天性孝友，授徒以養二親。爲人誠樸坦易。著有書法論。累贈光禄大夫柱國少傅兼太子太傅户部尚書謹身殿大學士。

倪岳青谿漫稿卷十八壽憩庵李先生詩序：「先生生而醇篤嗜學，博貫經史，兼通陰陽地理諸子之説。喜吟詠，精行楷。尤善大書，魁偉可至數尺，波磔遒勁，得歐、顔遺意。景泰初，嘗獻所撰書法論。召試禮部，大爲宗伯胡忠安公之所鑒賞，即疏其運筆精熟以聞。偶雜他疏中，竟不獲報而罷，故嗟惋久之，先生亦不屑也。天性孝友，授徒以養二親。父處士公寢疾，躬侍湯藥，無頃刻離側。如是者十餘年。母夫人忽中風，痰涌咽中，縷縷不絶。輒與其弟行潤甫交口吸取之，連三晝夜不少休，人以爲難。行潤積官至金吾百户，先生與之處，友愛甚至。姊贅而寡，養之終身，爲婚嫁其子女者數人。教諸子嚴而有法。賓之以文學職侍從，名重海内，猶朝夕警厲弗置。少子東溟雖甚愛，必勉使務學。平日未嘗親斗秤，問市賈。憐卹窮困，不計無有。冬月，有丐者袒泣河側，即馳取綿襦予之。與人交，一於誠信。闤闠勢利之流，絶不與接。大夫士相知者，一觴一詠，情意周洽。暇則坐憩庵中，弟勸兄酬，白首輝映，子姓侍側，雍雍如也，蓋有古之風焉。」

文後稿卷八先考贈少傅府君碑陰記：「先考爲人誠樸坦易，言若不能出口。……工書及詩。每見東陽書，輒不當意，曰：『書自有法，寧可以私意矯揉爲之？』東陽同考禮部，有南士以白金三百兩屬所親告先考。先考辭之，其人曰：『不猶愈於貸乎？』先考怒曰：『吾父子守窮死，豈可爲不義辱？』比考南畿，例有供張，先考曰：『慎勿納。且酒雖吾所愛，亦不可挈。獨不聞薏苡事乎？』東陽皆奉命惟謹。……學士之封，具朱衣請見客，輒麾之曰：『吾不慣此。』燕後忽得寒疾。時值廟齋，東陽歸視湯藥，趣赴院，曰：『邏令方急，毋以我故犯法。』其恭慎至此，不亂如此。」

謝鐸桃溪淨稿卷三十六贈資政大夫太子少保禮部尚書兼文淵閣大學士李公遷葬墓誌銘：「公李姓，諱淳，字行素，號憩庵……世爲湖廣茶陵人。裔出西平之後，國初以戎籍隸京師，志公蓋三世矣。成化丙午十二月三十日，以疾卒於正寢，距其生永樂丁酉，享年七十。……公少聰穎，習舉子業，弱冠爲里塾師。尤旁通堪輿家，既乃棄去，專攻字學。」

又案，行素所著書法論，正德間，賓之嘗以憩庵府君字法手稿爲目刻以行世。參正德五年十月譜。

母劉氏，東安人。勤儉賢淑。以病早逝，時賓之甫十歲。累贈一品夫人。

文後稿卷八先考贈少傅府君誥命碑陰記：「先妣出東安武弁，歸先考時年已逾二十。力服勤苦。有酒肉，供饋外必儲爲客具。族鄙外內稱爲賢淑，同然一辭。女婦暴厲者，或從而化。老子長孫相傳至于今，道之不衰。」案，賓之十歲時，其母病逝。參景泰七年譜。

繼母麻氏。儉以爲寶，勤以爲訓，仁以爲德。賓之事之若生母，備極孝養。累封一品太夫人。

汪俊壽李太夫人九十詩序：「太夫人李氏，故贈少師憩庵李公之繼室，文正公西涯先生之繼母也。太夫人之賢行，聞於中朝，以達於海内……文正公事太夫人，備極孝養。……太夫人儉以爲寶，白入門以至極貴，未嘗見其增飾；勤以爲訓，自少壯以至耄耋，未嘗見其暇逸；仁以爲德，自子孫以及姻里，未嘗見其同異」。

叔父澤，字行潤。官至金吾左衛百户。勤勞孝悌，善處家政。

文稿卷三十先叔父前金吾左衛百户李公墓誌銘：「吾祖允三府君在永樂初與靖難功，授小旗，改金吾左衛，尋入内局督工作。正統間，遘疾當代。吾父欲棄學從事，叔父年十六，請行，遂以書數受任。器仗名籍、奏牒辭式，心計手録，雖宿吏老掾，皆自以不及。然悉力勤事，戴星觸霧，或遠涉江漢，未嘗告勩。成化初，以上供恩擢所鎮撫。久之，遷百户。弘治初，例罷官，而冠服供事終其身。内領家政，一不煩吾父。躬所營置，必以共俯仰費。及東陽所得禄俸，並聽出納。勺粟寸帛，兩無嫌猜。四十年餘，凡三徙、七昏、九喪，賓祭饋贈，禮至無算。經制區析，舉無遺憾。其有勞於家又如此。尤篤孝。吾祖寢疾久，扶掖甚至。吾祖母陳宜人痰苦壅，與吾父截葦筒吸之。每談道舊事，至老猶相對泣下。事吾母劉宜人及今母麻宜人，睦不廢禮。張氏姑貧甚，養其夫子孫三世。凡昏嫁，視財利如土苴。親黨中待以舉火者往往有之，然實無厚積。當其揮金赴急，雖夜爨不給，弗顧也。是亦可謂難已。……叔父諱澤，字行潤。」

同父兄弟凡四人：賓之其長；仲弟東山，字陟之；叔弟東川，字濬之；季弟東溟，字容之。

文後稿卷二十二亡弟東溟壙誌銘：「吾同父兄弟四人。東山、東川出先母劉淑人，今弟東溟乃今母麻太淑人出也。……吾弟生，秀而敏。吾父教以書法，輒能領解。予教以舉子業，有端緒矣。屬病羸乏，因念二仲皆劬書致疾，遂不力就。又不欲使與齊民齒，乃隨例輸粟，獲賜冠服爲義官。旋復謝去，應選入四夷館，習書譯，庶幾得一命以爲太淑人歡。忽大病幾殆，遂喪明。越六七年，以酒得疾，百方療之，竟不起。」

文續稿卷八仲弟東山墓誌銘：「先考贈特進少師府君娶吾母贈一品夫人劉氏，生吾兄弟三人。東山其仲也，其字曰陟之。生景泰癸酉八月二十五日。吾母棄養時，年甫四歲，今母封一品太夫人麻氏鞠成之。陟之羸瘠不勝衣。性孝謹，愉色下氣，言若不能出口，中實耿介，見有不平事，必形諸顏面。布衣蔬食，甘心苦學，飫博狗馬之事，皆恥爲之。習舉子業成，未及試。爲詩辭，亦有思致。翰林侍講東瀧彭先生嘗曰：『京師仕宦家子弟，秀敏固恒事，能敦樸若是者，殆不多見也。』從今翰林編修南屏潘先生學，南屏殊愛之。如東瀧言加以礱斫，自是遂大進。予從先府君攜叔弟東川省墓湖南歸，陟之迓於天津，悲喜交集，感動行路。東川病不起，陟之哀痛次骨。又一年，娶於蕭氏。合巹之夕，號慟不自制。愛季弟東溟，勸使就學。事其嫂劉夫人、岳宜人，禮不少衰。岳病，亟爲馳報其家，遂得疾，逾年而劇。以成化丙申五月十三日卒……年止二十四。」

同前：「東川字濬之。性行才藝略似。年十九，未娶而卒。……各有遺詩數首，予爲輯爲卷，題之曰二仲遺哀云。」

夫人有三，初娶劉氏，繼岳氏，再繼朱氏。劉氏，京師人，累贈一品夫人。岳氏，名德嫄，溧縣人，蒙泉先生岳正之女，贈宜人。朱氏，成國公朱儀之女，累封一品夫人。

墓誌：「初娶劉氏，累贈一品夫人。繼岳氏，蒙泉先生女，贈宜人。再繼朱氏，故成國朱公女，累封一品夫人。」

文後稿卷三十句容知縣劉生德機墓誌銘：「劉氏出順天之順義，世居京師，有名籍。」「蓋德機以內弟學於予。」

岳正，字季方，號蒙泉，溧縣人。正統十三年會試第一，進士及第。歷編修、修撰、兵部侍郎、興化知府。天順間，曾入閣預機務。史稱其素豪邁，負氣敢言，博學能文章，高自期許，氣屹屹不能下人。賓之所作傳亦云：「公於書無所不讀，謂天下事無不可爲。高自負許，俯視一世。其爲文高簡峻拔，追古作者。詩亦雅健脱俗。……惟類博稿十卷行於世，深衣纂誤一卷藏於家。」（文後稿卷十一）明史卷一百七十六有傳。

文稿卷二十九外姑宋夫人墓誌銘：「夫人生子四人，俱殤。女六人，内德嫄歸東陽爲繼室。」

朱儀，字炎恒，世爲鳳陽懷遠人。明東平王朱能之孫、平陰王朱勇之子。景泰三年襲封成國公。天順七年十二月，受命爲南京守備，兼掌中軍都督府事。成化二十三年，加官太子太傅。爲政廉靖持重，頗有治績。弘治九年去世，年七十。贈特進光禄大夫右柱國太師，謚莊簡。配胡氏，少傅忠安公之女，封成國夫人。傳詳明史卷一百四十五。文續稿卷十封成國夫人朱母胡氏墓誌銘：「吾外姑朱太夫人胡氏，世爲常之武進人，故少保兼太子太傅禮部尚書忠安公諱潑之長女，太子太傅成國公贈特進光禄大夫右柱國太師謚莊簡諱儀之元配，今太子太傅成國公輔之母也。……女四，長適太子太傅魏國徐公俌；次適東陽……」

有子四人。長子兆先，字徵伯，岳夫人出。少即能爲歌詩古文，有盛名。性孝友，與朋輩處，謙抑慷慨。年二十七而亡。次子兆同，朱夫人出。早慧，十歲而殤。側子午孫，側出，未周歲而夭。繼子兆蕃，季弟東溟之子，恭謹有文。

文後稿卷二十四兒子兆先墓誌銘：「吾子兆先年十八而應試，提學張御史西銘奇之。比入院，病跌而止。二十一復試，不售，以蔭爲國子生。二十四三試，同試者傳誦其文，期必得魁解。偶誤寫題字卷，不得録。今年二十七，試期且迫，忽病作，小愈，再愈再作，遂不起。……兆先幼習經義，輒能作老成語。既乃嗜古作，予見所撰述，心頗怪之。會檢蘇老泉集不得，久乃知爲所竊，視字已漫矣。蓋自是文思驟發，諸老先生見必駭異，曰：『是故得外祖風格，後當有大名於世。』外祖者，蒙泉岳翁也。其爲歌詩，尤稱自得於古人，樸雅簡淡，言語所不及，獨深領解，有手舞足蹈意。於是不假梯級，徑趨高峻。予當其年，實未嘗造詣至此也。顧牽縶舉業，往往爲予所禁，不得肆。間有應答，或爲人促迫，寸楮片札，多不存稿，故予亦不能盡見。惟歸妹闕里，有東行稿成帙。既病，猶手書寄友二首。其没也，其友誦之。又相與輯其遺詩文，得二百餘篇。……兆先生四月，喪其母岳宜人，鞠於繼祖母麻太夫人。及長，暨其婦潘氏曲致孝敬。事繼母朱夫人，初無間言。撫二從弟延、蕃，皆有恩遇。遇祖母劉太夫人、前母劉夫人之黨暨諸姻戚，情禮周洽。朋輩聚處，每懷謙抑，未嘗有挾。值有窘急，必有賙恤，或先行而後告。……兆先之冠，今宗伯體齋傅先生爲賓，字之曰徵伯。其生以成化乙未六月二十一日，没以弘治辛酉閏七月二十五日……」墓誌：「子兆先，岳夫人出，蔭國子生，少有盛名。其卒也，舉朝惜之，孝廟遣近臣慰問賜賻。」

文稿卷三十兒兆同埋銘：「兒兆同者，予第二子，太子太傅成國公朱公之外孫也。生僅十歲而殤。……兒骨相奇聳，目炯炯射人，機穎驚脱，五歲能作屬對語。教之詩，即應口成誦。口占俚句，類協聲韻。字雖未素識，亦能闇寫，累數十筆不少誤，至於篆體亦然。予懼其泄露太早，每抑遏之。然逸不自制，則肆爲諸幻戲，剪刻描畫，摶埴裝貼，歛擊結縛，百凡之事，心得手應，無事規仿，而天真爛然，超出意象。即物計數，毫分兩析，皆略合算法。予亦怪之，然弗能禁也。」

文續稿卷八仲弟東山墓誌銘：「生一子亞孫，二歲而夭。予嘗有側子午孫，先府君告於祠堂，以爲之後，未幾亦夭。」詩稿卷五收哭午兒一詩，中有：「兒生不滿晬，遂作終身期。」

墓誌：「今以溟子爲後，即兆蕃。恭謹有文，能世其家。」案，兆蕃係賓之季弟東溟次子。

文後稿卷二十二亡弟東溟壙誌銘：「吾弟娶劉母之黨，爲孔氏。生二子：兆延、兆蕃，皆幼。」賓之之女，可考者有三，即崔氏女盈，早夭之女菱，及孔氏女。崔氏女盈，劉夫人出，適尚寶少卿崔傑。孔氏女，朱夫人出，適孔子六十二代孫衍聖公聞韶。

南行稿收盈女生日一詩，其注曰：「時其母亡一年矣。」案，賓之夫人岳氏卒於成化十一年（參該年譜），朱氏後賓之而卒，而賓之於成化八年南行，注中「其母」顯係夫人劉氏。詩續稿卷一有以玉佩與崔氏女、以象笏與崔甥二詩，卷八有崔甥連失一女二女孫，情不釋，慰之以詩一詩。前者作於正德八年，後者作於正德十一年。詩中崔氏女即盈，此時已生孫。案，賓之菱女早夭；孔氏女卒於正德八年，年二十八，生於成化十九年，盈顯非孔氏女。又，賓之於亡去諸子女，皆有詩或文哭之，而集中不見哭盈者，則盈女顯未夭折。又，據上所徵詩注，知盈當生於成化七年之前，至正德十一年，已年逾四十五，理應生孫。據此，崔氏女必盈無疑。

文後稿卷二十一明故贈奉直大夫尚寶司少卿崔君墓碑銘：「吾甥尚崔寶傑泣告予曰：『傑早失怙恃……按制得樹碑墓道，非我外舅，誰可爲不朽託者？』……予覽而哀之。……傑舉乙丑進士……比歷郎中，遷尚寶少卿……以父命娶於彭而卒，吾子兆先請以吾女繼之，初封安人，今加封爲宜人。」

詩稿卷十五哭女菱：「夜堂嬌語坐生嚬，眉目分明畫裏身。誰遣一朝爲骨肉？極知千古共埃塵。回頭尚覺呼名誤，入想猶疑見面真。漫撫哀琴不成調，他年空憶辨絃人。」案，據詩序，此詩約作於成化十八年。菱女幾歲而夭，無考，據「夜堂嬌語」、「辨絃」諸語，當不小於三、五歲。

文後稿卷三十亡女衍聖公宗婦墓誌銘：「吾女年十八，嫁於孔氏。……吾女素孝謹，戀不忍别，其兄兆先憐而送之。既至，奉舅姑，食必親饋，繼嫡姑袁夫人暨其姑江夫人奇愛之。東莊卒，聞韶既襲公爵，而南溪又卒。吾女居喪哀毁，屏服飾，相祀勤恪。處諸妯娌和遜有節，接姻戚無驕色。婢僕數千指，馭之皆有恩。端居一室，雖名園别墅，未嘗一至。屢娠弗字，自置媵妾，人以爲難。比字一男，輒不育，其得疾亦以此。恒念違遠父母，泣涕無虚日。……比歸，雖病，强笑語慰予……吾女性朗慧，其母口授女孝經及名物之書，意領頷答，皆略能默記。手寫家信，作蠅頭字，或爲韻語，多思歸之詞，聞者悲之。念兄之孤女，手製衣囊，歲再三致，至買女婢給之。……吾女年二十八，生成化癸卯十一月二十六日……」「吾家故多難，繼娶於贈太師成國莊簡公女，今封一品夫人朱氏，生二女及一子兆同，皆夭，惟吾女一人。吾女眉目清湛，翛然玉立……」

文後稿卷十一：「宣聖六十二代孫曰聞韶……聞韶以其父衍聖公以敬之命，因叔父衍聖公以和上京師，禮娶予女以歸。公爲之請字於予，予字之曰知德。」

# 年譜

## 明英宗正統十二年丁卯　一四四七　一歲

六月九日，生於京師玄武湖之西滸。

梁儲鬱洲遺稿卷四賀閣老西涯李公七十詩序：「正統丁卯六月九日，吾西涯李公實生於京師玄武湖之西滸。」

墓誌：「生正統乙卯六月九日。」

父行素三十一歲。

倪岳青谿漫稿卷十八壽慂庵李先生詩序：「成化丙午十二月二十有九日，封翰林編修慂庵李先生壽屆七十。」謝鐸桃溪淨稿卷三十六贈資政大夫太子少保禮部尚書兼文淵閣大學士李公遷葬墓誌銘：「公李姓，諱淳，字行素，號慂庵……成化丙午十二月三十日，以疾卒於正寢，距其生永樂丁酉，享年七十。」以慂庵生於明永樂十五年計之，則本年已年屆三十一歲。

生母劉氏，年無考。繼母麻氏十四歲。

汪俊壽李太夫人九十詩序：「乃嘉靖癸未，太夫人壽登九十。」逆計之，麻氏當生於明宣德九年甲寅，則本年己年届十四。

## 正統十三年戊辰　一四四八　二歲

岳正舉進士。

## 正統十四年己巳　一四四九　三歲

謝遷生。

## 明代宗景泰元年庚午　一四五〇　四歲

能作徑尺書，中外稱神童。景帝召試之，賜菓鈔。

墓誌：「方三四齡，輒能運筆大書至一二尺，中外稱爲神童。景帝召見，命給紙筆書，賜菓鈔送歸。」

查繼佐罪惟録列傳卷十一中李東陽：「東陽四歲能作大書。景泰時，以神童薦。內侍扶過殿閾，曰：『神童脚短。』應聲曰：『天子門高。』既入謁，命書『龍鳳龜麟』十餘字。上喜，抱置膝，賜上林珍菓及內府寶鏹。時其父拜起，侍丹墀下。帝曰：『子坐父立，禮乎？』應聲曰：『嫂溺叔援，權也。』」

法式善李文正公年譜引淩迪知名世類苑：「東陽四歲能作大書，順天府以神童薦。入見文華殿，過門限，太監云：『神童脚短。』李高聲答云：『天子門高。』上命給紙筆，作『麟鳳龜龍』字。抱置膝上，賜上林珍菓及内府鏹寶。」案，賓之四歲能作徑尺書，明史本傳、明史稿本傳皆載之。屬對之説，多見於野史筆記，姑録之以備一説。

**景泰二年辛未　一四五一　五歲**

柯潛、楊守陳舉進士。

**景泰三年壬申　一四五二　六歲**

景帝召講尚書大義。

參景泰五年譜。

**景泰四年癸酉　一四五三　七歲**

八月，仲弟東山生。

文續稿卷八仲弟東山墓誌銘：「先考贈特進少師府君娶吾母贈一品夫人劉氏，生吾兄弟三人。東山其仲也，其字曰陟之，生景泰癸酉八月二十五日。」

從展毓讀書爲文。稍長，拜之爲外傅。

文稿卷二十五明故文林郎河南道監察御史展公墓誌銘：「公與家君友且二十年。東陽七歲時始知讀書爲文，皆藉公啓迪。稍長，因公爲外傅，從之遊，食飲於公數年。」

畿輔通誌卷二百十六：「展毓，字鍾秀。自鳳翔之岐山徙京師。……天順元年舉進士。擢河南道御史。兩按藩鎮，皆有譽。……毓風義凝重，嶷然不刲於物。其有不合者，雖貴勢，必與之抗。人皆以爲能御史。」

## 景泰五年甲戌　一四五四　八歲

景帝復召講尚書大義，稱旨，送順天府學爲諸生。陳俊掌教事，殊見優遇。

墓誌：「六歲至八歲，再召見。賜賚如初，送順天府學肄業。」

查繼佐罪惟録列傳卷十一中李東陽：「六歲八歲復兩召，試講尚書益稷篇『唯荒度土功』一段大義，命肄京庠。」

王鴻緒明史稿列傳第五十九：「後兩召講尚書大義，稱旨，命入京學。」

文稿卷二十六明故封承德郎户部主事陳先生墓誌銘：「景泰初，東陽以童子奉詔入順天府學爲諸生。時益都陳先生實分教事，殊見優遇，俾得月朔望參謁，不與諸儕輩同朝夕。」

據同誌：陳俊字廷傑，益都人。「少岐嶷，以諸生舉正統辛酉鄉薦。再上禮部，得乙科，拜晉州訓導。丁内艱去，改順天。合九載奏績，翰林試經義，吏部覈所舉士皆應格，書上上考，擢河津教諭。復以外艱去，改交城。清拜户部主事，既考成績，先生乃棄官就封，封承德郎户部主事。家居十有餘年，及見其子爲郎中乃卒，年七十有二。先生性質實，耿耿不阿。事親孝，家雖貧，猶歲析所入俸爲養。喪居毁瘠。兄弟有異論，諭不能得，取必以讓，鄉論歸之。教務經術，程式不弛。然辭色温巽，即之盎然可親。」

徐溥舉進士。

楊一清生。

李贄續藏書卷十二引歐陽謝純所撰行狀：「景泰甲戌十二月初六日，生公於化州。」

## 景泰六年乙亥　一四五五　九歲

遊順天府學。

叔弟東川生。

參明年譜。

程敏政以神童薦入翰林讀書。

明孝宗實録卷一百五十一：「（程敏政）蚤慧，年十歲，侍父信官蜀，巡撫侍郎羅琦以神童薦於朝，命讀書翰林院。」據李贄續藏書卷十六，敏政父信於本年官蜀，理餉松番，因知敏政當於本年或稍後入薦，姑繫於此。

## 景泰七年丙子　一四五六　十歲

遊順天府學。

母劉氏去世。

詩稿卷十收哭舍弟東山十首，其注曰：「先孺人棄世時，東陽十歲，山四歲，川僅兩歲。」

## 明英宗天順元年丁丑　一四五七　十一歲

遊順天府學。

黎淳舉進士第一，賓之從之受舉業，嘗與論古人之文。

文後稿卷四黎文僖公集序：「東陽昔從文僖黎公先生遊，舉業之暇，獲見所爲古文歌詩諸作。時公方以狀元及第，名滿天下。……公嘗論古人之文，大抵以豐蔚充贍爲尚，以雕飾削刻爲病。

東陽雖在髫丱，頗能測識公意，因進而請曰：『此非孟氏知言養氣之旨乎？』公曰：『得之矣。』蓋文章之與事業，大抵皆氣之所爲。氣得其養，則發而爲言，言而成文爲聲者，皆充然而有餘，措而爲行，行而爲事功者，亦毅然而不可奪。顧養在我，而用不用繫乎時。故韓昌黎、蘇眉山之氣見於文章，韓忠獻、富文忠之氣見于功業。雖所就不同，其在天下，皆有不可泯者。」

墓誌：「天順丁丑，受舉業於華容黎文僖之門。」

明孝宗實録卷六十二：「淳，字太樸，湖廣華容縣人。天順元年舉進士第一，授翰林院修撰。預修大明一統誌。成化二年，秩滿，陞左春坊左諭德。三年，英宗實録成，進左庶子。十三年，修續資治通鑑綱目成，遷詹事府少詹事，兼翰林院侍讀。十四年，陞吏部右侍郎。二十二年，改南京吏部。二十三年，滿九載，遷左侍郎，加正二品俸。弘治元年，陞南京工部尚書。尋改禮部。又三年，以疾得請致仕。……淳性耿介。寡與人合。患流俗奢侈，凡婚喪燕飲，皆有則。其取予不苟。有門生尹華亭以紅雲布寄淳，不受，即書封識上曰：『古之爲令，拔茶植桑。今之爲令，織布添花。吾不用此妖服也。』淳剛簡嚴重，有大臣體。臨事議論，激而不隨。然避遠形迹，過於畏慎。詩文閎博，爲時所稱。」

案，正德間，賓之與劉大夏、楊一清校訂黎淳詩文爲黎文僖公集，爲作序，使其子録梓以傳。參正德六年譜。

## 天順二年戊寅　一四五八　十二歲

遊順天府學。

## 天順三年己卯　一四五九　十三歲

遊順天府學。

三月，季弟東溟生。

文後稿卷二十二亡弟東溟壙誌銘：「吾弟字容之，生天順己卯三月十六日。」

## 天順四年庚辰　一四六〇　十四歲

遊順天府學。邵玉典教事，甄獎訓厲特至。嘗作五言圍爐詩一首，楊守陳賞之。

文稿卷二十一書圍爐詩後：「東陽童時遊京庠，四明邵先生實掌教事。間與今翰長楊公圍爐對酌，東陽適侍几席。公命作圍爐詩，撰五言一首。公覽而賞之，因袖以去。越五年，東陽叨進士，獲從公官翰林。」

案，賓之於天順八年舉進士，逆計五年，圍爐詩當作於本年。此詩爲賓之可考知最早之詩，然全詩已無考。

同書文稿卷二十四明故奉議大夫雲南按察司僉事致仕邵先生墓表：「東陽髫時籍順天府學爲生，静齋邵先生典教事，俯見甄奬，訓厲特至。」

同表：「先生姓邵氏，諱玉，字德温。其先寧波慈溪人也。四世祖承事郎馮二府君，徙居鄞。……先生爲縣學生，舉宣德十年鄉薦。正統元年，登禮部乙榜，授汝州學正。歷遷南寧、河間二府學教授。合九年考最吏部，遷順天，始以京秩入流品。會朝廷命大臣會薦可爲按察督天下學校者，先生用兵部尚書馬公昂薦，超擢雲南僉事，兼督貴州。未幾，墜馬傷足，遽謝事以去。居十有餘年，乃卒。……先生學本諸經，博涉史傳。爲文章，典雅有法。氣象嚴毅，行甚謹，不苟酬接。其爲教必先孝弟忠三者，期以磨濯士行，爲天下用。在順天，雖不久任，諸生思之至今，繼教者皆莫及焉。在雲南，不遐遺其人。凡所按試，冒險阻，窮歲月，未嘗色倦。三應聘爲考試官，山東、西俱號得士，而江西得故侍讀彭公教爲解首。若今學士張公元禎，禮部侍郎傅公瀚、董公越，祭酒羅公璟，皆時名士。鄉榜之盛，無與爲比。」

同書文稿卷八鏡川先生詩集序云：「獨自髫丱時，翰長楊公爲楊守陳，賓之以翰林前輩尊之。蒙奬識，至於今不改評，且益加厚。」

楊守陳，字維新，號鏡川，鄞人。舉景泰二年進士。歷官編修、侍講學士、少詹事、吏部侍郎。傳詳明史卷一百八十四。

劉健、張元禎舉進士。

## 天順五年辛巳　一四六一　十五歲

遊順天府學。

楊一清以神童薦入翰林。

李贄續藏書卷十二引李元陽所撰墓表：「八歲，以奇童薦入翰林爲秀才。」案，楊一清生於景泰五年（參該年譜），至本年八歲，入薦當在本年。

與劉大夏、楊一清同遊於黎淳之門。

黎淳黎文僖公集載劉大夏所撰後序：「因憶予少十五六時，即從先生遊。……予與西涯、邃庵實同出於門下。」

案，劉大夏生於正統元年，年十五六受業於黎淳，當爲景泰初事。賓之於天順元年受業於黎淳（參該年譜），二人同遊，當始於該年。邃庵爲楊一清號，於本年始入薦。三人同遊，當始於本年，姑並繫於此。

劉大夏，字時雍，號東山，華容人。天順八年進士。歷兵部職方主事、職方郎中、福建右參政、廣東右布政、右都御史、兵部尚書，爲弘治間名臣。與賓之交誼頗深。傳詳明史卷一百八十二。其詩文有劉忠宣公遺集行世。

楊一清，字應寧，號邃庵，巴陵人。舉成化八年進士。歷中書舍人、右都御史、户部尚書、兵部尚書、吏部尚書等，嘉靖間，繼費宏爲内閣首輔。與賓之交誼甚篤。二人又與劉大夏並稱楚之三傑。傳詳明史卷一百九十八。其詩文有石淙類稿等行世。

## 天順六年壬午　一四六二　十六歲

八月，舉順天鄉試，陳鑒、劉宣爲考試官。

墓誌：「壬午，年十六，舉順天鄉試。」

明英宗實録卷三百四十三：「天順六年八月，……命翰林院修撰陳鑒、劉宣爲順天府鄉試考官。」

吴縣誌卷六十七：「陳鑒，字緝熙。……正統十三年進士及第，授編修。景泰中，充講官，進修撰。天順初奉使朝鮮，遷侍讀。修英宗實録成，進侍讀學士。未幾，命爲祭酒。初，國子月給錢爲會饌費，然斂散不常，多不時給，則貯爲公費，其來已久。會有不快於前祭酒邢讓者，言讓以公錢入己，事並及鑒。會官廷問，讓辯不已。鑒曰：『吾爲祭酒，安能對刀筆吏掉口舌？』竟不吐一辭。適有從中醞釀之者，與讓俱除名。未幾卒。鑒平生無聲色之奉，多藏法書名畫。其使朝鮮，以妓女侍，作詩却之，夷人敬服。」

文稿卷二十九明故南京工部尚書劉公墓誌銘：劉宣，字紹和，一字應召。安福人。舉景泰二年進士。歷官編修、修撰、春坊右諭德、南京太常寺卿、吏部侍郎、南京工部尚書。耿直好折人過，人亦以此重之。爲文務理勝，所著有沖澹集，藏於家。

## 天順七年癸未　一四六三　十七歲

二月，會試禮部，陳文、柯潛爲考試官。以試院火而改期。

明英宗實録卷三百四十九：「天順七年二月，……乙丑，禮部奏會試天下舉人。上命禮部右侍郎兼翰林院學士陳文、尚寶司少卿兼翰林院修撰柯潛爲考試官。……戊辰……是日大風。至晚，試院火，舉人死者甚衆。翌日，禮部以聞，上命改試於八月。」

廖道南殿閣詞林記卷三：「陳文，字安簡。其先湖廣茶陵人，有名蘭孫者，其仲子欽徙居江西之廬陵。文幼警敏……正統丙辰進士及第，授編修。癸亥，被選東閣，進學士。己巳，秩滿，轉侍講。景泰庚午，主考順天鄉試。以高文毅公薦補雲南右布政使，轉廣東左布政使。天順改元，召，旋拜詹事。甲申，改吏部左侍郎。……成化乙酉，陟禮部尚書。總裁英廟實録，加太子少保文淵閣大學士。」

柯潛，參明年譜。

八月，會試中式。彭時、錢溥爲考試官，童軒亦分考禮部。

明英宗實録卷三百五十六：「天順七年八月，……禮部以會試請。上命太常寺少卿兼翰林院學士彭時、侍讀學士錢溥爲考試官。」

文後稿卷十八明故資政大夫南京禮部尚書致仕贈太子少保童公神道碑銘：「天順癸未，公分考禮部，東陽與今太子少保吏部尚書倪公皆在選。」

彭時，字純道，安福人。正統十三年進士第一。官至吏部尚書兼文淵閣大學士。史稱立朝三十年，孜孜奉國，持正存大體，有古大臣風。傳詳明史卷一百七十六。

廖道南殿閣詞林記：「錢溥，字原溥，直隸華亭人。正統四年進士。太監王振訪可教内侍書者，或薦溥。試薔薇露詩，大見稱賞，特受檢討。景泰辛未，遷左贊善兼檢討。七年，修寰宇通志，轉左諭德、編修。天順紀元，改尚寶司少卿，兼官如故。俄陞侍讀學士。修大明一統志，充副總裁。壬午，頒詔安南，充正使。……甲申，降廣東順德知縣。成化丙戌，詔復舊官，尋起掌南京翰林院事。丙申，陞南京吏部左侍郎。陟尚書，致仕卒，賜謚文通。溥性輕躁嗜進。」

據賓之所撰神道碑：童軒，字士昂，南京人。舉景泰二年進士。歷官都給事中、雲南按察僉事、太常寺卿、都察院右都御史。「性寡合，孤居介守，不苟受饋遺，爲時所重。强學好問，爲文通博。詩尤麗則，得唐人體裁。所著清風亭稿行於世，枕肱集、海嶽涓埃、諭蜀稿、籌邊録藏於家。」

## 天順八年甲申　一四六四　十八歲

三月，殿試，得二甲第一。與倪岳、謝鐸、張敷華、陳音、焦芳、傅瀚、張泰、吴希賢、劉大夏等入翰林爲庶吉士，奉詔受業於劉定之、柯潛。

明憲宗實録卷三：「天順八年三月，……乙丑，禮部尚書姚夔奏：先是，天順七年春二月會試，貢院火，移試於秋八月。先帝有旨，明年三月朔殿試。兹適有大喪，奉旨移試於三月望。合請讀卷並執事官。……庚午，上閱舉人所對策，賜彭教、吴釴、羅璟三名進士及第，李東陽等七十五名進士出身，張達等一百六十九名同進士出身。……己卯，授第一甲進士彭教爲翰林院修撰，吴釴、羅璟爲編修。選進士李東陽、倪岳、謝鐸、張敷華、陳音、焦芳、汪谿、郭璽、計禮、傅瀚、張泰、吴希賢、劉大夏、劉道、王澄、董齡、杜懋、史芳爲庶吉士，命太常寺少卿兼侍讀學士劉定之、學士柯潛教習文章。」

墓誌：「甲申，殿試，得二甲第一，入翰林爲庶吉士。」

劉定之，字主静，號呆齋，永新人。舉正統元年會試第一，殿試及第。官至禮部左侍郎。史稱謙恭質直。文思敏捷，以文學名一時。傳詳明史卷一百七十六。

柯潛，字孟時，莆田人。舉景泰二年進士第一。官至祭酒。史稱性高介，邃於文學。傳詳明史卷一百五十二。

彭教、吴釴、羅璟進士及第。

劉定之教以爲文必博先而約後。閣試作炎暑賦，甚得其稱賞。

文續稿卷三呆齋先生文集序：「東陽少竊科第，入翰林爲庶吉士，奉詔受業，獲聆緒論。謂爲文必博先而約後。譬之山焉，必出雲雨，産寶玉，生財木禽獸，而朽株糞壤亦雜乎其間，斯足以爲嶽，爲鎮；譬之水焉，必吞吐日月，藏蓄龜龍，變現蛟蜃，而汙泥濁潦來而不辭，受之而無所不容，斯足爲河，爲江，爲海。古之所爲大家者，皆然也。若句鍛字煉，探之而有窮，取之而無復餘者，不過爲孤峰絶澗而止，惡足以成其大哉！……先生嘗閲東陽閣試炎暑賦，進而謂曰：『吾老矣，縱不死，亦當去矣！子必勉之！』」

案，炎暑賦，賓之詩文集未收，已無考。

是時已負文學重名，有神駿祥鸞之譽。

墓誌：「少入翰林，即負文學重名，然恒持謙沖，未嘗以才智先人。」

姚之駰元明事類抄卷十六引耿定向文集：「李東陽幼負俊才，藉有清譽，藝林推爲神駿，雲路比之祥鸞。」

案，賓之何時獲此譽，已不可的考，姑繫於此。

## 明憲宗成化元年乙酉　一四六五　十九歲

正月，齋戒日，與同年進士在翰林者羅璟、計禮、謝鐸、劉淳、劉大夏、張泰、彭教、陸釴、倪岳諸友夜集翰林東榮清談，賦有齋居聯句一首。

詩見聯句録，其題下注曰：「羅璟明仲、計禮汝和、謝鐸鳴治、劉淳尚質、劉大夏時雍、張泰亨父、彭教敷五、吴釴鼎儀、倪岳舜咨、李東陽賓之。成化乙酉正月。」詩中有「肅肅奉皇言，齋居共良夜。展席回燈光，清談醖而藉」等句。

聯句録亦收有賓之與羅璟、謝鐸等於明年齋居日所賦聯句齋居寄答鼎儀詩，中有：「去年同賦句，歷歷在東榮。」

八月，授編修，與修英宗實録。

明憲宗實録卷二十：「成化元年八月，……辛丑，擢庶吉士李東陽、倪岳、謝鐸、焦芳、陳音爲翰林院編修。」

墓誌：「成化乙酉，授編修，修英廟實録。」

長至，與同年諸僚友宴集羅璟第。

黄佐翰林記卷二十：「天順甲申庶吉士同館者羅璟輩爲同年燕會。定春會元宵、上巳，夏會端午，秋會中秋、重陽，冬會長至。敍會以齒，每會必賦詩成卷。上會者序之以藏於家。非不得已而不赴會者與詩不成者，俱有罰。有宴集文會録行於時。」參明年譜。

羅璟，字明仲，號冰玉，泰和人。天順八年進士。歷官編修、修撰、侍讀、福建提學副使、南京祭酒。賓之所撰墓誌云：「公端雅諒直，志識不羣，博學高論，動以古人爲準。平居不事詭激，而崇奬節義，汲汲若不暇，視天下事皆所欲爲。……爲文務簡勁，詩亦脱綺靡，有冰玉稿若干卷。蓋其所自號，因取以名。其所編録，若五經旁注、周易程朱異同，刻於福州。……予與公同榜，又同在史局，爲道義交。」（文後稿卷二十七）明史卷一百五十二有傳。

## 成化二年丙戌　一四六六　二十歲

正月，與同年諸僚友披雪宴集謝鐸第，爲元宵之會，有長句之作。

謝鐸桃溪浄稿文卷一元宵燕集詩序：「皇帝御極之三年，朝廷熙洽，乃休假文武羣臣於元宵前後各五日，得燕飲爲樂。先是，鐸同年諸僚友相與約：歲時假杯席敍平生，以爲常。去年長至日，明仲爲首舉，鐸以次得元宵之會。及期，天大雨雪，竟日夕弗止。諸友無違約，悉至。至乃舉爵，爵無算。垂酣，明仲主席抗言曰：『乃今日雖故舊之歡，實維君之賜。故事會有紀，今故已乎哉！』遂舉『金吾不夜禁，玉漏莫相催』之句鬮爲韻。已乃復舉酒，明仲曰：『因以爲令，凡於聲吟哦作推敲勢者，有罰。主人主勸客，詩成許後。客貴速，遲亦弗罰也。』師召寡言話，得『金』字，詩最先成，罰弗及。汝賢次之。餘詩成，鮮不入於罰者，明仲亦坐焉。賓之故不飲，得惰令，以離席背書爲長句。鼎儀耽詩興特濃，每出口吻間，輒觸令，衆競罰困之。未終篇，夜已二鼓矣。明仲樂不可極，因披雪以出。時鰲火燭天，驚鳥羣噪，尚貿馬逸去，衆亦弗之覺。」

案，賓之所作長句已無考。

謝鐸，字鳴治，號方石，浙江太平人。天順八年進士。歷官編修、侍講、南京國子祭酒、禮部右侍郎。史稱性介特，力學慕古，經術湛深，講求經世務。賓之所撰神道碑云：「公孤介寡合，性氣屹屹，嗜義如渴，見不善若將浼然。家居孝友，自違養後，輒無意仕進。……爲詩精煉不苟，力追古作。當所得意，殆忘寢食。文尚理致，謹體裁。考訂評騭，多前人所未及。所著有桃溪集。」（文後稿卷二十一）與賓之爲摯友。明史卷一百六十三有傳。

齋居日，與翰林羅璟、謝鐸、倪岳、劉淳諸友夜集翰林西廡，賦有齋居寄答鼎儀聯句一首。

詩見聯句録，其題下注曰：「丙戌正月，在翰林西廡作。」詩曰：「良朋喜會合，高論共峥嶸……睡僕呼還醒，寒雞聽復鳴鐸。梅花低斗帳，月色照前楹。」案，詩中聯句者署「璟」、「鐸」、「東陽」、「岳」、「淳」。參見上年正月譜。

三月，與謝鐸宴集陸釴宅，賦有春陰聯句一首。

詩見聯句録，其題下注曰：「在鼎儀宅作。丙戌三月。」詩中署聯句者「釴」、「東陽」、「鐸」。

是月，程敏政舉進士。

十月，與翰林焦芳，程敏政、羅璟、謝鐸、倪岳諸友宴集彭教宅，喜官軍將征迤北，賦有出塞行聯句一首。

詩見聯句録，其題下注曰：「焦芳孟陽、程敏政克勤同飲敷五宅，喜官軍將征迤北而作。丙戌十月。」案，詩中聯句署名者除焦芳、程敏政、李東陽、彭教外，尚有「璟」、「鐸」、「岳」，因知參與此次宴集者另有羅璟、謝鐸、倪岳三人。

是月，湛若水生。

十二月，劉定之入閣。

## 成化三年丁亥　一四六七　二十一歲

八月，英宗實録成，賜白金文綺，陞從六品俸。

明憲宗實録卷四十五：「成化三年八月……丁巳，上御奉天殿，監修官太保會昌侯孫繼宗、總裁官禮部尚書兼翰林院學士陳文等率纂修等官行禮，進英宗睿皇帝實録。……是日，賜……稽考參對官翰林院編修李東陽、倪岳、謝鐸、焦芳、陳音、程敏政、檢討吴希賢人白金二十兩，文綺二表裏，羅衣一襲。……戊午，以修英宗睿皇帝實録成，……編修李東陽、倪岳、謝鐸、焦芳、陳音、程敏政、檢討吴希賢各陞俸一級。」

墓誌：「丁亥，實録成，陞從六品俸。」

中秋，與翰林同年倪岳、焦芳、羅璟、吴希賢、彭教冒雨宴集陳音第，有詩。

陳音愧齋文粹卷三中秋遇雨詩序：「成化初，予同年官翰林者凡十人，每節序迭爲賓主以相樂，約不赴有罰。丁亥中秋，予次當主席。是日，雨如注。過午，諸君皆未至。予懼阻雨不果來，乃策馬往迎。先詣賓之所，賓之大笑予癡。予旋馬欲遍詣諸君，道遇舜咨來，拉予偕返。既而，明仲、孟陽、汝賢、敷五、賓之皆續至，惟鳴治、尚質、鼎儀不赴。時鳴治以病在告，尚質爲太孺人迎醫，僉議宜免。乃折簡罰鼎儀具饌，約翼日偕赴。是會以雨故，賓主更相慰勞，情懷傾寫，盞斝序行，上不動而賓不辭。薄暝張燈，雨聲猶淅瀝未止，乃各賦詩一章。詩成，酌數行，揖別而去。」

案，賓之所賦詩已無考。

陳音，字師召，號愧齋，莆田人。天順八年進士。歷官編修、侍講、南京太常少卿、南京太常卿。賓之所撰神道碑云：「公問學深博，學者至席不能容。……爲古文歌詩，簡而有則，四方購者無虚日，所著累數十卷，藏於家。……與人交，樂易信厚，略邊幅，遺形迹，有過則箴切不少貸，平居細事，多不經意，或遭嘲謔，無所校。至分別義利，則界限截立。中有執守，有毅然不可奪者焉。」（文後稿卷十八）

倪岳，字舜咨，號青谿，上元人。天順八年進士。歷官編修、侍讀學士、禮部尚書、吏部尚書等。賓之所撰墓誌云：「公嚴重剛毅，而表裏洞達，即之温然可親。……爲文章，平正暢達，氣象偉然，所著有青谿稿若干卷。……予與公同舉進士，又同官久，爲知己。」（文後稿卷二十四）明史卷一百八十三有傳。

焦芳，字孟陽，號守静，泌陽人。天順八年進士。官至吏部尚書少師兼華蓋殿大學士。明史入閹黨列傳，見該書卷一百九十四。

明孝宗實録卷二十六：「（吴）希賢，字汝賢，福建莆田人。天順八年進士，改翰林院庶吉士。成化元年授檢討，與修英廟實録。陞修撰，歷左春坊左諭德、侍讀學士。希賢少豪邁。爲文章有奇氣，尤工於詩。每僚友宴會，累數百言可立就，人多服其敏。」

彭華彭文思公文集卷六翰林侍講彭敷五墓誌銘：彭教，字敷五，吉水人。天順八年進士第一。歷官修撰、侍講。早卒。「敷五博學强記，窮探力索，必得乃已。爲文章，奇氣逸發，光彩奪目，而章鍛句煉，典則森嚴。評論今古，是是非非，確然不可拔。於事無微鉅，動欲方駕古人。……敷五莊重英毅，崖岸嶄絶。言動不苟，抱負遠大。」案，其詩文有東瀧遺稿存世。

文稿卷二十三明故中順大夫太常寺少卿兼翰林院侍讀陸公行狀：陸釴，字鼎儀，號静逸，又號凝庵，崑山人。天順八年進士第二。歷官編修、修撰、諭德、太常寺少卿。年五十而卒。「其爲人沖澹沈默，動必繩榘，不爲聲利所移易。平居言不妄發，及析理論事，不求苟合。」「爲文章，周緽雍裕，惟所欲言，終日不厭，亦不襲前人語。詩調高古，盡去穠豔。當所得意，縱筆揮灑，刻意極力者顧追之而不可及。……所著春雨堂稿、春秋抄略各若干卷，藏於家。東陽同舉進士入翰林者，若侍講彭教敷五、修撰張泰亨父及公，皆間世奇產。」

是夏至冬十月，爲焦廷粲作題畫絶句十首。

詩後稿卷十題崔塄畫卷之舊序：「今年夏，予在史館。中書舍人焦廷粲亦有事于館中，持所藏畫卷十幅請予題。編閲之暇，輒命筆爲八絶而止。越數月，廷粲復以卷抵予家，請識歲月。披而閲之，則嚮所爲者皆應答語，甚不滿意。始欲爲長句續之，而俗事纏縶，弗果也。廷粲使凡幾至，則又爲二絶歸之。仍每幅虚其半，以俟他日興到，當復爲之耳。成化丁亥十月晦，警齋李東陽題。」

是年，信陽州城建成，爲撰記。

全集卷一百三十一輯有信陽州修造記一文。記曰：「信陽在禹貢豫州，周申伯所封地也。洪武初，仍元制爲州，越二年降爲縣。成化乙未，朝廷用議者謂其地險要，且兵民錯處難制，復陞爲州，以羅山、確山二縣屬焉。州舊以縣制，卑隘傾圮弗稱。金谿江君以進士來知州事，乃修廢起敝，次第而新之。……工始於戊戌，成於庚子。學正胡君傑、諸生吕永福輩聚而落之，則相與謀曰：『是不可不紀歲月、書功迹以詔來世，俾相成而勿墜。』乃寓書上京師，請予記。」

## 成化四年戊子　一四六八　二十二歲

正月，徐穆生。

三月，與陸釴宴集倪岳宅，聞同年周德淵將赴南京户部，聯句贈行。

聯句録有送周德淵同年聯句一首，其題下注曰：「在舜咨宅，聞德淵將赴南京户部而作。戊子三月。」

春夏之交，與程敏政、倪岳、彭教、汪諧、宋爾章、張弼遊梁氏園賞花，有詩。

程敏政篁墩文集卷二十八梁園賞花詩引：「京師養花人聯住小城南古遼城之麓，其中最盛曰梁氏園。園之牡丹、芍藥幾十畝，每花時，雲錦布地，香苒苒聞里餘，論者疑與古洛中無異。成化戊子春夏之交，予以詩約同寅汪伯諧、彭敷五、倪舜咨、李賓之、宋爾章五太史及同年張汝弼駕部，倡爲兹遊。是日，諸君子以予詩分韻，各當四章，而飲宴歌呼，相與竟日，故詩或成，或不成，或半成。」

案，賓之所賦詩已無考。

程敏政，字克勤，號篁墩，休寧人。成化二年進士及第，授編修。歷諭德、少詹事、太常卿、禮部右侍郎。以弘治十二年科場案勒致仕，發癰卒。史稱其學問該博，才高負文學。傳詳明史卷二百八十六。案，敏政詩文有篁墩集行世。

明孝宗實録卷一百五十六：「（汪）諧，字伯諧，浙江仁和縣人。……登天順四年進士，改翰林院庶吉士。授編修，纂修英廟實録。成化三年，陞修撰。九年，秩滿，陞右春坊右諭德，修續資治通鑑綱目。十三年，陞右庶子，侍上於東宫講讀。上登極，陞詹事府少詹事兼侍講學士，充經筵講官。修憲廟實録，充副總裁。後以疾在告久，請停俸，弗許。弘治四年，陞禮部右侍郎兼學士。遂請老，許之。……諧儀度整潔，深中簡言笑，慮事周悉，晚益慎密。方嚮進而困於疾，弗究於用。」賓之所撰墓誌云：「所著古文歌詩，藴藉有法，有寅軒集若干卷，藏於家。」（文後稿卷二十四）

張弼，字汝弼，號東海，松江華亭人。成化二年進士。歷官兵部主事、員外郎、南安知府。史稱善詩文；工草書，怪偉跌宕，震撼一世，名播外裔。傳詳明史卷二百八十六。案，汝弼詩文有張東海集行世，賓之爲作序，參正德十年譜。

九月邀羅璟、謝鐸至宅賞菊，賦有對菊有作聯句一首。

詩見聯句録，其題下注曰：「在予家作。戊子九月。」

是年，展毓卒，爲撰墓誌銘。

文稿卷二十五明故文林郎河南道監察御史展公墓誌銘：「東陽舉進士，僅五年而公卒。卒之日，門人進士李紳爲狀，東陽乃泣而銘之。」案，賓之舉天順八年進士，以五年計之，毓當卒於本年。

## 成化五年己丑　一四六九　二十三歲

閏二月，岳正致仕。

是春，校文禮部。屠勳、董越舉進士。

文稿卷二送屠元勳序：「元勳之舉於禮部也，予校其文。」

屠勳太和堂集卷二賀李西涯次韻：「十年叨陪門下士，相從何止卜芳鄰？」

案，太和堂集載楊一清所撰屠勳墓誌：「舉成化己酉鄉薦，己丑第進士。」因知賓之於本年校文禮部。

據同誌：「公姓屠氏，勳名，元勳字也，别號東湖。……在憲廟……授工部主事，改刑部員外郎、郎中，遷南京大理寺丞。在孝廟，拜大理左少卿，擢都察院右副都御史，巡撫順天永平，整飭薊州諸路邊備。遷刑部右侍郎，進左侍郎。歸守内艱。服闋，改左副都御史，復刑部左侍郎。滿九載，擢右都御史。今皇上嗣位改元，特拜刑部尚書，階資政大夫。……瑾敗伏誅，嚮之蟻附而干進者多不免，公獨不爲所污衊，身名俱榮。……操筆爲文，多警語。屢更劇曹，恒手不釋卷，詞章之名播中外。……屠先世出嘉興海鹽，後析平湖，子孫遂爲平湖人。」

案，屠勳詩文有太和堂集存世。

六月，陸釴病告歸。

八月，劉定之卒。

## 成化六年庚寅　一四七〇　二十四歲

四月，與陸昶、奚昌等遊西山，有詩與記。

文稿卷十遊西山記：「西山自太行聯亘，起伏數百里，東入於海，而都城中受其朝。……成化庚寅四月之望，刑部郎中陸君孟昭與客十人遊之。晨至於功德寺，……已復上馬，南至於玉泉。……又南至於華嚴，有俗客數輩，不顧徑去。又西南至於香山，坐而樂之。……日昃乃返。進士奚元啓預號於衆曰：『至一所須一詩成，不者且有罰，罰依桃李園故事。』然竟無罰者。孟昭曰：『維西山實勝都邑，不可闕好事者之迹，然官有守，士有習，不得巖探窟到。於旬月之頃，取適而止，無留心於兹，蓋有合於弛張之義者，不可以不記。』乃起揖客，請授簡於執筆者。」案，詩稿卷十一收答奚元啓四首次韻，疑即此遊所賦。其二有「重檐寂寞閉雙關，俗客來敲到却還」二句，正與記中「又南至於華嚴」所記相合。

夏，苦雨，有與謝鐸唱和長句，憂民之情，溢於辭間。

詩稿卷七庚寅夏苦雨，答謝鳴治長句：「驚雷破樹雲出山，急雨墮地流潺湲。爾來一月未斷絶，行路厄塞往復還。官隍朝決朝陽闕，野渚夜漲張家灣。邊河人家數千口，骨肉漂蕩隨枯菅。居人乘舟走平陸，船底林苗俯可攀。城中溝渠失疏導，街頭結筏通市闤。東鄰嫠婦抱兒泣，西家老翁窮且鰥。升求斗糴典衣盡，有物何況珥與環。……翰林腐生詩骨孱，城南敝屋堵不環。劇遭委頓怕泥滓，十日不造承明班。……」

是年，爲姜諒撰遊會稽詩後序。

文稿卷二遊會稽詩後序：「正統乙巳，嘉禾姜處士遊於會稽，會稽賀徽輩與其子用貞友也，載酒與遊。賦詩若干首，徽爲序。……蓋至今二十有一年矣，……用貞，予同年進士，其年與德皆先於予，而與予交甚厚，因得觀其家所藏詩而序論之。」案，「乙巳」當作「己巳」，「乙」、「己」形近而訛，正統間無「乙巳」之紀年。以正統己巳計之，序當作於本年。

文後稿卷十一姜貞庵傳：姜諒，字用貞，號貞庵，浙江嘉興人。天順八年進士。歷行人司左司副，南京刑部郎中，漳州知府。時有「盜化民安」之譽。「與劉公時雍及予講學京邸，相知厚。及同舉進士，與方石謝公交亦然。」

彭韶之任四川，與僚友餞之，爲撰序贈行。

文稿卷二送四川按察副使彭君序：「成化庚寅，皇上始命吏部得專舉布政、按察之任，而親進退焉，示重也。會諸大臣循行四方，多所廢黜，乃次第易置之。人於是時皆傾耳拭目以觀，天下卓犖奇偉之士將出也。其首選果得彭君鳳儀輩數人，而君實爲四川按察副使。……君之行也，諸君子皆餞。員外郎葉崇禮謂予曰：『彭君，子嘗知之矣。今且去，子寧闕子淵贈言之誼，蹈仲尼失言之戒乎？』嗚呼！若是則予惡敢當？誠有不可已於君者。」

彭韶，字鳳儀，莆田人。天順元年進士。官至刑部尚書。史稱昌言正色，秉節無私。傳詳明史卷一百八十三。

## 成化七年辛卯　一四七一　二十五歲

正月，朱鐸卒，爲文悼之，情見乎辭，復爲撰墓誌銘。

文稿卷二十二祭朱文鳴文：「成化七年歲次辛卯正月壬戌，友生翰林院編修李東陽謹以清酌之奠祭於亡友刑部主事朱文鳴之靈曰：君生丙辰，我卯在丁。我丱我角，君冠兩纓。思樂泮水，言趨其庭。肩隨步徐，我弟君兄。……我詠君詩，鐵面高顴。君笑鼓掌，我刑汝圖。……我之疏頑，視友如師。君其去矣，孰與予規？君愛我文，手不罷持。銘雖不工，我敢負之？……」

文稿卷二十五明故刑部主事朱公墓誌銘：朱鐸，字文鳴，號心古，大興人。以詩舉進士。試政户部，擢刑部廣西司主事。重倫理，負節義。好詩喜酒。年三十六，成化辛卯正月卒。

三月，丘弘使琉球，爲序送之。

明史卷三百二十三琉球：「（成化）七年三月，世子尚圓來告父喪，命給事中丘弘、行人韓文封爲王。」

文稿卷二送丘給事使流求序：「若流求國在海東，而諸國小大遠邇之間……天子封爲中山王，賜璽書冠服，遣正副使二人致命中山。户科都給事中丘君弘實充正使，賜朱衣一襲以行。六科諸給事相率爲行餞，徵詞翰林。某與給事君同年，言在不讓。」

丘弘，字寬叔，上杭人。天順八年進士。歷户科給事中、都給事中。直言敢諫，與毛弘並稱「二弘」。早卒。傳詳明史卷一百八十。

案，丘弘，通行本作「邱宏」，清人避孔子及清高宗諱而改也。

師黎淳歸省，賓之爲倡門下士賦詩贈行，復爲撰序。

文稿卷二十三所撰行狀：「辛卯，上疏乞歸省，賜寶鏹爲道里費。」

同書卷二送樸庵先生省墓詩序：「門人翰林院編修李東陽倡於衆曰：『我先生夙昔自處大節，惟忠惟孝，其教我後之人，亦惟忠惟孝，兹一舉而二義存焉。凡我二三子，膺德服誼，粤兹有年，惟此大事，曷敢無述？』時門下士仕處散於四方者甚衆，惟兵部主事劉大夏，刑部主事尚敬，進士王儼、朱紳，舉人楊一清和之。其會試所舉士吏部郎中倪輔、兵部主事許章、刑部主事許盛、行人左司副姜諒、行人馬璇又和之。東陽獨謬職文字，從先生後，爲序並詩，再拜以獻於執事者。」詩前稿卷十一收有奉送樸庵先生歸省一詩。

夏，妻劉氏卒。

南行稿盈女生日一詩注曰：「時其母亡一年矣。」「其母」即劉氏，參譜前。案，賓之於成化八年南行省墓，時值二至八月（參明年譜）。又，南行稿中詩文以得之先後爲序。是詩列於六月九日初度，諸族父兄皆會，感而有作一詩後，返程詩過永新十八灘、弋陽雨晴諸詩前，而弋陽雨晴詩中有「暑伏秋先至」句，詩顯作於是年暮夏。亦即劉氏卒於本年夏。

秋，屠勳之任清江浦，撰序送之。

文稿卷二送屠元勳序：「……故專設工部主事一人於淮之清江浦，每三年一代。……成化辛卯秋，前主事以年當代，進士平湖屠元勳實拜兹命以行。……元勳之同年解文選尚敬復來徵所贈，故序其端如此。」

是年，周本清之任揚州，撰序送之。

文稿卷二送周揚州序：「成化庚寅，京師饑，天子簡廷臣出領賑事，……監察御史周君本清亦在簡中，分理順天數縣。辛卯事畢，告於朝，首擢爲揚州知府。」

同鄉友人彭民望來寓，凡再閱歲。風晨月夕，清談小醱之暇，輒爲詩，詩多聯句。越三年，録爲一卷。

案，筆者自清道光刻本攸輿詩鈔叢書中輯得賓之與彭民望聯句詩一卷，名玉堂聯句，不知爲賓之所録否。該卷聯句詩已收入李東陽全集卷之一二二六。卷首賓之序曰：「吾鄉彭民望善爲詩……成化辛卯，民望實寓余家，凡再閱歲。風晨月夕，清談小醱之暇，輒爲詩。詩多聯句，余詩固非所及，然其神交興洽，率然而成詩，比意續之，幸不至於牴牾者亦多矣。越三年，偶閱舊稿，悵然感之，因録爲一卷。是歲甲午夏六月二十日……」

## 成化八年壬辰　一四七二　二十六歲

正月，將南歸長沙省墓，潘辰來會，賦有夜窗話别聯句一首。

詩見聯句録，其題下注曰：「潘辰時用會予家作，時予將歸長沙。壬辰正月。」

是春，蕭顯爲吴寬致詩於賓之，南行陛辭日，賓之薦之於彭教。

麓堂詩話：「吴文定原博未第時，已有能詩名。壬辰春，予省墓湖南，時未始識也。蕭海釣爲致一詩曰：『京華旅食變風霜，天上空瞻白玉堂。短刺未曾通姓字，大篇時復見文章。神遊汗漫瀛洲遠，春夢依稀玉樹長。忽報先生有行色，詩成獨立到斜陽。』予陛辭日，見考官彭敷五，爲誦此詩，戲謂之曰：『場屋中有此人，不可不收。』敷五問其名，曰：『予亦聞之矣。』已而，果得原博爲第一，亦奇事也。」

彭華彭文思公文集卷六翰林侍講彭敷五墓誌銘：「壬辰，同考會試。」

文後稿卷二十七明故福建按察司僉事致仕進階朝列大夫蕭公墓誌銘：「公諱顯，字文明，號履庵，更號海釣。以山海衛學生舉天順己卯京闈第二，……成化壬辰，乃得進士第。」歷兵科給事中、鎮寧州同知、衢州知府、福建按察司僉事。「公德性醇篤，不妄言笑。……交友尚意氣，久而不變。當官盡職，視患難若當得。……公詩清簡，有思致，所著有海釣集、鎮寧行稿、歸田稿若干卷。」

吴寬，字原博，號匏庵，長洲人。成化八年，會試、廷試皆第一。歷修撰、諭德、左庶子、少詹事、吏部侍郎、禮部尚書。史稱行履高潔，不爲激矯，而自守以正。賓之所撰墓誌云：「爲文醇古有法，詩得唐格，書酷似蘇體。」（全集卷一四〇）傳詳明史卷一百八十四。案，原博詩文有匏翁家藏集行世。

二月至八月，奉父攜弟，乘舟南歸茶陵省墓。足迹所至，耳目所接，興況所寄，發之爲詩，紀之以文，彙爲南行稿。

南行稿序：「成化壬辰歲二月，予得告歸茶陵，奉家君編修公以行。至則省始祖州佐公及高祖處士府君之墓，既合族敍燕。居十有八日，乃北返。以八月末見于朝，蓋月七閱而畢事。方吾舟之南也，出東魯，觀舊都，上武昌，溯洞庭，經長沙而後至。其間連山大江，境象開豁，廓然若小宇宙而遊混茫者，信天下之大觀也。既而下吉安，歷南昌，涉浙江，經吴會之墟，則溪壑深窈，峰巒奇秀，千變百折，間見層出，不知其極。柳子厚所謂曠與奥者，庶幾其兩得之。其間流峙之殊形，飛躍開落之異情，耳目所接，興況所寄，左觸右激，發乎言而成聲，雖欲止之，亦有不可得而止矣。……每一詩成，輒請諸家君，以爲可則敍之，得百二十有六首，文五通。……其餘應答題詠，疾書而苟具者尚多，悉削而不載云。」北上録連驛寓憶亡弟東川詩下注曰：「予侍家君歸湖南時，川實從焉。」

始發京師，京中友人劉大夏、謝鐸、倪岳、張泰、程敏政等輩咸出祖東郊，賦詩贈行，期以早歸，賓之賦留別京中諸友以答。外舅岳正亦有贈行詩。

南行稿留別京中諸友：「近奉絲綸出九天，遠從閶闔望羣仙。雲霄別路八千里，江漢歸心二十年。舊壟松楸還楚地，故人詩話滿吴船。微官未敢輕離思，不待秋風櫂已旋。」

倪岳青谿漫稿卷一瀛洲別意送賓之序：「賓之既得請南歸，諸友咸出祖東郊而惜別之，意形之詩聲者甚富。余不揣，聊述短辭，歌以侑觴。其辭曰：春風起兮潞水瀰瀰，蘭棹發兮揚桂旗。悵美人兮懷歸，往送之兮水之湄。雲娟娟兮迤延，柳裊裊兮薦綿。望美人兮高翔，策予馬兮空還。君山兮青青，下中流兮溯洞庭。君歸來兮故國，撫楸梧兮攖情。我思君兮悠悠，閶闔開兮倚清秋。承后皇兮嘉惠，君之來兮不可以淹留。」

劉大夏劉忠宣公遺集詩卷一送李西涯歸長沙祭掃：「十年仕路説同鄉，束卷曾陪上玉堂。夜雨有時頻對榻，春風此時暫離觴。楚山喬木連雲在，湘水青蘋拂棹香。恩許晝遊還側席，莫教魚鳥滯僊郎。」

謝鐸桃溪浄稿詩卷五送李編修扶侍還長沙省墓：「綵衣江上及春遊，春盡江南水亂流。明日白雲山上路，故鄉何處是并州？」「江頭春色送飛花，江上青山舊路斜，楚酒一春渾醉客，停車何日吊長沙？」「茶陵山水似桃源，山下人家幾户存。白髮不關前日事，太平今見狀元孫。」「道路塵埃没馬深，贈君席上有孤琴。相逢不待南來雁，猶是秋江怨別心。」

張泰滄洲詩集卷五送李賓之還長沙拜祖隴：「春風別宴散瀛洲，陸地僊人始泛舟。碧海蒼山曾入思，緑蘋黄鳥信消憂。中州久羨西平譜，南紀合看太史遊。鄉里未須夸晝錦，要持碑刻表松楸」。再送，用諸送者韻：「六年江海憶人龍，歲晚來看雪後松。西涯未續安仁句，南國誰招太白蹤？春漲洞庭浮豔灝，雲開衡陽見芙蓉。湘蘭不是清時物，漁父騷人莫漫逢。」「楚天鄉思暖鴻摧（當作「催」），帝與恩波訪舊回。綵服江湖春愛日，赤心霄漢夜瞻臺。倚船花嶼鶯啼過，下馬松岏鶴唳來。莫以壯遊供麗藻，尚看動業賁蒿萊。」

「張泰，字亨父，太倉人。……舉天順八年進士，選庶吉士，授檢討，遷修撰。爲人恬淡自守，詩名亞李東陽。弘治間，藝苑皆稱李懷麓、張滄洲。東陽有懷麓堂集，泰有滄洲集也。」（明史卷二百八十六）案，張泰卒於成化十六年（參該年譜），「弘治間」之説不確，應作「成化間」。

程敏政篁墩文集卷六十二送李賓之編修展墓還茶陵：「王孫承詔尋松槚，詞客臨歧贈柳枝。天禄曉風聽漏處，洞庭春水放船時。紉蘭定著三閭賦，看竹還過二女祠。我亦懷鄉頻作夢，不堪重寫送君詩。」

岳正類博稿卷二送李行素封君攜其子東陽編修茶陵訪祖：「帝許南還著錦衣，故山草木坐生輝。路從白馬湖邊過，身與蒼龍闕暫違。幾處聚觀元獻雋，千年爭訝令威歸。秋風肯念并州舊，莫謂衡陽少雁飛。」

舟次奉新驛，得戴珊書，約於前驛相待，有七言二絶。

南行稿有舟次奉新驛，得戴侍御同年書，知於前驛相待，漫得二絶詩。案，戴侍御同年，即戴珊。成化十六年，賓之校文南都畢，返舟北上途中，尚有夜過静海憶戴提學廷珍一詩憶及此事。詩云：「月明滄海夜潮空，又向扁舟憶戴公。河上旌旄三日駐，江南書札幾回通。」（北上録）明史卷一百八十三戴珊傳云：「久之，擢御史，督學南畿。」賓之所撰墓誌云：「（成化）壬辰，督學南畿。」（文後稿卷二十七）因知戴珊於本年以御史督學南京，與賓之相期同行。戴珊，字廷珍，浮梁人。天順八年進士。官至左都御史。史稱廉介不苟合。傳詳明史卷一百八十三。

宿流河驛，遇謝省，有詩。

南行稿有宿流河驛，遇寶慶謝太守。

太平縣誌卷七：「謝省，字世修，號愚得。以進士起家。天順初，拜南京車駕主事。未幾，轉武選員外郎。成化己丑，遷寶慶知府。……條民隱十四事請於上，次第罷行之。春秋則時行郊野，察民不足周給焉，至給牛種以千百計。教民婦女紡績，斥淫祠以爲社學。會計郡儲積可支五年，乃選學官子弟教之府、鄉、村，教之社學，皆得以餼食於公。公暇終則課業講文，詣社學，正句讀，行賞罰。已又撮取朱文公家禮，并作十勿詩，俾民誦習之。其怙終不率者，則一裁以法。至黜縣令二人，籍其贓以代民賦。由是境内肅然，皆望風相戒，不敢犯。……以考滿至中途上疏，徑歸。……當道交章薦之，檄下郡縣趣公，而公竟不至。……卒年七十有四，門人私謚之曰貞肅先生，有司祀公鄉賢祠。」案，謝省係謝鐸叔父，因與賓之交厚，唱和之作頗多。

泊故城，與戴珊、謝省夜酌，有詩。

南行稿有泊故城，與戴侍御、謝賓慶夜酌，喜而有作。

濟寧途中，遇以官營私之南京馬船，賦馬船行以抨之。

南行稿馬船行：「南京馬船大如屋，一舸能容三百斛。……官家貨少私貨多，南來載穀北載鹺。憑官附勢如火熱，邏人津吏不敢詰。争狃鬭捷防轉欺，倏去忽來誰復知？乘時射利習成俗，背面却笑他人癡。他人雖癡貧亦樂，明朝犯令爾輩縛。」

經白楊河，睹兩岸之饑荒，有白楊行以寄憐憫之情。

南行稿白楊行：「路經白楊河，河水淺且渾。居人蔽川下，出入無完褌。俯首若有得，昂然共騰歡。停舟問何爲，蹙額向我言。始知沙中蜆，可代盤間餐。此物能幾何，歲荒乃加繁。……茫茫江淮地，千里惟荒田。十歲九不雨，摧枯固其然。況復苦迎送，誅求到心肝？生當要路衝，雞狗不得安。」

舟入長江，遇風野泊，與戴珊、謝省、彭澤同飲於江上無主竹園，有詩。

南行稿收有風江野泊，偶步江上無主竹園，呼酒招戴侍御、謝寶慶、彭民望同飲一詩。

過采石，登謫僊樓，有采石登謫僊樓詩以吊李白。

詩見南行稿。

溯流而上，驚長江之雄渾險奇，有長江行以狀之，詩亦雄渾。

南行稿長江行：「大江西來是何年，奔流直下岷山巔。長風一萬里，吹破鴻濛天。天開地闢萬物茁，五嶽四海皆森然。帝遣長江作南瀆，直與天地相周旋。是時共工怒觸天柱折，遂使后土東南偏。女媧補天不補地，山崩谷罅漏百川。有崇之叟狂且顛，坐看萬國赤子淪深淵。帝赫怒，罰乃罪。神禹來，乘四載。驅大章，走豎亥。黄龍夾舟穩不驚，直送馳波到東海。朝離巴峽暮洞庭，九派却轉潯陽城。縈紆南徐萬餘里，更萬餘里通蓬瀛。君不見黄河之水天上下，其大如股空縱横。長淮清濟出中境，曷敢南向争權衡？千流萬派瑣瑣不足數，雖有吐納無虧盈。下亘厚地，上摩高空。日月出没，蛟龍所宫。奇形異態不可以物象，但見變化無終窮。或如重胎抱混沌，或如顥氣開穹窿；或如織女拖素練，或如天馬馳風騣；空山怒哮飽後虎，鉅壑下飲渴死虹；或如軒轅鑄九鼎，大冶鼓動洪爐風；或如夸父逐三足，曳杖狂走無西東；或如甲兵宵馳聚嘯滿山谷，或如神鬼晝露萬象出入虚無中。吁嗟乎，長江胡爲若此雄！人不識，無乃造化之奇功！天開九州，十有二山。南北並峙，江流其間。堯舜都冀方，三苗尚爲頑。魏帝倚天歎，征吴但空還。吁嗟乎，長江其險不可攀！……」

至長沙，謝省還治寶慶，以詩贈別。

南行稿有至長沙送別謝寶慶詩。

與太守錢澍等遊嶽麓寺，宴長沙府、衛，拜李芾、賈誼二公祠，登長沙府學尊經閣，皆有詩或文。

南行稿收有與錢太守諸公遊嶽麓寺四首，席上作、燕長沙府，席上作、燕長沙衛，席上作諸詩，宋知潭州李忠烈公祠記、漢長沙王太傅賈公祠記、長沙府學尊經閣記諸文。

至茶陵，祭掃高祖、族高祖等墓；代父撰高祖戊七府君墓表、祭高祖處士府君墓文、祭族高族提舉府君文，復有荷木坪二十韻、雷公峽二十韻二詩以紀事。

墓表、祭文、詩皆見南行稿。案，墓表有「曾孫淳乃具述曾祖本末，授於玄孫東陽，使撰次其辭，刻石京師，載而歸表之墓道」諸語，知是表作於京師，姑並繫於此。

居十有八日，返棹北上。過永新，下吉安，歷南昌，涉錢塘，遊西湖，經吴縣，皆有詩。

諸詩皆見南行稿。

八月二十七日，返至潞河，於舟中作南行稿序。

南行稿序：「以八月末入見於朝。……是月二十七日，翰林編修李東陽賓之書於潞河舟中。」

九月，外舅岳正卒，有祭外舅蒙泉先生文，以述哀痛之忱。

文稿卷二十九外姑宋夫人墓誌銘：「我外姑宋夫人之喪，外舅蒙翁岳翁無一息之胤，……翁既致政，當成化壬辰卒。後二十年，夫人壽七十有二乃卒。」

文後稿卷十一蒙泉公補傳：「壬辰九月十一日卒，年五十五。」

案，明憲宗實録卷六十四作：「成化五年閏二月，……興化府知府岳正乞致仕，許之。……家居五年卒，年五十五。」明史卷一百七十六亦作：「五年入覲，遂致仕。又五年卒，年五十五。」以二書推之，則岳正卒於成化十年，顯誤。

文稿卷二十二祭外舅蒙泉先生文：「嗚呼！其在天下者不敢知，愚之痛其莫余紓也。方愚之未見，固畏其風格高厲，進而復却者屢矣。其見也，不知夏日之既晡。論書法必窮漢、晉之源，論文章必極馬、韓之趣；論理數必探河、洛之圖。愚生也晚，考德問學，無所底定，如瞶者之於聽，盲者之於途，孰意公之有意於愚也。門牆之託，方以爲終身，幸别而復合者，曾不過一再見之餘。病不侍於牀，綍不越於野，而窆不哭於墟，愚於公之愛，可以爲辜矣！」

是月，與劉大夏赴謝鐸宅夜話，念及同年張泰，賦有與劉時雍夜話寄張亨父聯句一首。

詩見聯句録，其題下注曰：「在鳴治宅作。壬辰九月。」

十月，與謝鐸訪姜諒，小酌，賦聯句一首。

聯句録收有訪姜用貞小酌一首，其題下注曰：「時用貞滿行人司副。壬辰十月。」

是年，爲桂陽朱尚仁等撰桂枝嶺塔記。

詳全集卷一百三十三所輯是記。

楊一清、吴寬舉進士。

王守仁、李夢陽生。

## 成化九年癸巳　一四七三　二十七歲

四月，與謝鐸應邀宴集於陸釴宅，賦有雨坐聯句一首。

詩見聯句録，其題下注曰：「在鼎儀宅作，時邀明仲不至。癸巳四月。」

夏，爲湯原静作半村記。

文稿卷十半村記：「半村湯原静居於蘇之楓橋橋東，距州城數里許，廛闠相比，至是而極。極則爲平田方湖，曼衍映帶，彌望無際。而其居適當其交，因自號曰半村。半村昔嘗遊尚書晞顔楊公之門，工琴解詩，旁及醫術。用是往來江湖淮泗間，而極於京師。雅好文事，凡名大夫士鮮不識者。予曩見於奚進士元啓家，其於元啓蓋中表之鄙也。元啓卒，其孤不能舉，半村爲治後事，殫財與力。予謂其好義者，心愛重之。既又因刑部主事顧天賜來詣予，請記其所謂半村者。去年，予南經蘇，夜泊橋下，憶張繼題詩處，徘徊久之。時半村又客於外，求其居不可得也。既還京師，宿負未釋，半村以詩來者再，足及門者多至不可數，予甚愧之。癸巳之夏，持卷告別。予不得置也……」

八月，師柯潛卒，與吴希賢、謝鐸、焦芳、陳音、倪岳、傅瀚、張泰諸同年爲文遥祭之，復有詩哭之。

明憲宗實録卷一百九十九：「成化九年八月，……詹事府少詹事兼翰林院學士柯潛卒。」

文稿卷二十二祭學士柯先生文：「維年月日，門生翰林院修撰吴希賢，編修謝鐸、焦芳、陳音、倪岳、李東陽，檢討傅瀚、張泰，謹以香帛牲酒之儀，再拜遥祭於詹事府少詹事兼翰林院學士竹巖柯先生之靈……」

同書詩稿卷十一哭竹巖柯先生：「早將姓名託文章，長憶春風坐玉堂。師席久虚唐祭酒，門生終哭宋歐陽。家無舊草留封禪，國有遺憂在廟廊。一代幾人今更幾，爲誰成就却摧傷？」

## 成化十年甲午　一四七四　二十八歲

正月，叔弟東川亡，哭之甚哀，有詩五首。

詩稿卷十哭舍弟東山十首之注曰：「甲午正月，川亡。」

同卷哭舍弟東川五首，其一：「樹好連枝折，身危半臂存。乾坤幾時夢，骨肉一生恩。寂寞空殘話，蒼茫有斷魂。哀鳴時自觸，痛極本無言。」其二：「慈母嗟何及，三人瘦汝强。提攜成老大，辛苦竟摧傷。世事翻今昔，悲歌遞短長。向來門户託，回首意凄涼。」其五：「束卷朝仍出，移燈暮始歸。病餘心力在，路隔死生違。南國諸生去，西鄰舊主非。向來車馬地，一過一沾衣。」

六月，將己之與彭民望所作聯句詩編録爲一卷。

參成化七年譜。

閏六月，病暑，有詩與吴寬唱和。

吴寬匏翁家藏集卷四有次韻李賓之病暑五言長句，題下之注曰：「時閏六月。」案，匏翁家藏集所收詩編年，是詩序當本年。又據陳垣二十史朔閏表，知本年閏六月。賓之顯於本年病暑，其詩已無考。

冬，李經中舉歸萬全，賓之與潘辰、謝鐸、張泰等賦詩贈别，復爲撰序。

文稿卷二送李士常序：「今年秋，始以其藝舉於鄉。大夫士聞者，既進以爲主司賀，則退以賀君。予又交君之最深者，知其志論不悖，且必不變，必能底厲奮發以自見於世，無疑也。」又，卷二十八明故文林郎河南道監察御史李君士常墓誌銘：「甲午，舉鄉貢。」又，詩稿卷十八再疊前韻送士常中有「歸期好趁殘冬雪」語，與時用陪士常話别聯句，翌日士常見和，因疊韻中有「還家莫嘆關山隔」語。因知李經於本年秋舉鄉貢，於冬還家。

謝鐸桃溪淨稿詩卷十有次韻李賓之聯句贈李士常舉人一詩。

張泰滄洲詩集卷八有賓之寒窗夜與客聯句送李士常，索予和送一詩。

據賓之所撰墓誌：「士常姓李氏，諱經，别號力齋。其先鳳陽臨淮人也。……考諱徵，萬全都指揮僉事，始居萬全。……士常幼端重如老成人，爲都司學生，刻志問學……有名諸生間。葉文莊公爲巡撫，賞愛特厚，薦於我外舅蒙泉岳公爲婿。……甲午，舉鄉貢。戊戌，登進士第，奉詔入翰林，爲庶吉士。辛丑，拜河南道御史……士常赴義如渴，勇不計力。人有善，推誠嚮慕，意氣所屬，歷歷出肝肺。守官清儉，家指既衆，俸不給，或稱貸爲日夕計。及遇文人墨客，竟日延款，與相倡和。所得詩賦，至累篋笥，猶酷好不厭。自出翰林爲御史，雖極通要，而非其好，竟憂勞以死。」案，李經與賓之同爲岳正之婿。

潘辰，字時用，號南屏，景寧人。少孤，隨從父家京師，以文學名。弘治間以薦授翰林待詔，歷五經博士、編修、太常少卿。史稱居官勤慎，士大夫重其學行。明史卷一百五十二有傳。案，潘辰與賓之爲兒女姻親，交誼甚厚。

十二月，九年任滿，遷侍講。

明憲宗實録卷一百三十六：「成化十年十二月……庚寅，陞翰林院編修李東陽爲侍講，仍支原陞俸一級，以九年任滿也。」

## 成化十一年乙未　一四七五　二十九歲

正月，岳正禫祭日，爲文祭之。

文稿卷二十二蒙泉翁禫祭文：「……公棄館舍，三年於今。……孟春之日，既禫而吉。公主既祔，使我心怵。既酹我清，亦薦我苾……」案，岳正卒於成化八年九月（參該年譜），後三年之孟春，當即本年之正月。

六月，長子兆先生。

文後稿卷二十四兒子兆先墓誌銘：「其生以成化乙未六月二十一日。」

十月，岳氏妻亡。

詩稿卷十哭舍弟東山十首之注曰：「乙未十月，岳氏妻亡。」

是年，以屢有妻及弟之喪，悲勞而病脾，爲庸醫所誤，久治不愈，至明年春方瘥。

文稿卷十八醫戒：「予年二十九有脾病焉。其證能食而不能化，因節不多食。漸節漸寡，幾至廢食。氣漸苶，形日就憊，醫謂瘵也。以藥補之，病益甚則補益峻。歲且盡，乃相謂曰：『吾計且窮矣。若春木王則脾土必重傷。』先君子憂之。會有老醫孫景祥氏來，視曰：『及春而解。』予怪問之，孫曰：『病在心火，故得木而解。彼謂脾病者，不揣其本故也。子無乃有憂鬱之心乎？』予爽然曰：『嘻！是也。』蓋是時予屢有妻及弟之喪，悲愴交集，積歲而病，累月而憊。非惟醫不能識，而予亦忘之矣。於是括舊藥盡焚之，悉聽其所爲。三日而一藥，藥不過四五劑，及春而果差。」徐貫之任福建，撰序贈行，以「先本後末，宏綱疏節，委曲開諭，均田薄斂，蓄威養力」等治術爲言。

文稿卷三送福建參政徐君序：「成化乙未，吏部以例考天下之述職者，罷布政、按察之長若佐若干人，於時茲一人者皆闕。浙東徐君原一實用推擇爲右參政，承敕以行。……今東南之人曰：備外警易，治内盜難。販鬻之民迫於寒饑，散則無所，歸則無籍，縱而不問則纏結無窮，急而攻之則以死徇鬭，其患有不可勝言者。治之者必先本後末，宏綱而疏節，均田薄斂，以安其業，委曲開喻，明示利害，以啓其歸，而又蓄威養力，以待其不可化，使善者不移，則惡者有時而盡矣。其先後緩急較之他處宜有不同者。」

淳安縣誌卷十一：「徐貫，字原一，蜀阜人。生而明敏。長從姚文敏公受春秋學，大異之。領景泰癸酉鄉薦，登天順丁丑進士。授兵部職方主事，陞郎中。才猷茂著，練達事體。尋擢福建右參政，奉敕巡視海道，分守延邵四府。值民饑，多方設法，及出官廩，減價以拯恤之。迨擢本省右布政使，閩中大疫，側者相枕藉，又出公帑給棺以葬之。既而，擢山東左布政使。陞都察院右副都御史，巡撫遼東。至則首劾參將佟顯不職，黜之。……處置邊方，綽有條緒，兵將畏服，夷虜帖然。陞工部左侍郎。於是，蘇、松一帶連遭水患，廷議推貫，奉敕往治之。貫至，簡有司分理，授以方略，水患以弭。三吳之民，至今頌之。遷本部尚書，累加太子少保。……兵部劉大夏狀其行曰：『公之功在廟堂，澤究生民，德行足以表彝倫，文章可以傳士類。至於心術操履，可以對越天地鬼神。』誠足徵云。」

蕭禎督修祁陽縣學成，爲撰記。

文稿卷十祁陽縣學重修記：「泰和蕭公自南京刑部主事爲湖廣按察僉事，慨然以風紀爲任。成化甲午，至永之祁陽，睹其學舍敝陋，集縣官、師儒而問焉。曰：『兹學也，肇宋歷元，復於國朝洪武之初，蓋百有餘年於今矣。公與吾徒二三子實任其責，其無所與讓。』……始以十一月某日，終以十二月某日，月一匝而成。……於是教諭王冕具書牘，訓導楊玉上京師以請於予。……公名禎，字彦祥，予同年進士也。」據文意推之，記當作於本年。

陳壯合葬考妣，爲撰墓表。

文稿卷二十四明故贈文林郎南京陝西道監察御史陳公墓表：「翁以成化己丑三月四日卒於南京，是年九月二日返葬於山陰。……葬之六年，徐孺人卒，又一年乃祔。」案，是表記徐孺人祔事，當作於祔之年。以成化己丑計之，歷七年而祔，故繫是表於本年。

陳壯，名直夫，號古迂，浙江山陰人。舉天順八年進士。歷南京御史、江西僉事、福建僉事、河南副使。賓之所撰墓誌云：「直夫鯁介寡合，雖生長都會，而有山林性氣，不能與物湛浮。遇節義廉潔士，傾心嚮慕。稍不合輒蹙頞而起，若將浼乎其身。家素窶，奉親志養，常俸外一無所取。……予與直夫同京産，又同甲第，雅相知厚。」（文後稿卷二十七）明史卷一百六十一有傳。

潘琴合葬考妣，爲撰墓誌銘。

文稿卷二十六明故封承直郎南京吏部主事潘公墓誌銘：「東陽因吾友潘君時用獲見其族父興化君，又因興化君獲聞其考善齋公之行。……公葬未有銘，興化君來朝京師，以趙荆州士英狀屬東陽曰：『某礱石山中久矣，俟吾子銘追而内諸壙。』既行，道聞王安人訃，棄官歸治喪，信來速銘。」「以丙申正月二日合葬。」案，據所述，是墓誌顯撰於合葬之前一年，故繫於此。

郭璽卒，爲撰墓表。

文稿卷二十四明故兵部武選員外郎郭君墓表：「成化乙未春二月壬午，兵部武選員外郎郭君卒。户部郎中李君漢章，君知己也，壯君行以授其子仁，俾乞予表墓。仁既歸，以其年四月丁酉葬君城武杜村先墓。比復走京師來徵文，而李君爲速予日不置。予既哀仁之孤，又感於李君交友之誼，乃爲之辭曰……」案，據所述，知是表撰於葬後之不久，姑繫於此。

同表：「君諱璽，字文瑞，姓郭氏，兖之城武人。……舉天順甲申進士，奉詔入翰林爲庶吉士。拜工部營繕主事，風岸卓卓。……庚寅，改兵部武庫主事。會武選員外郎闕，吏部謂非强有力者弗任，乃擢補君。……甲午，君得疾，冬益劇，乃上疏歸，命未下而卒，年四十有一。……郭君平居議論洶洶，無諂辭佞色。居官未嘗阿意所事。其所奮激，雖横罹刑罰，不少抑。故臨事處職，皆能有以遂。其勝于脂韋耎脆、視人之顔色以爲進退者，亦遠矣。」

謝遷、王鏊舉進士。

## 成化十二年丙申　一四七六　三十歲

正月，李經妻岳氏卒，爲撰墓誌銘。

文稿卷二十五李士常妻岳氏墓誌銘：「鄉貢進士宣府李君士常之配諱德娍，字叔將，姓岳氏，我蒙翁先生之女，實吾亡妻之姊也。以成化丙申正月二十日卒於家，期以二月十日葬於沙嶺先墓。士常預馳書京師抵予，圖所以識其葬者，予不得辭。」

五月，仲弟東山亡，哭之以十詩，意甚悲。謝鐸有詩吊之。

文續稿卷八仲弟東山墓誌銘：「岳病，亟爲馳報其家，遂得疾。逾年而劇，以成化丙申五月十三日卒。……年止二十四。」

詩稿卷十哭舍弟東山十首，其十：「命也嗟誰及，悲哉祇自傷。萬端皆觸目，一日幾回腸。晚歲歸搖落，幽魂墮渺茫。詩成意不及，身在恨難忘。」

謝鐸桃溪淨稿詩卷九有哭李陟之一詩，題下注曰：「賓之弟。」

十月，邀謝鐸、張泰、陸釴小飲，賦有午窗小飲聯句一首。

詩見聯句録，其題下注曰：「在予家作。丙申十月。」

十一月，病，友人張泰、陸釴、謝鐸來訪。

聯句録收有訪彭敷五李賓之病聯句一首，其題下注曰：「馬上作。丙申十一月。」

十一月，李經將歸宣府，與之夜坐話別，同潘辰聯句一首贈行。

聯句録收有夜坐與李士常話別聯句詩一首，其題下注曰：「在予家作，時士常將歸宣府。丙申十一月。」

十二月，仍因病在告，友人張泰、陸釴來訪。用韓、孟、張聯句韻，於雪中聯句一首。

聯句録收有會合聯句詩一首，其題下注曰：「用韓、孟、張聯句韻，在予家雪中作，時予在告。丙申十二月。」

冬至日，助祭園陵。京師同舉者會於武學，賓之不及與，後之八年爲撰序。

文稿卷六京闈同年會詩序：「天順壬午，予同舉順天鄉試者百三十有五人。越數年，或舉進士，列官中外，或業太學，或各歸其鄉，升沉聚散，蓋有不能同焉者矣。乃成化丙申冬至日，兵科給事中四明章君元益合同舉之在京師者，會於武學之署，得四十有一人焉。會既成，謂不可以無紀，因析邵康節冬至詩爲韻，各賦一詩，而畸其一爲序。予時助祭園陵，不及與，實當畸數，故諸君以序屬予，詩未悉成，予亦未有以復也。又八年甲辰，翰林學士錢唐倪君舜咨始輯諸詩及趣其未就者成卷，謂予曰：『序不可以不成也。』……姑序其詩而藏之。」案，序雖後撰，而事在本年，故繫於此。

劉大夏父卒，爲撰行狀。

劉節劉忠宣公年譜：「(成化)十二年丙申，……夏五月，丁父松巖公憂。時黎文僖公淳爲春坊左庶子，公泣請同年侍講李賓之爲行狀，淳誌之。」

文稿卷二十三有明故廣西按察司副使致仕進階中議大夫贊治尹劉公行狀。

是年，始入經筵侍班，兼撰講章。

講讀録序：「東陽自憲宗朝入翰林，歷編修、侍講十有餘年。成化丙申，始入經筵侍班，兼撰講章。」案，墓誌作「乙未，經筵侍班」，誤，當從賓之自紀之年。

## 成化十三年丁酉　一四七七　三十一歲

正月十日，因病而賦詩止詩，諸同年皆有和章，陸釴有詩約以同止。

詩稿卷四予病中頗愛作詩，舜咨以詩來戒者再，未應也。偶誦陶淵明止酒詩，自笑與此癖相近，因追和其韻，斷自今日爲始，成化丁酉春正月十日：「平生抱詩癖，雖病不能止。還同嗜酒客，枕藉糟丘裏。作銘示深戒，厚意勤數子。……狂瀾去莫追，來者方無涘。擬學賈浪仙，焚詩以爲祀。」案，諸同年之和章已無考，而同卷「清明後三日與謝鐸、陳音遊大德觀」之詩題有「先是諸同年皆有和章」語。陸釴詩見後。

此後兩月間，詩弗作而戲集古句成篇，略代諷詠，間以應酬，彙爲集句録一卷。

集句録引：「丁酉之春，予病在告。百念具廢，而顧獨好詩，故人愛我者戒勿復作。既乃閉户危坐，不能爲懷，因戲集古句成篇，略代諷詠。有以舊逋見督者，間以應之。遇少得意，亦稍蔓引，不能止……兩月間得爲篇若干，摭之篋中，亦不欲棄去，録之爲一卷。」

案，本年譜述及諸集句，皆見集句録，不復贅列。

病起，與謝鐸飲於小樓，先後有集句十首唱和。

陳音南樓別後，頗以不得詩爲憾，因集杜句一首贈之。

傅瀚屢有一樽之約，病起，集杜一首諗之。

諸同年宴集，不赴，集句二首以奉。

與陸釴同約止詩，閱月而不見中罰者，因集唐句一首諗之，冀得和章。

自謝鐸外，屢有投贈而和章不至。試語羅璟，即躍然而起，因有集句二首與之唱和。

周經有長句來督開戒，集唐句一首答之。

張泰集句索藥，和之一首。

清明，傅瀚、彭教陪祀長、景二陵，先後集句三首以送之，懷之，索和章。

清明後二日，與謝鐸約訪王佐於大德觀，阻雨，集句一首寄鐸。

案，王佐，字仁輔，後去「車」爲「甫」，號古直，以號行。太平人。賓之所撰傳云：「少爲詩及行草，漫遊京師。……旅食三十年，無僮僕，不置釜甑。有大籠五六，惟詩畫數百幅。中貯壺酒，晨出飲一再勺，已復鐍之以去。……其性氣屹屹，不肯爲人屈……然意度率直，内不爲蹊徑。遇所會意，欣然忘去，人亦以此樂之。……予雅知古直，然不能目其爲何如人也。」（文稿卷十六）「所著有古直集。」（太平縣誌）

陳音邀同謝鐸小飲，集句一首謝之。

尹進致仕，卜居城陰，集古句十律贈之。

集句録：「惟我維揚先生，以河南僉憲領南畿屯田事。成績上京師，道得微疾，乃卜居城陰，慨然有終焉之志。維時知先生者，謂其卓特絶倫之才、淵源博古之學、清白自守之操，而使之循資待于於銓曹之籍，固非所宜。先生當未衰之齒，承當遷之秩，而遽自引退，亦非士大夫之所望者。其言激切反覆，而先生之意終自有未釋也。東陽不才，蚤以契家子受門下業，恩誼無與爲比，蓋於此有不能已焉。屬以幽憂抱疾，杜門經歲，方摒去筆札，不能輒有所述，因集古句十律，以代所欲言。」

文稿卷二十六明故奉政大夫修正庶尹河南按察司僉事尹公墓誌銘：「公尹姓，諱進，字時勉，揚州江都人。……登天順丁丑甲科，拜户部主事。……數年，用吏、户二部薦，擢河南按察僉事，領南畿江北屯田事。……公九載成績，當受遷，别其寮曰：『我休矣。』入京移疾，竟不至吏部。……比入京，居室甫定，僅二載而卒。……公風裁清拔，論議鏘聳，重名檢，尚意氣。……不遺故交，不陵小官。自鄉黨僚屬，無小大疏戚，同稱爲賢。」

清明後三日，與謝鐸、陳音偕遊大德觀，爲二人所督甚苦，與聯句四首。已而悔之，因用止詩韻以自咎。詩止兩月，至此破戒。

案，聯句已無考，自咎詩見詩稿卷四。

陸釴聞破戒，折簡告罰。有詩答之，以雞酒往受罰焉。復用韻邀謝鐸、陳音同赴。羅璟聞之，盡却他故以赴。張泰亦爲鈛所致。六人佳會，分韻賦詩，劇飲盡醉。後數日，撰書雞壇清話卷後以紀止詩顛末。

文稿卷二十書雞壇清話卷後：「今年予作止詩詩以自戒，鼎儀以詩來約曰：『止詩亦欲止今春，欲止今春止未真。乞取止詩來止我，止詩合寄止詩人。』予請援張汝弼故事，以隻雞斗酒爲罰，竊計數日後必有縛雞載酒而至者。鼎儀固未嘗止，亦不承盟。越兩月，予病起，遊大德觀，爲鳴治、師召所督，得聯句四章。鼎儀聞之，折簡告罰。予謂罰我固當，不宜獨先。若君本不承盟，予亦無獨盟之理。鼎儀執不置，乃以雞酒往受罰焉。初，鳴治、師召之見督也，曰：『第爲之，即有議君後者，吾二人實任其事。』至是，果以猪紅三斤、蛤蜊數十相助。明仲聞之，曰：『此佳會也。』盡却他故赴之。而亨父亦爲鼎儀所致。凡六人，鼎儀乃盛爲席以樂客。於是，分韻賦詩，劇飲盡醉，所謂勝負賞罰者皆不能辨，亦不必辨也。」

案，答陸鈛詩，邀謝鐸、陳音詩皆見詩稿卷四，分韻之詩已無考。

謝鐸桃溪浄稿詩卷十鼎儀席上分韻得復字，柬李賓之：「李子詩中豪，高懷不堪觸。病來苦作戒，止詩如止欲。一朝故態生，仰視天宇促。不顧雞酒盟，甘心就罰贖。……」

三月十八日，與翰林諸同年會於陳音第，適逢其得孫，因與諸同年聯句以賀，爲書壁。歸，復有疊韻詩二首。後又爲撰序。

文稿卷三賀陳先生誕孫詩序：「成化丁酉三月十八日，翰林諸同年會於師召陳先生第。既有成約，予與鳴治先入。惟其有喜色，問之。曰：『適得莆報，大兒舉得一男矣。』時同年皆未有孫，孫實自師召始。予二人喜甚，亟呼酒飲師召。師召曰：『請爲我賦。』鳴治倡爲句，予繼之。已而衆客以次至，皆遞爲句，句八繼而成律，明仲再倡，律再成，衆乃屬予大書於堂壁。師召不欲以觀賀者，掣予肘再四，不能得，拂衣入。少頃忽笑而出視予書，且視且喜。衆客競爲助喜，歡聲動堂陛。回顧僮僕，皆欣欣若有懌色。師召獨據几諦誦，曰：『固亦佳事也。』意始悔沮予書。書成，敷五後至，不及與，獨和二章。明日，衆客皆重和。越數月，汝賢還自莆，又續和焉。於是聯爲鉅軸，盛供具以贈之。而師召益大設席饗客，以爲例，例亦自師召始云。……是詩也，雖出乎一時之談笑，然於平生交際之情、諸家世講之好，亦可以觀矣。請爲諸君序之，以傳乎其家。」案，聯句録收有陳師召邀飲，適得家報生孫，衆客歡甚，題壁二首聯句，其題下注曰：「丁酉三月。」（疊韻詩二首見詩稿卷十一）

是月，與潘辰宴集於蕭顯第，席上聯句題圖，爲其子蕭儀鳳還山海關贈行。

聯句録收有題計汝和蘭竹圖送蕭儀鳳還山海和韻聯句一首，其題下注曰：「儀鳳，文明給事仲子也，在文明席上作。丁酉三月。」

與焦芳、傅瀚、羅璟、陸釴、陳音、張泰、倪岳、彭教宴飲於謝鐸之清風樓，聯句一首。

聯句録收有飲鳴治清風樓聯句一首，其題下注曰：「丁酉三月。」疊韻詩二首見詩稿卷十一。

與諸同年宴集傅瀚第，有詩。

倪岳青谿漫稿卷十六翰林同年會圖記：「昔在成化丁酉之歲，傅君曰川肇爲續會，以敍同年好。客有出杏園雅集圖於座以觀者，衆因嘆仰三楊二王諸先達之高致邈不可及。」詩稿卷四曰川會諸同年，用韓昌黎「園林窮盛事，鐘鼓樂清時」二句分韻，得「時」字，因效韓體：「爾來乂十載，欻見星霜馳。維春暮三月，和風蕩如飴。高堂敞楹戺，列案堆盤匜。觥籌遞交錯，墨卷開淋灕。坐席各有序，酒行不用辭。……開圖見諸老，云是先朝遺。三楊二王輩，風采猶當時。……」

案，二人所述事合，因知本年三月有是會。

與秦夔、邵珪有詩倡和。

詩稿卷十四收有廷韶文敬聯句見寄疊前韻一首，全集卷一百二十九輯有辱與東曹聯句見貺，依韻奉答三首。方惜目力，東曹不及另書。幸爲傳致，同加郢正，病中草草一首。另詳拙文李東陽佚詩八首（薪火學刊第四卷，復旦大學出版社二〇一七年十二月）。

春夏之交，邵珪來過。以新稿百篇示之，珪嘆賞不已，譽爲「太古清醇」，「十載詞壇看敵手」，「海内獨步」。有唱和詩數首。

詩稿卷十一收有次韻答邵户部文敬，先後得七首詩，其四曰：「城南風日總宜詩，滿地楊花十丈絲。五夜鐘聲應有恨，十分春色去無遺。」其六曰：「春興無端久廢詩，愁心終日亂如絲。」案，賓之於本年春止詩兩月，「春興」句所言正合。又據其四所寫之景，詩顯作於本年春夏之交。

邵珪邵半江詩卷三過李西涯，出示新稿，歸途有和：「適承開示百篇詩，不敢逢人道色絲。太古清淳全不散，西昆陋染滌無遺。窮探海嶽知難遁，功奪乾坤不可私。十載詞壇看敵手，先生未有折鋒時。」「昌黎文字杜陵詩，青鏡流年鬢未絲。已覺追趨今亦晚，却慚書簡舊多遺。我方孤陋將誰進？君負高才不自私。碧月瓊枝春似海，西涯宅裏受盟時。」「南風歌罷鳳凰詩，袖挽山龍五綵絲。勳業直追伊傅上，文章欲起漢唐遺。青雲磊落何須問？白日分明不肯私。聞道夜來齋宿處，金蓮相似送歸時。」同書卷四承西涯見和「詩」字韻，復用答之：「珍重谿囊遞二詩，寒齋春色動晴絲。十分精到穿楊比，一味清甘啖欖遺。海内聲名誰獨步？向來薮芰我曾私。花磚月影高三丈，正屬西垣得句時。」「區區不在數篇詩，共識君才補衮絲。簡册馨香當自振，畫圖物色豈能私？不才已分居人下，有滳何年及我私？想象清風歌杕杜，夜堂燃燭坐多時。」

錢謙益列朝詩集小傳丙集邵嚴州珪：「珪，字文敬，宜興人。成化己丑進士，官至嚴州太守。李西涯云：『邵文敬善書，工棋，詩亦有新意，如「江流如白龍，金樵雙角短」之類。又有「半江帆影落尊前」之句，人稱爲邵半江。』今其詩名半江集。」

四月，吴瑆以工部考滿至京，邀之與蕭顯、謝鐸宴於家，聯句四首。

聯句録收有和邵文敬户部韻四首聯句詩，其題下注曰：「蕭顯文明、吴瑆元玉，在予家作。丁酉四月。」詩中有注曰：「時元玉以工部考滿，有母居南京。」

五月十三日，仲弟東山亡辰，夜不成寐，哭而有詩。

詩見詩稿卷四。

是月，與謝鐸、陳音會於傅瀚宅，聯句一首。

聯句録收有曰川盆荷未花以詩促之聯句一首，其題下注曰：「丁酉五月。」

邀傅瀚再飲謝鐸之南樓，聯句一首。

聯句録收有再飲鳴治南樓聯句詩一首，其題下注曰：「是日遇雨，邀曰川同會。丁酉五月。」

姜諒考績至京，與謝鐸、陳音邀之小酌話舊，聯句二詩。

聯句録收有與姜用貞話舊與用貞小酌聯句二詩。前一詩題下注曰：「時用貞自南京刑部考績至京師，在予家作。丁酉五月。」後一詩題下亦注曰：「丁酉五月。」

六月，與姜諒宿謝鐸之南樓，與之話别，聯句二詩。

聯句録收有與用貞宿鳴治南樓話别、是夜予與用貞宿樓上，鳴治宿樓下，枕上倡和，復得一首聯句二詩。前一詩題下注曰：「丁酉六月。」

與謝鐸會於陳音之北樓，聯句酷暑篇一首。

詩見聯句録，其題下注曰：「在師召北樓作。丁酉六月。」

七月，内閣大臣商輅致仕歸鄉，爲賦詩贈行。

全集卷一百二十九輯有送商素庵歸淳安一詩。

九月，爲文林妻撰墓誌銘。

文稿卷二十六文永嘉妻祁氏墓誌銘：「成化丁酉秋九月，文君宗儒使自永嘉緘書狀各一道抵予。其書略曰：吾妻卒於蘇州，林將以覲事北上，歸道蘇，且葬之。已卜地於吴縣之藏金灣，以明年三月某日從事。請吾子銘。……予與宗儒交，讀其辭，意不能無戚，乃次第爲序，並繫以銘。」

十二月，與謝鐸、陳音、羅璟、張泰、陸釴、彭教、傅瀚、吴希賢、焦芳、劉淳十同年宴集倪岳第，請工繪圖，各賦詩於後。賓之復有翰林同年會賦，以詠佳會。

倪岳青谿漫稿卷十六翰林同年會圖記：「成化丁酉之歲，傅君曰川肇爲續會，以敍同年好。……時予輩同年之士之在翰林者，離合之餘，始獲萃處京師，而予復將有歸省之舉。聞滇南高司訓雅善繪事，乃於是歲十二月二日謹治具予家，折柬以速諸君。次第畢至，即席請如故事，命高爲諸君寫小像，各賦詩繫於後。……圖紀在會者十有二人：其中，據案執筆而書者，羅璟明仲；坐而觀者二人，左則謝鐸鳴治，右則陳音師召也；其左，坐而鼓琴者，李東陽賓之，坐而聽者三人，右則傅瀚曰川，次右則吴希賢汝賢，左則爲予也；步而前來者三人，其一爲張泰亨父，次則焦芳孟陽，又次則劉淳尚質也；其後，聯坐展卷以觀者二人，左則彭教敷五，右則陸釴鼎儀也。」

劉淳，字尚質，四川巴縣人。天順八年進士，累官漢中府知府。據重慶府誌卷七及明清進士題名碑録索引。

文稿卷一翰林同年會賦：「御水分堤，僊家近闕。支當作噩之年，節應嘉平之月。旭日昫其載陽，飄風爲之不發。於磐是漸，鴻衎衎以來儀；出谷斯遷，木丁丁而可伐。乃有西江三鳳，東海二龍。壺嶺交撑乎日觀，臺城獨曜於霞峰。河馬既呈，蒙蜀錦而爲飾；揚金在貢，囊楚璞以相從。……是日也，或監或史，載笑載歌。爛雲箋之麗藻，灧月斝之微波。耳聽流猋，聲破遏雲之管；心馳急景，光回駐日之戈。弛我道於息遊，或知或止；任吾生之俯仰，遑恤其他。若乃麟閣遺風，虎頭妙手，假物像以相求，託丰儀於不朽。……」案，「作噩」，謂太歲在酉。「嘉平」，謂臘月，「西江三鳳」，言羅璟、傅瀚、彭教也，三人皆江西人。「東海二龍」，言張泰、陸釴也，泰太倉人，釴崑山人，皆近東海。「壺嶺交撑」，言陳音、吴希賢也，二人皆莆田人，近壺公山。「臺城獨曜」，言謝鐸也，鐸台州人。「河馬」，言焦芳也，芳河南泌陽人。「蜀錦」，言劉淳也，淳四川巴縣人。「揚金」，言倪岳也，岳揚之上元人。「楚璞」，賓之自謂也，茶陵舊屬楚。「若乃麟閣遺風」諸語，言繪像事也。賦中所言時、人、事，皆與倪文同，因知是賦必與之先後而成也。

是月，與羅璟、傅瀚、陸釴宴飲於謝鐸宅，賦五平五側體聯句一首。

聯句録收有五平五側體聯句詩，其題下注曰：「在鳴治宅，明仲出酒令作。丁酉十二月。」

是年，重修山陰學文廟成，爲撰記。

全集卷一三二輯有重修山陰學文廟記一文，記曰：「成化乙未春正月，知紹興府浮梁戴廷節重修山陰縣廟學，越二年丁酉成。……余用推官蔣君宗誼請爲記，且於周侯猶侯之於戴侯也，重爲感其義而書之。」

## 成化十四年戊戌　一四七八　三十二歲

正月，慶成宴賦七律一首。

詩稿卷十二收慶成宴有述一詩，中有「十五年來無寸補」語。案，賓之舉天順八年進士，至此已十有五年。

上元日，與邵珪諸友遊神樂觀，有詩紀之。

詩稿卷十二有上元日，與文敬諸友遊神樂觀蒙典簿宅歸，馬上作詩。邵珪邵半江詩集卷四亦有遊神樂觀次李侍講賓之韻詩二首。

案，懷麓堂稿以體裁分編，而於同一體裁下，時有以得之先後爲序者。詩稿卷十二自和蕭給事元日早朝韻、慶成宴有述諸詩至卷十三戊戌冬至節，初赴朝天宮習儀、寄莊孔暘二首諸詩，即皆爲本年所作七律。本年之譜所述諸七律，不復煩證。

是月，潘辰來會，聯句題文宗儒陟屺卷。

聯句録收有題文永嘉宗儒陟屺卷聯句一首，其題下注曰：「在予家作。戊戌正月。」

倪岳予告省覲，與羅璟、彭教、吴希賢、傅瀚、陳音、焦芳宴集於謝鐸之宅，擲骰飲酒聯句，與倪岳話別。

聯句録收有與倪舜諮話别聯句詩，其題下注曰：「在鳴治宅，明仲出新令，擲骰子以數，當飲者續句而成，遍席無弗及者。戊戌正月。」案，詩中注曰：「時舜諮尊翁尚書公新致政。」文後稿卷二十四明故資德大夫正治上卿太子少保吏部尚書贈榮禄大夫少保謚文毅倪公墓誌銘曰：「文僖致仕而南，公予告省覲。」因知此次話别，當爲倪岳此行。另參上年十二月譜。

二月，校文禮部，有七律一首。

詩稿卷十二春闈校文有作呈諸同考：「省闈分職重持衡，十載趨陪兩度行。」案，賓之曾於成化五年校文禮部（參該年譜），至本年，正與「十載」句所言相符。又，參本年三月譜。

三月，王獻、謝一夔奉詔教庶吉士，爲賦奉詔育材賦。

文稿卷一奉詔育材賦序：「成化戊戌春二月，禮部試貢士，得三百五十人。三月，策試於廷。既賜第一甲三人進士及第，爲翰林修撰、編修；復詔内閣臣擇第二甲以下文之優者爲庶吉士，命學士錢唐王公、南昌謝公莅教事，遵舊典也。……某以初科吉士篭國史，觀舊章，而是科復在禮部，濫同校試。今日之事，竊與有榮焉。仰惟朝廷造士之盛心、名臣鉅儒育材之休命，賢大夫士遭時之嘉會，皆足以詔天下，示後世，不可無所撰述，以宣達風教、相勵勳業者，作奉詔育材賦。」明憲宗實録卷一百七十六：「成化十四年三月……丙戌，選進士梁儲……改翰林院庶吉士讀書續文，命學士王獻、謝一夔教之。」

梁儲、林俊、陳璚、李經、儲巏舉進士。

是春，沈暉歸江南，以隻鵝斗酒爲餞，家僮誤送于顧福，因戲作一律寄暉。

詩稿卷十二沈禮部時暘行，以隻鵝斗酒爲餞，家僮誤送于顧刑部天錫。時暘去，始知之，戲作小詩奉寄：「隔城風雨送歸驂，斗酒籠鵝意未堪。何令別時無長物，殷郎書到只空函。十年世事成春夢，千里神交入夜談。他日相逢應大笑，亂山深處是江南。」案，據「隔城」、「十年」、「亂山」諸句，知暉於是春歸江南。

明武宗實録卷一百六十六：「暉，字時暘，直隸宜興人……成化戊戌，改南禮部，尋陞陝西布政司參議。」

朱彝尊明詩綜卷二十二：「（沈）暉，字時暘，宜興人。天順庚辰進士，累官右副都御史，巡撫河南。有豫軒集。」

四月，蕭顯出使唐府，與潘辰聯句贈行。

聯句録收有送蕭文明給事使唐府聯句詩一首，其題下注曰：「在予家作。戊戌四月。」

李士儀歸宣府，應其弟李經之邀，與潘辰聯句贈行。

聯句録收有送李士儀歸宣府聯句詩一首。其題下注曰：「士儀，士常兄也，視其弟于京師。時士常舉進士，入翰林爲庶吉士，要予二人作詩送之。在予家作。戊戌四月。」

六月，與謝鐸聯句賦步出西華道中寄劉時雍寄姜用貞三詩。

詩皆見聯句録，其題下分别注曰：「道中作。戊戌六月。」「時雍居憂華容。在内書館作。戊戌六月。」「用貞侍官南京。在内書館作。戊戌六月。」

是夏，桑悦得乙榜，訓導泰和，送之一律，以奇才視之。

詩稿卷十二送桑民懌訓導泰和題下注云：「民懌蘇人，會試春闈，策有『胸中有長劍，一日幾回磨』等語，爲吴檢討汝賢所黜，又作學以至聖人之道論，有『我去而夫子來』等語，爲丘學士仲深所黜。今年得乙榜，年二十二（列朝詩集小傳作「年二十六」），籍誤以二爲六，用新例辭，不許，遂有是命。」其詩曰：「十年三度試春闈，親見聲名滿帝畿。甲第久慚唐李郃，奇才終誤宋劉幾。」

文洪淶水文集遊黄金臺故阯記：「（成化）戊戌之夏，海虞桑民懌授泰和訓導，將自京師赴潁上，乃紆道訪余於淶。」

錢謙益列朝詩集小傳丙集桑柳州悦：「悦，字民懌，常熟人。讀書一過，輒焚棄之。敢爲大言，銓次古人，以孟軻自況。問翰林文學，曰：『虚無人。舉天下亦惟悦，其次祝允明，其次羅玘。』爲博士弟子，謁部使者，書刺曰『江南才子』。……年十九，領成化乙酉鄉薦。……三試得乙榜，……除泰和訓導。……遷長沙通判，調柳州。……會外艱，歸，遂不出。居家益任誕，褐衣楚制，往來郡邑間。……吴郡閻起山秀卿作二科誌，以民懌首列狂簡，曰：『狂者未嘗無人，至如民懌，可與進取者也』。」

七月，因過汪時用故宅，與謝鐸馬上聯句二首寄之。

聯句録收有寄汪時用聯句詩二首，其題下注曰：「時用時罷官歸山陰，因過其故宅，馬上作。戊戌七月。」

八月，與陳音、林瀚、吴希賢聯句題許大詔壁。

聯句録收有題海子東許大詔百户壁聯句詩一首，其題下注曰：「林瀚，亨大，戊戌八月。」

九月，與謝鐸、傅瀚聯句題計汝和紅菊圖。

聯句録收有題計汝和紅菊聯句詩一首，其題下注曰：「時汝和已物故，在曰川宅作。戊戌九月。」

是秋，與蕭顯、李經、陳璚、潘辰遊城西趙尚書菓園，得唱和詩四律。

詩稿卷十二遊城西故趙尚書菓園，與蕭文明、李士常、陳玉汝、潘時用倡和四首：其三有「苔侵翠壁應全遍，菓熟青林已暗生」語，其四有「殘樽繫馬立斜陽，忽送秋聲滿樹凉」語，因知詩作於本年秋。

爲彭教題菊屏一律，引爲同調。

詩稿卷十三題敷五菊屏：「先生深卧菊花叢，曲几圍屏杳窕通。本爲紅塵辭俗眼，豈因多病怯秋風？交情盡付炎涼外，身計聊憑吏隱中。相過不嫌憔悴質，祇應風味與君同。」

十月，與沈鍾、陳璚等宴飲於謝鐸宅，賦有夜酌待曰川師召不至各束一首、夜坐呈仲律二首、詠石香童戲贈王仁輔二首諸聯句。

諸詩皆見聯句録。

是月，與謝鐸、吴希賢、沈鍾、傅瀚、陳音、李仁傑、李士實、陸釴等翰林諸友先後賦有陶鼎、題蘆雁圖、聽雨亭、夜酌、仲律赴宿曰川值出飲旁舍再宿鳴治宅却柬曰川、直廬夜話、候送林蒙庵諸聯句詩。

諸詩皆見聯句録。

十一月，與沈鍾、李士實、謝鐸諸友賦有送顧天錫使浙江、夜酌宿別仲律、曉起口占別仲律。

諸詩皆見聯句録。

是冬，與沈鍾飲謝鐸宅，有詩。

詩稿卷十三收與仲律飲鳴治宅，用原博韻詩，中有「山色見如逢舊友，菊花開不厭殘年」語，因知是詩作於本年冬。

錢謙益列朝詩集小傳丙集沈副使鍾：「鍾，字仲律，其先長洲甫里人，洪武中徙上元。天順庚辰進士，授驗封主事，改南京主客司。與章懋、羅倫爲友，時稱十君子。陞陝西提學僉事，以副使提學湖廣、山東。再上書乞休，即日南歸。……仕途三十年，無所干謁。李西涯曰：『今之不識相門者，沈仲律一人耳。』平生好賦詩，多至萬首。」

## 是年，有寄莊昶七律二首，以致思念。

詩稿卷十三寄莊孔暘二首，其一：「買斷溪南十頃煙，還家無復夢朝天。身如元亮歸田日，詩似東坡過嶺年。蓬島謫來仙骨在，釣臺高處客星懸。十年未洗紅塵耳，誰聽清風石上絃？」案，莊昶於成化四年春謫調南京（參該年譜），至本年，正與「十年」句所言合。

莊昶莊定山先生集卷三答李西涯：「十年風雨別長安，笑把無窮作夢看。……」

莊昶，字孔暘，號定山，江浦人。自幼豪邁不羣，嗜古博學。舉成化二年進士，改庶吉士，授翰林檢討。與章懋、黃仲昭疏諫內廷張燈，謫調南京行人司副。以憂歸，卜居定山二十餘年。薦章十餘上，部檄屢趣，俱不赴。弘治七年强起入都，復舊職。俄遷南京吏部郎中，尋以瘋疾得歸。麓堂詩話云：「莊定山孔暘未第時已有詩名，苦思精煉，累日不成一章。……晚年益豪縱，出入規格，如『開闢以來原有此，蓬萊之外更無山』之類。陳公甫有曰『百煉不如莊定山』，有以也。」明史卷一百七十九有傳。案，定山詩文有莊定山先生集行世。

## 感官場之險惡、仕途之艱難，有七律四首以抒幽懷。謝鐸有次韻詩慰之。

詩稿卷十三幽懷四首，其三：「墻根老樹碧生苔，門捲疏簾一半開。巖影乍晴雲欲散，雷聲忽動雨還來。長堤隔水疑無路，瘦馬銜泥念不才。朝往暮歸緣底事？祇須形影自相猜。」其四：「懶攜竹杖踏莓苔，寂寂殘樽對雨開。開口祇應心獨語，閉門休問客誰來。幽居有道堪藏拙，巧宦逢時亦自才。試問白頭冠蓋地，幾人相見絶嫌猜？」

謝鐸桃溪淨稿詩卷十一次韻李侍講感懷之作：「小窗看雨上莓苔，天際浮雲一半開。世事盡從醒後別，好懷長是夢中來。幾人富貴曾非命，何代乾坤不愛才？自愧此心還自笑，爲誰相信復相猜？」案，桃溪淨稿詩編年，是詩列於成化十四年齋居次韻答賓之詩後，成化十五年齋居柬諸同年詩前，顯作於本年。

## 成化十五年己亥　一四七九　三十三歲

正月，與謝鐸、傅瀚、陸釴、陳音、吴希賢、張泰、蕭顯、潘辰諸友先後賦有郊齋柬明仲、郊齋夜坐、柬亨父鼎儀、柬敷五、柬孟陽、懷舜諮、柬士常、柬南齋諸同官、齋夜聞雪禁體、次韻答鳴治鼎儀、不赴之作諸聯句詩。

諸詩皆見聯句録。

二月，與蕭顯、謝鐸、潘辰、陳璚、李士常、吴希賢、周庚諸友先後宴飲聚會，賦有士常席上送乃兄士儀、再會士常宅、飲鳴治宅，待亨父、鼎儀不至，各柬一首、飲歸，聞文明得孫，馬上奉和、待羅明仲不至諸聯句詩。

諸詩皆見聯句録。

三月，與蕭顯、謝鐸、潘辰、陳璚等宴遊，賦有會玉汝元基席上再送士儀、即席懷鳴治、文明邀飲預以時報，不赴，蒙索、將赴文明，馬上迭前韻、文明得孫湯餅席上遊廣恩寺諸聯句詩。

諸詩皆見聯句録。

是月，倪謙卒，以誄致哀。

文稿卷二十二倪文僖公誄：「成化己亥三月十八日，南京禮部尚書致仕倪公以疾卒於南京。……嗚呼！予小子昔在童稚，嘗辱愛於公。及與公子舜咨同舉進士，在翰林稱後進，獲瞻下風，奉餘論者二十餘年矣。悲悼感慕，宜不在諸大夫後。獨材力卑譾，懼不足以振耀潛德，而公固有無所待於予者。乃竊據古義，爲辭以遺舜咨，請歸以誄公。」

明憲宗實録卷一百八十八：「（倪）謙，字克讓，應天府上元縣人。己未進士第三人，授翰林院編修。滿九載，進侍講。改左春坊左中允兼侍講，進侍講學士，仍兼中允。修寰宇通誌成，進左春坊大學士兼侍講。英廟復闢，改通政司左參議，仍兼侍講。……進翰林院學士。……修英廟實録，陞禮部右侍郎。……後七年，復起爲南京禮部右侍郎。未幾，進本部尚書。以疾復致仕，至是卒，贈太子太保，謚文僖。……謙生有異質，體四乳，目光突出。自幼穎異，善屬文，才氣飄逸。入翰林，與錢溥齊名。謙比溥稍莊重。」案，其詩文有倪文僖公集存世。

四月，與潘辰、周庚、李經會於陳璚宅，賦有東湖聯句。

詩皆見聯句録。

五月五日，與蕭顯、張泰、傅瀚、吴希賢遊慈恩寺，聯句七首。

聯句録收有遊慈恩寺七首聯句詩。

七月中元，與楊守陳等陪祀山陵，謝鐸、張泰、吴希賢、李士實等各賦詩贈行，賓之皆次韻答之。道中，有與守陳唱和詩十首。此行心緒頗佳，視爲勝遊樂事。

詩稿卷十二和鳴治侍講贈行韻，中有「書回直欲憑秋雁，吟苦誰甘學暮蛩。獨有勝遊兼樂事，不堪持爲故人封」。同卷己亥中元，陪祀山陵，道中奉和楊學士先生韻，其一：「十年三赴四陵朝，又逐諸公一舉鑣。龍尾道瞻回輦近，馬蹄塵送入山遥。天開野色川原浄，日出城頭霧雨消。無數晚花秋樹裏，未須風物向春饒。」其三：「葛衣葵扇一時新，自辦山裝學野人。踏盡柳堤行更遠，掃殘苔石坐還頻。蟲鳴水岸偏依曉，雁度山城正憶春。萬里炎蒸消欲盡，不勞風雨洗蒼旻。」其八：「官曹行樂漫消憂，得似周南太史遊。……」案，楊學士先生即楊守陳。此時守陳官侍講學士，參李贄續藏書卷二十尚書楊文懿公。

是月，顧福自刑部郎中謫爲永州同知，與與蕭顯、羅璟、李士實、屠勳、馮蘭、朱守孚、楊光溥諸友聯句贈別，賦有宿别顧天錫詩十首、夜坐長律一首、翌日大雨四首諸詩。

諸詩皆見聯句録。

與謝鐸、蕭顯、羅璟、陳音、吴希賢等友人宴集，賦有避雨鳴治宅，期曰川，辭疾不至，奉柬二首、曰川宅賞蓮四首；又與屠勳、柳琰、馬紹榮、李士實、洪鐘、陳洵、謝遷、馮蘭先後餞別顧福，賦有屠元勳席上餞別天錫四首、馮佩之席上作，是日天錫不至，即席奉寄諸聯句詩。

諸詩皆見聯句録。

八月，與屠勳、柳琰、王仁輔、馮蘭、奚昊、李士實等友人餞別顧福，賦有李若虚席上餞別天錫六首、次天錫席上留別韻、月河寺會餞天錫，却入朝陽門訪慈恩寺，暮抵予家，共得十三首諸聯句詩。

諸詩皆見聯句録。

是月，與蕭顯、羅璟、謝鐸、傅瀚、陳音、吴希賢宴集，賦有題王舜耕山水圖苔石等聯句詩。又與潘辰、周庚、陳璚、蔣廷貴等宴集李經宅，賦有賀士常生子聯句詩。

諸詩皆見聯句録。

九月八日，與謝遷、曾文甫、王世賞、馮蘭遊朝天宫，九日，與謝遷、馮蘭、王世賞、李士實、屠勳遊慈恩寺，皆有詩唱和，復爲撰序。

文稿卷四遊朝天宫、慈恩寺詩序：「成化己亥重九前二日，翰林修撰謝君于喬以詩約遊朝天宫。是夜雨，翌日大霽，于喬喜，復以詩速客。於是編修曾君文甫、王君世賞、刑部郎中馮佩之皆赴。

至崔、郭二道士宅，和于喬韻各二首。于喬倡爲詩，諸君輒和。繼各倡一首，又輒和。和且半，予始至自内直，詩皆如諸君之數。已乃爲聯句，文甫以事先歸，遽口占二句而去，又得三首。獨編修楊君惟立以詩報不至，翌日始并和焉。先是，佩之遊慈恩寺，與僧璐訂九日之約，預約者郎中若虛、屠君元勳及予。予方有侍講陳君師召之會，以舊約不可負，預以詩謝之。至日，與諸君次第俱往，沿楊柳灣，歷菜園，觀稻田，臨海子，望鐘鼓樓，訪桔槔亭故址，留連竟日，復倡且和，如朝天之作，共得三十六首。已復爲聯句，世賞先歸，亦口占一句而去。四君暮枉予家，呼燭續録，得十首。於是合而書之爲一卷。」案，此二日之遊，賓之唱和之詩，懷麓堂稿僅收入九首，即九月八日與謝于喬諸公遊朝天宮有作、是日和王世賞韻、和馮佩之韻、和謝于喬韻、九日遊慈恩寺疊前韻、九日和王世賞韻、九日和謝于喬韻、和李若虛韻、和屠元勳韻，餘無考。

謝遷，字于喬，號木齋，餘姚人。成化十一年舉進士第一。弘治八年詔同賓之入閣參預機務。累官至少傅兼太子太傅禮部尚書武英殿大學士。史稱「遷儀觀俊偉，秉節直亮，與劉健、李東陽同輔政，而遷見事明敏，善持論。時人爲之語曰：李公謀，劉公斷，謝公尤侃侃。天下稱賢相」。傳詳明史卷一百八十。

浙江通誌卷一百八十：「馮蘭，字佩之，成化己丑進士，選庶吉士，仕至江西提學副使。其在京師，與李東陽、謝遷雅相好。遷既歸田，與蘭唱和無虛日。間書以寄東陽，東陽亦一一和之。是時東陽爲一世宗工，而於蘭則敬爲老友。各有樂府體史詩，號爲新體。」

焦竑國朝獻徵録卷四十六刑侍李士實傳：「士實，字若虚，南昌人。逾冠舉進士，爲刑部郎。久之，稍遷按察副使，視浙江學。累擢山東左布政使，進副都御史，入爲刑部侍郎，謝病歸。士實所居職，多善狀。名能文章，談道理，而尤以書法稱。張元禎、羅倫，其鄉大儒也，士實與齊名。於官尤善李東陽、林俊、楊一清，時翕然譽之。歸數載，召爲右都御史，年七十二，乃上疏致其事。……然士實家頗近寧王，王詫其富强，有異志，盛欲交士實。不可，縱其下侵辱之。不得已，往見王。坐語良久，王大悦，曰：『公，吾子房也。』士實因更爲寧王畫策。……尋會王謀稍露，而御史告變，置獄推王。事急，舉兵反。……後一日，使使召士實。……王即僞位，號士實爲太師。……遇守仁兵於江口，大敗。士實被執，見按察使伍文定，立而不跪。文定怒，撻之二十，創甚，死獄中。……」案，士實詩有白洲詩集存世。

是月，與馮蘭、李士實、屠勳、奚昊、王仁輔、謝鐸、陳璚、周庚、吴寬諸友先後宴集遊賞，賦有奚時亨退食窩夜酌三首、即席懷天錫即席懷仲律夜坐懷佩之時雍初至小酌九日遊慈恩寺暮抵予家四首、過陳玉汝新第有作諸聯句詩。

諸詩皆見聯句録。

十月，與謝鐸、李士實、屠勳、馮蘭諸友先後賦有與鳴治時雍小飲，若虚元勳繼至，遂廢小興鳴治時雍皆先歸，席上奉憶夜坐二十四韻、用貞擢守漳州，聞已離南京，奉寄、送周梁石還任廣德、内直大寒，留官醖小酌諸聯句詩。

諸詩皆見聯句録。

十一月，與謝鐸、陸簡、謝遷、蕭顯、傅瀚、吴寬、周庚、陳璚、潘辰諸友先後宴集，皆賦有聯句詩。

聯句録收有夜飲原博，復過廉伯，明日再飲文明，聯句甚富，今存二首，再會鳴治宅諸詩。

十二月，與蕭顯、潘辰、吴寬、陳璚、傅瀚、劉大夏、吴希賢、王仁輔、李士實諸友先後宴集，賦有寄丘蘇州時雍水光寺送周大參子建三首、送柳邦用判廣平府酌别邦用，去後有懷，併發小興、王成憲飲歸馬上作等聯句詩。

諸詩皆見聯句録。

又與謝鐸賦有寄送戴廷節太守、寄陳直夫、再寄汪時用諸聯句詩。

諸詩皆見聯句録。

## 成化十六年庚子　一四八〇　三十四歲

二月一日，劉大夏會諸同年謝鐸、焦芳、陳音、傅瀚、吴希賢、陸釴、張泰於城東僦館，賓之爲主會，以幼子病，不及終會。明年，賓之爲撰序。

文稿卷六會合聯句詩序：「成化庚子二月朔，劉君時雍以職方郎中起家艱，待次京師，會同年明仲洗馬，鳴治、孟陽、師召三侍講，曰川、汝賢、鼎儀三修撰，亨父檢討及予於城東餞館，予預爲速客。是日大風，寒甚，惟敷五侍講在告，客無弗赴者。觴再匝，予幼子病，得報亟歸。諸君即席聯句，得四首。明日，時雍次韻答客，客亦次第和之。予以子殤不及和。時鳴治以家艱去，明仲之和也，敷五、亨父相繼物故，皆感而形之乎詩。及舜咨侍讀起家艱至，又和之。凡若干首，爲一卷。時雍以予實主約，乃不終會，又不與聯句，罰爲序，曰川爲助罰，予不得辭。因憶與時雍同舉禮部，入翰林，朝夕聚處，及分曹限秩，十八年來，少者既壯，黔者或化而頒矣。」

二日，與羅璟、蕭顯、謝鐸、陳音、張泰、陸釴、吴寬、周庚、朱旵等宴集於王成憲宅，賦有聯句詩二首。

全集卷一二八輯有二月二日成憲宅讌飲聯句二首。詩後有吴寬跋：「璟，泰和羅明仲，司經局洗馬；顯，山海蕭文明，兵科給事中；鐸，黄巖謝鳴治；音，莆田陳師召；東陽，長沙李賓之：皆翰林侍講。寬，長洲吴原博；泰，太倉張亨父；釴，崑山陸鼎儀：皆修撰。庚，古吴周原已，太醫院御醫；旵，崑山朱希仁，石首縣學教諭。聯句既成，成憲既請原已登卷，復欲予綴數語于後。予無以復也，特爲註其人而還之。……明年辛丑四月八日，寬書。」

六月，爲金忠撰墓誌銘。

文稿卷二十七金尚義墓誌銘：「成化己亥閏十月七日，金君尚義卒於遼陽。庚子三月，其子祺、祐道京師，翰林侍講謝君鳴治率諸同年爲文寓祭其喪。六月，祺以喪歸至天津，復走京師，從順天府經歷薛秉儀來請銘。予比與嗚治悲君之死，期各爲文以慰君地下，嗚治既爲傳，予撮其大者爲敍及銘。」

據同誌：金忠，字尚義，處州麗水人。天順八年進士。試御史於南京，攝雲南、江西、山東三道事，巡盜於蘇、松諸府。爲人誣奏，入錦衣衛獄。獄成，命戍遼東。「君性剛斷，負才氣，見義無所讓。」

七月十一日，秦夔、潘辰等來會，賦有聯句詩一首。

全集卷一百二十九輯有與秦廷韶潘時用聯句詩一首。另詳拙文李東陽佚詩八首（薪火學刊第四卷，復旦大學出版社二〇一七年十二月）。

是月，彭教卒。

與羅璟受命爲應天府鄉試考試官。既奉詔，登舟兼程以往，彭教處僅匆匆一哭。恐妨職事，戒詩月餘，校文畢，始賦詩。遊歷南都，還舟北上，目觸神接，皆形之於詩，彙爲北上録一卷。

明憲宗實録卷二百〇五：「成化十六年秋七月，……翰林院侍講彭教卒。……戊子，命司經局洗馬羅璟、翰林院侍講李東陽爲應天府鄉試考試官。」

北上録序：「予與洗馬羅君明仲校文南都，既聞命登舟，兼程以往。因胥劼毖，胥告飭，務勤不怠。獨念詩爲所夙好，恐妨職事，戒勿敢作。鎖院之後，簿卷山積，非惟不敢作，亦不暇作也。

校閲既畢，始爲一章，貽我同志。公卿大夫士在南都者，延訪燕會，或登名山，歷勝地，輒有詩。獨以久勞卷牘，繼困於酬接，觸口縱筆，如夢寐中語。留數日，輒還舟北上，遇石頭，沿大江，絶長淮，觀吕梁百步之壯，溯天津潞河之深，遠歸眺太行，數千里縈抱不絶。於是盡得兩京之形勝，神爽飛越，心胸開蕩。煙雲風雨之聚散，禽魚草木之下上開落，衣冠人物、風土俗尚之殊異，前朝舊迹之興廢不常者，不能不形諸於言。……彙次之，得賦一、詩百有二、聯句二、雜文三，爲一卷。以皆使歸所録，故名曰北上録云。」

同録聞彭侍講敷五喪已過直沽，追吊不及，悼之以詩中云：「欲奠生芻竟不成，匆匆一哭便長行。」

校文畢，有詩與羅璟，言主試之公正。

北上録校文畢即事呈洗馬羅先生明仲：「同下天墀奉玉音，南畿多士正如林。升沉敢謂皆由命，俯仰終教不愧心。望入劍樓秋氣遠，力窮珠海夜濤深。明明天意君應識，萬里青空無片陰。」

揭曉後有詩與何穆之、王珣二侍御並京尹魯崇志唱和。

北上録收揭曉後次韻答何穆之、王德潤二侍御並京尹魯公懋功詩。

秦夔赴建昌知府任，賦詩送中齋秦先生載任建昌與邵文敬聯句四首贈行。

全集卷一二九輯有送中齋秦先生載任建昌與邵文敬聯句四首詩。另詳拙文李東陽佚詩八首

（薪火學刊第四卷，復旦大學出版社二〇一七年十二月）。

明武宗實録卷三十八：「（王）珣，字德潤，山東曹縣人。成化己丑進士，授河南太康知縣，調信陽，擢監察御史。陞湖州知府，以簡静爲治，民安之。遷河南右參政、右布政使、左布政使，進都察院右副都御史，巡撫寧夏。居邊久，厭其勞劇，遂引疾乞休。家居六年卒。珣寬厚質樸，無赫赫聲，循資以至通顯，然亦不瘝職也。」

浙江通誌卷一百六十一：「魯崇志，字懋功，天台人。景泰甲戌進士，授吏科給事中，彈擊不避權要。天順初，武臣曹欽跋扈，崇志適待漏闕下，即馳馬與一偏裨格鬬，大軍尋亦合，而曹就誅，陞南京太僕寺少卿。成化癸巳，陞應天府尹。先是，七邑民阻饑逋賦數萬石，爲勸貸以代之，輸而賦其貧者。中人王敬怙勢以鹽二萬引懇鬻規重利，厲色拒之。秩滿，加正二品，仍掌府事，終於位。」

赴鹿鳴宴、禮部宴、南曹諸友餞别宴，謁孝陵、卞將軍祠，登雞鳴寺、報恩塔、雨花臺，過朝天宫，遊靈應觀、靈谷寺，皆有詩。

北上録收有鹿鳴宴有作、重謁孝陵有述、南京六部、都察院、通政司、大理寺、翰林院、國子監、太常寺、尚寶司、鴻臚寺諸公會宴於禮部，有述呈翰林院諸寅老、與諸秋官登雞鳴寺，睡起作、南曹諸友餞别承恩寺，席上作、與何、王二侍御登報恩塔絶頂、登雨花臺、過朝天宫、謁卞將軍祠、與隆平侯張公、宣城伯衛公遊靈應觀、與翰林舊寅長遊靈谷寺諸詩。

九月八日，還舟北上，泊龍江驛，何穆之、王珣攜酒餞別，有聯句詩。是日莊昶亦自江浦來會，有詩唱和，賓之勸其出仕。

北上録收九月八日登石城，泊龍江驛，何、王二侍御攜酒餞別聯句詩。

同録是日莊孔陽司副自江浦來會，夜宿江上，次明仲韻：「黑髮相逢是壯年，別來心事轉茫然。如何緑酒孤篷話，正是黄花九日前。笑我遠同江浦雁，看君清比定山泉。江流恨不歸西北，回首荒城萬樹煙。」

九日，放舟龍江，與羅璟對酌高歌，步其登舟賦韻作後登舟賦，情辭奔放。

北上録後登舟賦序曰：「成化庚子秋九月八日，予與洗馬羅君明仲校文畢事，歸自南都。越一日重九，放舟龍江，風帆東下，顧而樂之，命酒相酌。明仲援筆爲登舟賦，予輒隨韻和之。甫六韻而舟至儀真，未暮也。明仲乃歌以卒章，予復和之，爲後登舟賦云。」其賦曰：「振袂出廓，憑虚馭舟。溯泬寥之爽氣，浮浩渼之長流。感上日之芳節，陳故人之佳羞。視遥川與碧樹，杳秋色兮相繆。九月載臨，繁霜肅止。平原莽其在望，芳草萋兮未已。憂王事之靡遑，卜歸期而暫喜。縱鵬運於九程，託鴻心於一紙。當是時也，木葉下，秋蟲鳴，潦水落，寒泉生。路迤邐以云邁，與山川而偕行。復宿留以盤礴，渺不知其爲情。想夫栗里遊遨，龍山嘯詠，曠士忘形，達人知命。慨往古兮塵編，撫流光兮青鏡。彼造物者之悠悠，亦何心於動静？吾嘗南陟衡嶽，西經鄱陽，東望滄海，北瞻太行。或違志於衆樂，或後時於羣芳。念四美之莫具，諒兹遊之孔臧。覽大塊兮茫茫，瞬千里於一目。快孤帆之高張，與飛鳥兮争速。奮壯志之昂藏，舉高歌以相屬。豈必乎衡門之下，能寄意於松菊。乃賡載歌曰：維古金陵佳麗地兮，鍾靈孕輝實天意兮。羣方九州瑣孰計兮，石城巉巉江泄泄兮。壯哉兹遊，歌以爲識兮。」

舟至魯橋驛，羅璟之曲阜，送之二詩，冀其早歸。

北上録收魯橋驛送明仲之曲阜二首，其二：「並命辭雙闕，同遊遍兩京。異鄉翻送别，歸路復兼程。莫戀江山好，真愁歲月并。孤舟客尚可，可念倚門情。」

途遇金澤，有詩，兼寄陳道。

北上録收遇金德潤秋官，次李秋官若虚韻，因寄陳武選德修詩。

焦竑國朝獻徵録卷六十四：「金澤，字德潤，應天府江寧縣籍，先世浙江寧波府鄞縣人。中成化丙戌進士。七年授刑部雲南司主事，十年陞湖廣司員外郎，十二年陞四川司郎中，讞獄明允。十二年丁憂。十六年補南京兵部職方司郎中，屢著才幹。十九年陞四川右參議，二十年陞右參政。播州宣慰厚饋以金幣，毅然麾之，至以庶長奪嫡，竟置之法。革三長官司，撫安七十二寨，夷民駢首歸命。……弘治五年，陞廣東右布政使，七年轉左。……十二年陞南京刑部右侍郎，十五年改南京兵部右侍郎，十八年陞南京都察院右都御史，掌院事，正德元年致仕。」

明孝宗實録卷二百〇八：「(陳)道，字德修，直隸盱眙縣人。天順八年進士。成化改元，授吏部主事。調南京刑部員外郎、郎中，丁憂服闋，改南京兵部。陞金華府知府。民多健訟，有鉅豪屢經大獄，不服逮捕。道至，召寘於理，境内肅然。弘治間，累陞江西右參政、雲南右布政使、陝西左布政使、都察院右副都御史。巡撫河南，所至有聲。其疏陳河南地方利病，多見准行。召爲刑部右侍郎，尋轉左。陞南京右都御史，進南京刑部尚書。乞休致，命未下而卒。……道沈静寬裕，好大事而不自炫露。」

濟寧舟中，會沈鍾、濮用昭，時二人皆以憂歸江東，慰之以長句，復爲鍾母撰墓誌銘。

北上録收濟寧舟中會沈提學仲律，有作，復值濮武庫用昭，遂續長句詩、明故封太安人舒氏墓誌銘文。墓誌曰：「今年秋，予奉詔校文南都。既撤棘，聞友人沈君仲律母喪在殯，往吊其家，時仲律以按察僉事提學山西未返也。予歸過濟寧，遇諸舟中，與俱留一夕。仲律戚戚强答，語殊不釋。既乃言曰：『吾母之葬，不可無銘，銘非吾子固不可。今日之會，殆天以子假我也。』予不得辭。」

雨泊周家店，睹篙工纜夫之困苦，有長句以繫感慨。

北上録雨泊周家店：「溪雲壓船船不行，雨脚墮地天冥冥。川迷谷暗不知路，獨艤孤村何處汀？……夢魂甋𦩘穩復驚，急雨鳴濤轉奔沸。更深夜長不得曉，枕藉淋灕滿衣袂。……披衣暫過别船去，强以慰藉生歡嬉。篙工嗟咨纜夫泣，牙齒戰擊肩過頤。汝曹狼狽竟何事？今我尚免寒與飢。卜築休居要衝地，生身莫作夫家兒。衝寒觸熱不自保，況乃困頓遭塗泥。三升官粟僅自給，萬間廣厦何能爲？誰當排空叫閶闔，下遣風伯驅雲師。青天無言日復暮，仰視列宿光離離。」

舟次臨清，嚴永濬置酒舟中，夜話聯句。臨别復有詩。

北上録收嚴宗哲置酒臨清舟中，夜話聯句、留别嚴宗哲，兼柬潘憲副廷璽二詩。

岳州府誌卷十五：「嚴永濬，字宗哲，成化戊戌進士。初爲户部郎中，太宰西安王恕重其清修，擢守本郡。九載，陞浙江右參政，卒於官。永濬美姿儀，性亢潔。所居率著文學名。在京師及知西安，雖應務冗劇，未嘗廢吟誦。……年五十五卒。所著有兩山集。」

十月，歸至京。

北上録序：「歸期在卜，敬出一編，以代反面問安之義。……成化十六年庚子冬十月九日，翰林侍講李東陽賓之序。」案，據序中所言，是序作於將至京之前，因知賓之至京之期當仍在十月。

十一月，張泰卒。

陸容式齋先生文集卷十八翰林院修撰滄洲張先生行狀：「庚子十月，九載考績，陞本院修撰。人方以爲遲且滯也，逾月而得暴疾，嘔血數升死，十一月十九日也，年四十二。」

十二月，與在京同年羅璟、焦芳、陳音、傅瀚、吴希賢、陸釴、劉淳、劉大夏祭奠張泰，撰同年祭張亨父文，情辭甚哀。

張泰滄洲詩集續集卷一：「維成化十六年歲在庚子十二月丙午朔越二十三日戊辰，司經局洗馬羅璟，翰林院侍講焦芳、陳音、李東陽，修撰傅瀚、吴希賢、陸釴，吏部員外郎劉淳、劉大夏，謹以清酌庶羞之奠，致祭於亡友翰林院修撰張君亨父之靈曰：嗚呼天乎！既喪敷五，胡又奪我亨父也？是胡生之艱而奪之屢也？謂天生之，何轗軻困頓，視其死而不救？謂天奪之，抑又孰從而予也？……嗚呼亨父！我等與子同登薦書，而官同曹，而志同趨。朝與行遊，夕讌與娱。其言嘻嘻，其意于于。其離而合也，吾方以爲暮。及其合而離也，寧不假我乎須臾？……嗚呼亨父！昔在京師，僦屋以居，辛勤拮据，以有此屋廬；昔在壯齡，孑然一軀，載繼而婚，以有此二雛。奈何居未暖而鬻？兒未齔而孤？賀者未還而吊者已入其閭矣？……亦孰使予流涕慟哭太息而唏歔也邪？嗚呼哀哉！」案，文稿卷二十二亦收有是文，題爲同年祭張亨父文。

是年前後，與京中友人李經、李士實、李傑、傅瀚、曾文甫、吴希賢、楊守阯、周庚、陳璠、陸容、林瀚等有瓜祝唱和詩，風雅一時，盛行縉紳間。

詩稿卷十三收有若虛饋瓜，仍疊前韻奉謝、曰川饋無花果答絲瓜之贈，疊前韻、士常得男，疊前韻奉賀、饋瓜，楊維立編修以桃見答，疊前韻、饋瓜，曾文甫編修以冬瓜見答，疊前韻、若虛夜饋瓶棗，疊前韻、汝賢饋西瓜及檳榔，疊前韻、李世賢侍講一産二子，用瓜祝韻賀之、賀周原已得男，再用瓜祝韻諸詩，卷十四收陳玉汝得孫，歸瓜功祝，用舊韻和之、林亨大修撰得第四男，用舊韻賀之二詩。

程敏政篁墩文集卷二十八瓜祝唱和詩序：「西涯李學士賓之家有蔬圃，種絲瓜，歲結實甚盛。偶分以饋友之未有子者，取綿之義，而祝以詩。適友人得男，以瓜祝爲驗。自是凡未有子者，必傒其饋。石城李學士世賢適未有子，西涯饋而祝之，一乳兩男，由是益自神其瓜與詩。詩出必要人和，不肯但已，士友間相傳爲嘉話。而石城之卷自西涯倡之，和者數十。其事在成化己亥、庚子之間，……西涯才名滿天下，經史之餘，時出善謔，最藴藉一時，名流多樂從之。瓜祝其最雅者，因序而歸之石城。」

同書卷七十六有李士常侍御瓜祝卷次韻二詩，詩下注曰：「西涯翰學瓜祝詩，盛行縉紳間，有和即驗。……」陸容式齋先生文集卷六有和賓之侍講韻賀士常，中云：「從來僊李蔭偏賒，可是西涯慣送瓜。」同卷尚有用前韻賀李侍講世賢詩二首，中云：「詩句靈通讖不賒，瓊瑶端合報投瓜。」皆瓜祝唱和詩。

案，瓜祝諸詩，非一時之作。程敏政言「石城之卷」「在成化己亥、庚子之間」，意他人之卷，或有在其後者，而已不可的考，姑並繫於此。

廖道南殿閣詞林記卷五：「李傑，字世賢，蘇州常熟人。成化丙戌進士，選庶吉士。授編修，轉侍講。乙巳，充東宫講讀官，進侍讀學士。弘治初，遷左庶子，仍兼前職。辛亥，陞南京國子祭酒。守制服闋，改太常卿兼侍讀學士，掌院事。庚申，擢禮部侍郎。正德紀元，預修孝廟實録，充副總裁。大學士焦芳擅竄國史，傑亦未如之何。書成，陟南京禮部尚書。丁卯，調禮部。時逆瑾用事，晉府鎮國將軍表槺賂瑾求封爲郡王，傑持正不與，瑾銜之，竟以是去。」

# 成化十七年辛丑　一四八一　三十五歲

冬春之際，因戲效吴寬東坡書，有唱和詩數首。

詩稿卷十四收戲效原博坡書，辱詩見遺，因次韻、原博詩來戲予「還故步」，再次韻、三疊韻答原博、原博和章不至，四疊韻督之、原博詩有「雪堂獨立」語，五疊韻謝之諸詩。

吴寬匏翁家藏集卷八收次韻答賓之作書戲效拙體、再答、三答、四答、五答諸詩。再答詩云：「西臺退筆塚如山，魏晉書家盡轍環。長愛弱毫能瘦硬，戲將濃墨故斕斑。物知久假非真有，師出無成定早般。歲暮百篇期和答，莫辭呵凍手偏頑。」四答詩云：「春風初起到燕山，書客朝來喜賜環。詩陣且教旗正正，朝衣空涴墨斑斑。……只尺西臺還故步，雪堂（原作『當』）獨立愧疏頑。」

案，匏翁家藏集編年，此數詩列於重九日與蕭漢文出遊城南、悼張亨父諸詩後。寬與漢文等遊城南爲成化十六年九月（參本年秋譜），張泰卒於同年十一月（參上年譜）。又，寬詩中有「歲暮」、「春風」等句。因知二人唱和，當爲去冬今春之際事。

春，蕭顯之任鎮寧，其子鳴鳳侍行，賓之賦詩撰序贈行。

文稿卷五送蕭履庵詩序：「予辱履庵蕭先生文明爲忘年交，……比者擢佐鎮寧，當遠涉荒服萬里外。命下之日，即飭妻子治行具，怡然就道，若赴東西鄰者。於是一時大夫士隱然知其賢，益信其平生，而與託私好者亦不敢戚戚效兒女子態，爲履庵恥，乃賦詩以道其行。……履庵伯子鳴鳳夙敦孝養，鎮寧之命，實操几杖以從，婉容順志，無矯强抑鬱可憐之色。……贈履庵者多及其父子間事，予故彙序之。」

文後稿卷二十七明故福建按察司僉事致仕進階朝列大夫蕭公墓誌銘：「辛丑，遷鎮寧州同知。」又，賓之贈行詩有「春明門外陽關路，細數郵籤第一程」語，因知蕭顯於本年春離京之任。

詩稿卷十四收送蕭履庵之鎮寧二首、送履庵子鳴鳳侍父南行，次韻二詩。

程敏政篁墩文集卷七十五有萬福寺送文明，與倪舜咨、李賓之二學士，傅曰川、吴原博、謝于喬三諭德，林亨大修撰，陳玉汝給事，李士常侍御聯句二首。

## 三月，爲龍祥撰墓誌銘。

中國國家圖書館藏揭片前文林郎南京中軍都督府都事龍君墓誌銘：「成化辛丑二月二十有九日，龍君祥字以蓋卒於京師。予季父鎮撫公聞之，曰：『嗟乎！吾故人也，今死矣！』越三日，知榆社縣李君以君子世寧持其門人鴻臚杜君昌所著事狀來徵銘，予以予季父故不得辭。……君卒之月十有一日，葬君玉河鄉亭子村之原。」

## 傅瀚弟潮舉進士，有次韻詩二首賀之。

詩稿卷十四收傅曰會舉進士，次汝賢、文敬韻二首詩。

臨江府誌卷十二：「傅瀚，字曰川，新喻人。……弟潮，字曰會，弘治十二年進士，歷官郎中。」案，府誌以潮爲弘治十二年進士，誤。吴希賢卒於弘治二年，邵珪卒於弘治三年（參該年譜），決無卒後尚能賦詩賀潮之理。查明清進士題名碑録索引，潮爲本年第三甲第七十六名進士。

七月，喬宇父卒，爲撰墓誌銘。

文稿卷二十七明故奉政大夫兵部郎中喬君墓誌銘：「成化辛丑七月十二日，兵部郎中喬君卒於京師。吾友中書舍人楊君應寧實君子傅，著君狀，君子宗、宇特詣予請銘。辭，復請，繼以泣，竟不得辭。」

喬宇，字希大，號白巖，山西樂平人。舉成化二十年進士，歷禮部主事、郎中、太常少卿、南京禮部尚書、兵部尚書、吏部尚書，爲正嘉間名臣。幼學於楊一清，舉進士後，從賓之遊。詩文雄雋，兼通篆籀。其詩文有喬莊簡公集行世。傳詳明史卷一百九十四。

秋，爲蕭奎諸友撰城南登高詩序。

文稿卷五城南登高詩序：「成化庚子九月九日，工部主事蕭君漢文登高城南，會者翰林修撰吴原博、陸鼎議，侍講李世賢，檢討張亨父，庶吉士陳玉汝，兵科給事蕭文明，兵部郎中陸文量，户部員外郎白宗璞、邵文敬，御醫周原己，鴻臚簿凌季行，紹興推官蔣宗誼，分杜牧齊山詩二句爲韻，各賦一詩。……是日也，予始歸南都，泛江東下。……諸君在京師，亦念及予。予歸一年，而諸君聚散迭異，至有不可作者。」

吴寬匏翁家藏集卷七十六明故奉政大夫貴州等處提刑按察司僉事蕭公墓誌銘：「公諱奎，字漢文，姓蕭氏。……中成化壬午順天府鄉試，壬辰登進士第。初受工部都水司主事，……三年考最……尋陞員外郎。公少喜問學，晝夜刻厲，人不能堪，而愈久不懈，竟以成名。及居官，尤稱勤敏。」

秦夔赴建昌知府任，賦詩贈行。

全集卷一二九輯有送中齋秦先生載任建昌、與邵文敬聯句四首五詩。另詳拙文李東陽佚詩八首（薪火學刊第四卷，復旦大學出版社二〇一七年十二月）。

錢謙益列朝詩集小傳乙集秦布政夔：「夔，字廷韶，無錫人。天順庚辰進士，累官江西布政使。自幼齡即工詩，博覽羣書，有中齋集。」

十二月，雪夜歸自外，父以詩戒之，賓之亦有詩自戒。

文後稿卷八先考贈少傅府君誥命碑陰記：「嘗雪夜歸自外，不忍斥責，遣孫兆先致一絶云：『朔風凛凛雪漫漫，詩酒棋枰取次歡。何事爾情尤未洽，冰霜不問僕夫寒？』東陽自是歸不敢以夜，戒之終身。」

同書詩稿卷六收家君以詩戒夜歸，因用陶韻自止一詩，題下注曰：「辛丑十二月望日。」

是月，感蕭顯謫官鎮寧，賦述懷詩一首。

全集卷一二九輯有海釣謫官鎮寧述懷一詩。其詩題下注曰：「辛丑十二月。」

## 成化十八年壬寅　一四八二　三十六歲

三月，奚昊卒，爲撰墓誌銘。

文稿卷二十七明故刑部郎中奚君墓誌銘：「刑部郎中奚君時亨勘獄瑞州，遠至杭州，得疾卒。按察副使李君若虛方提學浙江，日視疾，具湯藥。比卒，治含斂衾櫬甚備。……諸寮友皆驚悼相吊，尋得若虛書，稍相慰曰：『李君不負時亨，吾徒可獨負哉！』於是屠郎中元勳爲狀，周郎中良璧、過郎中太濮、柳員外拱之諸君屬予銘。」

據同誌：奚昊，字時亨，松江華亭人。成化五年進士，歷刑部主事、員外郎、郎中，年三十六而卒。「君和厚易直，重恩義。……平居恭孫：見鄉先輩，無窮達，皆不敢慢；處寮寀，終日不色忤：故人多愛樂之。尤嗜問學，寒暑不時輟。喜臨晉、唐書，爲詩文往往有奇思。與客賦詠，值意得，恒夜分不寢。有干束稿若干卷，藏於家。」

八月，飲邵敏宅，有詩唱和。

詩稿卷十五中秋飲汝學宅次韻：「對月銜杯莫問天，人間誰是謫來仙？三千界裏應同大，十二回中此最圓。天柱峰高秋雨暝，廣寒宮遠暮雲連。追歡不盡東樓興，猶有清光入閏年。」

案，邵敏舉成化八年進士，至本年已十一年。又，據陳垣二十史朔閏表，本年閏八月。正與「十二回」、「猶有」二句所言相合。

湖南通誌卷一百六十五：「邵敏，字汝學，號一樵，湘陰人。少孤，事母李至孝。成化壬辰進士，官户部主事，累遷參政。」明史孝義傳列名。

九月，邵珪之任思南，賓之撰序贈行。復與師友黎淳、羅璟、陸釴、陳音、倪岳、吴希賢、楊時暢等送之南園，賦詩道别。

文稿卷六有送邵文敬知思南序一文。邵珪邵半江詩亦載此文，序後署曰：「成化十八年壬寅秋九月九日，賜進士出身翰林院侍講經筵官兼修國史長沙李東陽賓之書於鶣林書巢。」陳田明詩紀事丙籤卷六：「文敬以户曹郎將出守思南，李賓之、陸鼎儀、徐謙齋有送邵思南序，倪舜咨有南園别意記。賓之諸人有南園别意聯句云：『送客南莊秋色清羅璟，酒杯花事總關情黎淳。長材用事須爲郡吴希賢，野興逢人慣出城李東陽。好憶行囊詩卷富倪岳，還看遠道驛舟迎楊時暢。黑頭太守黄金重陸釴，汗竹應垂千載名陳音。』文敬有留别詩云：『僰道山川非禹都，壯懷都屬望京樓。親分符竹承天寵，遠藉珠璣託俊遊。古道未能忘一硯，宦情今已付孤舟。迂疏滿負羣公意，翻笑謀生拙似鳩。』賓之次韻云：『徼外天留萬里州，送君無賴倚高樓。閒將筆札供餘興，閱盡江山壯遠遊。紅樹夕陽深駐馬，碧溪芳草漫隨舟。人生巧拙渾閒事，莫更重論鵲與鳩。』」

暮秋，新買林司寇宅，有慈恩寺偶成一詩報謝鐸。

詩稿卷十五慈恩寺偶成：「城中第一佳山水，世上幾多閒歲華。何日夢魂忘此地，舊時風景屬誰家？林亭路僻多生草，浦樹秋深尚待花。猶有可人招不得，詩成須更向渠誇。」

謝鐸桃溪淨稿詩卷十五李賓之新買林司寇宅，因遊慈恩寺詩見報。哭子之餘，次韻奉答：「夢回都市心如昨，坐老江山鬢已華。舊雨不來司寇宅，春風都入翰林家。攤書重滴傷心淚，閱世空驚過眼花。只尺方巖愁絶地，好詩端的任君誇。」案，桃溪淨稿詩編年，此詩後第一詩爲歲除前五日夜坐偶成，第三詩爲獨坐，題下注曰「成化十九年」，二人唱和詩顯爲本年之作。又據賓之詩中「浦樹秋深」句，知詩作於本年深秋。賓之於本年除夕抒懷詩中亦言及買宅事，參下譜。

除夕，有詩書懷，買屋之喜，溢於辭間。

詩稿卷十五除夕書懷：「夜坐高堂席屢移，老親歡在祇嬌兒。……即遣鶯花催客老，早看冰雪與春辭。明年又卜新居去，應憶城南守歲時。」詩注曰：「壬寅十二月，時已買太僕巷屋。」

是年，嘗於吳寬宅觀懷素自序帖真迹，有長句相唱和。

詩稿卷八觀懷素自序帖真迹，東原博太史：「……吳公好古得奇貨，傳借數手來鄉鄰。後堂開扃許坐我，展卷故覺情相親。嗟予生晚見亦晚，三十六年空復春。……」案，據「嗟予」二句，知詩作於本年。

吳寬匏翁家藏集卷十有次韻李賓之觀懷素自序帖真迹長句。

## 成化十九年癸卯　一四八三　三十七歲

三月，題蘇文忠公乞居常州奏狀卷。

詳全集卷一三七所輯是題。

是春，有次韻二律寄答謝鐸。

詩稿卷十五次韻寄答方石二首：「玉河楊柳幾春風，回首長安是夢中。別雁有時傳塞北，愁雲昨夜起天東。應懷野客歌招隱，肯效文人作送窮。我病欲攻無藥石，愧將交誼託微躬。」「藝苑詞垣二十年，離情不似十年前。緑波南浦江淹賦，白雪西山杜甫篇。醉裏功名今尚在，老來山水性俱偏。春風漫作金陵夢，却望天台更渺然。」案，賓之此詩係次上年閏八月謝鐸所寄詩韻。鐸之桃溪淨稿詩卷十四有閏月初九夜，祀先齋宿有感，寄柬李西涯詩二首。又案，二人同於天順八年舉進士，入翰林，至本年已二十年，正與「藝苑」句所言合。又據「玉河」句，知詩作於本年春。時鐸丁憂家居，參明史本傳。

五月，劉大夏以譖入獄，有次韻詩二首慰之。

詩稿卷十四次劉時雍獄中遣懷二首：「歷盡悲歡幾歲年，始知安樂是神仙。途危自喜肱猶在，嫁晚非關貌不妍。貝錦有詞難劇辨，圜扉無事且孤眠。眼中同調知應少，莫更高吟白雪篇。」「蓬萊通籍屢經年，暫謫人間七日仙。翼折豈妨陶夢吉？頰傷翻益鄧妝妍。休勞吏報催晨謁，却有詩情攪夜眠。世事閱來今已熟，不須重問解牛篇。」

劉大夏劉忠宣公遺集詩卷一有癸卯夏五月一日下獄、二日和同侶韻等獄中所作九詩。

明史卷一百八十二：「中官阿九者，其兄任京衛經歷，以罪爲大夏所笞。憲宗入其譖，捕繫詔獄，令東廠偵之，無所得。會懷恩力救，乃杖二十而釋之。」

九月，陳獻章歸隱養親，賦詩贈别，復爲賦題貞節堂詩八首。

明憲宗實録卷二百四十四：「成化十九年九月……授吏部聽選監生陳獻章爲翰林檢討，許歸養其親。」

陳獻章白沙子全集附録題貞節堂：「高門綽楔過高樓，節婦名題在上頭。綽楔如山矻不動，門前江水自東流。」「面面青山繞白沙，蕭蕭白髮映烏紗。欲知内翰先生宅，元題南州節婦家。」「嶺南風景值千金，楚客歌成萬里心。莫作楚歌歌此曲，阿婆元解嶺南音。」「大忠祠下非無路，貞節門中更有人。莫道人心不如古，須將節婦比忠臣。」

同書卷二與西涯李學士：「頃歲，承惠貞節堂八詩，真嶺南竹枝也。李世卿已收入縣誌，門户之光，非言語可謝也。」此書作於弘治二年，參該年譜。

案，獻章正統十二年舉人，嘗於正統十三年、景泰二年、成化三年三次入京，皆不第而歸。本年又以彭韶等薦，强起入京，自後累薦不起（參李贄續藏書卷二十一翰林檢討陳公）。本次入京，李贄續藏書、黄宗羲明儒學案皆作成化十八年，失考。張詡所撰行狀紀之甚詳：「……先生不得已，起至京師，朝廷用故事敕吏部考試。會疾，上疏曰：『臣累染虚弱自汗等疾，……於成化十九年三月三十日朝見，乃以久勞道路，舊疾復作。……又於八月二十二日得男陳景陽書報。……』疏上，憲宗皇帝親閲者再三，明日授翰林院檢討，俾親終疾愈，仍來供職，蓋異數也。

先生以表謝。……表既上，又遲遲至於旬日，始買舟南去。學士李東陽贈別詩云：『只有報恩心未老，更無辭表意全真。』」（明名臣琬琰續録卷二十二翰林檢討白沙陳先生行狀）足證實録所記可信。

又案，賓之於詩中言獻章「蕭蕭白髮映烏紗」，以「内翰先生」稱之，知詩顯作於本年或稍後。又，獻章於書中言「貞節堂八詩」，今祇存上所徵四詩，餘無考。行狀所徵，言贈別詩，知賓之別有詩贈行。

陳獻章，字公甫，號白沙，新會人。正統十二年舉人，屢赴禮部不第，遂潛心濂、洛之學，爲有明一代理學鉅儒。詳黄宗羲明儒學案卷五白沙學案上，明史卷二百八十三亦有傳。

是月，以九年秩滿，陞翰林院侍講學士。

明憲宗實録卷二百四十四：「成化十九年九月……壬子，陞翰林院侍講李東陽爲侍講學士，仍支原陞俸一級，以九年秩滿也。」

十月，劉大夏之任福建，與翰林諸同年賦詩贈行，復爲撰序。

明憲宗實録卷二百四十五：「成化十九年冬十月……陞四川右布政使黄紱爲湖廣左布政使，兵部郎中劉大夏爲福建右參政。」

文稿卷六送福建參政劉君詩序：「吾友劉君時雍爲職方二十年，……及循次擢福建參政，人皆惜君，而君躍然若釋重負以去。……同年進士在翰林者皆賦詩爲君贈。而予於君尤深，故序之。」

案，賓之所賦贈行詩已無考。

冬至，謁陵，與程敏政有聯句詩二十首。

程敏政篁墩文集卷七十三收成化癸卯冬至謁陵，與李賓之學士聯句二十首：賓之約德勝關土城寺候同行，予誤出安定關土城，過道赴約、清河會費廷言司業、沙河道中大風、宿昌平新城劉諫議祠下，兼懷鏡川楊翰長、劉諫議祠舊在學東，談本彝府尹移奉於此，不寐，有懷廷言司業，時屠朝宗都憲遣人相聞約同行、將發、早發，暫過守備杜都閫、道中、齋所、相贈，時黄（疑爲「董」之訛）尚矩侍讀同宿、晚眺、夜坐、恭詣長陵景陵行禮、下陵、飲杜山守備宅、至日歸途有作、遊清河惠應寺、望闕、入城。

十一月二十六日，孔氏女生。

文後稿卷三十亡女衍聖公宗婦墓誌銘：「吾女年二十八，生成化癸卯十一月二十六日。」

十二月，謝遷陞右春坊右諭德，撰序以賀。

明憲宗實録卷二百四十七：「成化十九年十二月……陞翰林修撰謝遷爲右春坊右諭德，以九年秩滿也。」

文稿卷七贈右諭德謝君序：「餘姚謝君于喬以成化乙未狀元在翰林爲修撰，甫九載，陟右春坊右諭德。……予在翰林久，知君爲詳，既喜儲宮之得人，又將爲國家天下賀，將有言於君。君同年進士通政參議毛君秉彝實倡於六科諸給事、六部郎中爲君賀，而屬予以辭，因次第所欲言者爲君賀。」

是年，陸釴遷諭德，賦長句賀之。

詩稿卷六賀鼎儀遷諭德得檢字：中有「交遊二十年，道義足薰染」二句。案，二人同舉天順八年進士，入翰林，據此計之，詩當作於本年。

爲文林撰博平縣儒學科舉題名記。

詳全集卷一百三十二所輯是記。

## 成化二十年甲辰　一四八四　三十八歲

二月，充殿試讀卷官

明憲宗實録卷二百四十九：「成化二十年二月……丙戌，以太子太傅吏部尚書兼華蓋殿大學士萬安、太子太保户部尚書兼謹身殿大學士劉珝……翰林院侍講學士李東陽充殿試讀卷官。」

邵寶、喬宇、儲巏舉進士。

七月，中元，與張昇、謝遷、商良臣、李傑助祭長、景二陵，歷遇雨失道、移牀壞壁、敝舟渡急流三險，爲文紀之，復有詩二十首。

文稿卷十二中元謁陵遇雨記：「成化甲辰秋七月中元節，例分官助祭山陵。予與諭德張君啓昭、謝君于喬，侍讀商君懋衡、李君世賢當赴長、景二陵。……暮至昌平，……宿劉諫議祠後堂，予與世賢牀於東壁，與懋衡、于喬對宿，啓昭宿城西別館。……入夜，潦透壁，及我牀下，予亦苦衾薄，乃與世賢移卧前室。……夜半入陵，祀已，服盡沾濕。上馬穿林薄中，歷嚮所，渡磵水，淙然有聲。出陵門數里，風驟作。前後籠燭數十盡滅，晦不辨色，遂失道。林木雜風雨聲，若虎豹號嗷，響振山谷。主僕朋侣，咫尺不相應，惟聞墮坑塹者相屬。予與懋衡、世賢進退無據，自度恐不免。時尚餘一燭，隱隱見前騎。有躍湍口以渡者，予輩引馬隨之。每一馬躍，首没波内，蹶起，勢始定。又數里，乃得路。……又明日，……沙河北岸，人積立如蟻。……官無舟，惟兩漁舟出没濤浪。……舟人利索錢，呼不時至。至則衆競趨舟，舟欹輒覆，墮渚水，屢覆乃一濟……人望升舟如登仙，攀企不可及。諸公僅以身濟，僕馬皆限岸北。予登一敝舟，啓昭攜一僕繼入，時舟已載三人。至中流，水急甚。回視舟尾有二人，竊附縋著水中。舟掣不得濟，乘流下數十丈，勢危甚。前有洲旋繞若相迓者，舟乃抵岸。……還至家，……食畢，後渡者始至，云前夕赴祀時後屋東壁陡壞，蓋昔所置牀處也。……自予入官，二十餘歲，歲四三祀，予與其六，然未有若是險者……」

詩稿卷十有中元謁陵遇雨二十首詩。

廖道南殿閣詞林記卷五：「張昇，字啓昭，江西南城人。成化己丑進士第一，授修撰。侍皇太子於東宫，充講讀官，遷左贊善，轉右諭德。孝宗登極，進左庶子兼侍讀。疑大學士劉吉抑己，因天變劾奏。……疏上，御史魏章等阿吉意，交章論之，坐遷南京工部員外郎。會吉去，召還復職，陞少詹事兼侍讀學士。尋擢禮部侍郎，陟尚書。時崔志端以樂舞生爲同官，昇每裁抑之。御史楊儀之子從禮曹遊，偶遇昇，撻之。儀遂劾昇，言官争相論列，致仕，加太子太保。逆瑾時，復起爲尚書。爲晉藩事忤瑾，奪加官。卒贈太子太傅，謚文僖。」

淳安縣誌卷十：「商良臣，字懋衡，文毅公輅之子也。登成化二年進士第，授翰林庶吉士，累官至翰林侍講。卒於官。良臣天資淳厚，學行老成，文章器識無愧於父，衆皆惜其早逝，不克究其用云。」

十月，林俊、張黻以言事相繼謫官，賦觀畫蘭有感作，嘆門人才士之不遇。

詩稿卷九觀畫蘭有感作：「春風吹香出芳林，叢蘭開傍西巖陰。幾回欲採意不適，路轉溪迴山更深。虚堂披圖對幽襟，忽如攬衣度崎嶔。杏壇尼父去已遠，湘江屈原空獨沉。我方揮絃坐微吟，微吟未成日將晚。冰霜欲來侵九畹，蘭兮蘭兮竟誰管？」題下注曰：「時林主事俊、張經歷黻相繼謫官。」

明憲宗實録卷二百五十七：「成化二十年冬十月……刑部員外郎林俊以言事降雲南姚州判官。」

明史卷一百九十四林俊本傳：「上疏請斬妖僧繼曉，并罪中貴梁芳。帝大怒，下詔獄考訊。後府經歷張黻救之，並下獄。太監懷恩力救，俊得謫姚州判官，黻師宗知州。」林俊，字待用，號見素，莆田人。成化十四年進士。歷事成、弘、正、嘉四朝，官至刑部尚書，爲時清正名臣。傳詳明史卷一百九十四。案，待用舉進士，時賓之校文禮部，亟稱之「當以文名世」（參錢謙益列朝詩集小傳丙集）。後待用執師禮事賓之，從學詩文，交誼頗篤（參後譜）。其詩文有見素集行世。

明史卷一百九十四：「張黻，吉水人。成化八年進士，歷知涪州、宿州，介特不避權貴。」

是月，何嵩卒，爲撰墓表。

全集卷一三九輯有鴻臚寺主簿與瞻公墓表一文。表中曰：「成化甲辰冬十月十有五日，鴻臚主簿何君卒於泰興，其子國子生韡將歸襄事，乃奉進士儲静夫所著狀，介尚寶寺卿仲君維馨，請予文表諸墓道。旬日間足十餘至……君諱嵩，字與瞻，姓何氏，揚州泰興縣人。」

是年，以侍讀學士侍東宫班。

講讀録序：「甲辰，以侍講學士侍東宫班。」

秦夔督重建曾鞏祠堂，爲撰記，亟稱子固其文章學説。

文稿卷十二曾文定公祠堂記：「宋曾文定子固居建昌南豐，舊有書院在縣西奉親坊，後因以祀公。……成化壬寅，無錫秦君廷韶來知府事，慨其祠宇卑隘，乃命知縣李昱相地庀物，即巖之東而重建焉。……甲辰春，工始告畢。……謂不可無紀，走書京師，請予記。……宋盛時，以文章名者數家，予於文定公獨深有取焉者。蓋其論學則自持心養性，至於服器動作之間；論治則自道德風俗之大，極於錢穀獄訟。百凡之細，皆合於古帝王之道與治。而凡戰國秦漢以來，權謀術數之所謂學，佛老之所謂教，一切排斥摒黜，使無得以亂其説者，其所自立，非獨爲詞章之雄也。且韓子去孟子已數百歲，無師傳授受之緒，其言之立，世固以爲難。公之生歲又數百，而獨見超詣，去邪歸正，於治有裨，而於道不爲無益，則其言愈難，而其繫於天下亦重矣。」

曾鞏，字子固，宋代著名散文家，名列「唐宋八大家」。事具宋史卷三百一十九。

## 成化二十一年乙巳　一四八五　三十九歲

三月，題朱文公上時宰二劄真迹卷後。

詳全集卷一三七所輯是題。

是月，李經出巡河南，餞之城西僧舍。

參本年九月譜。

陳璚出使江南，吴寬餞之玉延亭，賓之與程敏政、謝遷、王鏊、李傑、傅瀚、劉震赴會，聯句七章贈行。

程敏政篁墩文集卷七十五：「三月十七日，原博諭德餞汝玉（爲「玉汝」之倒，陳璚，字玉汝）給事於玉延亭，會者賓之學士，于喬諭德，濟之、世賢侍講，曰川校書，道亨編修暨予，得聯句四章。

時黄薔薇盛開，復移尊於海月庵，酹花酌別，又得三章。……」聯句之三曰：「命下龍樓重歲儲震，城東春色擁離車敏政。過家路便心先到瀚，報國身勞我不如東陽。獻納暫違青瑣直遷，咨詢争睹紫泥書寬。送君正是花時節鏊，飲盡瓶罍興有餘傑。」之四有「江南春色動歸人」句，之七有「行人幸與憑闌會」句，署璚賦。案，據詩知陳璚爲歳儲事出使江南。

錢謙益列朝詩集小傳丙集陳副都璚：「璚，字玉汝，長洲人。成化戊戌進士，出於李西涯之門。吴原博在翰林，初與同硯席，遂屈己師之。爲古文詞，不屑尋常熟爛語。出爲給事中，歷大理寺少卿，南京都察院左副都御史。」賓之所撰神道碑亦云：「所著有成齋稿，使歸有二上録、三上録。其詩清簡有思致，文亦如之。玉汝謂予爲知己，以文字友甚習。」（文後稿卷二十）

是春，楊守陳助祭山陵，有次韻詩送之。

詩稿卷十五遇雨後送楊鏡川先生謁陵，次去秋見憶韻二首，其一：「春祠秋祭總期程，陵署分官次第行。苦雨途窮憐我拙，停雲詩好荷公情。倦遊丘壑心還在，歷盡波濤夢亦驚。今日不堪還北望，樹頭風鶴有餘聲。」其二有「遥知水涉山行地，正及花明柳媚天」二句。案，去秋中元，賓之助祭長、景二陵，遇雨歷險，參上年譜。又據「正及」句，知是二詩作於本年春。

閏四月，張稷卒，爲撰墓誌銘。

文稿卷三十明故監察御史張君墓誌銘：「監察御史張君世用按福建時得疾，還京師，屢輟屢作，猶力疾出治事。今年春，益劇，乃具疏乞歸，事下吏部，未覆而君卒，成化乙巳閏四月二十九日也，年四十有九。君屬纊時，……謂其中表弟尚寶卿仲君維馨，屬所以識其葬者，蓋謂予。予往吊君，聞遺言而哀之。翌日，立奉君同年中書舍人楊君應寧狀來請銘。予以維馨故識君久，且得應寧狀可據信，銘不得辭。」

據同誌：張稷，字世用，揚之寶應人。成化八年進士，歷太常博士、四川道御史等。「君閩爽明達，博交泛愛，而臧否自別。……愍窮赴急，義氣所激，視財利若土苴。……爲詩文，清拔有思致。至於辨別體裁，評騭高下，尤介介不苟，君子以爲知言。所著有竹西稿若干卷。」

六月，焦芳子瑾卒，爲撰墓誌銘。

文稿卷二十八焦生邦重墓誌銘：「焦生瑾，字邦重，侍講學士守静先生孟陽子也。卒於京師，先生哭之慟，至忘食寢。予先生同年友，義均兄弟，聞生死，悼歎不能置，與諸同年爲文吊之。及歸葬泌陽，先生自書其性行歲月，授予屬銘。予尚忍辭哉！……成化乙巳六月二日卒，年二十有一。」

七月，謁陵，有謁陵憩清河舊館有感、過沙河有感、重宿劉諫議祠有感、昌平城北道中有感諸詩。

詩稿卷十五過沙河有感：「幾家茅屋住荒州，風景凄然感去秋。沙壅斷橋還舊路，水藏深澗有横舟。虎談在耳猶神動，魚葬傷心骨未收。對此不堪懷故侣，野煙溪日重回頭。」重宿劉諫議祠有感：「曾照荒燈宿古祠，祭餘山路獨歸遲。誰教夜雨移牀後，正值秋風破屋時。……」昌平城北道中有感：「十里溪橋野色分，平沙不動水沄沄。聽餘空谷猶聞鳥，行到深山不見雲。勝事園林看入眼，迷途風雨憶離羣。……」案，賓之去秋謁陵，歷經三險（參上年譜）。詩中「沙壅」四句，感敝舟涉急流之險也；「曾照」四句，感移牀壞壁之險也；「迷途」句，感夜行失道之險也。又案，明代祭陵，凡忌辰、正旦、清明、中元、孟冬、冬至、萬壽聖節皆祭，然遣官有别。明會典卷八十三祭祀四云：「凡清明、中元、冬至祭祀，俱分遣駙馬都尉行禮，各衙門文武官陪祭。忌辰及正旦、孟冬、萬壽聖節，亦遣駙馬都尉行禮。」據此知賓之輩僅與清明、中元、冬至之祀。本年春，賓之有送楊守陳謁陵詩（參本年春之譜），賓之顯未與。又，詩中所寫，顯非冬日之景。因知賓之此次謁陵必爲本年秋之中元。

八月，爲申顯撰雙壽堂記。

全集卷一三一輯有是記。記曰：「吴江申顯明之有翁士章，翁六十有六歲，母孫氏六十有四歲，是所謂壽者也，壽而偕者也。……明之爲縣學生，有名場屋間，試不售，則貢於禮部，升爲國子生，階仕廩禄方由此進，將益貴其親，無有求而弗備。獨其喜懼交集，益思所以壽其親也。乃作雙壽之堂，請予記。……予雖未始識明之，刑部主事趙君栗夫實與訪予，且爲請焉，故記之。成化乙巳八月既望五日，賜進士出身翰林院侍講學士奉訓大夫經筵官兼修國史長沙李東陽記。」

九月，李經卒，爲文哀祭，復爲撰墓誌銘。

文稿卷二十二祭李士常文：「……嗚呼哀哉！蒙泉翁門，有士如雲。我識君賢，逸莫與羣。姻聯交通，我弟君昆。維月之夕，與風之晨，燕我會我，倡和並陳。揚榷時務，討論典墳。箴我礪我，匪惟昵親。十有餘年，獨往孤存。」

同書卷二十八明故文林郎河南道監察御史李君士常墓誌銘：「成化乙巳春三月，士常以御史巡河南，東陽與倪學士舜咨諸公出餞城西僧舍。士常意眷眷，不忍别。冬十月，聞巡撫都御史報，則士常不起矣。東陽與舜咨驚愕相吊，既又與姻友潘時用會哭，以書訃其兄士儀。士儀悲慟欲絶，遣弟繕及從子穆迎喪河南，復遣子稷來告哀徵銘。東陽得書，哭失聲。及喪歸，道京師，寓諸郊數日，東陽與諸友往哭奠之，乃爲銘，畀穆歸俾葬焉。……九月二十一日卒。」

案，據墓誌所述，知祭文、墓誌銘皆撰於喪歸道京師之時，當在十月或稍後，姑繫於此。

是年，知平陽府同年李琮與民興利，修復利澤渠，爲撰記。

文稿卷十三平陽府新修利澤渠記：「平陽府城北舊有利澤渠。……國初天造時，渠壞水壅，有司久弗議治，民失故利。……成化甲辰以來，屢歲大旱，人相食，盜稍稍起山谷間。……於是知平陽府李君琮暨平陽衛指揮楊輔等清復故渠，以通水利。……田既受沃，又引其餘入於城。城中人藉以爲飲者萬餘室，民皆稱利。……經始於乙巳四月十有八日，訖於六月十有八日，月再閱而成。府學教授某某謂此事重大，不可無紀，走書京師，請予記。」

文後稿卷二十五明故福建布政使司左布政使李公墓誌銘：「公姓李氏，諱琮，字義方。其先處之景寧人也。……公生京師。天順壬午，舉鄉貢。甲申，登進士第。成化丙戌，授南京吏部主事。丁亥，署郎中。丁酉，改南京刑部。壬寅，擢知平陽府。庚戌，擢湖廣布政司左參政。弘治癸丑，擢山西按察使。戊午，擢福建左布政使。……公爲人簡易恬默，無疾言遽色，……居官勤慎。」

## 成化二十二年丙午　一四八六　四十歲

春，有不寐詩以抒幽懷，感嘆世道險惡，至欲斂志獨善。

詩稿卷六不寐：「遥望耿無寐，悠悠對青燈。幽懷不盈掬，縷結如春繩。垂髫弄柔翰，濫采世上聲。弱歲忝科籍，冠簪奉明廷。生年四十載，鬢髮白幾莖。豈不愧竊禄，日給粟數升？惟餘素心在，不與炎涼更。營營彼何物，集我垣西庭。沾我白苧裳，涴我素玉屏。城狐不敢問，市虎難爲攖。塗人勿復道，知者已復驚。曾參豈殺人？不疑本無兄。内省實自疚，人尤竟誰能？不聞謗貪者，足浼夷齊清。古人重不辯，辯極翻益增。志士耻苟免，壯夫想孤征。擬尋江湖興，未結松筠盟。故國隔湘水，舊遊在金陵。兹謀苦不遂，鬱鬱竟何成？誓存操修節，謹獨戒未萌。閉門索古義，著書見高情。着鞭讓祖生，割席效管寧。從此畢餘志，垂休俟千齡。」案，據「縷結」、「生年」二句，知詩作於本年春。

六月九日，次子兆同應夢而生，喜甚，有詩二首誌之，倪岳、程敏政等亦有詩致賀。

詩稿卷十六成化丙午五月十日東閣曉卧，夢人以一男相饋。六月九日初度，得男，家報至閣中，其事始驗，誌喜二首，其一：「儤直金坡筆硯餘，忽傳芳事滿庭除。官曹尚憶占熊夢，仙島何曾礙鶴書。……」其二：「坐撫新雛一笑餘，勝從臺省得新除。……」

倪岳青谿漫稿卷七有六月九日西涯壽旦，其日生子，以詩誌喜，次韻賀之詩二首。

程敏政篁墩文集卷六十五有寄韻賀李學士賓之誕子詩，中云：「吉夢遥占一月餘，果然蘭茁出階除。門閭不是尋常喜，湯餅連傳伯仲書。」

是夏，陳璚饋椅，謝之以詩。

詩稿卷九束陳玉汝：「吴杉製器五尺强，棬如胡倚長如牀。方藤細簟曲木枕，意匠頗覺吴工良。高眠穩坐兩不妨，坐非箕踞眠非僵。……吾家老父年七十，此物何由置堂室？祇應爲樂勝潘輿，恨不可懷如陸橘。平生有口不慣乞，與子在情寧在物？正是黄昏扇枕時，高堂待此無蒸鬱。」案，據詩中所寫，陳璚所饋之物類今之躺椅。又案，賓之父本年壽七十（參正統十二年譜），因據「吾家」、「正是」諸句，知詩作於本年夏。

八月，與傅瀚奉命充順天府鄉試考試官。

文稿卷七順天府鄉試録：「皇上臨御之二十有二年爲成化丙午。……乃秋八月，實天下鄉試之期，順天府請如故事，上命臣東陽、臣瀚爲考試官。」

十二月，父行素壽屆七十，適有侍講學士之封，諸僚友相率賦詩以頌。

倪岳青谿漫稿卷十八壽憩庵李先生詩序：「成化丙午十二月二十有九日，封翰林編修憩庵李先生壽屆七十。惟時，其子賓之適以侍講學士滿三載，復拜推恩之典，進封先生如賓之官。於是寮寀諸君子以先生壽祉薦臻，寵命駢至，莫不歆豔其盛，相率賦詩頌之。得近體詩三十有六首，聯書鉅軸，將即是日奉以爲先生壽。湖南謝太常伯寬寫爲之圖，宛然一時朝廷賜命之榮、家庭介壽之樂、縉紳交遊揖遜酬酢之美，足以侈今傳後也。」案：據序中「將即是日」句及行素病故於本年十二月二十日之實，知諸僚友詩及是序均作於本月二十日之前。

二十日，父行素病故，去任守制。

文後稿卷八先考贈少傅府君誥命碑陰記：「學士之封，具朱衣請見客，輒麾之曰：『吾不慣此。』燕後忽得寒疾。」文稿卷十四復愚得謝太守先生：「壬辰之歲，獲附仙丹，偶以微疾蒙善藥。先考手録此方，藏諸篋笥。……及晚歲得疾，謂非此藥不能辨。竊以衰老之年，于閉藏之令，似有未宜，力諫而止。適看牲夜出，先考乃手探藥籠，加麻黄一倍，覆被取汗，汗出不能休。不肖歸而聞之，固已拊心頓足，而未知如之何矣。」文稿卷十九辭免起復纂修奏本：「有父李□於成化二十二年十二月二十日病故。」明憲宗實録卷二百八十五：「成化二十二年十二月……辛丑……翰林院侍講學士李東陽以父喪去任。」

是年，倪岳陞禮部侍郎，賀之以詩。

明史卷一百八十三倪岳本傳：「成化中，歷侍讀學士，直講東宮，二十二年擢禮部侍郎，仍直經筵。」

詩稿卷十六有聞青谿學士擢禮部侍郎，喜而有作詩。

重修山海衛學成，爲撰記。

全集卷一三二輯有重修山海衛學記一文。記曰：「國朝建學，惟府、州、縣有之。越自正統改元之初，詔諸戎衛始得置學，而山海衛學實興建焉。然廟地湫隘，且規制弗稱。十有四年，都指揮王侯整鎮山海，始與衛學教授張恭建廟設象，構明倫堂五間、東西齋各三間，餘尚未備也。天順六年，指揮劉侯剛復構東西廡十間、學舍六間。成化七年，兵部主事睢陽尚君絅來守山海，建欞星門及製祭器若干。厥後餘姚胡君贊别築殿址，遂昌吴君志、餘干蘇君章繼作棟宇，爲戟門於欞星之内，進賢熊君禄重修學堂，外爲周垣，爲泮池，池上爲橋。今尚君弟縉復以主事來守，乃修齋舍，築官廨，闢射圃，規制悉備，與所謂府、州、縣學者相埒。蓋始於甲午之夏，告成於丙午之春，歷十有二年而後備，可謂難矣。教授周達、訓導曹選謂歲月不可無記，嘗屬兵科給事中蕭君顯、前監察御史鄭君己請予記，比訓導君又率諸生李琛及給事君子鳴鳳復具書以請於予。」

## 成化二十三年丁未　一四八七　四十一歲

二月，獲朝廷賜祭。

明憲宗實録卷二百八十七：「成化二十三年二月……戊子……賜故封翰林院侍講學士李淳祭，從其子侍講學士東陽援例請也。」

是春，費宏、蔣冕、石珤、羅玘、吴儼、傅珪舉進士。

六月，題劉原父書南華秋水篇卷後。

詳全集卷一三七所輯是題。

七月，喬宇母卒，爲撰墓誌銘。

文稿卷二十八封宜人喬母路氏墓誌銘：「兵部郎中喬君廷儀既葬樂平長壽山，越七年，成化丁未七月六日，君配宜人路氏卒於京師故第。子宗、宇輩扶柩歸，卜明年正月某日啓竁而祔。以予嘗著君銘，知族系家範頗悉，請誌祔事及宜人懿行，庶有所互見者。嗚呼！先君之殯也，宗昆弟慰我相我，意勤甚，今日之事，予惡得無情哉。乃强援筆爲誌及銘。」

是年，爲無錫華守器撰墓表。

全集卷一三九收有用齋華君守器墓表一文。表曰：「錫山華氏由宋元來，其族愈盛。有吉士曰守器君……其生以正統丁巳十月十五日，卒以成化丁未六月四日，春秋五十有一。……將以弘治戊申冬十一月廿又五日葬君于祖塋之側，先期奉夏侍御德乾狀徵文墓道，以圖不朽。」

## 明孝宗弘治元年戊申　一四八八　四十二歲

閏正月，詔充纂修官修憲宗實録。疏乞俟服闋疾愈，然後供職。從之。

明孝宗實録卷十：「弘治元年閏正月……戊辰……以纂修實録召……丁憂侍講學士李東陽……」

同書卷十一：「弘治元年二月……己未，先是以纂先帝實録起復翰林院侍講學士李東陽充纂修官。至是，東陽上疏，言父服未闋，且有疾，乞俟服闋疾愈，然後供職。從之。」

文稿卷十九有辭免起復纂修奏本一文。

夏秋間，爲楊一清母撰墓誌銘，復有書致賻儀以吊之。

文稿卷二十九封太安人楊母張氏墓誌銘：「應寧爲按察司僉事提學山西，太安人卒於官邸，應寧書來徵銘，曰：『一清俟此以葬。』……太安人遂不起，是爲弘治戊申五月二十五日，壽六十有三。……茲以九月六日啓窆而祔。」

案，據墓誌所敍，知是誌作於本年夏秋間。

又卷十四與楊應寧書：「得胡僉憲所寄書，知太夫人奄棄榮養。……所委銘誌，深懼荒迷，不足以當至意，然不敢不勉。周原己來，薄具賻儀，不能具禮，惟檢納。不次。」

冬，有復謝績書，謝其奠章賻物。

文稿卷十四復愚得謝太守先生：「不肖自延禍先考以來，憂病纏縶，久疏奉問。今春辱賜奠章賻物，詞意深厚，哀感之極，不知所以爲謝。奄迫祥禫，乃能略布一二。……方石之來，略及此事。」案，賓之父卒於成化二十二年十二月二十日，明會典卷九十二品官喪禮云：「再期而大祥，……大祥之後間一月而禫，……蓋喪至此計二十有七月。」因知其大祥之祭當在本年十二月，禫祭在明年二月。又，明孝宗實録卷二十：「弘治元年十一月……養病翰林院侍講謝鐸以纂修官召至。」據書中「奄迫」、「方石」二句，知是書約作於本年祥祭前謝鐸至京後之十一、二月間。

十二月，吕昇卒，爲撰墓誌銘。

文稿卷三十明故朝列大夫雲南布政司左參議致仕吕公墓誌銘：「……弘治戊申十二月四日疾作，遽卒。……嗚呼，予與公同庠，同舉鄉貢及進士，幾三十年，聞政譽籍甚，顧於詩未甚悉也。比卧病，公攜五言數首過予，使訂可否。予見其妥帖有法度，詢之，則曰：『吾業此二十年，……聞子論甚强予意，後數日，當盡攜以來。』過期不至，忽報云死矣。因取所留稿閲之，慘然以悲。又數日，公弟錦衣千户昂奉同年通政曾公克明狀以銘請予。」案，墓誌銘撰於昇卒後數日，當仍在本年十二月。

據墓誌：「公姓吕氏，諱昇，字明遠，世爲襄陽人。……幼嗜學，遊京庠。……舉順天壬午鄉貢，連得甲申進士第，觀政吏部。成化丙午，授户部主事。……己亥，遷郎中。……癸卯，擢雲南布政司左參議。至則躬視郡縣，察隱除弊。……公巡不擇地，衝冒瘴毒，因獲疾。」

是年，爲楊守陳詩集撰序。以爲詩必博學以聚乎理，取物以廣夫才，比之以聲韻，和之以節奏，模擬之作不足貴。

文稿卷八鏡川先生詩集序：「詩與諸經同名而體異，蓋兼比興，協音律，言志厲俗，乃其所尚。後之文皆出諸經，而所謂詩者，其名固未改也，但限以聲韻，例以格式，名雖同而體尚亦各異。漢唐及宋，代與格殊。逮乎元季，則愈雜矣。今之爲詩者，能軼宋窺唐，已爲極致，兩漢之體已不復講。而或者又曰必爲唐，必爲宋，規規焉俯首縮步，至不敢易一辭，出一語。縱使似之，亦不足貴矣，況未必似乎？説者謂詩有別才，非關乎書；詩有別趣，非關乎理。然非讀書之多，識理之至，則不能作。必博學以聚乎理，取物以廣夫才，而比之以聲韻，和之以節奏，則其爲辭高可諷，長可詠，近可以播，而遠亦可以傳矣。豈必模某家，效某代，然後謂之詩哉？顧惟其異於文也，故雖以文章名者，或有憾焉。兼之者蓋間世而始一見。韓昌黎之詩，或譏其爲文；蘇東坡之詩，或亦有不逮古人之歎。今觀其宏才遠趣，拔時代而超人羣也，惡可與不知者道哉！……先生歷編修、洗馬、侍講、學士、少詹事，至吏部侍郎，天下之望方隆未艾……」案，楊守陳於孝宗嗣位之初，陞爲吏部右侍郎，弘治改元之春，即乞解去部務，未逾年而得請，二年卒（參明史本傳及李贄續藏書卷二十所載之傳）。因據序中「先生」諸語，知是序當作於楊守陳在吏部任間，即上年八月之後或本年，姑繫於此。

## 弘治二年己酉　一四八九　四十三歲

初春，祥祭後，有次謝鐸見慰詩四首以述哀。

詩稿卷十六祥後次方石謝先生見慰四首，其一：「三年血淚空啼我，萬種愁心合語誰？春夢不成翻苦睡，凍髭多白豈關詩？……」其二：「除夕高堂每燕嬉，悲來惟有骨先知。翻思白髮傷春至，敢惜紅顔與歲辭？……」其四：「朱顔有信先驚老，碧草無情已報新。……敢謂悲歌能當哭，歌成嗚咽轉愁人。」

謝鐸桃溪浄稿卷三十一有用除夕元旦寫懷韻奉答西涯祥後述哀之作一詩。

案，賓之父大祥之祭當在上年十二月末（參上年譜），據所徵資料，知是詩作於除夕後之初春。

有與楊一清書，言及篆書法大有所得及擬作樂府事。

文稿卷十四與楊邃庵書：其一：「僕哀疚以來，百事都廢，聰明不及，豈復有所進乎？樂府之擬，實未敢草草，亦未敢輕以語人。高明者不以爲非，則繼此猶可求教。……獨篆書法頗覺頓悟，此業若成，則於前輩不敢多讓。別後所得，惟此一端。……時雍先生已遷廣東民牧，到京尚未見面。」案，據書中「僕哀疚以來」語，知賓之此時尚在守制間。至本年二月禫祭之後，方可即吉。與楊邃庵書其二（是書作於本年秋，參後譜）中有「僕初春所奉書」語，正合。又據劉節劉忠宣公年譜，知劉大夏於成化二十二年九月丁内艱，弘治元年冬服闋，於本年春還廣東右政使，與書中所言亦合。因知是書作於本年初春無疑。又案，據書中「樂府之擬」諸語，知賓之已醖釀作擬古樂府，收於詩稿卷一卷二之百餘首，當成於此後之數年，參弘治十七年譜。又，書中言篆書法諸語不虛，李日華六研齋二筆卷一云：「昭代篆法，惟李西涯擅長。」

謝鐸、劉大夏等謁賓之父墓，賦詩以吊，賓之亦有二詩謝之。

詩稿卷十六有枉諸友先君墓，次方石先生韻奉謝二首詩。

謝鐸桃溪浄稿詩卷三十一有謁李先生墓、再次前韻哭李老先生兼慰賓之二詩。

劉大夏劉忠宣公遺稿詩卷二有謁李老先生墓次方石韻一詩。

案，謝鐸再次前韻詩中有「莫更祥琴不成調，向人嗚咽恨難窮」語，知謁墓在大祥之祭之後，禫祭之前。時劉大夏至京不久，時日亦合。

賦問白髭等詩，嗟人生易老。謝鐸、吴寬有詩和之。

詩稿卷六問白髭：「毛髮有白黑，遲速亦有時。我年四十强，誰遣白我髭。謂予夙多病，或者煩憂思。……」問白髮，用髭韻：「我生汝本黑，汝白從何時？……三年不對鏡，縱白安得知？……」同卷尚有代髭答、代髮答二詩。

謝鐸桃溪浄稿詩卷三十一有李西涯作白髭問答篇，予髭白久矣，愧不敢復問，聊借韻代答，以廣未盡之意、既乃思髭之言，若誇以戲，愧不敢當，復借問髭韻以答之二詩。

吴寬匏翁家藏集卷十有李賓之以問白髭并代髭答二首見示，予鬚偶如故，而髭亦多白，因次其韻亦爲問答、代白髭答、再問、再答諸詩。

案，桃溪淨稿詩編年，二詩序當謁李先生墓（參前所徵引）詩後，得家書有感二月六日詩前，因知賓之諸詩亦作於本年此時。賓之守制三年，故詩中有「三年不對鏡」語。

二月，陸容之任浙江，有詩贈行。

詩稿卷十六有送陸文選文量之浙江參政一詩。

顔篪式齋先生年譜：陸容於弘治元年十二月七日陞浙江布政司右參政，二年二月十七日陛辭，十九日離京。

陸容式齋先生文集卷二十三有出京留别送行諸公詩，亦有「記取春風去國時，野亭猶未見花枝」語。

錢謙益列朝詩集小傳丙集陸參政容：「容，字文量，太倉人。少與張泰、陸釴齊名，時號『婁東三鳳』。成化間，由進士授南京驗封主事，改兵部職方郎中。賈胡進獅子，奏乞大臣往迎，諫止之。奏奪二武弁僉緣中貴陞都督者，當道不悦，出爲浙江右參政。復條奏兩浙不便者八事。後以浮議罷歸。文量好學，居官手不釋卷，家藏萬餘卷，皆手自讎勘。所著式齋集三十八卷，菽園雜記十五卷。」

禫祭，有禫祭告先考文及詩禫後述哀，用祥韻四首。

文見文稿卷二十二，詩見詩稿卷十六。

是月，陸釴卒，哭之以詩。後之四月，爲撰行狀，復與同年爲文具賻儀寓其子爰歸以祭之。

詩稿卷十六有次韻方石，哭静逸先生詩。

文稿卷二十三明故中順大夫太常少卿兼翰林院侍讀陸公行狀：「其子爰匍匐走京師，特乞銘爲不朽計。予既吊且哭之，謹掇所聞之大者爲狀。」

又卷二十二同年祭陸鼎儀文：「静逸先生陸君既卒之四月，爲弘治二年己酉六月二十五日壬子，某官某等謹以清酌庶羞之儀，寓其子爰以歸，而爲文以祭焉。」

案，據祭文所紀時日逆計之，知鼎儀卒於本年二月。

周庚卒，爲文祭之。

吴寬匏翁家藏集卷七十二南京太醫院判周君墓表：「弘治二年二月辛亥，原己院判卒於南京。」

文稿卷二十二有祭周原己院判文。

吴縣誌卷六十六：「周庚，字原己，初名京。家世業醫，而庚喜讀書，工古文詞，隱居養親，初無仕意。成化中以名醫徵，辭不獲，勉强赴京。簡入御藥房，尋授御醫，遷南京太醫院判卒。庚爲人清慎文雅，狀貌瞿然。雖官爲醫，而業文不廢。其詩沈鬱有奇氣。尤善行楷，然皆不苟作。」

釋服，陸簡、王鏊等有詩趣入史館，賓之亦有次韻詩答之。

詩稿卷十六有承陸冶齋以詩趣出，次韻答之一詩。

王鏊王文恪公集詩卷二李學士釋服，諸公有詩趣入史館，因次：「東觀含毫有所思，公輸旁睨已多時。汗青頭白非無日，齒録牙緋豈所期？書到商家真灝灝，心同魯國去遲遲。集賢諸老心如渴，早雨公田及我私。」

王鏊，字濟之，吴人。成化十一年進士，歷編修、侍講學士、少詹事、吏部右侍郎、左侍郎、户部尚書、文淵閣大學士。正德初，入閣預機務。史稱博學有識鑒，文章爾雅，議論明暢。傳詳明史卷一百八十一。其詩文有王文恪公集行世。

四月，起供職，以前侍東宫講讀恩陞左春坊左庶子，仍兼侍講學士。

明孝宗實録卷二十五：「弘治二年四月……壬子……翰林院侍講學士李東陽丁憂服闋，陞左春坊左庶子，仍兼侍講學士，以前侍東宫講讀恩也。」

爲謝鐸撰桃溪雜稿序。以爲詩有學、識二要，二者不可或缺。

謝鐸桃溪浄稿卷首桃溪浄稿序：「夫詩有二要，學與識而已矣。學而無識，譬之失道，兼程終老不能至。有識矣而學力弗繼，雖復知道，其與不知者均也。漢、唐以來，作者特起，必其識與學皆超乎一代，乃足以稱名家，傳後世。肩差而踵接者，代亦不過數人。其餘冥行窘步，卒歸於泯滅澌盡之地者，不知其幾也。世豈患無詩哉！患不得其要耳。……弘治己酉夏四月八日，翰林院侍講學士奉直大夫經筵官兼修國史長沙李東陽序。」

案，文稿卷八亦收是序，題爲桃溪雜稿序，無署，「夫詩有二要」之「詩」作「學」，誤。

五月，吴希賢卒，與同年爲文祭之。

明孝宗實録卷二十六：「弘治二年五月……乙酉……南京翰林院侍讀學士吴希賢卒。」

文稿卷二十二有同年祭吴汝賢文。

秋，華鑾卒，爲撰墓誌銘。

文稿卷二十八華編修伯瞻墓誌銘：「……舉進士財三年，官一命，年二十有四而止，悲夫！……今年春，廷佐君以常州知府入覲歸，伯瞻已病。秋益劇，卧不見客。予數往，乃彊見之，怪其神薾然。比得告，猶函一卷，具書致予，曰：『鑾且别，願得手書數通以歸。』書未成而訃及。予既往哭之，念無以慰其志者，乃據邦彦所著狀爲銘，屬希大書而刻之。又自書於卷中，以畀其家藏焉，償舊諾也。」案，據明清進士題名碑録索引，知華鑾舉成化二十三年進士。三年而卒，當爲本年。又據誌中所敍，知卒於本年秋。

據同誌：華鑾，字伯瞻，湖廣蘄州人。幼學於楊一清，舉進士後，復從賓之學爲古詩文。墓誌稱其「質偉氣充，才勃勃不可遏」，「一二載間，遂脱舉子習，得古人蹊徑。詞簡意達，粲然成章」。

秋冬間，有與楊一清書。

文稿卷十四與楊邃庵書其二：「比得手教，云僕初春所奉書於五六月始到。此書郵常事。……伯瞻編修乃至此極，不勝斯文後進之歎，非獨爲鄉里門墻悼也。伯瞻以吾兄故視我不甚異，臨行時惓惓若不能釋者，而乃至此。追原其意，銘誌之作不可委諸他人，勉爲卒事。……」案，書中言及華繼卒及爲作墓銘事，繼卒於本年秋（參本年秋之譜）。因知是書約作於華繼卒後不久之秋冬間。

十月，楊守陳卒，有擬楊文懿公謚議文。

文見文稿卷十八。

明孝宗實録卷三十一：「弘治二年十月……壬寅……吏部右侍郎兼詹事府府丞楊守陳卒。」

陪祭茂陵，先後有弘治己酉十月，恭陪茂陵障祭途次，次韻答謝方石贈别、宿劉諫議祠，用前韻、望狄梁公祠，用前韻、宿西陵朝房，用前韻、重謁茂陵，用前韻、陵祀歸，聞賜戴暖耳，諸公有作，再借前韻五首、陵祀道中，次韻答周松露亞卿四絶諸詩。

諸詩見詩稿卷十七及卷十九。

與謝鐸、陳璚、林瀚、李傑、陸簡、王鏊會於吴寬園居，爲賞菊之集，賦詩寫圖。

吴寬匏翁家藏集卷三十八冬日賞菊圖記：「弘治二年十月二十八日，翰林諸公會予園居，爲賞菊之集。既各有詩，寬以爲宜又有圖寘其首，乃請鄉人杜堇寫之。蓋據案停筆而搆思者，今南京國子祭酒致仕方石謝鳴治也。並方石坐濡筆伸紙欲作字者，太子少保禮部尚書兼文淵閣大學士西涯賓之也。持杯而旁坐者，南京都察院左僉都御史成齋陳玉汝也。舉茗椀而回顧者，掌國子祭酒事禮部右侍郎泉山林亨大也。背立而觀飛鶴者，太常寺少卿兼翰林院侍讀學士石城李世賢也。循除而採菊者，故詹事府少詹事兼翰林院侍讀學士治齋陸廉伯也。後至而褫衣者，今詹事府少詹事兼翰林院侍讀學士守溪王濟之也。坐泉山之次，呼童子進饌者爲寬。……後十年己未四月二十四日。」案，所賦詩已無考。

十一月，西域貢獅子將至，詔遣行人却之。寬之有詩頌之。

明孝宗實録卷三十二：「弘治二年十一月……壬申……阿黑麻王遣使從滿剌加國取路進獅子、鸚鵡等物至廣州，兩廣總鎮以聞。上曰：『珍禽奇獸，朕不受獻。……其遣官阻回……』」詩稿卷十七西域貢獅將至，有詔遣行人道却之，鳴治侍講有述，敬次來韻一首，柬舜咨、伯常二禮部：「萬里狻猊初却貢，一時臺省共騰歡。極知聖學從心始，誰道忠言逆耳難？漢代漫誇龍是馬，隋家空信鳥爲鸞。非才敢作清朝頌，獨和新詩寫寸丹。」

是年，汀州重建褒忠祠，爲撰記。

全集卷一三二輯有重建褒忠祠記一文。記曰：「弘治己酉，知事周琛倡諸耆民，各捐私帑，拓地衡縮各二十六丈有奇，構堂三間，易其舊以爲寢室，前爲重門，增廉室三之二，其後爲宰牲之房、守者之居，而垣其四周。復置田百畝，俾歲入其租以供祀事。乃具書于予曰：『願有記。』」

## 弘治三年庚戌　一四九〇　四十四歲

正月，與謝鐸、吳寬、謝遷、傅瀚、李傑、林瀚、劉震、費闇具賻儀馳祭亡友邵珪。

吳寬匏翁家藏集卷五十六祭邵文敬文：「維弘治三年歲次庚戌正月二十日癸酉，詹事府少詹事兼翰林院侍讀費闇，太常寺少卿兼翰林院侍讀傅瀚，左春坊左庶子兼翰林院侍講學士李傑，左春坊左庶子兼翰林院侍讀學士李東陽，左春坊左庶子兼翰林院侍讀謝遷、吳寬，左春坊左諭德林瀚，掌國子監司業事右春坊右諭德劉震，翰林院侍講謝鐸，謹以清酌庶羞之儀，馳祭於亡友中順大夫嚴州知府邵君文敬。」

二月，董越六十誕辰，壽之以詩。

詩稿卷十七有壽董圭峰六十二首詩。案，賓之所撰墓誌言越生宣德辛亥二月十六日（見文後稿卷二十四）。以此計之，本年二月十六日爲其六十壽日。

三月，充殿試讀卷官，與同官有唱和詩多首。

詩稿卷十七有弘治庚戌三月十五日殿試，讀卷東閣，次都憲屠公韻、十七日文華殿讀卷次司馬馬公韻、十八日傳臚有作、十九日恩榮宴席上作諸詩。

文後稿卷十三書讀卷承恩詩後：「讀卷承恩詩一帙，蓋弘治庚戌殿試之日讀卷提調諸公所作。……詩倡於馬、屠二公，和者皆遍。傳臚以後予繼倡，亦辱有和者。」

何喬新椒丘文集卷二十四有謹身殿開卷出聽傳臚，次學士李公韻、恩榮宴又次學士李公韻二詩。是科狀元錢福亦有和詩讀卷詩次西涯韻（錢太史鶴灘稿卷二）。

錢福、靳貴舉進士。

五月，謝鐸有南京國子監祭酒之命，賀之以詩，撰序贈行。復特録近年與之唱和之作，合其聯句爲同聲後集，跋而贈之。

明孝宗實録卷三十八：「弘治三年五月……甲戌，陞翰林院侍講謝鐸爲南京國子監祭酒。」詩稿卷之十有聞方石先生有南京祭酒之命，喜而有作詩。文稿卷九有送南京國子祭酒謝公詩序，卷二十一有書同聲後集後。

吴寬匏翁家藏集卷四十一後同聲集序：「館閣日長，史事多暇，方石、西涯二公，凡所會晤遊賞與夫感嘆懷憶餽遺，悉發之詩。今見卷中者，西涯特録己作，而方石則有聯句在焉，總五十首，號後同聲集。蓋往時二公並以家艱先後終制，從修實録之命，復聚於翰林相與唱和者，故以『後』云。」

有書答陳音。

文稿卷十四答愧齋先生書：「累辱手札，惓惓以方石南行爲願，至終篇無一語及他事者。今果有南雍之命，豈神交之妙，能預卜而遥度之乎？……方石行在即，使回，先此馳賀。」案，謝鐸南都之命，僅此一次，據書中所言，是書作於鐸此次南行前無疑。

閏九月，爲已故摯友張泰詩集撰序。先是，與謝鐸、吴寬録泰詩付門人文林入梓，有與林二書，親議刊刻細事，頗費苦心。

文稿卷五滄洲詩集序：「滄洲張先生於文無所不能，而尤工詩。縱手迅筆，衆莫能及。及其凝神注思，窮深鶩遠，一字一句，寧闕焉而不苟用。晚乃益爲沉着高簡之辭，而盡斂其峭拔奔汹之勢，蓋將極於古人，而不意其遽止也……先生之卒，其孤璉尚在襁褓，求其遺詩不可得。後静逸陸先生取諸其從子瓛以留予家，而静逸亦卒。因與謝方石、吴匏庵二先生録其若干篇爲十卷，文太僕宗儒以其所部成府判桂刻於淮安。書成，屬予序，因爲題其編之首。」案，滄洲詩集載是序署曰：「弘治庚戌閏九月九日，奉議大夫左春坊左庶子兼翰林侍講學士經筵官兼修國史長沙李東陽序。」

又卷十四與文宗儒書：「承手書，知滄洲集已録出，將就梓。……但所示樣本，每卷前一葉有撰述、删定、校正、刊行等名號，似爲不典。……如已入梓，亦須除此四行，各以卷後五言律一首移補其闕，庶免貽笑好事，爲盛德美事之累。……不然，則不若不刻之爲愈也。」再與文宗儒書：「得成通判寄滄洲新集，誠不意速就乃爾。……今所剗去者，欲移卷後詩補刻，則改作太多，次第亦紊。略照文鑑等例，以各卷目録補之，各以小票粘其上，煩一二檢勘，不使有所遺誤。中間字面亦間有亥豕。……仍乞以原稿訂正，乃可摹印也。」

十二月，鄰友柳楷合葬父母，爲撰墓誌銘。

中國國家圖書館藏搨片明贈徵仕郎中書舍人柳公合葬墓誌銘：「瑞安柳公諱信，字尚孚。既卒，葬於大箕篙嶺先墓。後以子楷貴，贈中書舍人。其配封孺人姚氏與公並命，又二十二年卒。楷歸祔葬，奉狀請予銘。……予與楷居鄰，甚厚。……太孺人壽八十有四，生公同歲十月二十六日，卒以弘治庚戌十二月六日。……」案，據誌中所述，是誌顯作於姚氏卒後不久，楷歸祔葬，當在本年十二月或稍後，姑繫於此。

無錫賀甫入藏，爲撰墓表。

全集卷一三九收有感樓賀君墓表一文。表曰：「姑蘇名勝地，代不乏人，仕而顯有勳績者不俟論，一時遺逸若東原杜君用嘉、醒庵陳君孟賢、味芝陳君永之、感樓賀君美之輩，予不能悉也。數君者相繼淪没，賀君差少，没亦獨後。予聞其人于吴春坊原博、陳大理汝玉、劉侍御與清、黄進士日昇。君配王氏之葬，嘗致書請予銘。及君病，其子慈輩復用治命，遣人上京師徵銘原博，而以墓表屬予。……君諱甫，美之其字。始號恥軒，後更號感樓，人稱爲感樓先生。……其卒以弘治庚戌十二月十一日，葬以明年九月二十四。」

是年，叔父衰病，不能復任家務，自是賓之始身治之。

文稿卷十四奉樸庵先生書：「某自闋服以來，再入館局，辰入午出，苟以應名籍供職事而止。老叔衰病，不能任家務，良賤數百指，衣食薪米，銖兩升合之籍，皆身自治之。求如少時俯仰左右之樂，亦不可得。……今年四十有四，髭且半白矣，能保其離奇液樠之質終不爲斧斤累乎？惟大君子矜其愚而終教之，幸甚。」

與陳獻章有藤蓑詩唱和。先是，獻章以書來請，並有粗絹之饋。

詩稿卷六有藤蓑，以陳公甫韻二首詩。

陳獻章白沙子全集卷十讀壁間李學士和予藤蓑詩，偶成奉寄：「西涯一曲我藤蓑，對此相思可奈何？今日玉堂應説我，海門何處和舷歌？春雨江門著舊蓑，釣船相近問如何。白鷗分定閒眠界，猶唱西涯學士歌。」

同書卷二與西涯李學士：「相別六、七年，邇者不通問於京師。……頃歲承惠貞節堂八詩，……藤蓑尚欠補章，能復賜之否乎？世卿自去年首夏至白沙，臈然後歸，蚤晚會試入京。……張進士行，附此，不能盡所欲言，粗絹二匹表忱。」

案，獻章嘗於成化十九年應詔入京，授翰林檢討而歸（參該年譜），此後不再入京。據書中「相別六、七年」語，則是書當作於弘治二年。又據書中言世卿「臈然後歸，蚤晚會試入京」語，知世卿顯赴今春之會試，亦知獻章作是書於世卿成行前之歲暮。否則不當有「蚤晚」語。自廣東赴京，迢迢數千里之遥，以當時交通言，非三月不能至。故知賓之與獻章相唱和，當爲本年之事。

張敷華重修武昌府學成，爲撰記。

文稿卷十三武昌府學重修記：「武昌舊有學，在府治東南，……久寢頽敝。今天子嗣位之初，湖廣左布政使張公公實莅政於兹，……謀於巡撫都御史鄭公、巡按御史史公，請新之。……經始於弘治己酉之冬，暨庚戌之秋而成。……訓導梅某輩及其諸生致書京師，請予言以紀其成，故書之。」

張敷華，字公實，安福人。天順八年進士，官至左都御史。史稱其性情剛介，與劉大夏齊名。傳詳明史卷一百八十六。

同年董壽卿修達縣石城成，爲撰記。

詳全集卷一三三所輯達縣石城記一文。

## 弘治四年辛亥　一四九一　四十五歲

春，楊一清服闋入京。以雨遊西山不果，賓之有詩戲贈之。

詩稿卷十七有聞應寧遊西山以雨不果戲贈一首詩，中有「濃愛午雲籠苑樹，暗驚春浪打湖船」。楊一清石淙詩抄卷一亦有入京會西涯先生感而有作詩，中云：「日日停雲望故人，登堂相見轉傷神。微生不絕應憐我，淚眼交揮總爲親。南國山川千里夢，東風花柳幾回新。」案，一清於弘治元年丁內艱，至此服闋入京。參四月譜。

四月，楊一清之任陝西，有五古三首贈行。

詩稿卷六有送楊應寧提學之陝西三首詩。

明孝宗實録卷五十：「弘治四年……戊申……復除廣東布政司左參政劉寬於貴州、山西按察司僉事楊一清於陝西提督學校，俱以丁憂服闋也。」

五月，謝鐸喪子致仕，寄書慰之，復有祭文。

文稿卷十四慰方石先生書：「比書至，開緘見『忽斬我後』數字，且駭且痛，久而後定。……道里遼隔，不獲伸吊哭之私，以少慰萬一。惟與體齋、青谿二同年及師文職方交致唁問而已。投劾之計，先生本懷，又值此厄，宜無可以相縶者。惟斯文公議，斷斷乎不可釋。而區區薄力不能挽而留之，亦徒恃先生之意稍有以自遂云爾。」卷十二有祭謝生興毅文。

明孝宗實録卷五十一：「弘治四年五月……甲午，南京國子監祭酒謝鐸以疾乞致仕，許之。」

六月，黄孔昭卒，爲撰神道碑銘。

文稿卷二十五有明故通議大夫南京工部右侍郎黄公神道碑銘。

黄孔昭，名曜，以字行，後改字世顯，黄巖人。天順四年進士。歷工部屯田主事、吏部文選郎中、南京工部右侍郎。史稱公正剛直，嗜學敦行，爲士類所宗。賓之所撰神道碑云：「讀書尚理致，尤精詩格，不苟製，所著有定軒集。」明史卷一百五十八有傳。

感賢俊受壓，小人猖獗，賦七古苦熱行。

詩見詩稿卷九，中有「玉堂去天纔一蹴，不見剛風起鴻鵠。人間路踼騏驥愁，萬蚋千虻競喧逐」等語。題下注曰：「辛亥六月十七日。」

墓誌：「少入翰林，即負文學重名。……資望既積，而當道殊不意慊，每阻抑之，士論譁然不平。」

王鏊震澤長語李東陽:「入翰林爲庶吉士,字畫遒美,詩詞清麗,盛有時名。作爲詩文,殆遍天下。然以貌寢,好詼諧,不爲時宰所重。」

七月,師劉宣卒,爲撰墓誌銘。

明孝宗實録卷五十三:「弘治四年七月……甲申,南京工部尚書劉宣卒。」

文稿卷二十九有明故南京工部尚書劉公墓誌銘。參天順七年譜。

八月,明憲宗實録成,以纂修功,陞太常寺少卿。

明孝宗實録卷五十四:「弘治四年八月……丁卯,上御奉天殿,監修官太傅兼太子太師英國公張懋……等率纂修官上表進憲宗純皇帝實録。……辛未……陞纂修……左春坊左庶子兼侍講學士李東陽、右春坊右庶子兼侍講董越俱爲太常少卿兼侍講學士。」

是月,何喬新致仕歸,賦詩贈行,復爲撰序。

明史卷一百一十一七卿年表:何喬新於弘治四年八月以刑部尚書致仕。

何喬新椒丘文集外集載賓之贈行詩:「執法秋曹遍兩京,極知冰蘗是平生。衣冠帝簡三朝舊,父子家傳八座榮。返棹江湖思往事,著書林壑見高情。雲霄路在平如砥,他日蒲輪自在行。」

同書尚載有送刑部尚書何公歸盱江序,署「賜進士出身中順大夫太常寺少卿兼翰林院侍講學士經筵講讀官同修國史長沙李東陽」。

何喬新,字廷秀,江西廣昌人。景泰五年進士。歷南京禮部主事、刑部主事、福建副使、右副都御史、南京刑部尚書、刑部尚書。史稱其剛正廉介。賓之所撰序云：「又以其餘爲著述，爲詞賦，皆食體裁，該時制，鑿鑿乎若不可闕者。」傳詳明史卷一百八十三。

爲李傑撰三樂堂記。

全集卷一三二輯有是記。記曰：「三樂者，國子祭酒吴郡石城李先生世賢奉親之堂也。……先生自爲翰林編修，嘗一歸省。越十有餘年，恒欲再覲，而進侍讀學士，職在講幄，復以東宫舊恩加左庶子，屬有史事，不敢言私。其二弟實左右甘旨，而先生賴以無慮。比實録將就稿，用薦南京國子祭酒，當去，天子念其勞，留使竣事。書既上進，復增禄一級，并賜宴以行。……先生亦自慶聖天子之寵遇，喜其道得行而其心樂焉，因名堂曰『三樂』，蓋取諸孟子之義也。間以謂予曰：『子盍爲我記之？』予嘗聞正統廬陵胡公光大爲祭酒，嘗自號爲三樂居士。成化初，敍州周公堯佐爲祭酒，少保商公爲序，亦稱是説以贈之。此詞林舊事，尚可得而徵也，今復於先生見之，可無説耶？」

「禮部尚書李傑，字世賢，蘇州府常熟縣人。成化丙戌進士，改翰林院庶吉士。授編修，陞侍講。二十二年，充東宫講讀官。秩滿，陞侍讀學士。弘治初，以宫僚恩陞左春坊左庶子，兼侍讀學士。四年，陞南京國子監祭酒。時方修憲廟實録，留館中校正。書成乃行。」（國朝獻徵録卷三十三禮部尚書李傑傳）

九月，王詔卒，爲撰神道碑銘。

明孝宗實録卷五十五：「弘治四年九月……乙亥，南京兵部右侍郎王詔卒。」

文稿卷三十有明故嘉議大夫南京兵部右侍郎王公神道碑銘。

王詔，字文振，真定趙州人。天順八年進士。歷工科給事中、都給事中、湖廣右參政、貴州左布政使、副都御史、南京兵部右侍郎。時稱諒直。傳詳明史卷一百八十五。

是秋，閔珪之任兩廣，有詩贈行。

詩稿卷十七有送閔都憲鎮兩廣詩。

閔珪閔莊懿公詩集卷七亦有和韻答李學士賓之二首詩，其一云：「經濟文章在筆端，書成一代萬年看。清卿已賜新金帶，僊職仍兼舊講官。……」其二云：「從來百粤事多端，邊檄紛飛眼倦看。嶺海豈勘頻作客，衰殘只好便休官。……」案，珪之詩題下注曰：「時陞太常卿兼舊職。」賓之未嘗官太常卿，僅於本年八月官太常少卿兼侍講學士，珪之所言太常卿，顯爲太常少卿之省，因知二人詩皆賦於本年秋。

閔珪，字朝瑛，烏程人。天順八年進士。歷御史、江西副使、廣東按察使、右副都御史、刑部右侍郎、左右都御史、南京刑部尚書、刑部尚書。傳詳明史卷一百八十三。所著有閔莊懿公詩集存世。

十月，應户部主事劉芳實等之請，爲撰徙陽江縣學記。

詳全集卷一三三所輯是記。

## 弘治五年壬子　一四九二　四十六歲

二月，題任詢行書韓愈秋懷詩卷後。

詳全集卷一三七所輯是題。

三月，劉大夏陞浙江布政使，寄書賀之。

文稿卷十四與劉方伯書：「比承朝報，有浙左之命。……吾兄之行不可爲不乎，望不可謂不著，此謗與忌之所不得加者。……是可爲兄賀而亦可爲兄慨，且重以爲天下慨也。……憑已趣得，附承差李桂寄去，計四月終可到。」

明孝宗實録卷六十一：「弘治五年三月……辛巳，陞廣東布政司右布政劉大夏爲浙江左布政使。」

始受命供事日講，兼經筵講官。

講讀録序：「弘治壬子，始值日講，兼經筵講官。」文稿卷十四再與方石先生書：「三月二十五日，日講命下，與董學士尚矩同進。」

四月，師黎淳卒，爲文祭之，復爲撰行狀。

文稿卷二十二祭樸翁先生黎公文：「此公之去，如龍翔鳳翥而不可縶。公之没，如山頹木壞而不復支。登公之堂，吊公之子。就位而慟哭，溯風而長號者，亦豈足以盡區區之私也哉！」卷二十三明故資善大夫南京禮部尚書致仕進階榮禄大夫謚文僖黎公先生行狀：「壬子四月十八日卒。」

納徵於潘辰，爲長子兆先定婚，有與潘南屏納徵啓、與鶴谿潘先生書。

文稿卷十四與鶴谿潘先生書：「比者，以長子兆先問名於南屏之仲子。此兒乃蒙泉老先生之外孫，年十八矣。……首夏漸熱，惟爲道自愛，不備。」啓見同書卷二十。案，兆先生於成化十一年（參該年譜），至本年年十八。

是月，題任詢行書韓愈秋懷詩卷後。

詳全集卷一三七所收是題。

六月，章丘縣志成，爲撰序。

全集卷一三〇輯有章丘縣志後序一文，其序署「弘治壬子長至前一日」。

秋，蕭顯致仕歸，送之城南僧舍，復爲撰序。

文後稿卷二十七明故福建按察司僉事致仕進階朝列大夫蕭公墓誌銘：「壬子之秋，別於城南僧舍，十五年於今矣。」

文稿卷八送蕭海釣詩序：「……又久而遷福建，爲僉事。未一年以公事入朝，遂上疏致政以去。……諸舊故知先生者多爲詩，不及贈，則寓其子鳴鳳以歸。予與先生厚且久，既不忍釋，又從而解之，於是乎序。」

傅瀚還鄉省墓，賦詩贈行，復爲撰序。

明孝宗實録卷六十七："弘治五年九月……甲戌……太常寺卿兼翰林院侍讀學士傅瀚疏乞還鄉展祭。許之，給驛以行。"

文稿卷九送體齋傅先生省墓詩序："體齋傅先生之省墓臨江也……既與館閣諸先生賦之，及先生之弟中書舍人曰會以畫圖請，又賦焉。然猶有不可已者，故於曹署臺諫諸君發之，因得以盡其詳如此云。"

冬，保定知府趙英重建天水橋成，爲撰記。

詳全集卷一三三所輯保定府重建天水橋記一文。

## 弘治六年癸丑　一四九三　四十七歲

正月，跋朱熹城南唱和詩後。

詳全集卷一三七所收是跋。

二月，與陸簡奉命爲會試考試官。

明孝宗實録卷七十二："弘治六年二月……庚子……命太常寺少卿兼翰林院侍講學士李東陽、詹事府少詹事兼翰林院侍讀學士陸簡爲會試考試官。"

試畢，有與倪岳唱和詩二首。復有詩送陸簡弟歸常州。

詩稿卷十八有癸丑春闈試畢，次韻知舉倪侍郎先生二首、陸貢士筌以伯兄冶齋學士校藝春闈，避不入試，將歸常州，詩以送之。

倪岳青谿漫稿卷八有癸丑春闈忝知貢舉，試事將畢，寄東李、陸二學士詩二首。

王守仁落第，慰之。

王守仁王文成公全書所附年譜：「（弘治）五年壬子，先生二十一歲，在越舉浙江鄉試。……明年春，會試下第，縉紳知者咸來慰諭。宰相李西涯戲曰：『汝今歲不第，來科必爲狀元，試作來科狀元賦。』先生懸筆立就，諸老驚曰：『天才，天才！』」

李夢陽、何孟春、顧清、毛澄、汪俊、徐穆舉進士。

閏五月，應久旱求言詔上疏。摘引孟子格言要論，敷陳時政得失，析爲十條：一曰正心誠意，勵精圖治；二曰人君一心，萬事根本；三曰用民之力，須得民心；四曰節財愛物；五曰急則治標，緩則治本；六曰禁豪强姦巧兼併土地；七曰重視軍隊教養；八曰省刑罰；九曰大開言路；十曰尊賢使能。疏上，孝宗稱善。

明孝宗實録卷七十六：「弘治六年閏五月……甲辰……太常寺少卿兼翰林院侍講學士李東陽奏：近敕諭以久旱求言，……謹摘孟子中格言要論切於君心治道，臣與二、三講官已徹聖聰，而未悉愚見者，析爲數條，極論其理，而軍民利弊，時政得失，如陛下所欲聞者，以類附焉。……」明史卷一百八十一李東陽傳：「五年，旱災求言。東陽條摘孟子七篇大義，附以時政得失，累數千言上之，帝稱善。」

文稿卷十九有應詔陳言奏。

案，賓之應詔上疏，事在本年閏五月，應詔陳言奏中曰：「弘治六年四月二十七日，節該欽奉敕諭：『天道弗順，亢旱逾時，民庶驚惶，朕甚憂懼。凡軍民利弊，時政得失，爾文武羣臣條奏來聞。欽此。』」四月二十七日詔下，月餘賓之上疏，正與實録所記合。明史作弘治五年，顯誤。

六月，與傅瀚受命同教庶吉士。

明孝宗實録卷七十七：「弘治六年六月……癸酉……選進士顧清、趙士賢、蕭柯、沈燾、曹瓊、吴一鵬、楊昇……汪俊……王崇文二十人爲翰林庶吉士，命太常寺卿兼翰林院侍讀學士傅瀚、太常寺少卿兼翰林院侍講學士李東陽教之。」

八月，爲倪岳父謙之文集撰序，論文有館閣、山林二體，二者皆不可無。

文稿卷九倪文僖公集序：「文一也，而所施異地，故體裁亦隨之。館閣之文鋪典章，裨道化，其體蓋典則正大，明而不晦，達而不滯，而惟適於用；山林之文尚志節，遠聲利，其體則清聳奇峻，滌陳剜冗，以成一家之論。二者固皆天下所不可無，而要其極，有不能合者。……」案，倪謙倪文僖公集亦載有此序，署曰：「弘治癸丑秋八月一日，賜進士出身中順大夫太常寺少卿兼翰林院侍講學士經筵講讀官兼修國史晚生長沙李東陽序。」

九月，董越之任南京，賦詩二首贈行。

詩稿卷十有送董圭峰之南京禮部侍郎二首詩。

明孝宗實録卷八十：「弘治六年九月……壬寅，陞……太常寺少卿兼翰林院侍讀學士董越爲南京禮部侍郎。」錢謙益列朝詩集小傳丙集董尚書越：「越，字尚矩，寧都人。成化五年進士及第第三人，入直經筵，出使朝鮮，多所撰述。官至翰林學士、南京工部尚書，贈太子太保，謚文僖。集四十二卷，李西涯爲序。」賓之所撰墓誌曰：「予與公同翰林，同校國史，直講筵，相視甚厚。」「平生爲文章歌詩，典雅優裕，無煩雕琢。……積所得爲圭峰稿若干卷。」（見文後稿卷二十五）

十月，應邀與陸簡、張昇飲於程敏政宅。

程敏政篁墩文集卷八十九十月二十六日大雪，約廉伯、賓之二學士、启昭庶子小飲：「新雪滿長安，東城特地寒。少須開賞券，未敢立詩壇。凍蟻先浮盞，河魴亦上盤。便應騎馬到，一笑共清歡。」案，程詩編年。

十二月，爲顧清作可閒堂詩序。

文稿卷九可閒堂詩序：「有稱可閒翁者，華亭顧君良玉……而伯子清領鄉解，連得進士，爲庶吉士。與君友者皆羨而謂曰：『君之志遂矣，其亦可以閒矣。』因稱爲可閒翁。君亦以名其堂，且自號云。君仲子慎上京師以告清，清之友同遊翰林者皆慕君爲人，又喜其得嘉號也，相率爲可閒之詩，以質於予。……詩作於弘治癸丑冬十二月，計以明年春正月二十六日及君初度。」

顧清，字士廉，松江華亭人。舉弘治六年進士，官至禮部尚書。史稱學端行謹，恬於進取。舉進士後，從賓之學爲詩文，錢謙益謂其「深得長沙衣鉢，正、嘉之際，獨存正始之音」（列朝詩集小傳丙集顧尚書清），列之爲長沙門下六君子之一。所著有東江家藏集行世。明史卷一百八十四有傳。

是年，舅氏劉永壽七十，大夫士多賦詩頌之，賓之爲撰序。

文稿卷九壽舅氏參將劉公七十詩序：「我舅氏劉公自甘肅參將請老京師，越五年，當弘治癸丑，壽七十。……東陽念先學士公絲蘿之好，先宜人桮棬之澤，無以爲報德地，敢不率婦子，執觴斝，祝百千歲壽於几席間哉？大夫士能歌頌者多賦而相之，凡若干什，東陽謹再拜爲獻，并書於其首。」

何孟春父説卒，爲撰墓誌銘。

文稿卷二十八奉議大夫刑部郎中何君墓誌銘：「君姓何氏，諱説，字商臣，世爲郴州人。……弘治癸丑，刑部災，君坐本司，下都察院獄，詔降一等補外。君在獄已沾疾，得命出，一日未調而卒，惟其子進士孟春在側。……卜用是年某月日，葬某山之原。」

何孟春，字子元，號燕泉。舉弘治六年進士，官至吏部左侍郎。史稱學問該博，廉明公正有威望。少遊賓之之門，師生契分甚厚。錢謙益列之爲長沙門下六君子之一。所著有燕泉何先生遺稿行世。傳詳明史卷一百九十一。

謝鐸叔父謝省卒，爲撰墓表。

全集卷一三九輯有寶慶府知府謝公墓表一文。表中曰：「吾友謝方石鳴治，書報其叔父寶慶公之喪，以墓表屬予。……公姓謝氏，諱省，字世修，世居台州黄巖縣，今分隸太平縣。……公壽七十四，以弘治六年十二月七日卒，七年二月朔日窆於桃溪東山之壽藏。」

黄紱卒，爲撰神道碑銘。

全集卷一四〇輯有明故都察院左都御史前南京户部尚書黄公神道碑銘一文。其誌曰：「比歲，都察院左都御史黄公有疏請老，朝廷慰留之，公請不已，乃許致仕……歸有日，遽以疾卒于寓舍，弘治癸丑八月二十二日也。公諱紱，字用章……」

御用太監趙倫卒，爲撰墓表。

全集卷一三九輯有御用監太監趙公倫墓表一文。表中曰：「趙公諱倫，字德昇，系出昌黎之鉅族……弘治癸丑閏五月十有六日以疾卒，春秋六十有三。」

## 弘治七年甲寅　一四九四　四十八歲

正月，程敏政奉命與賓之同教庶吉士，二人有詩唱和。屠滽賦詩賀敏政，兼柬賓之，三人復有詩唱和。諸僚友聞而屬和，多至數十百篇，彙爲簡命育英唱和詩卷，楊守阯爲撰序。

詩稿卷十八有篁墩先生奉命同教吉士，有詩見貽，次韻奉答、次丹山屠都憲韻、再用韻自述二首諸詩。

程敏政篁墩文集卷九十七有二十八日受命與賓之同教庶吉士於翰林一詩。

楊守阯碧川文選卷三簡命育英唱和詩序：「弘治七年春正月，詹事府少詹事兼翰林侍講學士程公克勤被命教庶吉士。先是，太常寺少卿兼翰林侍講學士李公賓之獨任教事，至是二公同任焉。都察院右都御史屠公朝宗，程公同年也，首唱一首賀之而兼柬李公，二公皆次韻答之，而又往復十餘首。一時名卿才大夫士聞而屬和者雲集鱗累，數十百篇未已。」

倪岳青谿漫稿卷八有奉次屠都憲韻賀篁墩學士領教翰林并柬西涯學士二首詩。

王鏊王文恪公集詩卷三有程、李二學士承命教庶吉士詩。

案，簡命育英唱和詩卷已無考。

浙江通誌卷一百五十九：「屠滽，字朝宗，鄞人。始登第，即以疾乞歸。越五年，試監察御史，歷遷至右都御史。弘治改元，命總督兩廣軍務。……召掌院事，進左都御史，加太子太保。以災異陳二十事，多見採納。陞吏部尚書。博採輿論，秉公黜陟。每注選至惡地，必停筆良久，務以土俗稍宜者補之。秩滿，加太子太保致仕。正德戊辰，仍以吏部尚書召。時逆瑾盜政，鈎摘兵部尚書劉大夏往事，必欲置之死。滽委曲調護，得減論。其他隨事旋斡者尤多。瑾意不滿，再奪月俸。滽自度勢不可支，復乞致仕。」

賓之所撰神道碑曰：「操筆爲詩文，衮衮不竭，有丹山集若干卷，藏於家。予與公同朝久，過從

倡和，契分不爲薄。」（見文續稿卷八）

楊守阯，字維立，鄞人。舉成化十四年進士，歷編修、侍講學士、南京吏部左、右侍郎。史稱其博極羣書，與兄守陳學行相埒。傳詳明史卷一百八十四。

二月，傅瀚壽六十，祝之以詩。

詩稿卷十八有體齋先生壽六十詩。案，文續稿卷七瀚之神道碑云瀚「以宣德乙卯二月二十三日生」，因知其六十壽日在本年二月。

三月，叔父澤卒，爲撰墓誌銘。

文稿卷三十先叔父前金吾左衛百户李公墓誌銘：「叔父生宣德丙午五月二十五日，没弘治甲寅三月二十一日，壽六十九。」

六月，陳鋭受命往同劉大夏治張秋河決，賦長句贈行，兼柬劉大夏，期以恤民苦，惜民力。

詩稿卷九送平江伯陳公總督修河，兼柬劉都憲時雍：「時方六月霖雨多，地苦沮洳況炎熱。民窮到骨聲徹空，忍使鞭笞汗成血？極知國計須元氣，乍可因時治癥噎。比聞水發舟已通，暫遣丁歸待農輟。……」

明孝宗實録卷八十八：「弘治七年五月……甲辰，命内官監李興、平江伯陳鋭往同都御史劉大夏治張秋河決。」

案，實録言五月，詩中言六月，意者鋭五月受命，六月始發京師。

文後稿卷二十六明故太傅兼太子太傅平江伯陳公墓誌銘：陳鋭，字志堅，合肥人。曾祖瑄以靖難功封平江伯，鋭天順八年襲封。成化間，佩征蠻將軍印總鎮兩廣，移鎮淮揚，後掌南京中軍都督府。弘治間，督神機兵營，掌左軍都督府，督治張秋河決，佩靖北將軍印督兵大同等。性坦亮，器度甚偉。高自負抱，遇事必爲宏綱闊制。兼尚文事，通書史，攻詩翰。禮賢下士，與人重然諾。與賓之有姻戚之聯。

陳音卒，與諸同年會哭京邸。越五年，爲撰神道碑銘。

文後稿卷十八明故嘉議大夫南京太常寺卿陳公神道碑銘：「吾友太常陳公之卒也，予暨諸同年會哭於京邸，退各爲文，以彰潛懿。予知公最深，獨惰且劣，久莫有所就，惟負公地下是懼。越五年，其子華赴試北上，泣且告曰：『神道石尚未銘，吾父於先生蓋有託焉。』……卒以甲寅六月二十五日，年五十有九。」

七月，陸容卒，後爲撰墓表。

陸容式齋先生文集附録卷一明故太中大夫浙江布政司右參政陸君墓表：「年五十九，卒於甲寅七月二十二日。其葬以乙卯十二月十一日。」案，是表題下署曰：「賜進士出身嘉議大夫禮部右侍郎兼翰林院侍讀學士知制誥經筵國史官長沙李東陽撰。」賓之於本年八月陞所署之職，明年二月入閣，是表當撰於此間，姑繫於此。

八月，以内閣大學士徐溥等薦，陞禮部右侍郎兼侍讀學士，專管内閣誥敕。

明孝宗實録卷九十一：「弘治七年八月……己巳……内閣大學士徐溥等奏：『文職誥敕，原係内閣掌行。近年以來，内外各衙門官員漸多，名職條例，人各不同。臣等參與機務，事體繁重，不暇致詳。别無專官管理，前後委積，動至數百道。每撰寫進呈後，類送中書舍人書寫。吏部奏請頒給，一年僅得一二次。各官應給誥敕者，多因父母年老，日夜懸望，欲沾一命，不能猝得，或朝不保暮，遺恨終身。按正統年間，王直係侍郎兼學士職事專管内閣誥敕。今惟太常寺少卿兼翰林院侍講學士李東陽文學優贍，兼且歷位年深，乞量陞一職，令在内閣專管誥敕。庶委任專一，事不稽誤。』得旨：『李東陽陞禮部右侍郎兼翰林院侍讀學士，專管誥敕。』」

案，賓之以徐溥等薦陞職專管誥敕，記在實録。王鏊震澤長語云：「吏部擬陞禮部侍郎，詔不用。時陸簡、張昇皆以淹滯求進甚急，於是三人合謀，自内傳旨，各進官，東陽特管誥敕。」當爲傳聞之辭。

九月，莊昶應詔至京，賓之與之唱和登遊，故舊之情甚洽。

湛若水湛甘泉先生文集卷三十一明定山莊先生墓誌銘：「弘治甲寅二月，後軍都督府經歷周廣榮薦先生恬退自守，涵養有素。奉聖旨曰：取來用。……七月遂行，九月入京朝見。」莊昶定山先生集卷二與國賢和西涯：「人間文字眼，千古得吾師。山館深留夜，京師再見時。虚名吾道在，垂老瓣香遲。静坐忘言妙，終身是此期。」同書卷四上西涯先生冢和程學士：「肯將藜杖負康强，採藥尋詩每日忙。龐老盡容吾拜晚，龍岡真託此碑長。高名豈更垂今日，厚德何慚蓋一鄉？墓木我來今漸拱，可勝哀淚到淋浪。」

程敏政篁墩文集卷九十一有與莊定山司副、潘時用待詔同至李賓之學士先塋，登古城詩，中有「看山空負一秋彊，出郭來拋半日忙」句。

案，定山於成化四年春謫調南京，丁憂家居，垂二十年。本年彊起入京，復職南京，不久病罷，未再入京，因知所徵二詩作於本年入京時。賓之詩已無考。

是年，謝世元卒，爲撰墓誌銘。

全集卷一四〇輯有副都御史謝公墓誌銘一文。其誌曰：「公姓謝氏，諱士元，字仲仁。……公生洪熙乙巳三月乙亥日，卒弘治甲寅六月庚辰日，享年七十。……廷桂卜卒之又明年丙辰十二月二十四葬公於懷安雞籠山，奉狀請余銘墓。」

## 弘治八年乙卯　一四九五　四十九歲

正月，陸簡卒，爲撰墓誌銘。

文後稿卷二十二明故嘉議大夫詹事府詹事兼翰林院侍讀學士贈禮部右侍郎陸公墓誌銘：「弘治乙卯正月八日，詹事陸公卒……朝廷賜葬祭如制。長子含章來自家，復援前比以請，特贈禮部右侍郎……含章乃奉程公所著狀，乞予銘墓。蓋予與公同史局，同講事，又並命考禮部會試，契分殊厚，三十餘年於兹矣。嗚呼！孰謂遽銘公之墓哉。」案，據誌中所敘，是墓誌銘約撰於簡卒後數月，姑繫於此。

二月，次子兆同夭，悲甚，爲撰銘。

文稿卷三十兒兆同埋銘：「弘治甲寅春，兒病頭痛，至冬愈劇。右臂既萎，猶能以左手貼梅花盈樹。蓋自是不復作，乙卯二月五日竟死。……孰夢我以祥，孰畀汝以良？而止於斯，其生奚爲？噫吁嚱，孰知我悲！」

以原官與謝遷同日受命入内閣參預機務，辭，不允。

明孝宗實録卷九十七：「弘治八年二月……乙丑……命禮部左侍郎兼翰林院侍讀學士李東陽、詹事府少詹事兼翰林院侍講學士謝遷入内閣參預機務。時内閣缺員，有旨命吏部會六部、都察院、通政司、大理寺及科道官推舉行止端方、學術純正者六人以聞。於是吏部尚書耿裕、禮部尚書倪岳、禮部左侍郎兼翰林院侍讀學士李東陽、吏部左侍郎周經、禮部右侍郎傅瀚、詹事府少詹事兼翰林院侍讀學士謝遷，並在推舉之列。上特命東陽、遷内閣供事。……戊辰，禮部右侍郎兼翰林院侍讀學士李東陽上疏辭内閣之命。上曰：『卿學行素著，特兹簡任，所辭不允。』」

求退録一有奏爲辭免重任事之疏。

案，賓之於去秋八月陞禮部右侍郎兼侍讀學士，專管誥敕（參上年譜），撰於本年四月二日之書讀卷承恩詩後，自署亦爲「禮部右侍郎」，實録此處兩作「禮部左侍郎」，一作「禮部右侍郎」，「左」

顯爲「右」之訛。朱景英所撰年譜引錢謙益列朝詩集小傳作「禮部左侍郎」，亦誤。

## 四月，補作書讀卷承恩詩後一文。

文後稿卷十三書讀卷承恩詩後：「讀卷承恩詩一帙，蓋弘治庚戌殿試之日讀卷提調諸公所作，都察院右都御史寧波屠公所輯，行於時久矣。……乙卯四月二日，禮部右侍郎兼翰林院侍讀學士長沙李東陽書。」

## 與徐溥、劉健賞芍藥於内閣，有唱和詩四首，高自負許。

詩後稿卷五内閣賞芍藥，奉和少傅徐公韻四首，其三：「曉聞花底佩聲歸，萬葉枝頭露未稀。力盡丹青空藻繪，眼看紅紫漫芬菲。栽雲直傍瑶臺起，避日須將錦障圍。願向人間分此種，莫教春祇在彤扉。」

顧清東江家藏集卷七内閣賞芍藥次韻二首詩下注曰：「時閣老宜興徐公、洛陽劉公、長沙李公，徐、劉首倡，長沙及學士篁墩程公以下皆和。」

案，賓之與謝遷入閣之命於本年二月同日而下，遷因丁憂服未闋，至本年十月始入閣（參明孝宗實録卷一百〇五），故清之詩註僅言及溥、健、賓之三内閣。又，芍藥花於初夏，賓之詩其四中亦有「春逐長安擔上歸」句。因知諸公賞芍藥事約在本年四月。

劉健，字希賢，號晦庵，洛陽人。天順四年進士，官至内閣首輔。與賓之、謝遷同爲弘、正間名臣。傳詳明史卷一百八十一。

五月，内閣賞蓮花，有與徐溥、劉健唱和詩各二首。

詩後稿卷五有内閣五月蓮花盛開，奉和少傅徐公韻二首、又和太子太保劉公韻二首。

六月，與徐溥、劉健上疏請孝宗每日早起視朝。嘉納之。

詳明孝宗實録卷一百〇一、全集卷一三五。

案，明史徐溥本傳言：「與同列劉健、李東陽、謝遷等協心輔治，事有不可，輒共争之。」項篤壽今獻備遺卷十九徐溥亦言：「在相位數年，能任人。凡弘治中所上章疏，皆屬李公，而溥因事納忠，隨才器使。」又，實録敍事體例，凡言内閣諸大臣上疏，多僅冠以首輔姓名，加一「等」字於後，如「徐溥等」，而所上之疏，實非一人之見，本譜因歸諸當時内閣諸大臣名下。下同。

仲蘭卒，爲撰墓誌銘。

全集卷一四〇明故奉政大夫太醫院使仲君墓誌銘：「卒之日，其子禮部主事棐在京師，奉禮部右侍郎傅公狀泣告予曰：『吾父恒言，死必得先生銘，今敢以請。』……君生正統辛酉三月十日，卒以弘治乙卯六月二十日。」

據同誌：仲蘭，字維馨，揚州寶應人。世醫，官至太醫院使。爲人敦厚和雅，以文義緣醫術，不局方案。尊賢樂善，能赴人之急。與賓之交稔。

七月，與徐溥、劉健等議以龜山楊時從祀孔廟。從之。

詳明孝宗實録卷一百〇二、全集卷一三五。

與徐溥、劉健等上言，諫召崇王入朝。

詳明孝宗實録卷一百〇二、全集卷一三五。

九月，撰重修瓊州府二賢祠記。

文後稿卷五重修瓊州府二賢祠記：「瓊州府舊有二賢祠，祀知府王、徐二公者也。……弘治初，知府張英改建於御史行臺之右。……王公之子文端公名直，爲翰林學士，官至少傅兼太子太師吏部尚書；徐公之孫今少傅公名溥，與文端官同，……學行勳績，後先相望，蔚爲名臣。……東陽以學士典詞命，遠繼文端，比預機務，從少傅公後，獲考國史及觀其家乘爲詳，併書以記，實弘治八年九月也。」

十月，孝宗欲遣大臣赴占城、安南，爲其講和。與徐溥、劉健等諫止之。

詳明孝宗實録卷一百〇五、全集卷一三五。

十一月，吴原卒，爲撰神道碑銘。

文後稿卷十八明故正議大夫資治尹户部左侍郎吴公神道碑銘：「壽六十五，疾卒，乙卯十一月十三日也。……予既往吊哭，從其子之請，按翰林黄編修瀾狀，敍事著銘，俾刻於神道之石。」

據同碑：吴原，字道本，漳浦人。天順八年進士，官至户部左侍郎。性篤厚，居官能以儉養廉。爲詩文，渾雅可愛，有奏議、雜文、紀行録及族譜若干卷藏於家。與賓之交久且厚。

十二月，孝宗命撰三清樂章，與徐溥、劉健、謝遷等上言：三清乃道家邪妄之説，不可瀆禮。疏入，嘉納之。

詳明孝宗實録卷一百〇七、全集卷一三五。

是年，賈俊卒，爲撰碑文。

全集卷一三九輯有太子少保工部尚書賈公墓碑一文。碑文曰：「東鹿縣賈公起鄉貢士，爲監察御史，歷按察司僉事副使、都察院右僉都御史、工部左右侍郎，至尚書，加太子少保致仕。……公諱俊，字廷傑，世居保定。……公生於宣德戊申，卒於弘治乙卯。」

## 弘治九年丙辰　一四九六　五十歲

三月，外舅成國公朱儀卒。

徐溥徐文靖公謙齋文録卷四故南京守備掌南京中軍都督府事太子太傅成國公贈特進光禄大夫右柱國太師謚莊簡朱公神道碑銘：「壽至七十，當弘治丙辰三月六日，卒於正寢。」

據同碑：「公姓朱氏，諱儀，字炎桓，世爲鳳陽懷遠人。……景泰壬申，嗣成國公。……癸未，南京守備缺，敕公往，兼中軍都督府事。……甲申，憲宗純皇帝嗣位，申命以行。時南畿饑，命公賑救，……所活甚衆。……又言營卒多病死，請官置醫藥，皆從之。……屢上疏辭位。詔以公廉静老成，不許。……公好讀經史，攻大小楷，間攻吟詠。聲伎狗馬，一無所好。臨財不妄取，而贈施皆從厚。故雖爵上公，歲禄恒不給。禮賢下士，至忘勢分；汲引人物，寸長片善，必加甄録。……守備三十餘年，上下輯服，軍民安堵，外警不作。……」

受命充殿試讀卷官，奉敕撰進士題名記。

明孝宗實録卷一百一十：「弘治九年三月……癸巳……命少傅兼太子太傅吏部尚書謹身殿大學士徐溥、太子太保禮部尚書兼武英殿大學士劉健、禮部右侍郎兼翰林院侍讀學士李東陽……爲殿試讀卷官。」

文後稿卷六進士題名記：「乃九年丙辰之試，賜朱希周等三百人及第、出身有差。臣東陽濫與讀卷，又奉敕爲記於題名之石。」

朱希周、王九思、邊貢、汪偉舉進士。

五月，倪岳之任南京，與傅瀚、劉大夏餞之城東，復有五言古詩四首贈之，別情依依。

詩後稿卷二送青谿先生之南京吏部四首，其三：「與君析經史，歷代窮興衰。與君論世故，指物分妍媸。君才固絶識，開口無停辭。啓我茅塞胸，植我蓬生資。中歲各任事，匪徒坐談爲。君言信實用，一一如蓍龜。……兹辰別良友，失我坐右規。修途自發軔，逸駕疇能追？」

倪岳青谿漫稿卷一答玉署交情四首，其序曰：「體齋、東山、西涯三同年以舊日同預吉士之選，交誼深篤，乃各賦四章以贈，題曰玉署交情，遣人遞於舟中。予感其意，亦賦四章以復，遂因阜弟別歸以寄，時五月望日雨中也。」其三：「迢迢城東餞，孤亭臨水雲。知心二三友，惆悵惜離羣。詩長不忍讀，酒美難成醺。念兹交已久，感兹意何勤。麗澤日已遠，誨言寧復聞？繼今尚有贈，吾方望諸君。」

明孝宗實録卷一百一十二：「弘治九年四月……己丑，南京吏部缺尚書，……特命禮部尚書倪岳陞太子少保南京吏部尚書。」

六月，與同官徐溥等奏請每旦早起視朝。納之。

詳明孝宗實録卷一百一十四、全集卷一三五。

十月，彭華卒，爲撰墓誌銘。

明孝宗實録卷一百一十八：「弘治九年十月……前太子少保禮部尚書兼翰林院學士彭華卒。」文後稿卷二十三有明故資善大夫太子少保禮部尚書兼翰林院學士贈資政大夫太子少傅謚文思彭公墓誌銘。

據墓誌：彭華，字彦實，安福人。舉景泰五年進士，官至太子少保禮部尚書。才識超邁，而深沉嚴重，人莫窺其際。爲文章，嚴整峭歷，力追古作，於詩亦然，所著有素庵集。

是歲，以女許婚孔子六十二代孫聞韶。

文後稿卷三十亡女衍聖公宗婦墓誌銘：「弘治丙辰，前衍聖公南溪先生有子聞韶方冠，屬其弟衍聖公東莊先生來議於京。陳都憲玉娶於孔氏，與二公通家，又視予爲知己，首爲請曰：『是宣聖六十二代大宗子也，簡雅而文。』予謂族大非耦，且以遠故未應。太宰屠公朝宗輩十人慫予不置，予要以三事，曰：『吾女尚幼，必三年後成禮；禮必從儉；孔氏子必令讀書。』皆應曰：『如約。』乃許之。」

臨清州修孔子廟成，爲撰記。

全集卷一三一輯有修孔子廟記一文。其記曰：「弘治丙辰春，知臨清州馮侯傑莅政之初，謁先師廟。……歎曰：『學政弗修者，吾有司之責也。……』於是會籍丁力，以相其所弗及，越數月而告成焉。馮侯乃具書京師，請予記以書陳公之績，予亦不能辭也。」

## 弘治十年丁巳　一四九七　五十一歲

二月，與徐溥、劉健、謝遷疏奏：禁齋醮燒煉之事，優接下之禮，遠邪佞之人，斥誣罔之説。孝宗嘉納之。

詳明孝宗實録卷一百二十二、全集卷一三五。

三月，與徐溥、劉健、謝遷受命充總裁官，纂修大明會典。

詳明孝宗實録卷一百二十三、全集卷一三五。

是月，復奉詔與徐溥、劉健、謝遷至文華殿，面議庶政。

明孝宗實録卷一百二十三：「弘治十年三月……甲子，經筵畢，上遣太監韋泰至内閣，召大學士徐溥、劉健、李東陽、謝遷至文華殿御榻前。上出各衙門題奏本曰：『與先生輩商量。』溥等每本議定批辭，乃録於片紙以進。上覽畢，親批本面，或更定二三字，或刪去一二句，皆應手疾書，略無疑滯。……蓋自即位以來，宣召顧問實自此始云。」

四月，與徐溥、劉健、謝遷奏請早日裁決五府六部及六科十三道奏章及處分科道官認罪事。孝宗嘉納之。

詳明孝宗實録卷一百二十四、全集卷一三五。

九月，長子兆先以請爲監生。

明孝宗實録卷一百二十九：「弘治十年九月……己未，命禮部右侍郎兼翰林院侍讀學士李東陽之子兆先爲國子監生，從其請也。」

秋冬間，有與劉大夏唱和詩二首。

詩後稿卷五寄和劉亞卿時雍二首，題下註云：「時劉督餉北邊。」

明孝宗實録卷一百二十六：「弘治十年六月……命劉大夏、李介俱兼都察院左僉都御史，整飭大同、宣府兵糧。」

案，賓之詩中有「使車停處即開衙，又見胡天雪作花」語，因知詩約於本年秋冬間。

## 弘治十一年戊午　一四九八　五十二歲

正月，鄰友李介卒，爲撰墓誌銘。

文後稿卷二十二明故通議大夫兵部左侍郎兼都察院左僉都御史贈兵部尚書李公墓誌銘：「弘治丁巳，宣府、大同有警，兵部侍郎李公承敕往經略邊務。歲垂盡，公在宣府疾作，戊午正月二日遂不起，守臣給驛歸其喪。……其子昆奉春坊中允張天祥狀請予銘墓。予公鄰比，雅相善，既吊於郊，乃敍而銘之。」

李介，字守貞，高密人。舉成化五年進士，官至都察院左僉都御史。傳詳明史卷一百八十五。

二月，皇太子出閣講學，與徐溥、劉健、謝遷奉命提調各官講讀。陞太子少保禮部尚書兼文淵閣大學士。

明孝宗實録卷一百三十四：「弘治十一年二月……甲午，大學士徐溥等以皇太子將出閣講學（疑此處脱文），侍講學士程敏政充侍班官，太常寺少卿兼侍讀學士李傑充講讀官，……上俱從之，仍命溥及大學士劉健、李東陽、謝遷提調各官講讀。……丙申……敕吏部：少傅兼太子太傅吏部尚書謹身殿大學士徐溥加少師兼太子太師華蓋殿大學士，尚書如故；太子太保禮部尚書兼武英殿大學士劉健加少傅兼太子太傅户部尚書謹身殿大學士；禮部右侍郎兼翰林院侍讀學士李東陽爲（疑此字衍）陞太子少保禮部尚書兼文淵閣大學士；詹事府詹事兼翰林院侍講學士謝遷陞太子少保兵部尚書兼東閣大學士。」

四月，季弟東溟卒，哀甚，爲撰壙誌銘。

文後稿卷二十二亡弟東溟壙誌銘：「嗚呼！吾弟乃遽至此極也。……今其年纔四十而已，而遽死也，哀哉！……其死以弘治戊午四月十五日，五月六日乃葬，哭而誌之。」

六月，習隱詩二十首成卷。

文續稿卷十二習隱卷詩前後題：「久居仕籍，年過無聞。謬登禁垣，曠職思咎。瞻慕林壑，邈焉興懷。撫事觸景，因詩言志。由秋及夏，歲序聿周。總二十章，名曰習隱。間取而詠之，使中有豫定。待時而動，不至終於湛溺。約諸情性，未必無補。若謂先行後從，義有未合。知我罪我，皆不得而辭焉。弘治戊午六月望日。」

詩後稿卷二有習隱二十首詩。

案，據題知習隱諸詩作於去秋至今夏間，姑繫於此。

七月，衍聖公孔弘泰歸魯，餞之於西第新堂。傅瀚、程敏政、焦芳、屠滽、白昂、朱輔、侶鐘等皆赴，賦詩唱和，劉大夏亦有和詩，彙爲西堂雅集詩卷。

程敏政篁墩文集卷三十五西堂雅集詩序：「弘治戊午秋，衍聖公以賀聖節來京師。禮成將東歸，大學士長沙李公於公有姻婭之好，以七月九日燕於西第之新堂，與席者九人。是早炎暑孔熾，赴者以爲難。既午而雨，纖塵不驚，清風徐來，主賓之情大洽。司徒太原周公即席賦詩一章，太宰四明屠公倚而和焉。明日二公再疊一章，而成國朱公、司寇武進白公、少宰鄆城侶公、少司徒華容劉公、少宗伯新喻傅公、學士泌陽焦公及不佞，亦次第和焉。書以成卷，將致之公，而屠公題曰西堂雅集，屬予爲之引。」

劉大夏劉忠宣公遺集詩卷二有次西涯學士陪餞衍聖公之作二首詩，附注曰：「是日予病，不及赴席，奉天花菜爲賓筵之助。」

案，西堂雅集已無考。

白昂，字廷儀，常之武進人。舉天順元年進士，官至刑部尚書。性度宏裕，持議常依於厚善，待人濟物，各當其分（參文後稿卷二十六賓之所撰墓誌銘）。

侣鐘，字大器，鄆城人。舉成化二年進士，官至户部尚書。傳詳明史卷一百八十五。

九月，題懷素自序帖後。

詳全集卷一三七所輯是題。

八月，徐溥致仕。

十月，劉大夏致仕，爲賦東山草堂賦。

賦見文後稿卷一。案，劉大夏劉忠宣公遺集附録亦載此賦。其序曰：「吾友劉先生時雍居華容之東山，山之中峰，左右盤據，與舍後山相峙。……先生少時，爲草堂一區。……先生出入仕途三十餘年，堂就圮，手所植松竹皆已長茂，每欲歸而未得遂也。比以户部侍郎得請歸，將葺斯堂而居之，以告於予。予，先生同年友，見其勳績聞望焯焯在人耳目，又能先幾勇退，保躬完名，皆予所不及者。獨其志趨所在則能知之，而愧予之辭不足以張之也。已因客語，作東山草堂賦。」

明孝宗實録卷一百四十二：「弘治十一年十月……庚午，户部左侍郎劉大夏以疾乞致仕。上曰：『大夏既情辭懇切，准回原籍調理，令給驛以行，待病痊之日起用。』」

以災異頻仍，與同官劉健、謝遷奏請進賢黜姦，明正賞罰，痛加修省，廣求直言。孝宗嘉納之。

詳明孝宗實録卷一百四十二、全集卷一三五。

案，徐溥致仕後，内閣惟劉健、李東陽、謝遷三輔，健爲首輔，所上章奏，實録多冠以「劉健等」字樣，實三人共議而上之也。明史謝遷本傳曰：「與劉健、李東陽同輔政，……時人爲之語曰：『李公謀，劉公斷，謝公尤侃侃』。」故凡此類文字，不當歸諸一人名下。

楊守阯之任南京，賦詩贈行。

詩後稿卷五有送楊維立之南京吏部一詩。

明孝宗實録卷一百四十二：「弘治十一年十月……辛巳……陞翰林院侍講學士楊守阯爲南京吏部右侍郎。」

與同官劉健、謝遷諫與故内官監太監李廣祠額祭葬。

詳明孝宗實録卷一百四十二、全集卷一三五。

十一月，以清寧宮災，與劉健、謝遷同引咎乞致仕。不允。

明孝宗實録卷一百四十三：「弘治十一年十一月……癸卯，大學士劉健、李東陽、謝遷以清寧宮災，同引咎乞致仕。上曰：『卿等職居輔導，方隆倚任，正當竭誠修職，共回天意，所辭不允。』」

求退録一有題爲回天心以弭災變事之疏。

十二月，王越卒，爲撰墓誌銘。

文後稿卷二十三明故光禄大夫柱國少保兼太子太傅都察院左都御史總制陝西三邊軍務贈太傅謚襄敏王公墓誌銘：「少保兼太子太傅都察院左都御史王公之訃至自甘州，……其子春奉狀，介其姻友光禄卿李公鐩請予銘。辭至再，弗獲，乃敍而銘之。……焦勞過度，遂成疾而卒，戊午十二月一日也。」

王越，字世昌，大名府濬縣人。景泰二年進士，官至都察院左都御史，久膺帥寄，歷西北諸鎮。傳詳明史卷一百七十一。

## 弘治十二年己未　一四九九　五十三歲

正月，監生江瑢劾奏賓之與劉健杜絶言路，掩蔽聰明，妒賢嫉能，排抑勝己，急宜斥退。二人因疏乞休退。不允，且命逮瑢究問。二人復上疏力救，瑢得釋。

明孝宗實録卷一百四十六：「弘治十二年正月……乙酉……大學士劉健、李東陽言：『日者，監生江瑢奏稱，近來災異數見，皆由臣等杜絶言路，掩蔽聰明，妒賢疾能，排抑勝己所至。……伏望皇上昭日月之明，採芻蕘之論，容臣等罷歸田里，獲終餘年。……』上曰：『朕以卿等調元輔導，豈因小人非言，輒便求退？不允所辭，宜安心辦事。江瑢排斥大臣，錦衣衛逮送鎮撫司究問。』……戊子……大學士劉健、李東陽言：『近臣等因監生江瑢陳言，具本辭避重任，伏蒙温詔勉留，且命錦衣衛逮瑢究問。……伏望皇上少霽天威，俯從愚懇，將江瑢釋放，免其究問，以廣獻納之路，以成寬大之風，臣等不勝幸甚。』上曰：『江瑢妄言排陷，故令法司問理。既卿等爲奏請寬免，姑釋之。』」案，鄭曉今言卷一記此事於弘治十一年三月，今從實録。

二月，與程敏政受命爲會試考試官，有會試録序。

明孝宗實録卷一百四十七：「弘治十二年二月……丙申，命太子少保禮部尚書兼文淵閣大學士李東陽、禮部右侍郎兼翰林院學士程敏政爲會試考官。」

序見文後稿卷二。

三月，給事中華昶劾程敏政鬻題於舉人徐經、唐寅，賓之奉命與同官覆校，以二人俱不在正榜取中之數覆命。

明孝宗實録卷一百四十八：「弘治十二年三月……丙寅……大學士李東陽等奏：『日者，給事中華昶劾程敏政私漏題目於徐經、唐寅，禮部移文臣等重加翻閲去取。其時考校已定，按彌封號籍，二卷俱不在取中正榜之數，有同考官批語可驗。』」

案，此次科場案，除實録外，明史、蔣一葵堯山堂外紀、祝允明懷星堂集卷十七唐子畏墓誌銘等均有記，諸説不一。明史卷二百八十六程敏政本傳所記簡明，兹録以備閲。「十二年，與李東陽主會試。舉人徐經、唐寅預作文，與試題合，給事中華昶劾敏政鬻題。時榜未發，詔敏政毋閲卷，其所録者，令東陽會同考試官覆校。二人皆不在所取中，東陽以聞，言者猶不已。敏政、昶、經、寅俱下獄，坐經嘗贄見敏政，寅嘗從敏政乞文，黜爲吏，敏政勒致仕，而昶以言事不實，調南京太僕主薄。……或言敏政之獄，傅瀚欲奪其位，令昶奏之。事秘，莫能明也。」

徐經，江陰人。祖頤，以書拜中書舍人。父元獻，鄉貢士。參揭本晴山堂法貼卷一賓之爲頤所撰墓誌銘及文稿卷五中書舍人徐君壽六十序。

唐寅，字伯虎，一字子畏，號六如，長洲人。畫入神品，詩富才情，「吴中四才子」之一。傳詳明史卷二百八十六。

倫文敘、王守仁、都穆、朱應登舉進士。

六月，孔廟災，李傑奉詔祭告，送之以詩。

詩後稿卷二有弘治乙未六月，孔廟災，送李學士世賢奉詔祭告，兼柬衍聖公兄弟詩。案，「乙」爲「己」之訛，弘治間無「乙未」之紀年。明史卷十五記此事於弘治十二年己未：「十二年……六月甲辰，闕里先師廟災，遣使慰祭。」

程敏政卒。

文林卒。

七月，病痔，孝宗賜醫，至八月半始出。

參本年九月譜注文所徵奉謙齋徐先生書。

八月，有詩與書寄謝鐸，勸其出仕。

文後稿卷十與方石先生書：「近得『山』字韻諸詩，意氣激烈，令人感愧不能已。……先生雖遠引高蹈，邈不欲與世接，而天下之士未嘗一日不屬望於左右也。況剡章一入，遂契淵衷……特加優擢，出於常格。於是朝野内外竦然生風，知公道之不亡，文運之當有復也。」

明孝宗實録卷一百五十三：「弘治十二年八月……壬子，陞致仕南京國子監祭酒謝鐸爲禮部右侍郎，管國子祭酒事。」

案，謝鐸於弘治四年致仕歸（參該年譜），至此方有詔起用，以書中「特加優擢」等語，知是書作於命下後不久，當尚在八月。

詩後稿卷五寄方石二首，用所寄韻，其二：「門前流水屋頭山，十載逃形向此間。……聖主分明知姓字，未應巢許得同班。」案，詩中所言及所用韻皆與書中所言合，顯作於同時。

謝鐸桃溪淨稿卷四十一有西涯以詩來勸北上，次韻奉答一詩，所用亦「山」字韻。

九月，擬卜居常之宜興，寄書徐溥及表兄殷鑒，託之買田。與楊一清、謝鐸、潘辰、吴儼、邵寶等有卜居唱和詩。

文後稿卷十奉謙齋徐先生書：「……東陽七月初痔疾復作，病卧甚苦，蒙恩賜醫，至八月半始出。因念薄質早衰，恐難任重，羣憂積累，不能自解。顧生地素拙，無以爲退藏計。南都志既弗遂，湖南舊業又荒落不可歸。惟貴郡乃先祖母誕育之地，先祖亦遊寓其間，風土腴厚，文獻華美，爲天下最。而貴縣山水尤稱奇絶，乃蘇長公之所深慕。往年嘗爲執事言之，輒蒙引接，今已決策於此。又念賤父子二人形影相附，别無子弟可將事者，兹託武進表兄殷通判鎰及弟康，於貴縣境上少買田數畝，以立業本，繫情志，徐爲後圖。必得執事指麾張主於上，勢乃可成。愚不敢厚望，但得有山有水、有佃户、歲可常稔之處足矣。如猝不可得，或於武進境買得亦佳。蓋卜居多在貴縣，而租地之在鄰縣，雖數十里不爲遠。……基址苟定，或得早謝，操杖几以從旦夕之好，實平生一大幸也。秋漸深，惟爲道自重，不備。」案，徐溥於去年十月致政還鄉，卒於本年九月；又，書中言七月初至八月半病痔，又有「秋漸深」語。因知是書約作於本年病愈後之八月末或九月初。姑繫於此。

同書同卷有與殷通判表兄書，所言略同，不復贅引。

詩後稿卷五有卜居一首柬南屏、用韻答遽庵、用韻答郡國賢、用韻答吴編修克温三首諸詩。

楊一清石淙詩抄卷三有和西涯先生卜居韻、西涯和韻見答，再疊一首二詩。

謝鐸桃溪浄稿卷四十一有次李西涯卜居韻一詩。案，是秋謝鐸尚未至京，此詩之作當稍晚。

吴儼吴文肅公摘稿卷二有和西涯先生擬卜居宜興韻三首詩。

邵寶容春堂前集卷六有卜居次西涯公詩，題下注曰：「時公欲居宜興。」

是月，徐溥卒，逾年爲撰墓誌銘。

文後稿卷二十四大明故光禄大夫柱國少師兼太子太師吏部尚書華蓋殿大學士贈特進左柱國太

師謚文靖徐公墓誌銘：「少師徐公之卒，其子元楷、元相具書請予銘。予從公後，晚辱知厚，慟其亡，久未忍作也。逾年，以葬期告，乃爲銘。……己未九月十一日，卒於正寢。……」

莊昶卒。

十一月，友人汪諧卒，爲撰墓誌銘。

文後稿卷二十四明故嘉議大夫禮部右侍郎兼翰林院學士贈禮部尚書汪公墓誌銘：「予與公先後入翰林，繼掌院事，周旋幾四十年。聞公卒，既往吊哭，其諸孤介其門生沈編修燾、吴編修一鵬請予銘。」

明孝宗實事卷一百五十六：「弘治十二年十一月……己未，養病禮部右侍郎兼翰林院學士汪諧卒。」

## 弘治十三年庚申　一五〇〇　五十四歲

春，有長句春寒二十韻。

詩見詩後稿卷九，中有「未放韶光過九十，肯拋長夜守庚申」句，因知是詩作於本年春。

五月，召與劉健、謝遷至平臺議事。

明孝宗實録卷一百六十二：「弘治十三年五月……丙辰……是日，上復召内閣大學士劉健、李東陽、謝遷至平臺，出兵部推舉各官疏，逐名訪問，面賜裁決。」

六月，林瀚之任南京，有題像詩二首贈行。

詩後稿卷五有題林吏部像二首詩，中有「人物兩京新藻鑒」、「爲公瞻送不勝情」等句。案，明孝宗實録卷一百六十三載：「弘治十三年六月……戊申……陞吏部左侍郎林瀚爲南京吏部尚書。」因知賓之詩作於林瀚赴任之際。

林瀚，字亨大，閩人。舉成化二年進士。歷編修、諭德、國子監祭酒、禮部右侍郎、吏部左右侍郎、南京吏部、兵部尚書。史稱剛方，爲人謙厚而自守介然。傳詳明史卷一百六十三。

八月，嫁女於孔聞韶，長子兆先送之。先後有兒子兆先送妹之闕里以詩戒之、中秋獨坐、得兆先舟中書，用所贈楊給事韻二首、九月十日得兆先消息，疊前韻、再得兆先書，用前韻二首諸詩，兒女之情殷殷。

詩後稿卷二兒子兆先送妹之闕里以詩戒之：「汝生不離膝，十載懷三河。矧兹東魯行，道路十倍過？新秋積雨霽，潞渚揚清波。嘉占得歸妹，吉禮方爲羅。丁寧送門戒，語長意偏多。念汝爲彼兄，綵戲同婆娑。趨庭日漸遠，奈此晨昏何！汝妹已解事，彼兄志登科。自非骨肉情，欲去還蹉跎。孔門欲觀海，所得在一蠡。殊塗要同入，仰止心相摩。……慎哉道路間，僮僕勞撝訶。處身似逃名，却饋如操戈。衝寒避栗冽，歷險防坡陁。汝孃正倚門，何以慰汝婆？男兒事弧矢，有淚休滂沱。聊將婉孌恩，故作慷慨歌。」同書卷五中秋獨坐：「……萬里山河皆在眼，異鄉兒女正關情。燈前有夢難欹枕，客去無心自舉觥。高閣捲簾過夜半，不知涼露濕冠纓。」得兆先舟中書，用所贈楊給事韻二首，其二：「生年容易别時難，猶記回頭忍淚看。……園林過眼驚時序，道路逢人强笑歡。無限歸心書一紙，爲渠三復罷晨餐。」再得兆先書，用前韻，其一：「第二書來見轉難，一緘渾作幾回看。……愁腸百結無端緒，多在晨炊與暮餐。」九月十日得兆先消息，疊前韻一詩亦收於是卷。

是月，倪岳至京就吏部尚書職。

九月，戴珊至京就都察院左都御史職。

十一月，謝鐸承詔至京，就禮部右侍郎管國子祭酒事職。

十二月朔日，以蕭顯壽七十，朝中友人賦詩頌之，爲撰序。

全集卷一三〇收有壽海釣蕭公七十詩序。其序曰：「海釣蕭公文明以福建按察僉事致政，歸幾十年。……今年，其子鳴鳳上京師，則知其壽已七十矣。舊與公遊者，多布列朝者，間語及，皆愛慕欣悦，形爲歌詩，不旬日而成卷，因寓其子歸爲壽觴之侑焉。……弘治庚申十二月朔日，賜進士出身資政大夫太子少保禮部尚書兼文淵閣大學士知制誥經筵官兼國史會典總裁長沙李東陽賓之書于懷麓堂。」

是年，潘母金宜人卒，爲撰墓誌銘。

全集卷一四〇收有潘母金宜人墓誌銘一文。其誌曰：「宜人金氏卒，將葬，其子錦衣衛副千户傑、陝西按察司副使楷以父命請予銘……宜人以壽終庚申二月十一日也，距生宣德戊申正月二十八日，年七十三。」

## 弘治十四年辛酉　一五〇一　五十五歲

正月，跋夏忠靖公集。

詳全集卷一三七所收是跋，

二月，楊一清陞南京太常寺卿。

三月，以眩暈等疾疏乞致仕。不允。

求退録一：「今年正月初四日，輪該看牲，頭忽作暈，即欲具本，乞令別官接替，適值廟齋之日，不敢奏稱疾病。及郊壇分獻，點差已定，不免力疾前去供職。延捱擔戴，每日在閣辦事，憂勞併積，漸不堪勝。至二月十三日朝退，未及解衣，輒復暈倒在凳，坐不能起，衆所共見。……欽蒙聖恩，特遣内臣頒賜酒肉蔬米等物，命醫調治。該通政王玉、御醫楊汝和診看，得六脉虚絃、元氣怯弱、頭自眩暈、胸膈膨悶、脾胃不和、飲食少思、肺氣不利、咳嗽吐痰諸證。……伏望聖明，鑒臣愚誠，憫臣衰病，容臣致仕。……弘治十四年三月七日，奉聖旨：卿學行端慎，才望老成，方切倚任，有疾宜善加調理，豈可遽求休致？所辭不允。」

是春，有春興八首、春園雜詩十四首諸詩，歸思頗濃。

詩後稿卷五春興八首，其一：「塵沙無日不春陰，伏枕偏驚抱病心。……客去客來門自掩，老夫渾欲謝冠簪。」其二：「……歸帆欲挂三江水，病脚難登百尺樓。老去不知春興減，向來一月罷梳頭。」其五：「六年書詔掌泥封，紫閣春深近九重。階日暖思吟芍藥，水風香憶種芙蓉。……身病益愁愁轉病，老來歸思十分濃。」其八：「……江上帆檣經幾駐，城南第宅已三移。君恩若放山林去，始是雲霄得意時。」

同書卷十春園雜詩十四首，其一：「三月三日佳麗辰，五十五年衰病身。閉門一枕午時夢，江草江花無數春。」

案，賓之於弘治八年二月入閣。又，本年年五十五。因據「六年」、「五十五年」等句知諸詩作於本年春。

四月，再上疏乞休致。不允。

明孝宗實録卷一百七十三：「弘治十四年四月……庚寅，太子少保禮部尚書兼文淵閣大學士李東陽再乞致仕。上曰：『卿才德素著，精力未衰，有疾宜用心調理，以副委任，豈可固求退休？所辭不允。』」

求退録一有奏爲陳情乞恩休致事之疏。

五月，復上疏乞休。不允。

明孝宗實録卷一百七十四：「弘治十四年五月……己酉，先是，太子少保禮部尚書兼文淵閣大學士李東陽兩以疾辭位，俱優詔不允。至是，復上疏懇乞致仕。……上曰：『卿引疾乞休，已屢有旨不允，宜勉起供職，以副委任，毋再固辭。』」

求退録一有奏爲陳情乞恩懇乞休致事之疏。

閏七月，長子兆先殁，慟甚，爲撰墓誌銘。傅瀚、謝鐸、王佐、李士實、屠勳、陳卿、邵寶、石珤、顧清、錢福、何孟春等皆有詩慰吊。賓之悲歌當哭，皆次韻答之，多至數十首，彙爲哭子録詩卷。

文後稿卷二十四兒子兆先墓誌銘：「嗟乎，天哉！予不德，不能迓續我祖父之遺慶，積罪稔戾，以貽禍於吾子之身。荼毒之餘，痛自循省，求其端不可得也。……其生以成化乙未六月二十一日，没以弘治辛酉閏七月二十五日。……及其没之七日，夢我以碧箋烏絲欄乞書小楷曰：『欲於雪下觀之。』嗚呼！……予慟甚，不能執筆。其婦翁内翰南屏潘先生抆淚謂予曰：『銘不作，兒目不瞑。』予乃飲泣爲銘，自書之以寓予哀云。」

同書哭子録有哭兆先，次體齋傅先生韻、次韻答方石謝先生，再次體齋先生哭兆先韻二首，用兆先病中韻，答方石、體齋二先生二首，圭峰董司空寄扇兆先，欲焚之柩前以代掛劍，且侑以詩。因感其義，次韻奉答二首、和王古直哭兆先韻二首、次陳德卿御史韻八首、次顧士廉編修韻六首、次韻答蕭海釣二首、李白洲侍郎、屠元勳都憲有詩吊兆先，次韻奉答、次錢與謙修撰韻、次韻答邵國賢提學五首、次何員外子元韻三首、次石檢討邦彦韻三首、次王主事叔武韻五首諸詩。其小引曰：「嗚呼！吾子兆先之喪，吾既忍痛爲銘誌，欲爲詩哭之，無暇於所謂聲律者。體齋先生以詩來吊，借韻答之。後諸大夫士交吾父子間者繼作不輟，每有所觸，輒借其韻以泄予思，多至數十首。嗚呼！至哀無文，古人所戒，悲歌當哭，蓋亦有不得已焉。」案，據小引所述，知諸詩非一時之作，姑並繫於此以備見。

謝鐸桃溪浄稿文卷二十有祭李徵伯文。

顧清東江家藏集卷九有李徵伯輓詩六首。

錢福錢太史鶴灘稿卷六有哭李徵伯詩。

秋，知茶陵宗族欲爲其擇地造屋，且分田百畝相贍給。力辭，先後有與巡按王御史書、與闔族書、再與闔族書、再與闔族書、與韓方伯書諸文。

文後稿卷十與闔族書：「家門不幸，兒子兆先遽爾夭折，哀痛摧裂，不知所措。……比得董太守書，云爲我造屋，已蒙巡按准行，令人驚愕累日。自念作官四十年，不能一日庇鄉里，乃復以土木筋力爲之累。縱令出自宗族，亦必借官府之聲勢財力，於心誠不安，而怨怒誚謗亦所不免。……望我同姓深相體念，亟告於官，停此大役，乃見骨肉之情非道路比也。」再與闔族書：「近者家門之禍，哀慟不可言，已有書奉告矣。嘉表來，承厚饋，且分田百畝以相贍給，非骨肉至情，何以至此？但聞古人有分田以贍族者，未聞有出田以供仕者。……事之倒行而逆施者莫甚於此，吾豈可恬然受之哉？」再與闔族書：「……所有田契，……今附去，煩眼同檢入，仍將數内田地照舊歸還各主。……不必再寄，寄亦不敢受也。……外房屋一事，已附書與奏事老人，亟止此役，想能體念。」案，書中痛言兆先之歿，且有「近者」句，加之急於退田契止造屋，因知諸書作於兆先卒後不久，當尚在本年秋或稍後。

是秋，以子喪，卜居常州之念遂絶。

文後稿卷十與闔族書：「近累得家信，要還居茶陵，蓋聞有買田常州之説故爾。緣常州去京稍近，地利甚饒，而田價驟賤，又有諸知舊借價買田數畝，因令李順父子前去一看，實未能遠棄墳墓以往。況今遭此大變，就使得脱職務，亦不過老於京邑。非但不能歸茶陵，亦不能居常州。姑俟葬畢，即呼去僕回京也。」案，是書作於本年秋，參前譜。

十月，倪岳卒，哭以二詩，且與諸同年爲文祭之，復爲撰墓誌銘。

詩後稿卷六有哭青谿倪太宰先生、再哭青谿二詩。同書文後稿卷十五有同年祭倪文毅公文，卷二十四有明故資政大夫正治上卿太子少保吏部尚書贈榮禄大夫少保謚文毅倪公墓誌銘。

明孝宗實録卷一百八十：「弘治十四年十月……甲寅，太子少保吏部尚書倪岳卒。」

十一月，相墓地於房山，有房山山房相墓，道中紀事八首詩。

詩見詩後稿卷六。

明孝宗實録：「弘治十四年十一月……庚寅，大學士李東陽奏：『先塋在京城西直門外，父母以地窄不能合葬。邇者屢荷贈典，而兆域未備，碑表未立，心竊未安。嘗買房山縣地一區，去都城九十餘里，欲相地勢，改立墳塋，而職在禁密，不敢擅離。乞賜假暫往其地相度，事畢即回。』

從之。」

## 弘治十五年壬戌　一五〇二　五十六歲

二月，傅瀚卒，哭以二詩，與同年爲文祭之，并爲撰墓誌銘。後之十二年，復爲撰神道碑銘。

詩後稿卷六有哭體齋傅宗伯先生、再哭體齋，疊見慰哭子韻二詩。文後稿卷十五有同年祭傅文穆文，卷二十五有明資善大夫禮部尚書贈太子太保謚文穆傅公墓誌銘。神道碑銘見文續稿卷之七。

明孝宗實録卷一百八十四：「弘治十五年二月……癸亥，禮部尚書傅瀚卒。」

三月，充殿試讀卷官。

明孝宗實録卷一百八十五：「弘治十五年三月癸酉……命少傅兼太子太傅户部尚書謹身殿大學士劉健、太子少保禮部尚書兼文淵閣大學士李東陽、太子少保兵部尚書兼東閣大學士謝遷……充殿試讀卷官。」

何景明、魯鐸、康海、王廷相舉進士。

四月，吴儼之任南京，送之以詩。

詩後稿卷六有送吴學士克温之南京一詩。

明孝宗實録卷一百八十六:「弘治十五年四月……乙卯,陞左春坊左中允吴儼爲南京翰林院學士。」

錢謙益列朝詩集小傳丙集吴尚書儼:「儼,字克温,宜興人。成化丁未進士,選庶吉士,除編修,歷官侍講學士。逆瑾中傷,罷歸。瑾誅,召用。終南京禮部尚書,謚文肅。性方嚴清慎,文章莊重,詩歌清麗可諷。」案,克温詩文有吴文肅公摘稿行世。

五月,董越卒,爲撰墓誌銘。

文後稿卷二十五明故資政大夫南京工部尚書贈太子少保謚文僖董公墓誌銘:「……壬戌五月七日以疾卒。……天錫以治命請予爲銘……」

與劉健、謝遷以勤政務學、敦行節儉、明正賞罰上言。孝宗嘉納之。

詳明孝宗實録卷一百八十七、全集卷一三五。

七月,梁璟卒,爲撰神道碑銘。

文後稿卷十八有明故資政大夫南京户部尚書致仕梁公神道碑銘。

明孝宗實録卷一百八十九:「弘治十五年七月……乙酉……致仕南京户部尚書梁璟卒。」

梁璟,字廷美,山西崞縣人。天順八年進士。傳詳明史卷一百八十五。

八月,繼子兆蕃以請得補蔭爲國子生。

明孝宗實録卷一百九十：「弘治十五年八月……乙丑，命太子少保禮部尚書兼文淵閣大學士李東陽之繼子兆蕃補蔭爲國子生，從其請也。」

與劉健、謝遷上言，勸以勤政務。孝宗嘉納之。

詳明孝宗實録卷一百九十、全集卷一三五。

十一月，八日，賜玉帶及織金衣。

明孝宗實録卷一百九十三：「弘治十五年十一月……丁丑，賜内閣大學士劉健、李東陽玉帶各一條，大紅織金衣三襲。」

二十七日，與劉健、謝遷上言，勸以勤政務，速批行五府六部奏本。孝宗嘉納之。

詳明孝宗實録卷一百九十三、全集卷一三五。

二十八日，復與劉健等上言，勸以以時裁決各項奏章。孝宗納之。

詳明孝宗實録卷一百九十三、全集卷一三五。

十二月，纂修大明會典成。

陳鋭卒，爲撰墓誌銘。

文後稿卷二十六明故太傅兼太子太傅平江伯陳公墓誌銘：「蓋居閒二年而卒，是爲壬戌十二月十五日。」

是年，王佐卒，有輓詩二首。

詩後稿卷六王古直輓詩，次方石韻二首，其注曰：「古直聞方石來，曰：『吾事濟矣。』逾年而卒，方石爲殯殮葬之。」案，謝鐸於弘治十三年十一月至京就禮部右侍郎職(參該年譜)，據註中所述，知佐當卒於上年末或本年，姑繫於此。

應李夢陽之請，爲其父撰墓表。

文後稿卷十六大明周府封丘王教授贈承德郎户部主事李君墓表：「慶陽李君惟中以教授卒於家，吾友都御史楊公應寧爲銘以葬，而墓道未表。後君以子夢陽貴，贈承德郎户部主事，夢陽乃請於予，且出其所自爲狀。夢陽學於楊公，又予禮部所舉士，其視予猶視楊公也，故予雖未識君，而亦不得而辭焉。」

案，據賓之所撰墓表，知李夢陽父惟中卒於弘治八年五月。據朱安渹李空同先生年表，知李夢陽於弘治十一年服闋之京，授户部山東司主事。又據明孝宗實録卷一百九十四，知楊一清(字應寧)於弘治十五年十二月，始由南京太常寺卿擢陞都察院右副都御史，督理陝西馬政。賓之於表中言「都御史楊公應寧」，從而知是表撰於本年十二月之後。姑繫於此。

## 弘治十六年癸亥　一五〇三　五十七歲

正月，孝宗病新愈，與劉健、謝遷上言，勸以善加調攝，勞逸適宜。時孝宗病新愈，納之。

詳明孝宗實録卷一百九十五、全集卷一三五。

二月，八日，賜大紅蟒衣一襲。

明孝宗實録卷一百九十六：「弘治十六年二月……乙巳……賜大學士劉健、李東陽、謝遷大紅蟒衣各一襲。内閣賜蟒衣自此始。」

二十八日，以修大明會典功，陞太子太保户部尚書兼謹身殿大學士。

明孝宗實録卷一百九十六：「弘治十六年二月……乙丑，以纂修大明會典成，敕吏部加總裁官少傅兼太子太傅户部尚書謹身殿大學士劉健爲少師兼太子太師吏部尚書華蓋殿大學士，太子少保禮部尚書兼文淵閣大學士李東陽爲太子太保户部尚書兼謹身殿大學士，太子少保兵部尚書兼東閣大學士謝遷爲太子太保禮部尚書兼武英殿大學士。」

三月，與同年謝鐸、劉大夏、戴珊、焦芳、曾鑒、張達、陳清、王賀會於閔珪之第，倩工寫圖，賦詩唱和。

文後稿卷三甲申十同年圖詩序：「甲申十同年圖一卷，蓋吾同年進士之在朝者九人，與南京來朝者一人而十，會于太子太保刑部尚書吴興閔公朝瑛之第而圖焉者也。圖分爲三曹。自卷首而觀：其高顴多髯，髯强半白，袖手右嚮而側坐者，爲南京户部尚書公安王公用敬；微鬚，髮須白，鳶肩高聳，背若有負而中坐者，爲吏部左侍郎泌陽焦公孟陽；微鬚，多鬢，白毿毿不受櫛，面骨稜層起，左嚮坐，右手持一册，册半啓閉者，爲禮部右侍郎掌國子祭酒事黄巖謝公鳴治。又一曹：微鬚，頳面，笑齒欲露，左手握帶，右嚮而坐者，工部尚書郴州曾公克明；虎頭方面，大目豐準，鬚髯微白而長，左手攜牙牌，右握帶，中左坐者，閔公也；白鬚，黎面，面老皺，兩手握帶，中坐者，工部右侍郎泰和張公時達；無鬚，頳面，聳肩袖手而危坐且左顧者，都察院左都御史浮梁戴公廷珍。又一曹：爲户部右侍郎益都陳公廉夫者，面微長且頳，眉濃，鬚半白，稍右嚮而坐；爲兵部尚書華容劉公時雍者，面微方而長，鬚鬢皓白，左手握帶，右手按膝而中坐；予則面微長而臞，髭數莖，白且盡，中若有隱憂，右手持一卷如授簡狀，坐而嚮左，居卷最後者是也。十人者，皆畫工面對手貌，概得其形模意態。……是日，謝公倡爲詩，吾八人者皆和，焦公歸亦和焉。……進士舉于天順之八年，會則于弘治十六年癸亥三月二十五日。越翼日，乃序。」

是春，楊一清之任陝西督馬政，有長句題胡馬圖，贈楊都憲應寧。

明孝宗實録卷一百九十四：「弘治十五年十二月……辛酉，陞南京太常寺卿楊一清爲都察院右副都御史，督理陝西馬政。」

詩見詩後稿卷三，中有「聖皇西顧垂宵衣，都憲承恩入京畿。由來考牧在經濟，亦有官兵勞指揮」、「眼前時事有至急，馬政雖一非其粗」等句。

案，一清時在南京任上，入京受命赴陝，當在本年春。

五月，十一日，乞假遷葬，有遷葬告先考文、將合葬告先妣文、合葬告先考妣文、安葬告兆先文、遷葬告曾祖考妣等文，又有詩復畏吾村舊塋誌感十首。

諸文皆見文後稿卷十五，詩見詩後稿卷六。

明孝宗實録卷一百九十九：「弘治十六年五月……丙子，太子太保户部尚書兼謹身殿大學士李東陽奏：『臣母劉氏以景泰七年卒，祔葬於宛平縣香山鄉畏吾村之祖塋。臣父淳卒於成化二十二年，因舊塋狹窄，别葬於小西門外，相隔數里，未得合葬。後臣仰荷皇上擢用，累遷官職，臣父贈至太子少保禮部尚書兼文淵閣大學士，臣母贈夫人，例得陳列儀物，樹立碑表。非惟事不歸一，抑且無地可容。乃於今年二月買得舊塋旁地一段，於五月十九日遷臣父柩，開臣母壙，依禮合葬。……伏乞聖慈察臣哀悃，容臣給假，安葬事畢之日，即當回還辦事。』從之，命有司諭祭，仍造墳安葬。」

二十六日，與劉健、謝遷上言議編纂歷代通鑑纂要事，所議皆獲從。

詳明孝宗實録卷一百九十九、全集卷一三三五。

孔弘泰卒，爲文遥祭之，復爲撰墓誌銘。

文後稿卷十五有祭衍聖公孔以和文。

同書卷二十六明故襲封衍聖公以和墓誌銘：「公生景泰庚午四月二十七日，卒於癸亥五月十五日。」

孔弘泰，字以和，號東莊，孔子六十一代孫，成化六年襲封衍聖公，與賓之交久。傳詳明史卷二百八十四。

六月，曾鑒壽七十，與在京同年閔珪、張達、謝鐸、焦芳、劉大夏、戴珊、陳清具酒賦詩賀於其家，復爲撰詩序。

文後稿卷三壽工部尚書曾公七十詩序：「予同年進士年逾七十者，吴興閔公朝瑛、泰和張公時達。今年，工部尚書郴州曾公克明始躋七十。於是二長者帥諸少者具觴酒，賦詩成帙，以賀于其家。時閔公以太子太保爲刑部尚書，張公爲工部侍郎，台州謝公鳴治以禮部侍郎掌國子祭酒事，南陽焦公孟陽爲吏部侍郎，華容劉公時雍爲兵部尚書，浮梁戴公廷珍爲都察院左都御史，益都陳公廉夫爲户部侍郎，暨公凡九人。……時弘治癸亥六月二十三日也。」

詩後稿卷六有曾司空七十詩。

萬曆郴州誌：「曾鑒，字克明，桂陽人。初任吏部主事，遊至通政司右通政、太僕寺卿、工部尚書，致仕。性温厚，喜怒不形，遇事處之裕如。平生自郎署至部堂，未嘗一日離朝。德量恢弘，人皆稱重。」賓之所撰墓誌曰：「公與予同出湖南，同籍京衛，入京學，同舉進士第，前後四五十年，交最稔。」

嘉靖青州府誌：「陳清，字廉夫，益都人。弘治間進士，授户部主事。歷員外郎，擢山西左參政、鄖陽都御史、户部侍郎。陳言三十四事，清理馬房冗費一十八萬，以工部尚書致仕。孫策以蔭當補官，時冢宰清同年長也，請爲策致書，公正色拒之，其剛介如此。」案，賓之詩序以清爲同年進士，則清爲天順八年進士，府誌作「弘治間進士」，誤。上所徵賓之甲申十同年圖詩序，亦以清爲同年。

明武宗實録卷二：「（張）達，字時達，江西泰和人。天順八年進士，授工部都水司主事。調營繕司，遷屯田司郎中，擢應天府丞。丁憂起復，改南京鴻臚寺卿。弘治十三年九月，擢今官。……達純樸不事表飾，待人周密有禮，平生罔有失色者。居官勤慎守法，鮮玷缺可議。」

七月，白昂卒，爲撰墓誌銘。

文後稿卷二十六明故光禄大夫柱國太子太傅刑部尚書致仕贈特進太保謚康敏白公墓誌銘：「癸亥七月某日卒。」

羅璟卒，後五年，爲撰墓誌銘。

文後稿卷二十七明故朝列大夫南京國子監祭酒羅公墓誌銘：「癸亥七月二十六日卒。……公卒之五年，子燧以治命奉狀來乞銘，乃爲銘，以補葬禮之闕。」

九月，尹旻卒，爲撰墓誌銘。

文後稿卷二十七明故吏部尚書致仕贈特進太保謚恭簡尹公墓誌銘：「公生永樂壬寅五月二十八日，卒以弘治癸亥九月十七日。」

項篤壽今獻備遺卷三十二：「尹旻，字同仁，歷城人。正統十三年進士，入翰林爲庶吉士。天順初，遷通政司參議。六年，督餉陝西。成化二年，陞吏部右侍郎。五年，轉左，佐王、李、崔、姚四公。九年，代姚公尚書，累進太子太傅致仕。卒贈太保，謚恭簡。旻選法通敏，賢愚皆説。竟爲津要人所惡，中傷去。」

十月，以事而遊西山，其婿孔聞韶偕行，得五言詩山行十首，復爲文以紀茲行。

文後稿卷七山行記：「弘治癸亥冬十月，予有事於申邸之園，園在都城西五十里蘭山之麓。……時予婿衍聖公孔聞韶知德聞予茲行，……乃與偕。……西山爲本朝勝概，予實京產，顧限於官守，不得時至。自備員臺閣以來，如茲遊者，僅一見而已。……則是行也，誠不可以不紀。詩五言十首，彙録於後，共爲卷。」

詩見同書詩後稿卷四，題下注曰：「癸亥十月三日。」

與劉健、謝遷上言，勸以親賢愛民，斥佛老，法孔子。孝宗嘉納之。

詳明孝宗實録卷二百〇四、全集卷一三三五。

孔聞韶襲封還闕里，送之以詩。

詩後稿卷七有送衍聖公聞韶襲封還闕里詩。

吳寬匏翁家藏集卷四十四贈衍聖孔公襲封還闕里詩序：「弘治十六年六月，巡撫山東都御史徐源等上言：『宣聖孔子之後，自漢以來，屢加封典。至國朝，以其嫡裔一人，定封衍聖公，專奉廟祀，所以崇之者益重。今六十二代孫曰聞韶，以次當襲封，謹奏。』上若曰：『崇儒重道，莫先於孔氏，其亟行之。』事下吏部，遣官詣闕里傳召命。乃是歲九月，公乘傳至，入覲已，有詔：聞韶其襲封衍聖公如制。……越月，公卜日將還，館閣自少師劉公而下，以皆誦法孔子，獲見其後際盛時，被盛典，相率爲詩篇以贈。」

十一月，爲司禮監太監戴義撰敕賜弘恩寺碑。

中國國家圖書館藏搨片敕賜弘恩寺碑，署曰：「大明弘治十六年歲次癸亥十一月□一日，榮禄大夫太子太保户部尚書總裁長沙李東陽撰。」

據同碑：戴義，字良矩，號竹樓道人，江浦人。景泰中應選入監，陞至司禮監太監，預典機樞。力問學，攻吟詠，善琴，精小楷行草。與賓之相親善。

謝鐸祖母以請得旌表，賓之爲賦次韻詩四首。

詩後稿卷七有方石先生祖母趙節婦没已五十年，方石以禮部侍郎誥請移爲旌表，爲詩紀事，奉次二首、又二首。

明孝宗實録卷二百〇五：「弘治十六年十一月……壬辰，掌國子監事禮部右侍郎謝鐸奏：『臣祖母趙氏守節四十餘年，未蒙旌表而殁，請以本身應得誥命移爲旌表之恩。』禮部覆奏上曰：『趙氏准與旌表，鐸應得誥命仍給之。』」

## 弘治十七年甲子　一五〇四　五十八歲

正月，擬古樂府成編，作引，亟稱漢魏樂府歌辭。

擬古樂府引：「予嘗觀漢、魏間樂府歌辭，愛其質而不俚，腴而不豔，有古詩言志依永之遺意。

播之鄉國，各有攸宜。嗣是以還，作者代出。然或重襲故常，或無復本義，支離散漫，莫知適歸；縱有所發，亦不免曲終奏雅之誚。唐李太白才調雖高，而題與義多仍其舊。張籍、王建以下，無譏焉。元楊廉夫力去陳俗而縱其辯博，於聲與調或不暇恤。延至於今，此學之廢蓋亦久矣。間取史册所載忠臣義士、幽人貞婦、奇蹤異事，觸之目而感之乎心，喜愕憂懼、憤懣無聊不平之氣，或因人命題，或緣事立義，託諸韻語，各爲篇什。長短豐約，惟其所止；徐疾高下，隨所會而爲之。内取達意，外求合律。雖不敢希古作者，庶幾得十一於千百。謳吟諷誦之際，亦將以自考焉。其或剛而近虐，簡而似傲，樂而易失之淫，哀而不覺其傷者，知言君子，幸有以正我云。弘治甲子正月三日，西涯李東陽書。」案，賓之擬古樂府百篇，非一時之作，弘治二年與楊一清書中即言及欲擬作樂府（參該年譜），意者此百篇即作於自彼之後數年間，至本年初成編。是引明正德刻本懷麓堂稿失收，此據明嘉靖三十一年唐堯臣刻本擬古樂府録入。

又案，賓之擬古樂府，後人褒刺不一，王世貞一人即持兩説，其書李西涯古樂府後曰：「余嚮者於李賓之先生擬古樂府，病其太涉議論，過爾剪抑，以爲十不得一。自今觀之，奇旨創造，名語疊出，縱未可被之管絃，自是天地間一種文字。若使字字求諧於房中鐃吹之調，取其字句斷爛者而模倣之，以爲樂府如是，則豈非西子之顰、邯鄲之步哉！余作藝苑卮言時，年未四十，方與于鱗輩是古非今，此長彼短，未爲定論。至於戲學世説，比擬形似，既不切當，又傷儇薄。行世已久，不能復秘，姑隨事改正，勿令多誤後人而已（弇州山人續稿卷一百五十七）。」案，王世貞之前一説，已可從此段文字中概見，不復贅引。

謝鐸壽七十，賦詩爲壽，復爲撰詩序。

文後稿卷三壽方石先生七十詩序：「弘治甲子春正月二十二日，禮部右侍郎掌國子祭酒事方石謝先生壽七十，吾同年在朝者以例賦詩爲壽。」案，該壽詩已無考。

二月，與劉健、謝遷上言，力辟佛老鬼神，諫修延壽塔。孝宗納之。

詳明孝宗實録卷二百〇八、全集卷一三五。

復上言諫與真人杜永祺等誥命封號，斥之爲異端。孝宗嘉納之。

詳明孝宗實録卷二百〇八、全集卷一三五。

三月，召與劉健、謝遷至暖閣素幄，議陵廟事宜。

明孝宗實録卷二百〇九：「弘治十七年三月……丁丑，上御西角門。朝退，遣内官召大學士劉健、李東陽、謝遷至門内暖閣素幄中。上起立曰：『陵廟事須商量。』健等奏曰：『昨蒙太監扶安諭示：孝莊睿皇后葬未合禮，欲爲釐正。此盛德事，臣等仰見皇上聖孝高出前古，不勝嘆慕。』上袖出裕陵圖一紙，指示曰：『此未合禮。昨見成化年彭時、姚夔輩奏章，先朝大臣忠厚，爲國如此，先帝亦甚不得已耳。』健等對曰：『誠如聖諭。但今日斷自聖衷，則天下臣民無不痛快，垂之史册，萬世有光矣。』上曰：『欽天監言恐動風水，朕已面折之。今日開壙合葬，不爲動風水乎？皇堂不通，則天地否塞，通之則風氣流行，惡得言動？惟一點誠心爲之，料亦無害。』皆奏曰：『皇上一念孝誠，可以格天，吉無不利。』上曰：『此事不難，若祔廟之禮，尤所當講。』健等奏曰：『先年議奏已定慈懿太后居左，今大行太皇太后居右，合祔裕陵，配享英廟，且引唐、宋故事爲證，臣等以此不敢輕議。其實漢以前惟一帝一后，唐始有二后，宋亦有三后並祔者。』上曰：『二后已非，若三后，尤爲非禮。事須師古，末世鄙褻之事不足學。太皇太后鞠育聖躬，恩德深厚，朕何敢忘？但一人之私，情耳。錢太后乃皇祖册立正后。我朝祖宗以來，惟一帝一后，若今並祔，乃從朕壞起，恐後來雜亂無紀極耳。且如孝穆太后，朕生身母，止尊稱爲皇太后，别祭於奉慈殿。今仁壽宫前殿盡寬大，意欲奉太皇太后於此，他日奉孝穆太后於後殿，歲時祭享，一如太廟，不敢少缺。』健等皆未敢應。上曰：『此事却難處，仍舊則理有未安，更之則違先帝之意，又違羣臣會議。會議猶可，可奈先帝何？朕常思之，夜不能寐。先帝固重，而祖宗之制爲尤重耳。然朕亦難於降旨，可議行之。』健等對曰：『此事重大，非廷議不可。』退乃上疏言：『竊惟事莫大於送終，禮莫重於祀享。兹者大行聖慈仁壽太皇太后鸞馭上陞，山陵伊邇，祀享之禮，宜預講求。謹按成化四年間，慈懿皇太后崩逝之日，羣臣會議，有二后並配之文。竊聞當時先帝遇天下難處之事，羣臣爲委曲將順之詞，或者猶不能無疑焉。然奏議雖成於當時，而奉行則始於今日。仰惟皇上承宗祧之重，爲綱常之主，所宜至詳至慎，而不可少有忽焉者也。伏望特敕禮部，仍會集羣臣，咨詢衆議，稽本朝宗之廟制，質古先聖王之訓典，務合大公，允歸至當，俾行之於今而無憾，垂之萬世而有光。臣等不勝至願。』上命禮部會多官，稽考典制，詳議以聞。」

復召至素幄，議太皇太后等廟享事宜。

明孝宗實録卷二百〇九：「弘治十七年三月……上復召大學士劉健等至素幄。上袖出奉先殿圖，指示其西一區曰：『此奉慈殿也。』又指其東一區曰：『此神廚也。欲於此地別建廟，奉遷孝穆太后神主，並祭於此，如何？』健等皆對曰：『最當。』又問位次如何，皆對曰：『太皇太后中一室，孝穆太后或左或右一室。』上曰：『須在左。後來有如此者，却居右耳。』於是上親批會議本曰：『祀享重事，禮當詳慎。卿等稽考古典及祖宗廟制既已明白，都准議。特建廟奉享，仍稱太皇太后，以伸朕尊親之意。后世子孫遵守崇奉，承爲定制。』於是中外翕然稱爲得禮。」

四月，永嘉縣學重修成，爲撰記。

全集卷一三一輯有重修永嘉縣學記一文。記曰：「學成于弘治辛酉秋七月朔日，越三年甲子夏四月朔日記。」

是月，爲監丞冉祥、王覲撰重修漢壽亭侯關公廟碑。

中國國家圖書館藏搨片重修漢壽亭侯關公廟碑：「關侯之祀遍天下，在京都者，祀典之外，不知其幾也。東直門東八里莊雲驥橋之西，舊有廟一間，……久益就圮，而空名尚存，僅僅不絶。比者右監丞冉公祥、左監丞王公覲分領霸上北馬房事，道所經歷，甚邇且習，每一瞻拜，輒慨焉興感。乃相與捐所積貲，市木陶瓦暨諸具物。……經始於壬戌春正月，至癸亥秋九月而成。」案，是碑署曰：「榮禄大夫太子太保户部尚書兼謹身殿大學士知制誥經筵國史官會典總裁長沙李東陽撰。」「大明弘治十七年四月二十四日御馬監右監丞冉祥立石。」廟成於上年九月，立石於本年四月，碑文當作於此間，姑繫於此。

閏四月至五月，奉詔代祀闕里。自發軔至返棹，得記序辭各一、銘二、文四、奏疏五、詩二十有八，彙爲東祀録。

東祀録序：「弘治己未，宣聖廟災，有詔重建，及今年甲子告成。上以爲國家重典，用國學時祭之制，遣内閣臣往祭，而東陽實承敕以行。禮成之後，謁孔林，登尼山，經曲阜，挹洙、泗之餘波，訪鄒、魯之遺風，觀漢、魏以來遺文斷刻，山川靈氣之秘，禮樂聲容之美，衣冠文物之會，信一時之盛也。正事有雅，成功有頌，仿諸古義，蓋竊有述焉。……凡悲歡喜愕、鬱抑宣泄之間，一出於正。……自發軔至返棹，爲日四十有七，得記序辭各一、銘二、文四、奏疏五、詩二十有八，彙録之爲卷。」

七日，陛辭，諸大夫士餞之於道。

途睹旱情，有憂旱辭以繫感慨。

東祀録：「黄塵赤日無南北，平田見土不見麥。秋麥垂垂盡枯死，春麥雖青不滿咫。秋田種少未種多，田家四顧無妻子。官河水淺舟不行，漕舟不載南州名。河西鈔關坐不税，太倉粳稻何時至？一春無雨過半夏，貧民望雨如望赦。安得一雨如懸河，坐令愁怨成歡歌，我行雖難奈樂何？」

将至德州，徐源來迓，有詩。

東祀録有將至德州，徐都憲仲山來迓，是夜微雨一詩。

徐源，字仲山，別號椒園道人，長洲人。成化乙未進士，歷工部主事、兵部郎中、廣東参政、湖廣布政使、都察院右副都御史。爲文平正通達，尤篤好詩，觸事感物，時出新意，所著有瓜涇集。參文續稿卷三瓜涇集序。

過故城縣，馬中錫來會於舟中。

東祀録紀行雜志：「又過故城縣，馬都御史中錫方家居，會于舟中。」

錢謙益列朝詩集小傳丙集馬左都中錫：「中錫，字天禄，故城人。成化甲午，省試第一。乙未，舉進士，拜刑科給事中。疏劾萬昭德之弟，再疏，再得杖，瀕死不悔。出爲雲南僉事，改陝西，陞大理少卿，以右副都御史巡撫宣府。武廟初，起撫遼東，召爲兵部侍郎。劾罷瑾黨冒邊功傳陞者，瑾恨之，矯詔改南京工部，尋罷官，械繫遼東。盡鬻田廬，償遼鎮芻糧，乃得褫職爲民。瑾誅，起撫大同。流賊抄掠山東、河北，召爲右都御史，往督軍務，陞左都御史，掌院事，以老師翫寇徵下獄。逾年，以疾卒。……天禄早慧，三歲識字，七歲能賦詩，爲文有雋才，刊落凡近，於詩尤工，評者謂其體格早類許渾，晚入劉長卿、陸龜蒙之間。」明史卷一百八十七有傳。

五月二十五日，復命，上通達下情題本，痛述民生愁苦、州縣凋敝之狀，揭其因由，深切時弊。又上疏自劾求退，不允。

東祀録有復命題本、通達下情題本。求退録一有奏爲自劾求退以謝天遣事之疏。案，賓之東祀，有紀行雜志一文紀之甚悉，見東祀録下。

三十日，復以災異上疏求退。不允。

明孝宗實録卷二百一十二：「弘治十七年五月……己未，内閣大學士李東陽復上疏乞休退。……上曰：『朕方圖新政理，卿宜盡心匡輔，以副委託，毋再引咎固求休退。』」

求退録一有奏爲再乞休退以謝天譴事之疏。

六月，二十二日，召與劉健至暖閣，議京營兵及禦虜安邊事宜。

詳明孝宗實録卷二百一十三、全集卷一三五。

二十四日，與劉健、謝遷上禦虜安邊之策。孝宗嘉納之。

詳明孝宗實録卷二百一十三、全集卷一三五。

七月，四日，召與劉健、謝遷至暖閣，議大同軍情，諫出京營兵。

明孝宗實録卷二百十四：「弘治十七年七月……上召大學士劉健等至暖閣，出大同鎮巡官本，言虜賊掘墩殺軍，延綏遊奇兵累調未至，乞增兵補馬，情詞甚急。上曰：『我邊墩臺，賊乃敢挖掘，墩軍皆我赤子，乃敢殺傷。彼被殺者苦何可言，朕當與做主。京營已選聽征二萬，須再選一萬，整理齊備，定委領軍名目，即日啓行。』健等對曰：『皇上重念赤子一言，誠宗社之福。京軍亦須整點，但未宜輕動。』上屢申前諭，健對曰：『大同亦不曾請兵。』上指其奏曰：『「臣等拘於新例，不敢上請天兵。」』東陽曰：『用兵事須令兵部議處。』上曰：『兵部既有新例，亦不敢擅開新例，請兵須自朝廷行之耳。』遷奏曰：『邊事固急，京師尤重。居重馭輕，亦須内顧家當。』上猶未釋。東陽曰：『近日北虜與朵顔交通，潮河川、古北口地方甚爲可慮。今聞賊在大同稍遠，欲往東行，正不知何處侵犯。若彼聲西擊東，而我軍出大同，未免顧彼失此。須少待其定，徐議所嚮耳。』上曰：『此説固是，今亦未便出軍，但須預備停當，待報乃行，免致臨期失誤。』皆對曰：『聖慮甚當。』退乃擬還京軍三萬，令兵部推委領軍官以聞。上復召兵部尚書劉大夏，面諭出師之意。大夏力言京軍不可輕動，與内閣議同，師乃不出。」

十五日，召與劉健、謝遷至暖閣，議賞劉宇製砲及張天祥之獄等事。

詳明孝宗實録卷二百十四。

案：張天祥之獄發自東廠，孝宗親鞫之，於本年十一月盡反前獄。詳明孝宗實録卷二百十八及明史卷一百八十王獻臣傳。

是月，吴寬卒，爲撰墓誌銘。

全集卷一百四十明故資善大夫禮部尚書兼翰林學士掌詹事府事贈太子太保謚文定吴公墓誌銘：「卒於弘治甲子七月戊戌，壽七十。」

謝鐸致仕，爲賦詩二首。

詩後稿卷七收有和方石先生留别韻二首。

明孝宗實録卷二百一十四：「弘治十七年七月……丁巳，掌國子監事禮部右侍郎謝鐸復以疾乞致仕，許之。」

八月，錢福卒，後之數年，爲撰墓表。

文續稿卷八翰林修撰錢與謙墓表：「錢生與謙既卒且葬，其子元上京師，乞予表墓，予傷之，未復也。其弟祚比有建德之命，爲申前請。……甲子八月二日，遂不起，年四十有四而已。」據同表：錢福，字與謙，松江華亭人。舉弘治三年進士第一，授翰林修撰，以疾乞歸。幼學於楊一清，舉鄉貢，學於賓之，賓之甚愛其才。案，與謙詩文有錢太史鶴灘稿存世。

九月，召與劉健、謝遷至暖閣，議賞各邊戰功及日講事。

明孝宗實録卷二百十六：「弘治十七年九月……丁巳，上召大學士劉健等至暖閣，諭曰：『各邊殺賊功次，行巡按御史查勘，多有經年累歲不肯奏報，或至病故，不沾恩命，無以激勵人心。可酌量地方遠近，定與限期。若有過違，令兵部查究。』皆對曰：『誠有此弊，禁之甚當。』少頃，上又曰：『昨令李榮來説：日講時，講官説「陳善閉邪」，「陳」字解作「陳説」，未明，止作「敷陳」乃可耳。』健等因奏曰：『昨李榮又言以「善道啓沃他」，「他」字不是，誠如聖諭。』上曰：『「他」字也不妨，昨偶言及此意，以爲不若「啓沃之」更好，然不必深計。大抵講書須要明白透徹，直言無諱。道理皆書中原有，非是纂出，若不説盡，也無進益。且論思輔導之職，皆所當言。可傳與講官，不必顧忌。昨所講都似有顧忌耳。』是日，天顔甚悦，似以爲昨日所傳未的，恐因此有所觀望，故特示詳悉如此。」

十月，病痔。

求退録一奏爲陳情乞恩致仕事之疏：「臣於弘治十七年十月初得患痔漏、臟毒等證，燥熱秘結，累日不通，幾至危殆。」

十一月，陳壯卒，爲撰墓誌銘。

文後稿卷二十七河南按察司副使致仕陳君直夫墓誌銘：「卒以弘治甲子十一月十三日，乙丑某月某日葬黄龍尖山之原。」

十二月，十五日，以病乞致仕。不允。

明孝宗實録卷二百一十九：「弘治十七年十二月……辛未，大學士李東陽乞致仕。上曰：『卿德學老成，才望素著，輔導重任，委遇方隆，有疾宜善加調理，豈可遽求休致？所辭不允。』」

求退録一有奏爲陳情乞恩致仕事之疏。

二十五日，復上疏乞致仕。不允。

明孝宗實録卷二百一十九：「弘治十七年十二月……辛巳，大學士李東陽復乞致仕。上曰：『朕以卿才德聞望衆所推重，方切倚毗，有疾宜善加調理，豈可固求休致？所辭不允。』」

求退録一有奏爲陳情乞恩再求休致事之疏。

是冬，有七律病中言懷八首，集句病中言懷長句、柬劉東山司馬二首、歲暮長句、歲暮即事諸詩，嘆病嗟老，歸隱之意頗切。

詩後稿卷七病中言懷八首：其五：「返棹湖南路已微，買田陽羨事多違。老看天地餘生少，遠別江湖舊伴稀。靈囿藻深魚尚在，故林松暝鶴還飛。天寒歲晚無聊賴，吟倚高樓送落暉。」其六：「東歸重下潞河船，猶有江山未了緣。望遠真窮滄海際，登高空指泰山巔。流光轉眼清秋過，往事經心白晝眠。寂寂閉門多病裏，始知遊賞是神仙。」其七：「……愁來霜露情多感，老去煙霞癖尚存。已辦輕車隨款段，挂冠須向國西門。」案，賓之於本年夏東祀闕里，道觸炎暑，及冬而病（參下），因據「東歸」、「天寒」諸句，知是詩作於本年冬之病中。

集句後録病中言懷長句：「冬至至後日初長，雪山冰谷晞太陽。心摇目斷興難盡，身欲奮飛病在床。……亦知世上公卿貴，信有人間行路難。豈合此身居此地，可爲一官妨快意。……年去年來來去忙，感時撫事增惋傷。明年乞身向天子，不待彈劾歸耕桑。」又六首，其一：「歸思憑高黯未消，霏霏拂拂又迢迢。……新結茅廬招隱逸，便應黄髮老漁樵。」案，東劉東山司馬二首、歲暮長句、歲暮即事二首諸集句同此情調，不復贅引。

同書集句後録引曰：「甲子之夏，予歸自闕里，道觸炎暑，及冬而病，凡三閲月。自度衰疾，三上疏乞休，弗獲。幽情鬱思，欲託之吟諷而未能者，略尋往年故事，集古句以自況。故舊問遺，亦籍爲往復。僅得若干篇，而諸體略具。」

是年，爲王鑒之撰修建鄖陽府學記。

詳全集卷一三三所撰是記。

王鑒之，明浙江山陰人，字明仲，號遠齋。成化十四年進士，授元氏知縣，召入爲御史，性清介嚴肅。弘治十四年十一月至弘治十八年六月，以右副都御史撫鄖陽。官至刑部尚書。傳詳明（嘉靖）浙江通志及今人著鄖陽撫治兩百年。

## 弘治十八年乙丑　一五〇五　五十九歲

初春，有擬古將進酒、春日奉懷方石先生四首、壽潘南屏先生六十、新春雜興諸集句。

案，諸集句皆見集句後録。擬古將進酒有「春風扇微和」句，壽潘南屏先生六十題下注曰「乙丑正月七日」，集句後録成編於本年二月十日（參後譜），因知諸集句皆作於本年初春。

二月，集句後録成編，撰引。

集句後録引：「常檢往年所録，久失去，比始得之。因再録後卷，并爲帙以藏。蓋雖一時情興所至，無關大政，然戲而不爲虐，談而不爲駁，感時觸物之意，亦存乎其間，是亦不可棄哉！弘治乙丑春二月十日，西涯識。」

二十一日，復以疾乞休致。不允。

明孝宗實録卷二百二十一：「弘治十八年二月……丁丑……太子太保户部尚書謹身殿大學士李東陽復以疾乞休致。上曰：『卿輔導忠勤，方切倚任。比因有疾，特再命醫調治，已漸痊可。

宜勉起供職，以副眷懷，毋再固辭。』」

求退録一有奏爲久病陳情乞恩懇求休致事之疏。

是月，召與劉健、謝遷至暖閣，議整理鹽法事。

陳洪謨治世餘聞：「弘治十八年二月初七日，上召至暖閣。健等奏曰：『今公私困竭之時，鑄錢一事最緊要。其餘若屯田、茶馬，皆理財之事，不可不講。』臣東陽因奏曰：『鹽法尤重，今已壞盡。各邊開中，徒有其名。商人無利，皆不肯上納。』健等因極論奏討之弊。上曰：『奏討亦祇幾家。』東陽曰：『奏討之中有夾帶，奏一分則夾帶十分。商人無利，正坐此弊。』上曰：『夾帶弊誠有之。』健等又言：『王府奏討，亦壞鹽法。每府禄米自有萬石，又奏討莊田税課。朝廷每念親親，輒從所請。常額有限，不可不節。』上曰：『王府所奏，近多不與。』皆對曰：『誠如聖諭。但乞今後更不輕與。』健等因奏曰：『臣聞國初行茶馬法，有歐陽駙馬者，販茶數百斤。太祖高皇帝曰：『我才行一法，乃首壞之。』遂置極典，高皇后亦不敢勸。此等故事，人皆不敢言。』上曰：『非不敢言，乃不肯言耳。』因鹽法須整理，遷等贊曰：『請下户部查議。』上曰：『然。』明日降旨。」（轉引自法式善明李文正公年譜）

案，賓之於上年十月病告，本年二月二十一日所上乞休疏中云：「二月初七日，復蒙皇上遣太醫院官員前來診視。」孝宗所降旨中亦有「已漸痊可，宜勉起供職」語，知此時賓之尚病告在家。法譜所引治世餘聞記議鹽法事於本年二月七日，顯誤。明通鑑記此事於弘治十六年九月，亦誤。

明史稿食貨四云：「（弘治）末年，帝面諭大學士劉健等議整鹽法，會崩。」顯記此事於弘治十八年孝宗卒之前，與法譜所記大致合。姑繫於此。

三月，充殿試讀卷官。

明孝宗實録卷二百二十二：「弘治十八年三月……命少師兼太子太師吏部尚書華蓋殿大學士劉健、太子太保户部尚書兼謹身殿大學士李東陽、太子太保禮部尚書兼武英殿大學士謝遷……爲殿試讀卷官。」

五月，召與劉健、謝遷入乾清宫，同受顧命。

顧鼎臣、徐禎卿、董玘、湛若水、陸深、易舒浩、張邦奇舉進士。

明孝宗實録卷二百二十四：「弘治十八年五月……庚寅，上大漸。曉刻，遣司禮監太監戴義召内閣大學士劉健、李東陽、謝遷甚急。至乾清宫東暖閣御榻前，叩頭問安。上曰：『熱甚，不可耐。』命左右取水，以布拭舌。既乃曰：『朕嗣祖宗大統一十八年，今年三十六歲，乃得此疾，殆不能起。……』上執健手又曰：『先生輩輔導辛苦，朕備知之。』又曰：『東宫聰明，但年尚幼，先生輩可常常請他出來讀書，輔導他做個好人。』反復告諭，若不肯釋。……時距陞遐僅一日。」

是月，孝宗去世，武宗即位。

六月，李士實致仕歸，爲賦次李白洲留别韻二首詩。

詩見詩後稿卷七。

明武宗實録卷二：「弘治十八年六月……戊寅，刑部右侍郎李士實以疾乞歸。從之，命給驛以還。」

七月，以輔導功與謝遷同陞少傅兼太子太傅。辭，不允。

明武宗實録卷三：「弘治十八年秋七月……戊戌，……加太子太保户部尚書兼謹身殿大學士李東陽、太子太保禮部尚書兼武英殿大學士謝遷俱少傅兼太子太傅。」

求退録一有奏爲辭免恩命事之疏。

八月，與劉健、謝遷奏請革減黜退官員，查點内承運庫銀兩，疏放宫人諸事。武宗嘉納之。

詳明武宗實録卷四、全集卷一三六。

十三日，與謝遷同授階光禄大夫，勳柱國，仍賜己身並曾祖父母、祖父母、父母、妻誥命。

明武宗實録卷四：「弘治十八年八月……乙丑，授少傅兼太子太傅户部尚書謹身殿大學士李東陽、少傅兼太子太傅禮部尚書武英殿大學士謝遷階光禄大夫，勳柱國，仍賜己身並曾祖父母、祖父母、父母、妻誥命。」

十月，爲楊廷和撰留耕軒記，以壽其父。

文後稿卷六留耕軒記：「少詹事兼學士新都楊君介夫嘗言其父留耕先生所居有軒焉，乃其所取以自號者也。……命未給，而介夫遷今秩，復以兩宫尊號恩封公。且從高者改給如其官。……弘治乙丑，先生壽七十，介夫居禁密，且有日講之命，不克躬奉觴斝，請記名軒之義，爲先生壽。」

明武宗實録卷六：「弘治十八年冬十月……改給詹事府少詹事兼翰林院學士楊廷和父母四品誥命。」

案，是記當作於得改給誥命之際或稍後。

楊廷和，字介夫，號石齋，新都人。舉成化十四年進士，官至華蓋殿大學士，繼賓之而爲首輔。傳詳明史卷一百九十。

與劉健、謝遷上言，勸遵先朝事例，開經筵講學。武宗納之。

詳明武宗實録卷六、全集卷一三六。

十一月，與劉健、謝遷上言，力辟佛老，諫止令内閣大臣至靈濟宫行禮。武宗嘉納之。

詳明武宗實録卷七、全集卷一三六。

十二月，奉命修孝宗實録，與劉健、謝遷同爲總裁官。

明武宗實録卷八：「弘治十八年十二月……丁巳，敕諭禮部曰：『我朝列聖，代有實録，藏之天府。皇考孝宗敬皇帝臨朝莅政十有九年，聖德大孝，弘謨偉烈，薄於海内外，罔不聞知，不可無所纂述，以昭示萬代。爾禮部宜據舊典，通行中外，採輯事實，送翰林院編纂實録。其以太師兼太子太師英國公張懋爲監修，少師兼太子太師吏部尚書華蓋殿大學士劉健、少傅兼太子太傅户部尚書謹身殿大學士李東陽、少傅兼太子太傅禮部尚書武英殿大學士謝遷爲總裁。」

劉大夏壽七十，賦詩撰序壽之。

文後稿卷四壽兵部尚書劉公七十詩序：「吾友兵部尚書劉公時雍以弘治乙丑十二月二十五日初度，壽七十。同年進士之在朝者太子太保刑部尚書閔公輩凡六人，皆賦詩以寓頌禱之意。……」案，賓之所賦詩已無考。

戴珊卒，爲撰墓誌銘。

文後稿卷二十七明故資德大夫正治上卿都察院左都御史贈太子太保謚恭簡戴公墓誌銘：「乙丑，新天子嗣位，公不敢輒言去，力疾視事，疾再作，竟不起。卒之日爲十二月二十三日。……正德丙寅，吴夫人挾晴來扶柩歸。」案，是墓誌或撰於柩歸時，不可的考，姑繫於此。

是年，以門下多詞客，爲劉健所忌。

陸深儼山外集卷十四停驂録：「劉名健，字希賢，號晦庵，洛陽人，相孝廟首尾二十年，相業可觀。素以理學自負。予乙丑登第，爲庶吉士，與衆同謁公於安福里第。公告諸吉士曰：『人學問有三事：第一是尋繹義理，以消融胸次；第二是考求典故，以經綸天下；第三却是文章。好笑後生輩才得科第，却去做詩。做詩何用？好是李、杜，李、杜也只是兩個醉漢。撇下許多好人不學，却去學醉漢。』其言如此。雖抑揚之間不能無過，然意則深遠矣。」

謝榛四溟詩話卷二：「李西涯閣老善詩，門下多詞客。劉梅軒閣老忌之，聞人學詩，則叱之曰：

『就作到李、杜，祇是酒徒。』李空同謂劉因噎廢食是也。」

## 明武宗正德元年丙寅　一五〇六　六十歲

正月，與劉健、謝遷上疏言内官内使隨從數多。武宗嘉納之。

詳明武宗實録卷九、全集卷一三六。

與謝遷受命同知經筵事。

明武宗實録卷九：「正德元年春正月……戊戌，命太師兼太子太師英國公張懋、少師兼太子太師吏部尚書華蓋殿大學士劉健知經筵事，少傅兼太子太傅户部尚書謹身殿大學士李東陽、少傅兼太子太傅禮部尚書武英殿大學士謝遷同知經筵事。」

二月，二日，初開經筵，賓之講大學首章，有初開經筵紀事詩。

談遷國榷卷四十六：「正德元年二月……壬子，始開經筵，大學士李東陽講大學首章，謝遷講堯典首章。」

詩見詩後稿卷七。

十八日，與劉健、謝遷上疏陳鹽法壞極、軍法壞極、刑罰壞極、選法壞極四事。不報。

詳明武宗實録卷十、全集卷一三六。

二十三日，與劉健、謝遷上疏乞休。不允。

明武宗實録卷十：「正德元年二月……癸酉，……大學士劉健、李東陽、謝遷復上疏言：『臣等俱以愚庸遭遇先帝，……伏乞聖明矜察，特允退休，别選賢能，代兹重任。……』上曰：『卿等切切爲治之心，朕已知悉。所言事待斟酌行，其悉心輔導如故。』」

二十七日，與劉健、謝遷上疏陳政令十失，指斥貴近，言甚愷切，且請休致。

詳明武宗實録卷十、全集卷一三六。

二十九日，與劉健、謝遷各上疏乞休。俱不允。

明武宗實録卷十：「正德元年二月……己卯，劉健、李東陽、謝遷各上疏乞休致。上俱批答：『不必固辭，宜盡心輔導。』」案，求退録一有奏爲陳情懇乞休致事之疏。

是月，喬宇奉使代祀山西，爲撰使難贈喬希大太常文。

文後稿卷十二使難贈喬希大太常：「正德丙寅春二月，太常少卿喬希大奉使代祀於山西，謂予曰：『使之道亦難矣，先生幸教宇乎？』予贈一言曰：『敬。』」

三月，與劉健、謝遷上言，勸以日勤聽講。

詳明武宗實録卷十一、全集卷一三六。

魯鐸頒詔安南，以詩送之。

詩後稿卷七有魯編修鐸頒詔安南一詩。

明武宗實録卷十一：「正德元年三月……丁未，……先是，遣翰林院修撰倫文叙使安南，至贛州間，父喪，具疏以聞，命編修魯鐸代之。」

魯鐸，字振之，景陵人。舉弘治十五年進士，官至國子祭酒。錢謙益言其「沉潛問學，杜門斂迹，焚香危坐，日夜讀書，屢起屢歸，執持名節」。列之於賓之門下六君子。（見列朝詩集小傳丙集）明史卷一百六十三有傳。

四月，楊時暢卒，爲撰墓誌銘。

明武宗實録卷十二：「正德元年夏四月……乙亥，……太常寺少卿兼翰林院侍講學士楊時暢卒。」

文後稿卷十九有明故中憲大夫太常寺少卿兼翰林院侍講學士楊君墓誌銘。

據實録及墓誌：楊時暢，字知休，西安咸寧人。舉成化十四年進士，官至太常寺少卿。爲人内敏外重，意常近厚。

五月，劉大夏劾劉瑾罪狀，瑾欲致之死。賓之爲解，乃得致仕歸。賓之爲作後東山草堂賦。

明武宗實録卷十三：「正德元年五月……兵部尚書劉大夏上疏力辭。……上以其情詞懇切，允之。……加太子太保，賜敕給驛以歸。」

劉世節劉忠宣公年譜：「公劾奏劉瑾罪狀，瑾恨公，欲致之死。東陽爲解於瑾，瑾曰：『但令來跪我則已。』公聞之，奮怒曰：『我爲大臣，肯見奴乎？死，吾分也。』瑾竟以東陽言釋怨。……公自去冬乞休，至是，疏凡四上，其辭懇切，乃從之，進太子太保，賜敕給驛還鄉。……閣臣李東陽爲作草堂賦。」

賦見文後稿卷一。

六月九日，六十壽誕，李夢陽賦長句三十八韻壽之，頌其書法、功業及文章。羅玘亦有詩頌之。

李夢陽空同先生集卷二十八少傅西涯相公六十壽詩三十八韻：「龍馬千年會，崧高萬古神。負圖曾翊聖，間氣又生申。穎拔元無敵，清修況絶倫？生來近日月，髫齔上星辰。懷橘休前輩，探鐶祇後身。早承金馬詔，竟冠玉堂賓。講幄時霑醉，宮坊數賜珍。文章班馬則，道術孟顔醇。絶藝邕斯上，高情頡籀鄰。一揮驚霹靂，隻字破風塵。絢練王侯宅，蒼茫海嶽濱。幽劖光汐窟，鉅榜照嶙峋。星燦將軍碣，雲垂學士珉。崖題半吳楚，墨刻遍齊秦。振鷺天衢麗，登龍野服臻。諸生彌濟濟，夫子益循循。江漢誰堪濯，桃梅自有春。空傳馬融帳，真慕介休巾。憶昔逢先廟，援公輔大鈞。至人虛密勿，君子以經綸。商鼎調和切，虞廷吁咈頻。八方生氣象，萬物荷陶甄。日宴離黄閣，雞鳴侍紫宸。龔分紫駝背，袍錫錦麒麟。顧命留元弼，今皇禮舊臣。屹然匡社稷，公論在朝紳。鶚首星躔徙，龍飛歲序新。風雲回甲子，天地慶兹辰。却老形如鶴，憂時鬢若銀。含悽麾賀客，雅志爲烝民。愚也蓬蒿士，蕭條塞鄙人。猥蒙嘘弱羽，從此躍塗鱗。原憲終多病，彭宣晚見親。臨洋徒嘆惋，學步轉邅迍。賓繪開蓬島，清歌送大椿。微涓寧溢海？撮土詎增岷？古意同如此，中懷託具陳。願爲金石櫬，永永濟迷律。」

羅玘文肅公圭峰羅先生文集卷三十五壽涯翁先生六十：「五嶽氣完日，重明麗正初。壽星聚奎壁，吾道此權輿。誰不登堂室，多曾訂魯魚。白頭王孝逸，北面敢徐徐？」

李夢陽，字獻吉，號空同子，慶陽人。舉弘治六年進士，官至江西提學副使。獻吉才思雄鷙，與何景明輩樹復古之幟，遂爲七子之冠，稱大家。所著有空同集行世。明史卷二百八十六有傳。

羅玘，字景鳴，號圭峰，南城人。舉成化二十三年進士，官至吏部右侍郎。遇事嚴謹，尤尚節義。「少出西涯之門，爲詩文振奇側古，必自己出。」名列賓之門下六君子（參錢謙益列朝詩集小傳丙集）。所著有文肅公圭峰羅先生文集行世。明史卷二百八十六有傳。

十六日，爲沈周撰書沈石田詩稿後。

文後稿卷十四書沈石田詩稿後：「右石田沈君啓南詩稿若干卷，吴文定公序之詳矣。初，文定以寫本一帙視予，欲有所序述。嘗觀擬古諸歌曲，愛其醇雅有則。忽忽三十餘年……間始刻於蘇州，而文定已捐館舍。翰林吴編修南夫來自蘇，則以石田之意速予，予憮然感之。……石田名周，蘇之長洲人，石田其所自號，年八十有一。」案，崇禎本石田先生詩鈔卷首所載此跋署「正德丙寅六月既望」。

是月，與劉健、謝遷上言，勸以勤政。武宗納之。

詳明武宗實録卷十四、全集卷一三六。

七月，充副使行納吉、納徵、告期禮。

明武宗實録卷十五：「正德元年七月……癸卯，命保國公朱暉充正使，尚書李東陽、謝遷充副使，持節行納吉、納徵、告期禮。」

八月，與劉健、謝遷上言，勸以遠羣小，戒深夜遊樂，勤朝政。

詳明武宗實録卷十六、全集卷一三六。

九月，充副使行册妃禮。

明武宗實録卷十七：「正德元年九月……癸未，行册妃禮，遣英國公張懋，保國公朱暉充正使，尚書劉健、李東陽充副使。」

石珤之任南京，送之以詩。

詩後稿卷七有石學士珤之任南京詩。

明武宗實録卷十七：「正德元年九月……戊子，陞翰林院修撰石珤爲南京翰林院侍讀學士。」

與劉健、謝遷上言，諫與太監崔杲引鹽。

詳明武宗實録卷十七、全集卷一三六。

十月，十三日，與劉健、謝遷各具疏乞休，健、遷獲允，賓之獨留。先是，三人以内侍劉瑾等八人蠱惑上心，連章請誅之。疏實賓之秉筆，第太監等至閣議時，賓之辭頗緩，中人皆以爲事不由之，加之武宗素重之，兩宫亦不願其去，故雖與健、遷同日具疏乞休，而被獨留。

詳明武宗實録卷十八：「正德元年冬十月……戊午，少師兼太子太師吏部尚書華蓋殿大學士劉健、少傅兼太子太傅禮部尚書武英殿大學士謝遷求去位，許之。先是，健、遷與少傅李東陽以内侍劉瑾、馬永成、高鳳、羅祥、魏彬、丘聚、谷大用、張永等蠱惑上心，連章請誅之，皆留中不出。司禮監太監陳寬、李榮、王岳同至内閣議，且有發瑾等南京新房閒住之意。健等以爲處之未盡，皆厲聲曰：『先帝臨崩，執老臣手付以大事，今陵土未乾而使嬖倖若此，他日何面目見先帝於地下乎？』寬等乃辭去，其意未決。而岳素忠直，且提督東廠，與太監范亨、徐智皆有涣羣之謀，將請於上有所處。八人者知之，以瑾尤巧佞狠戾，敢於爲惡。乃謀使瑾入司禮監與執事樞，以爲脱禍固寵計。是夜，瑾遂傳命榜笞岳、亨、智於内門，遣之南行。時健等以户部尚書韓文素剛正，令倡九卿伏闕固諍，而岳從中應之。吏部尚書焦芳乃泄其謀於八人。明早，健等及文等率九卿科道方伏闕，俄有旨宥瑾等，遂皆罷散。健等知事不可爲，即日疏辭政柄。故事，輔臣乞休，必俟三、四疏乃允。於是，八人者惟恐健等去之不速，上意亦以健等數有言逆耳，遂聽之。」「請誅瑾等疏，實東陽秉筆，第太監陳寬等至閣議時，東陽辭頗緩，中人皆以爲事不由之，故與健等同日具疏懇求去位，而東陽獨留，人亦幸其留云。」

李贄續藏書卷十一李文正公：「東陽門徒最盛，初皆以爲東陽素有文名，故得不去。及後劉瑾於朝陽門外創造玄真觀，東陽爲製碑文，極其稱頌，人始議其泄捕瑾等之事，真所謂以小人之心度君子之腹者也。哀哉！」

墓誌：「上素重公，兩宫亦言：『舊臣惟此一人，不宜聽其去。』瑾不得已，故留之。」

求退録二有奏爲陳情乞恩致仕事之疏。

十五日，復上疏懇乞致仕。不允。

明武宗實録卷十八：「正德元年冬十月……庚申，大學士李東陽復奏：『臣蒙命勉留，驚慚無地。……昨者懇乞退休，事同一體，健、遷皆荷聖恩，獲蒙俞允，而臣獨被存留。校臣之病，比之二人尤多；揆臣之才，比之二人獨劣。……伏望聖慈，愍臣衰病，收回成命，仍許退休。……』内批答曰：『具陳休致，臣下職也；而黜陟人才，朝廷自有公論。卿有疾，宜善加調理，勉副重託，慎勿再辭。』」

求退録二有奏爲陳情懇乞休致事之疏。

十六日，奏乞暫免朝參，晝日扶病入閣供事。許之。

明武宗實録卷十八：「正德元年十月……辛酉，東陽復奏：乞暫免朝參，晝日扶病入閣供事。許之。」

二十三日，與同官上言，勸以勿停日講。不納。

詳明武宗實録卷十八、全集卷一三六。

二十四日，勸焦芳辭吏部印。

明武宗實録卷十八：「弘治元年冬十月……己巳，聽文淵閣大學士焦芳辭吏部印。内閣處密勿之地，雖與聞機務，而不得專進退百官之權。兼掌吏部印，實芳所欲也，大學士李東陽與芳有同年之契，知事體不可，爲芳忠告，於是芳乃懇辭。」

是月，謝遷南歸，以長句題米友仁雲山圖畫卷而贈之，復有次韻詩二首以繫感慨。

詩後稿卷三題米元暉雲山圖卷，送木齋先生致政南歸：「……雲山變幻態不同，吾家有圖圖更工。……予心愛之手所封，幾年什襲隨巾籠。公歸别我行匆匆，持贈不比華陽翁。……」案，米元暉，名友仁，字元暉，宋代畫家。

同書卷七木齋先生將登舟，以詩見寄，次韻二首，其一：「十年黄閣掌絲綸，共作先朝顧命臣。天外冥鴻君得志，池邊蹲鳳我何人！……」

謝遷歸田稿卷六初出城懷李西涯：「乞身歸去荷温綸，當宁深仁念舊臣。犬馬力疲徒戀主，金蘭誼重更懷人。鄉心已負青山久，客路真慚白髮新。猶幸潞河冰未合，匆匆解纜問前津。」案，據謝詩中「猶幸」二句，知其於本月十三日得允致政後不久便南歸，當尚在本月。

十一月，王軾卒，爲撰墓誌銘。

文後稿卷二十八明故太子太保南京兵部尚書致仕贈少保王公墓誌銘：「今年春，上釐正舊典，特嚴贈恤。公安王公適以訃聞，吏、禮二部最公功行。……其卒以正德丙寅十一月十六日。……予與公同出湖南，又同舉進士，故贊以治命奉兵科給事中鄒君文盛狀來請銘。」王軾，字用敬，公安人。天順八年進士，官至南京兵部尚書。傳詳明史卷一百七十二。

是月，上疏乞休。不允。

明武宗實録卷十九：「正德元年十一月……癸巳，少傅兼太子太傅户部尚書謹身殿大學士李東陽上疏乞休。……上曰：『卿德望重於海内，先帝遺命，以輔朕躬。方切倚毗，圖弘治化，豈可累陳休致？其勿復言。』」

求退録二有奏爲患病陳情懇乞休致事之疏。

蕭顯卒，爲撰墓誌銘。

文後稿卷二十七明故福建按察司僉事致仕進階朝列大夫蕭公墓誌銘：「海釣蕭公既寢疾，附户部郎中王君蓋告訣於予。未幾，其子鳴鳳哀疏至，則奉治命請予銘。予爲之泫然以悲。……正德丙寅十一月二十六日乃卒。」案，是墓誌當作於本年十二月或稍後，姑繫於此。

十二月，十六日，陞少師兼太子太師吏部尚書華蓋殿大學士。以疾乞休致。不允。

明武宗實録卷二十：「正德元年十二月……庚申，加少傅兼太子太傅户部尚書謹身殿大學士李東陽爲少師兼太子太師吏部尚書華蓋殿大學士。……於是，東陽上疏曰：『臣以衰病乞休，詔旨未允。……乃今加秩，愈增愧懼，無以自容。懇乞聖恩，停止前制，仍以本官致仕。……』」案，求退録二有奏爲久病陳情辭免職任職事之疏。

二十七日，再疏懇辭加職。不允。

明武宗實録卷二十：「正德元年十二月……辛未，大學士李東陽再疏懇辭加職，以爲：和氣上干，分當策免。今求退而反進，辭少而就多，負禮義之初心，虧廉恥之大節，此臣所以心愈不安而病日加重者也。不許。」

求退録二有奏爲久病陳情懇辭加職事之疏。

三十日，張元禎卒。爲撰墓誌銘。

明武宗實録卷二十：「正德元年十二月……甲戌，……吏部左侍郎兼翰林院學士張元禎卒。」

文後稿卷二十九有明故通議大夫吏部左侍郎兼翰林院學士掌詹事府事張公墓誌銘。

案，張元禎，一名元徵，字廷祥，南昌人。舉天順四年進士。引疾家居，講求性命之學，閲二十年。晚乃復出，官至吏部左侍郎。傳詳明史卷一百八十四。

是年，廬州府於合肥重修余忠宣公祠堂，爲撰記。

全集卷一三二輯有余忠宣公祠堂記一文。記曰：「正德改元之歲，知廬州府馬金言：『元故淮南左丞余闕當至正之亂，分守安慶，誓死血戰，爲江淮保障。及陳友諒、趙普勝諸軍合攻陷其城，乃引刀自刎死。并其妻妾子女、將佐士卒，無一辱於賊者。其事甚偉……請修葺舊祠，秩諸常祀……』詔曰：『可。』於是重修殿寢堂室暨凡物所有事者，令縣正官以歲春秋再致祭焉。」案，是記之撰寫年月已不可的考，姑繫於此。

## 正德二年丁卯　一五〇七　六十一歲

閏正月，曾鑒卒，爲撰墓誌銘。

文後稿卷二十八明故工部尚書進階榮禄大夫致仕贈太子太保曾公墓誌銘：「去冬，公訪予，病弗果見，爲之悵歎以去。今春予始入覲，而公已病，越數日遂不起，其子沄以治命乞銘。……卒於正德丁卯閏正月八日……」

二十五日，疏救崔璇、姚祥、張瑋。

明武宗實録卷二十二：「正德二年閏正月……乙丑，……命以重枷枷號尚寶司卿崔璇、湖廣副使姚祥於長安門外，工部郎中張瑋於張家灣。璇等奉使册封，祥赴官，瑋巡河，皆違例乘轎，……爲東廠偵事者所發。……内批令枷兩月，滿日奏之。前此奉使遠行者多乘轎，從者亦得乘驛馬，因襲之弊久矣。劉瑾專政，欲厲法禁以立威，璇等遂以違例得罪。……己巳，大學士李東陽等言：『……今此三人，以侍從部署亦曾頗效微勞。一日不謹，致罹重法，命在旦夕，實可矜憐。況今枷號已數日，足示懲戒。伏望少霽威嚴，特加寬貸。……癸酉，……太監李榮傳旨：崔璇、姚祥、張瑋枷號期日未滿，姑從輕開釋，發遼東鐵嶺衛永遠充軍。」

二月，與同官疏請武宗早朝。

明武宗實録卷二十三：「正德二年二月……乙卯，大學士李東陽等疏請早朝，言自古聖帝明王，必以克敬克勤爲德。……上曰：『卿等言切治道，朕已知之矣。』」

三月，與同官上言，請仍舊日講。

詳明武宗實録卷二十四、全集卷一三六。

爲程敏政之文集撰序。

程敏政篁墩文集卷首篁墩文集序：「越明年丁卯，知府何君歆暨休寧知縣張九逵、王鍇，徵於其子錦衣千户壎，得全稿焉，將並鋟諸梓以示來者，而壎請序於予。……是歲三月既望，光禄大夫柱國少師太子太師吏部尚書華蓋殿大學士知制誥同知經筵事國史總裁長沙李東陽序。」

四月，與同官上言，請慎刑罰，使輕重適度。

詳明武宗實録卷二十五、全集卷一三六。

屠滽起爲都察院左都御史。

六月，進歷代通鑑纂要，爾後病告。

明武宗實録卷二十七：「正德二年六月……丁酉，修歷代通鑑纂要成，少師兼太子太師吏部尚書華蓋殿大學士李東陽等於文華殿進呈。賜東陽等宴於禮部。」求退録二奏爲衰病不職懇乞休之事：「近因進書賜宴，於（六月）二十六日謝恩畢，偶患泄瀉，暴下過多，舊疾頓舉，當即開註門籍，在家醫治。」

七月，劉瑾摘歷代通鑑纂要之字樣差訛以爲罪，欲裁抑儒臣。賓之扶病入朝奏辯，有旨勿問，而奪劉璣、費宏等兩月俸，黜二十餘人。

明武宗實録卷二十八：「正德二年秋七月……癸卯，通鑑纂要進呈後，司禮監官即至内閣傳示聖意，令刊刻板本中官督刊刻者，檢其中有一二紙裝潢顛倒，復持至内閣見示，欲更定其序耳。是日值大學士李東陽家居，惟同官焦芳、王鏊在閣。芳以爲編纂總於東陽，非己責也，慢其人，不加禮遇。其人怒，遂以白於瑾。瑾方欲以事裁抑儒臣。初一日早朝，畢集府部大臣科道等官於左順門，以進呈本出示，遍摘其中字畫之濃淡不均或微有差訛者百餘處以爲罪。給事中潘鐸、御史楊武等遂劾禮部左侍郎兼翰林院學士劉璣等受命編纂，光禄寺卿周文通等職專謄寫，不能研精其事，俱宜究治。東陽等失於檢點，責亦難辭。瑾矯詔是其言，令所司詳覈書内差訛及謄寫官姓名以聞。於是東陽等奏謂其書卷籍浩穰，事務繁冗，日期已定，校閲不周，倉卒之間，致有差錯，臣等不能無罪。有旨：『卿等政務繁冗，其勿問。』既而纂修謄寫等官各具疏自劾，乃奪璣及學士劉春、太常少卿兼翰林院侍讀費宏、侍讀徐穆、編修王瓚俸兩月。文通及吏部稽勳司郎中沈冬魁，大理寺左寺正趙式，中書舍人喬宗、方英、李淇、徐富，鴻臚寺序班汪麟等俸三月，太僕寺少卿季通，禮部祠祭司郎中胡清，大理寺左寺副何澤，右寺副劉學，右評事李珵，中書舍人王珙、劉訊，鴻臚寺序班周令、林應喜、錢禄、張天保等俱令致仕，中書舍人沈世隆、吴瑶，鴻臚寺主簿董漢，序班郭晟、康世鳳、朱昇、何珍、張祚、張昆及舉人華淳，監生張元澄、邵文思、汪惇、王瓚、高崙、張桓、許魯、黄清、汪克章等俱爲民。時東陽等詳覈謄寫差訛者惟沈世隆、吴瑶、張桓、華淳、邵文思五人，而瑾並黜二十餘人，其專恣如此。」

是月，以病疏乞休退。不允。

求退録二有奏爲衰病不職懇乞休退事之疏。

八月，復上疏乞休。不允。

求退録二有奏爲再陳衰病乞休退事之疏。

賜敕加俸一級。具疏辭免，且懇祈休退。不允。

明武宗實録卷二十九：「正德二年八月……丙戌，賜手敕少師兼太子太師吏部尚書華蓋殿大學士李東陽加俸一級。」案，求退録二有奏爲衰病陳情辭免恩命懇祈休退事之疏。

十月，援楊廷和入閣參預機務。

王鴻緒明史稿列傳第五十九李東陽傳：「焦芳既與中人爲一，王鏊雖持正，亦不能與瑾抗，東陽乃援楊廷和共事，差倚以自彊。」

明武宗實録卷三十一：「正德二年冬十月……丙戌，南京户部尚書楊廷和奏：『臣奉敕旨内閣辦事，仍命馳驛，毋或稽違，今已至京。……』上曰：『……不必再辭。』遂改户部尚書兼文淵閣大學士。」

梁儲陞吏部尚書兼翰林院學士，專掌誥敕。

十一月，與同官上疏，乞赦以歷代通鑑纂要字樣差訛而黜退之謄録人員張元澄等。

明武宗實録卷三十二：「正德二年十一月……丙寅，……大學士李東陽等言：『歷代通鑑纂要成，蒙賞臣等白金各十兩、綵幣二襲。……臣等顧獨受賞，心實未安。其爲民監生張元澄、許魯、汪淳、黄清、王瓚、汪克章、高崙，係吏、禮二部奉旨考選謄寫實録人數，……伏望聖恩，赦其小過，録其寸長，將元澄等仍復監生，退回原該衙門，各以本等資格應役聽用。及其餘致仕爲民謄録人員，乞敕該部查出字樣失錯，量爲區别，薄示懲戒，少垂恩宥。……得旨：張元澄等准復監生應役，其餘已之。」

## 正德三年戊辰　一五〇八　六十二歲

三月，充殿試讀卷官。

明武宗實録卷三十六：「正德三年三月……辛亥，……命少師兼太子太師吏部尚書華蓋殿大學士李東陽、少傅兼太子太傅吏部尚書謹身殿大學士焦芳、少傅兼太子太傅户部尚書武英殿大學士王鏊……充殿試讀卷官。」

是月，劉瑾逮楊一清下獄。力救，得釋。

明史紀事本末卷四十三：「（正德三年）三月……逮前總制三邊都御史楊一清下獄，尋釋之。先是，一清巡邊，上疏陳戰守之策，請復守東勝，開屯田數百里，省内運。奏上，報可。一清遂興築邊牆，尅期完工。而劉瑾憾一清，罷之，工亦止。至是，又惡其築邊糜費，下詔獄。大學士王鏊言於瑾曰：『一清有高才重望，爲國修邊，可以爲罪乎？』李東陽亦力救，乃得釋。」

四月，王恕卒，爲撰神道碑銘。

明武宗實録卷三十七：「正德三年夏四月……乙卯，致仕太子太保吏部尚書王恕卒。」文後稿卷二十有明故光禄大夫柱國太子太傅吏部尚書致仕贈特進左柱國太師謚端毅王公神道碑銘。

案，王恕，字宗貫，陝西三原人。舉正統十三年進士，官至吏部尚書。史稱剛正清嚴。傳詳明史卷一百八十二。

五月，焦芳挾私欲擠汪俊於南都，賓之庇之。

明武宗實録卷三十八：「正德三年五月……辛亥，南京國子監司業缺。……時尚書許進以當補之人咨内閣大學士李東陽，答云：北司業爲魯鐸，南則用在鐸後者補之。同官焦芳意欲擠編修汪俊南，蓋以俊爲東陽所厚，且疑戴大賓之得及第，以爲俊所取士，陰相汲引，而使其子黄中不得名列一甲，甚恨俊，且移怒東陽。及聞東陽之舉不及俊，遂大詈於闕下。劉瑾聞之，謂人曰：『黄中昨在吾家試榴花詩，亦甚拙，乃以不得狀頭爲恨耶？』使石文義語進：『南司業可依次擬二人，疏中須及近年添設之意。』芳不能擠俊，於是乃愧沮云。」

六月，七日，疏救安奎、張彧。

明武宗實録卷三十九：「正德三年六月……癸酉，……給事中安奎、御史張彧以查盤錢糧官不當，下詔獄枷項警衆。時炎暑，二人已病腫垂死，莫敢申救。大學士李東陽等言：兩法司枷號囚犯，尚以盛暑，皆蒙恩宥。宜宥奎、彧，或定與罪名，或别賜發落，則操縱得宜，威恩兩盡，以全朝廷待士之禮。於是俱獲釋爲民。」

九日，六十二壽辰，閔珪等來賀。

閔珪閔莊懿公詩集卷五賀李閣老壽六十二，其一：「共祝皇明輔相賢，新詞准獻鵲橋僊。四朝元老尊師表，六二遐齡啓壽筵。天下盛名當此日，座中佳客半同年。持觴更致長生祝，願比莊椿歲八千。」案，據「座中」句，知祝壽者頗多，今已無考。

二十七日，疏救劉瑾所執諸司官三百餘員。

明武宗實録卷三十九：「正德三年六月……壬辰，……是日午漏下朝後，御道上遺匿名文簿一卷，侍班御史奏之，司禮監隨傳旨面加詰問，諸司官皆跪於丹墀。午後，執後班三百餘員，通送鎮撫司究問。次日，大學士李東陽等奏曰：『匿名文字出於一人，其陰謀詭計正欲於稠人廣衆之中掩其行蹤，而遂其詐術也。各官倉卒拜起，豈能知見？況一人之外，皆無罪之人。今並置縲絏，互相驚疑，且天時炎熱，獄氣薰蒸，若拘攣數日，人將不自保矣。惟皇上仁急好生，睿普燭物，望特降綸音，先行釋放，而後密加體訪，寘之典刑。上從而釋之。』時暴而死者，刑部主事何釴、順天府推官周臣、禮部進士陸伸，渴而病者無算。」

二十八日，與同官疏請輕刑罰。武宗嘉之。

詳明武宗實録卷三十九、全集卷一三六。

八月，患衄血痰嗽諸證，病告。

求退録二奏爲衰病陳情乞恩休退事：「臣於本年八月初十等日，得患創血、痰嗽等證，一向扶病朝參供事。至本月十八日晚，復感風寒，衆病交作，不能動履。」

九月，以衰病疏乞休退。不允。

案，上所徵引之疏，即本月所上。

十月，復上疏乞求休退。不允，令早出供職。

求退録二奏爲再陳衰病乞恩休退事：「正德三年十月八日奉聖旨：卿累朝耆德，譽望隆重。朕方委任，贊理化機。有疾已嘗命醫調治，痊可，宜出供職，以副朕懷，不必固辭。」

是月，劉大夏謫戍肅州，以一羊裘送之。

劉節劉忠宣公年譜：「（正德）三年戊辰，年七十三，逮繫詔獄。……八月至京，繫北鎮撫獄。……繫三月，瑾要賂，無所有，欲置之辟。會官議於朝，……瑾乃改戍肅州。……公發都城日，惟受李公西涯一羊裘。」案，大夏於八月入獄，繫三月而謫戍，當在十月。賓之於正德五年寄大夏之書中云：「自得六盤山之作，讀至末句，令人黯然銷魂，不敢以病告，時不預其事爲解。計窮力竭，俟命與時，固有不得不然者。」賓之自八月病告，約至本月十八日乞休不允後始出供事。書中「不敢」諸語，正與年譜所記大夏入獄、謫戍時日相合。又案，大夏入獄及謫戍始末，明史卷一百八十二劉大夏本傳所記簡明，姑録以備見：「大夏忠誠懇篤，遇知孝宗，忘身徇國，於權倖多所裁抑。嘗請嚴覈勇士，爲劉瑾所惡。劉宇亦憾大夏，遂與焦芳譖於瑾：『籍大夏家，可當邊費十二三年。』九月，假田州岑猛事，逮繫詔獄，瑾欲坐以激變律死，都御史屠滽持不可。瑾謾曰：『即不死，可無戍耶？』李東陽爲婉解，且瑾詗大夏家實貧，乃坐戍極邊。初擬廣西，芳曰：『是送若歸也。』遂改肅州。」案，是書言大夏九月入獄，與上所徵年譜略有不合，未知孰是。

是年，爲孔公華撰寧津縣重修廟學記。

詳全集卷一三三所輯是記。

## 正德四年己巳　一五〇九　六十三歲

正月六日，題歐陽修灼艾帖後七言二絶。

全集卷一二九收有跋歐陽修灼艾帖後二絶詩。其詩後跋曰：「崔禮部傑得歐公真迹，閒爲之三復展玩，因題之二絶。正德己巳正月六日，後學李東陽。」

是月，憲宗廢后吴氏死，劉瑾欲焚其骸，賓之與王鏊力言以禮葬之。

談遷國榷卷四十七：「正德四年正月……己酉，憲廟廢后吴氏薨，劉瑾欲焚其骸。大學士李東陽、王鏊言：『漢成帝廢后許氏葬延陵交道廄西，光武廢后郭氏葬北邙山。凡廢后，史書葬無庶人禮。廢后吴氏，憲宗皇帝詔云别宫閒住，累朝以來，供奉優厚，今禮不可闕。』遂以英廟惠妃故事，祭用素羞於墓。」

二月，與同官上言選拔四夷館教師。詔可。

詳明武宗實録卷四十七、全集卷一三六。

是月，劉瑾欲逮繫劉健、謝遷。賓之徐爲勸解，得輕處爲民。

明武宗實録卷四十七：「正德四年二月……丙戌，勒大學士劉健、謝遷爲民。先是，詔訪舉懷材抱德之士，浙江以餘姚周禮、徐子元、許龍，上虞徐文彪四人應詔。所司未納，四人屢奏求用。時瑾恨健、遷未已，以四人皆遷同鄉，而草詔由健，欲因而罪之。遂矯旨，謂天下至大，豈無可應詔者，何餘姚隱士之多如此？必有徇私援引之弊。遂下禮等鎮撫司鞫問。吏部尚書劉宇阿瑾意，劾布政使林符，邵寶、李贊，參政伍符，參議尚衡、馬軺，知府劉麟，推官諶聰，知縣汪度訪舉失實，而鎮撫司獄辭因連及健、遷。瑾持至内閣，必欲逮健、遷並坐，且籍其家。大學士李東陽徐爲勸解，瑾意少釋。焦芳在傍，因抗聲曰：『縱輕處，亦當除名。』既而旨下，健、遷皆爲民。」

三月，張綵朋比劉瑾，非時而請考察京官，而翰林院官令本院自考。賓之與同官上言，請一體考察翰林院官。從之。

明武宗實録卷四十八：「正德四年三月……己酉，吏部請考察京官。……得旨，……翰林院官令本院考察。……時張綵初爲吏部侍郎，朋比劉瑾，顛倒威柄，箝制百官，故非時而有是舉。……大學士李東陽等奏：『翰林院官雖間有本院自考之例，但議論貴公，法令貴一，請收回成命，令本院掌印官會同吏部考察，使内外彼此，人無異言。』從之。」

是月，上疏乞休。不允。

明武宗實録卷四十八：「正德四年三月……癸丑，大學士李東陽上疏乞休。……上曰：『卿才華異常，賢聞海外。輔導累朝，朕心允協。正當輔佐，安忍容閒？所辭不允。』」

四月，孝宗實録成，率官上表進之。有詩紀事。

明武宗實録卷四十九：「正德四年夏四月……壬午，上御奉天殿，監修官後軍都督府掌府事特進光禄大夫左柱國太師兼太子太師英國公張懋、總裁官光禄大夫柱國少師兼太子太師吏部尚書華蓋殿大學士李東陽等，率纂修等官，上表進孝宗敬皇帝實録。」

詩後稿卷八有恭進孝宗實録，紀事一首詩，同書文後稿卷九有進孝宗皇帝實録表。

五月，七日，劉瑾借故裁抑儒臣，賓之被降支從一品俸，仍令覆視更定大明會典。

明武宗實録卷五十：「正德四年五月……戊戌，……初，纂修孝宗實録成，命吏部查纂修官事例，既而又令查其中嘗與修大明會典已陞或守制未陞者職銜、履歷及到館日期，至是上之。詔：纂修實録，重事也。其即照例擬陞職等第以聞。且謂先年劉健等以編纂會典爲名，多所靡費，已陞之職俱革之。其書仍令大學士李東陽等覆視更定，務令明白。於是，吏部擬降少師兼太子太師吏部尚書華蓋殿大學士李東陽支從一品俸。……得旨：從之。仍謂吏部奏擬欺隱含糊，法有未盡，姑存大體，不究。瑾意以東陽降俸爲未能盡法也。瑾欲裁抑儒臣，謂舊例纂修陞秩爲過，故先革其所已陞者，而復加之，以示己恩。談者又謂焦芳不欲東陽軋己，乃導瑾爲此舉云。」

十五日，以纂修實録功，加正一品俸。疏辭，不允。

明武宗實録卷五十：「正德四年五月……丙午，以纂修孝宗敬皇帝實録成，加少師兼太子太師吏部尚書華蓋殿大學士李東陽正一品俸，進少傅兼太子太傅吏部尚書謹身殿大學士焦芳爲少師兼太子太師華蓋殿大學士。……各疏辭，不允。」

求退録二有奏爲辭免恩命事之疏。

王鴻緒明史稿列傳第五十九李東陽傳：「東陽前已加少師兼太子太師，後瑾欲加芳官，詔東陽食正一品禄。久之，摘會典中訛謬，奪所加禄。居數日，以孝宗實録成，旋復之。蓋東陽亦不免狎侮矣。」

六月，以水旱頻仍，與同官奏請減内閣、翰林院、春坊等衙門日給酒飯等物。不允。

詳明武宗實録卷五十一、全集卷一三六。

閏九月，屠滽致仕。

是月，爲舊作春園雜詩題後。

詳全集卷一三七所收是題。

十月，老僕王彦實死，爲文具饌遣兆蕃祭之。

文後稿卷十五祭老王文：「正德四年十月初七日，老兄王彦實既殯斂十日矣，西涯居士遣兒子兆蕃以常饌俗語爲文而祭之曰：嗚呼老王！房山之房，樹村之莊。有穀爲我箱，有菓爲我筐。夏不擇雨水，冬不避雪與霜。小西門之墳，畏吾村之鄉。遷我老父，葬我兩郎。内爲我造壙，外爲我築墻。視我疾病，助我婚喪。自我記事，如夢一場。凡我骨肉，一存九亡。豈無後生？不如老蒼。嗚呼老王！少而辛勤，老而善良。不惱我公事，不倚我勢强。汝病思我，我豈汝忘？竟不見而死，如何不傷？今我吊汝，汝不下堂。妻號於前，子哭於傍。汝不通文章，可知我心腸。供汝以酒肉，告汝以家常。知乎不知？哀哉老王！」

案，據祭文可知：老王，名彦實。不通文章，辛勤善良。一生傭於賓之，主僕之情甚篤。

十二月，劉瑾欲置陳熊於死。賓之力救，止革爵謫戍。

李贄續藏書卷十一李文正公：「陳俊之得罪也，瑾因以及漕運總兵官平江伯陳熊所濕潤米等項銀爲贓，遂致大獄，必欲置之死。東陽力争，瑾謂熊所犯罪重，不宜姑息。東陽曰：『某誠姑息，但非姑息陳熊，乃姑息陳瑄耳。瑄在太宗朝，開濟寧河道以輔漕運，大有功，金書鐵券，子孫皆免死。豈可盡革以傷武臣之心？』瑾曰：『國初功臣，如常遇春、鄧愈、湯和輩百戰之功，今其子俱已革，陳瑄不從廝殺有功，豈足深惜？』東陽曰：『漢高祖親定十八功臣位，以蕭何爲第一。蕭何不曾廝殺，但因供給饋餉不絶，遂以爲萬世之功。蓋足食然後足兵，使當時饋餉不繼，雖百張良，十韓信，豈能助漢？蕭何饋餉，猶是一時争戰之日，陳瑄通南北漕運，每歲四百萬石至京師，誠國家萬世之利也。』瑾不答。止革熊爵。」

明孝宗實録卷五十八：「正德四年十二月……戊戌，……謫平江伯陳熊並家屬戍海南。……瑾以私憾置之重法云。」

邵寶勒致仕。

## 正德五年庚午　一五一〇　六十四歲

三月，以天時亢旱，有詔令法司釋放輕罪。因與同官上疏請行寬政，蠲連坐等法。悉從之。

詳明武宗實録卷六十一、全集卷一三六。

周經卒，後爲撰神道碑銘。

文後稿卷二十一有明故光禄大夫太子太保禮部尚書致仕贈特進右柱國太保謚文端周公神道碑銘。

四月，起楊一清總制陝西延綏、寧夏、甘涼各路軍務。

五月，上疏乞休。不允。

明武宗實録卷六十三：「正德五年五月……壬午，大學士李東陽言：『……百病交作，難以驅馳。伏望赦其瘝曠之愆，憫其懇激之情，許令休致，以全餘生。』上曰：『卿累朝重臣，受先帝遺命，輔導朕躬。才德兼隆，譽望顯著，年未從心，神采精健，正當輔佐，安忍求閒？近日寧夏叛賊剿平，皆卿之力。有疾亦善調護，安心辦事，毋負遺命，所辭不允。』」

求退録二有奏爲自陳休致事之疏。

焦芳致仕。

六月，復上疏乞休。不允。

明武宗實録卷六十四：「正德五年六月乙酉朔，大學士李東陽復上疏辭曰：『……願降綸音，許令休致。』上曰：『卿引衰病求去，至再至三，屢有旨勉留。宜盡心職務，允協朕懷，不必固辭。』」

求退録二有奏爲陳情乞恩休致事之疏。

劉宇致仕。

八月，助誅劉瑾。

案，誅瑾始末，明史楊一清、劉瑾、張永諸人傳記之甚詳，而皆未載賓之助誅之功。此前救護楊一清姑勿論，一清爲張永畫策，賓之實與其謀；武宗誅瑾日，賓之復極力贊之。

彭維新文正公論：「公從侄敦常爲公司書札。楊文襄一清同張永討安化時，中途遣親信致書面呈公。公袖入卧内，不以付敦常。正德辛未，瑾已誅，公患暴下，敦常入問疾，見文襄書在几上，私竊之，寒温而已，夾别紙云：『孝友毅然，期此行有功，得間以爲，子餘字知。』隱語張永也。今其族人猶有道其事者。」（見清嘉慶間二六書屋刊本懷麓堂集）

李贄續藏書卷十一李文正公：「武宗震怒，當夜遣人執瑾。次早令太監温祥等持永疏至内閣。讀畢，徐問曰：『今當何如？』祥輩曰：『已收逮矣。』東陽曰：『此聖政也，天下望此久矣。』祥輩曰：『須傳旨行。』東陽援筆擬進。於是降旨，特令凌遲三日。」

鄭曉今言卷四：「正德庚午朔，瑾既縛，有旨降南京奉御。長沙謂諸大璫曰：『如此，彼若復用，肆毒當益甚，奈何？』太監張永曰：『有我輩在，無慮。』已而，瑾上白帖言：『奴縛時，封奴帑，奴赤身無一衣，乞與一二敝衣蓋體。』康陵見瑾帖，憐之，令與瑾故衣百件。永等始懼，謀之長沙，令科道劾瑾，劾中多指阿附瑾文武大臣。永持疏至左順門付諸言官，曰：『瑾用事時，我輩莫敢言，况爾兩班官？今罪止瑾一人，可領此疏去，易疏急進，勿動摇人。』比疏入，坐瑾姦黨律。永輩又不欲止罪内臣一人，乃連及文臣張綵一人，武臣楊玉等六人。獄詞具上，綵稱寃，盡發長沙阿依瑾事。長沙大怒，又與永輩謀：不重法誅除此輩，後受其亂。乃改謀反律，然亦不盡本律。」

顧清東江家藏集卷二十七祭李文正公文：「……用以結深知於先帝，荷末命於投艱。當其震撼擊撞，盤錯糾紛。勇者蒙難而削迹，懦者毁轍而回輪。徐握其機，默運以神。或掎其後，或逆其先。有縱有操，維義之徇。卒能掃凶竪之烈焰，清皇路之妖氛。」

案，諸書所記，互有異同，然賓之助誅劉瑾，事當不虚。

上疏引咎乞休。不允。

明武宗實録卷六十六：「正德五年八月……戊戌，大學士李東陽上疏言：『……劉瑾專權亂政，貽害軍民……臣雖委曲匡持，期於少濟，而因循隱忍，所損亦多。荷蒙淵衷明見，謂不干内閣。然玉毁櫝中，亦難辭責。理宜罷黜，更復何言……』上曰：『卿以宏才碩德，佐政先朝，嘉謀嘉猷，播在天下。先帝顧命，輔導朕躬。四五年來，劉瑾恣爲蒙蔽，卿委曲匡持，朕已具悉。宜安心辦事，不允所辭。』」

求退録三有奏爲陳情乞恩懇祈休致事之疏。

疏救秦府永壽王，且請燒毁吏民與劉瑾往返文字，以安人心。悉從之。

李贄續藏書卷十一李文正公：「是時籍瑾書籍，得秦府永壽王爲瑾慶壽詩序，中間稱謂，過於卑諂。上怒甚，欲降敕切責。東陽上疏曰：『自古治亂賊者，正名定罪，誅止其身。昔漢光武平王郎，得吏民交通文書數千章，不一省視，會諸將燒之，曰：「令反側子自安。」歷代相傳，以爲故事。當劉瑾專權亂政之時，假託朝廷威福以劫天下，生殺予奪，唯其所欲，中外臣民，誰不屈意待之？往來書信，雖於法有礙，但因畏罪避惡，多不得已。况王府懿親，尤宜優待。若指此論罪，降敕切責，則凡有書信饋送者，不知其幾。傳聞驚駭，各不自安，或愧懼終身，或遂至失所。今劉瑾已正典刑，伏乞聖明，廣大涵容，將此壽詞置之不問。一應文書，並行燒毁，以滅其迹，使人心安帖。』上以爲然，悉焚其往返文字，無延及者。」

九月，援梁儲、劉忠入閣參預機務。

明武宗實録卷六十七：「正德五年九月……戊午，改太子少保南京吏部尚書梁儲爲吏部尚書，及掌詹事府事吏部尚書兼翰林院學士劉忠俱兼文淵閣大學士，内閣辦事。」梁儲鬱州遺稿卷四祭李西涯文：「儲晚進末學，無所肖似。其始也，辱公知顧，竟引置於内閣論思之列。」

以平寧夏寘鐇功，加特進左柱國，蔭繼子兆蕃爲尚寶丞。疏辭，不允。

明武宗實録卷六十七：「正德五年九月……以寧夏叛逆既平，内閣輔臣運籌有功，加少師兼太子太師吏部尚書華蓋殿大學士李東陽特進左柱國，……各賞銀一百兩、纻絲四表裏。……仍蔭東陽子兆蕃爲尚寶丞。」

求退録三有奏爲辭免恩命事之疏。

十月，補訂父之遺墨爲憩庵府君字法手稿，刻於石。

文後稿卷之十四書先府君遺墨後：「府君嘗衍永字八法，變化三十二勢式，及結構八十四例，著論一道。景泰間，上之朝。既不果用，論例稿手自藏弆。比棄養後，發篋見之，爛紙斷墨，殆不能讀，而所謂勢與式者，已失之矣。弘治己未，内弟太子太傅成國朱公廷贇嘗出所藏勢式一帙，則府君中年所書以贈外舅太師莊簡公者。東陽不覺哭失聲，於是補訂家藏論例之闕，復取其所謂勢式者，彙成全帙以藏。越十餘年，屬國子生太原宋灝者摹勒大字勢式，而論例字小，又多殘缺，東陽乃手録於石，而篆題其前曰憩庵府君字法手稿，并刻焉。東陽不肖，不能嗣習楷法，粗以舊聞，用存手澤，以畢平生之志。若其品格意義，則有名能書家者在，非不肖可得而與也。正德庚午十月望日，男東陽抆淚書。」

案，李淳書法今行世有拓本明李憩庵先生八十四法、印本李淳大字結構八十四法等。清書法家王澍跋曰：「自來各家書法，無不由楷入門。茶陵憩庵李先生精楷法，而尤尚結構。所傳八十四法，創前人未有之論，開後世入道之門。學者苟能參究而臨池，自能由巧入妙，慎毋以先生之論爲迂儒之談也。」

孔氏女殁，痛甚，爲文哭之，復爲撰墓誌銘。

文後稿卷十五祭孔氏女文：「維正德五年歲次庚午十一月癸丑朔越二十七日己卯，汝爹汝娘暨闔宅老幼人等，以剛鬣柔毛庶羞之奠祭於亡女孔宗婦之靈……我女疾病，舉家皇皇。疇昔之夜，我夢不祥。我女告終，竹死蘭殤。無論骨肉，鄰嗟道傷。婆與汝棺，母掃汝房。棄汝藥餌，還汝衣裳。含汝斂汝，汝夫在旁。我女何女？質美德良。我生何生，有女無郎。汝弟既没，汝兄亦亡。嗟我老矣，形單影雙。觸物感事，摧肝裂腸。……」

同書同卷孔氏女大斂告文：「維正德五年歲次庚午十月甲申朔越二十七日庚戌，汝爹及汝娘以官酒家食告於孔氏女之靈……」因知孔氏女殁於本年十月。

同書卷三十有亡女衍聖公宗婦墓誌銘。

是月，跋趙孟頫煙江疊嶂圖詩卷。

詳全集卷一三七所收是跋。

十一月，十八日，上疏乞休。不允。

求退録三奏爲陳情乞恩懇求休致事：「……正德五年十一月二十日奉聖旨：『卿勳德隆重，名實相符。輔導累朝，恭勤清慎。朕仰承先志，圖省治理，倚毗方隆。況卿精力未衰，豈可引疾遽求休致？宜勉副朕意，不允所辭。』」案，是疏上於本月十八日，參下所徵二十三日疏。

十九日，爲南京監察御史張芹所劾奏。武宗庇之。

明武宗實録卷六十九：「正德五年十一月……辛未，……南京監察御史張芹上疏曰：『……臣惟東陽謹厚有餘，而正直不足；儒雅可觀，而節義無聞。……邇者劉瑾專權亂政，東陽爲顧命大臣，不能防微杜漸。……依阿順從，唯唯聽命。……東陽受先帝之託以輔陛下，乃使瑾得以荼毒天下，謀危社稷。就使東陽能誅瑾，僅可以贖罪耳。今賴他人之力以成功，又安得攘爲己功而冒賞乎？……乞將東陽即賜罷黜，或待其自陳，准令致仕，與凡蔭子恩澤，並賜追奪。……』上曰：『芹久居言路，瑾亂政時，畏避緘默，今既明示典法，乃掇拾沽名。東陽學行，海内推重。輔導朕躬，忠勤茂著。比年寧夏既平，大臣特進階蔭子，如何謂攘取？誅瑾之功，恣意妄説，即令具實以聞。東陽宜仍供事，慎勿動懷。』既而芹請罪，奪俸三月。」

二十三日，以芹言復上疏乞休，辭免蔭子。俱不允。

明武宗實録卷六十九：「正德五年十一月……乙亥，大學士李東陽上疏曰：『臣於本月十八日奏乞休致，仰廑德音，曲加慰留。……伏望聖慈，察臣愚悃，許臣致仕，將臣男兆蕃收回成命，令其照舊以監生聽選出身。……』上曰：『覽卿奏，已悉至情。卿輔政有年，清忠純謹，中外共知。引疾乞休，乃至累牘，先帝及朕爲天下事重，每曲爲慰留。今大姦既去，朝廷圖新治理，倚毗正切，豈可偶以人言，遽欲求去？吏部即往諭朕意，大臣義當體國，宜勉供事，慎勿動懷。賞功推蔭，皆係舊典，李兆蕃已録用，亦不准辭。』」

二十七日，復上疏乞休。不允。

明武宗實録卷六十九：「正德五年十一月……己卯，大學士李東陽復上疏曰：『臣近者再乞致仕，並辭免恩蔭。……望乞聖明，遂臣初請，並收成命，以風厲有官。……』上曰：『卿朝廷元臣，輔導年久，績效茂著，衆論所歸。況今年力未衰？宜念先帝顧託及朕懇切諭留之意，勉起視事，以匡新政，庶於禮義允合。報功恩蔭，前命已下，毋再固辭。』」

求退録三有奏爲陳情懇乞休致以全晚節事之疏。

十二月，以皇儲未立，與同官疏請武宗於朝奏講讀之暇，安處宮闈，溥施恩澤，起居以節，遊豫以時，保養天和，培植國本。

明武宗實録卷七十：「正德五年十二月……丁未，大學士李東陽等疏言：『……伏望陛下，念上天付託之隆恩、祖宗授受之重，體生民仰賴之功，每於朝奏講讀之暇，安處宮闈，溥施恩澤，起居以節，遊豫以時，保養天和，培植國本。則六氣不能侵，百邪不能近，皇儲早立，寶祚延長，可以隆我國家億萬年之業矣。』上曰：『卿等所言，足見忠君愛國至意，朕已諭之矣。其嚮一乃心力，共圖治理。』」

是年，麓堂詩話成編，遼陽王鐸刻之於揚州。

案，正德初年，遼陽王鐸於揚州首刻麓堂詩話。卷端識語曰：「是編乃今少師大學士西涯李先生公餘隨筆，藏之家笥，未嘗出以示人，鐸得而録焉。……用託之木，與滄浪並傳。……遼陽王鐸識。」李東陽於正德元年始官少師兼太子太師吏部尚書華蓋殿大學士，正德七年致政；識語有「今少師大學士」語；王鐸於正德四年任揚州知府［參馬雲駸李東陽麓堂詩話考論，北京大學學報（哲學社會科學版）第四十二卷第六期，二〇〇五年十一月。］；嘉靖本翻刻者陳大曉於嘉靖二十一年所撰跋謂「遼陽王公刻於維揚」：麓堂詩話成編與王鐸刊刻時日，當在是年前後，姑繫於此。

## 正德六年辛未　一五一一　六十五歲

正月，楊一清陞吏部尚書。

二月，與同官諫阻於宫禁之内建造寺觀，斥之爲異端。不報。

明武宗實録卷七十二：「正德六年二月……己亥，大學士李東陽等言：『……臣等竊念，寺觀乃異端之教，聖王之所必禁。國朝之所姑存，其間義理，不暇深論。但宫禁之體，比於城市不同，自古及今，并無禁中創造寺觀事例。……伏望聖明，仰體二聖之謨，俯垂鑒納，將前項工程即賜停止。其於不急之務，大加減節，以正國體，以慰生民。』不報。」

是月，引衰病疏乞休致。不允。

求退録三奏爲陳情懇乞休致以終晚節事：「臣於去冬累乞休致，曲荷諭留。……今歲月益增，筋力加憊，逾六望七，年已至而不退，一不可也。外損内傷，病已深而不退，二不可也。……正德六年二月二十五日，奉聖旨：『卿自比年以來，屢引疾求退。每一覽奏，朕心不安。朕於卿義雖君臣，恩同父子。天下事重，倚毗方切，何忍去朕左右？卿之清德正學，歷事累朝，畏避榮寵，中外所知。何嫌何疑，固欲求去？況年力尚健，神志清明。宜深體朕眷注至情，亟起視事，展布四體，共致太平，乃益見晚節之善。不必再辭。』」

三月，充殿試讀卷官。與楊一清相與稱楊慎之對策，遂擢爲狀元。

明武宗實録卷七十三：「正德六年三月……甲子，以廷試天下舉人，命少師兼太子太師吏部尚書華蓋殿大學士李東陽、少傅兼太子太傅吏部尚書謹身殿大學士楊廷和……充讀卷官。」

明修撰楊升庵年譜：「六年辛未，公二十四歲。是科策貢士鄒守益等三百五十人，……公會試第二。殿試問『創業以武，守成以文』策。公援史融經，敷陳宏剴。讀卷官李東陽、楊一清等相與稱曰：『海涵地負，大放厥辭。』共慶朝廷得人。授翰林修撰。」

楊慎，字用修，號升庵，新都人，楊廷和之子。舉正德六年進士第一，授修撰。以言事謫戍雲南，投荒三十餘年。錢謙益列朝詩集小傳曰：「著述最富，詩文集外，凡百餘種，皆盛行於世。用修垂髫賦黄葉詩，爲茶陵文正公所知。登第又出門下，詩文衣鉢，實出指授。及北地哆言復古，力排茶陵，海内爲之風靡，用修乃沉酣六朝，攬採晚唐，創爲淵博靡麗之詞。其意欲壓倒李、何，爲茶陵别張壁壘，不與角勝口舌間也。」明史卷一百九十二有傳。

四月，救宿進，使得寬處爲民。

明武宗實録卷七十四：「正德六年夏四月……辛卯，……刑部員外郎宿進疏言六事……疏既入，是日午後，太監張永傳旨大學士李東陽、楊廷和、梁儲，謂上怒甚，欲親鞫之，且趣入見。時聞上已被酒，東陽曰：『後生狂妄，且日暮非見君之時，但宜奏請寬處之。』永入少頃，乃執進至午門外，杖之五十，發爲民。進所言未甚觸忤，徒以察瑾黨爲羣小所中云。」

五月，徐穆卒，爲撰墓誌銘。

文後稿卷三十翰林院侍讀學士徐君舜和墓誌銘：「……弘治癸丑，予考禮部，得其文，奇之。賜進士第二，授編修。……爲詩文，雅贍有思致，不蹈畦逕，人以爲難，有南峰稿若干卷。……其卒以正德辛未五月十一日。」

案，徐穆，字舜和，江西吉水人。舉弘治六年進士，官至侍讀學士。早卒。明武宗實録卷七十五有傳。

是月，以患鼻衄、痔漏病告。

求退録三：「……五月以來，鼻衄脾瀉，痔漏下血，或委頓一時，或纏綿累日，積成虛耗，愈不能支，開註門籍，在家調治。」案，是疏上於本年六月。參下。

六月，九日，六十五壽辰，楊一清、費宏等賦長律祝之，極頌其文章功業。賓之亦有次韻詩答一清。

詩後稿卷九有生日邃庵太宰貺以長律，用韻自述，并答雅懷詩。

楊一清石淙詩抄卷八奉壽涯翁先生詩「……正學遠尋垂絶緒，頽波東障逝回川。士林山斗唐韓愈，國史文章漢馬遷。……身到黃扉添白髮，手扶紅日上青天。雷霆震撼心愈壯，歲月推移節自全。總道化機歸爕理，固知政本出文淵。巖山太嶽孤擎外，矯矯蒼松特立前。濟險人方思利涉，逢危吾亦仗持顛。……」案，詩前小序曰：「先生今年六十有五，六月九日其初度也。僕添通家，離合之餘，始得一奉觴爲壽。」

費宏太保費文憲公摘稿卷二壽西涯先生次邃庵韻：「……聖主虛懷咨壽俊，後生翹首仰英賢。周情孔思才難及，杜斷房謀史必傳。……德業三朝推弼亮，邦基萬載卜綿延。……」

案，費宏，字子充，號湖東，鉛山人。舉成化二十三年進士第一，三入内閣，嘉靖間位至首輔。傳詳明史卷一百九十三。

十五日，以詩二首題米南宮多景樓詩真迹卷而贈楊一清。

詩後稿卷四收題米南宮真迹卷，贈邃庵太宰先生二首詩，其跋曰：「偶得南宮多景樓詩一首，筆墨清潤，蓋得意書也。因憶邃庵博古好學，而此詩此景又其所卜居地，舉以贈之。復追前韻二首，書于卷後。……正德辛未六月望日。」

二十三日，上疏以老疾乞休。不允。

明武宗實録卷七十六：「正德六年六月……辛丑，大學士李東陽以老疾乞休。……上曰：『卿忠誠體國，輔導累朝。功烈譽望，天下共知。述作議論，尤爲國華。出處進退，關係天下重輕。宜體朕情，亟起視事，乃見君臣同德之義，不必固辭。』」

求退録三有奏爲老病乞恩休致事之疏。

七月，四日，再上疏乞休。不允。

明武宗實録卷七十七：「正德六年秋七月……壬子，……大學士李東陽上疏乞休。……上曰：『朕念輔導任重，治理關係，卿以非常之才，年未七十，屬當更化，實切倚毗。邇稱疾求退，已有旨慰留，如何復爲此退託？非朕所望於卿者。宜亟起視事，以慰朕懷。』」

求退録三有奏爲老病陳情懇乞休致事之疏。

十七日，復上疏乞休。不允。

明武宗實録卷七十七：「正德六年七月……乙丑，大學士李東陽復上疏乞休。……上曰：『朕覽卿奏，具見忠愛至情。卿所受遺先朝，輔導朕躬。見今天下多事，正宜同心佐理，何忍捨朕求去？宜彊起視事，副朕倚毗至願，仰答先帝顧命之意，不必再辭。』」

求退録三有奏爲老病陳情仰祈天鑒懇乞休致事之疏。

八月，與同官應詔至左順門，議禦敵之策。

明武宗實録卷七十八：「正德六年八月甲申……提督軍務侍郎陸完師出涿州，忽報賊在固安，上召大學士李東陽、楊廷和、梁儲至左順門内。上南向立問曰：『賊在東，而師乃西出，恐緩不及事。欲令兵部追還完等令東，如何？』東陽對曰：『甚當。且行未遠，一二日内可至。賊船在水套，自來送死。官軍並力，擒之甚易，但恐人心不齊。嚮來累失事機，正坐於此。今官軍在北，宜亟敕東南諸將提備。』上曰：『張俊等皆在南，料亦無害。』奏畢，上曰：『先生用心。』命賜羊酒而退。」

十一月，以九載績，令兼食大學士禄，賜之誥命，宴於禮部。兩具疏力辭，得免宴禮部。

明武宗實録卷八十一：「正德六年十一月……癸酉，大學士李東陽九載考績，吏部以聞。上曰：『東陽輔導三朝，勤勞備至，勳德懋昭。今以一品九年奏績，可降敕褒諭，令兼食大學士禄，仍舊供事。錫之誥命，宴於禮部。』……丙子，……大學士李東陽以賜宴禮部辭。……上曰：『朕以卿壽俊元臣，一品九年，朝廷盛事，乃循舊典，賜宴禮部，而卿屢以修省爲言，重違雅志，特允所辭。』」

求退録三有奏爲辭免恩命事及奏爲陳情懇辭恩命事二疏。

十二月，爲亡師黎淳詩文集撰序。

文後稿卷四有黎文僖公集序。案，黎淳黎文僖公集卷首所載此序署「正德辛未十二月八日，特進光禄大夫左柱國少師兼太子太師吏部尚書華蓋殿大學士知制誥同知經筵事國史總裁門生長沙李東陽謹序」。

費宏入閣參預機務。

是年，薦復何景明中書舍人。

孫奇逢中州人物考卷五何副使景明：「正德四年，瑾誅，李東陽薦復中書舍人，直内閣製敕房，經筵官。」案，是處紀年有誤，劉瑾伏誅，事在正德五年八月，據此推之，賓之薦復景明，事當在正德五年末或本年，姑繫於此。

何景明大復集卷三十二上李西涯書：「某在家五歲，自期全命於蓬蒿之下，過蒙明公收廢棄之餘，舉之下吏之列。」

何景明，字仲默，信陽人。舉弘治十五年進士，官至陜西提學副使。史稱志操耿介，尚節義，鄙榮利，與李夢陽並有國士風。詩文亦與夢陽並稱。傳詳明史卷二百八十六。

## 正德七年壬申　一五一二　六十六歲

二月，上疏以老病乞休。不允。

明武宗實録卷八十四：「正德七年二月……甲申，大學士李東陽以老病乞休。有旨：『卿勳德隆重，中外具瞻。比來累引疾乞休，已悉情悃。今四方未靖，戎務方殷，正宜上下同心，共圖治理，固欲求去，於義何安？可亟起視事，以慰朕倚注至懷，再不必辭。』」

求退録三有奏爲老病乞休事之疏。

門人陸深、何瑭等謁於私第。議及國事，至手揮雙泪。

陸深儼山文集卷八十八跋邵二泉西涯哀詞：「往歲丙子秋，深起告北來，舟次廣川，適聞文正之訃，亦有一詩哭之曰：『細推天運幾生賢？又是山川五百年。廊廟江湖今復少，文章功業古難全。重來東觀嗟何及，再過西涯定惘然。白髮門生傷往事，每看憂國泪雙漣。』壬申二月，深嘗與修撰何粹夫瑭、檢討盛希道端明，謁文正公於私第。議及國事，公手揮雙泪，意甚悲愴。落句蓋紀實也。」

錢謙益列朝詩集小傳丙集陸詹事深：「深，字子淵，上海人。弘治乙丑進士，由庶吉士授編修，以祭酒充講官。講畢，面奏：『閣臣改易講章，令講官不得盡職。』左遷延平府同知。歷副使、布政使，召還。以太常卿兼侍讀學士扈從世廟南巡。……進詹事府詹事，致仕，謚文裕。公少與徐昌國善切磨爲文章，有名於時。工書，倣李北海、趙承旨。品騭古今，賞鑒書畫，博雅爲詞林之冠。遺文百卷外，有河汾燕閒録、玉堂漫筆諸書傳於世。」

何瑭，字粹夫，號柏齋，武陟人。舉弘治十五年進士，官至南京右都御史。與湛若水等修明古太學之法，學者宗之。傳詳明史卷二百八十二。

三月，與同官上言趣開經筵日講。不報。

詳明武宗實録卷八十五、全集卷一三六。

是春，與楊一清等有紅梅唱和詩多首。

詩後稿卷九有崔甥復借紅梅，病起次舊韻二首、喜雨，疊前韻簡邃庵、邃庵以詩來訂花朝之約，次韻趣之、邃庵攜酒就梅，再疊前韻、疊前韻與崔郎、聞邃庵自得紅梅，再疊前韻、近日紅梅倡和頗多，當職思其外之時，有好樂無荒之戒，再疊前韻二首，以識吾過，并簡諸君子諸詩。

楊一清石淙詩抄卷八有西涯宅上賞紅梅雜詩、聞有賞客在座，病目不能徑造，而不能不豔慕之，再用前韻一首，以發諸公之興，非實有所觖望也，諒之、答崔世興郎中兼柬涯翁先生諸詩。

邵寶容春堂後集卷十二有紅梅一首，用涯翁壬申歲韻一詩。

案，寶之詩中有「春來好雨正逢時」、「已喜孤根回暖地」、「長安春望眼中賒」等語，一清詩亦有「了却公事聊呼酒，拋却春愁此看花」語，參之以邵寶詩，知紅梅唱和諸詩爲本年春之作。

四月，與同官上疏，言帑藏空虛，軍民窮困，寇盜不已，連歲用兵，自創業靖難以來，未嘗有此。勸以勤政務學，委任忠良。不報。

詳明武宗實録卷八十六、全集卷一三六。

五月，以老病不職疏乞休退。不允。

求退録三奏爲老病不職懇求休退事：「臣之生六十有六歲矣。……今眼目昏暗，痰火上攻，腰膝疼痛，痔漏交作，精神短少而不能振，筋力消磨而不能强，老病之狀無過於臣。謀猷不善，輔導無功，政令依違，語言顧忌，三辰失行而不能變，四郊多壘而不能靖，不職之咎亦無過於臣。……伏望陛下……查臣節次所奏，情詞出於肺腑，賜之骸骨，俾返山林。……正德七年五月二十六日，奉聖旨：卿顧命大臣，望隆中外。近年以來，累次具奏乞休，詞意激切。朕念先帝付託之重，懇懇慰留。況今天下多事，正賴舊德匡濟，如何輒便求去？縱欲自安，恐於君臣之義尚有未盡，所請不允。卿亟起視事，以慰朕懷，慎勿再辭。」

閏五月，六日，復以老病不職上疏乞休。不允。

明武宗實録卷八十八：「正德七年閏五月……庚辰，大學士李東陽上疏曰：『臣因病乞休，蒙命醫遺問，慰留戒諭。……但臣之衰病，日甚於前，伏望憫查其情，早賜休退。』上曰：『先帝顧命，委重於卿，明訓具在，其何忍忘朕？以卿才優力稱，不惜懇留，正欲補益大政。吏部即往諭此意，可亟出，勿復辭。』」

求退録三有奏爲老病不職懇求休致事之疏。

十二日，復以老病不職懇求休退。不允。

明武宗實録卷八十八：「正德七年閏五月……丙戌，大學士李東陽上疏言：『人臣報國之心無窮，而干事之力有限。臣誠衰老，鞭策不前。伏望天恩，特令休退。』上曰：『卿連章求退，至情已悉。但時方多事，朕爲天下留卿。元臣進退，所關甚大。有疾宜善調攝，其亟出以副朕懷。』」

求退録三有奏爲老病不職懇求休致事之疏。

六月，復上疏乞休。不允。

明武宗實録卷八十九：「正德七年六月……庚申，大學士李東陽奏言：『臣自五月抱病，三疏乞休。雖報國之心無窮，而趨事之力有限。伏冀矜不能之往咎，貸未死之餘生，特許休致。』上曰：『卿累朝元臣，勳德隆重，出處所關不輕。近屢引疾，朕已具悉，特令吏部諭意，懇爲天下留卿。宜體至情，勉出以慰人望，慎勿再辭。』」案，賓之於本年七月所上疏中言：「臣於本年五月初患病，已嘗四次具本乞休。」知本次乞休亦有疏，今已無考。

七月，九日，以病滿三月，請停俸。不許。

明武宗實録卷九十：「正德七年秋七月……庚辰，大學士李東陽以病滿三月，例當停俸。吏部爲請，上不許，且令吏部諭意，俾亟出視事。」

十五日，上疏辭免恩命，乞求休致。不允。

明武宗實録卷九十：「正德七年秋七月……丙戌，大學士李東陽上疏曰：『……今病已三月，例當停俸，乃辱優恩，不允所請。用是哀鳴乞休，庶不爲曠職竊禄之首。』上曰：『卿累朝元臣，方隆倚任。既屢遣慰諭，宜亟起以副朕懷，慎勿再辭。』」

求退録三有奏爲辭免恩命懇求休致事之疏。

三十日，諫止命太監谷大用仍提督西廠。

詳明武宗實録卷九十、全集卷一三六。

明史卷三百〇四谷大用傳：「谷大用者，瑾掌司禮監時提督西廠，分遣官校遠出偵事。……瑾誅，大用辭西廠。未幾，帝復欲用之，大學士李東陽力諫乃止。」

八月，十日，上疏引衰病乞休。不允。

明武宗實録卷九十一：「正德七年八月……辛亥，大學士李東陽言：『臣再病乞休，……仰祈聖鑒，特許退休。……』上曰：『卿耆德元臣，中外倚重。疾已痊，宜率先庶職，何事固求退去？似非大臣體國之義。勉爲朕起，以慰輿望，勿再辭。』」

求退録三有奏爲衰病不能任事，懇乞致仕，以終晚節事之疏。

二十七日，復上疏引疾乞休。不允。

明武宗實録卷九十一：「正德七年八月……戊辰，大學士李東陽復引疾乞罷。……上曰：『卿茂名清節，海内具知。數懇退休，章數十上，朕已具悉，屢命吏部及鴻臚寺官諭意。今河北盜雖息，而江西、四川未已，朕心憂焉。卿宜亟起共圖，乃見愛君體國之義。』」

求退録三有奏爲積衰久病，不能任事，懇乞致仕，以終晚節事之疏。

九月，二十四日，直隸、山東、河南、江西等處義軍平，以運籌定議功，賞銀兩表裏，蔭子侄一人爲錦衣衛，世襲正千户。次日，與同官疏辭蔭子。不允。

明武宗實録卷九十二：「正德七年九月……丁酉，大學士李東陽等奏：『昨奉手敕：「直隸、山東、河南、江西等處賊平，内閣官運籌定議，致有成功。李東陽、楊廷和、梁儲、費宏各賞銀五十兩、紵絲四表裏，蔭子侄一人爲錦衣衛，世襲正千户。」……除銀兩表裏，臣等仰體聖心，不敢辭避，望闕叩頭外，其蔭子恩典，斷不敢受。伏望聖明，收回成命。……』得旨：『頃年盜起，小民失業，卿等出謀畫策，以致平定。特官一子，以酬爾勞，可不必辭。』」

求退録三有奏爲辭免恩命事之疏。

二十八日，復與同官上疏懇辭。不允。

明武宗實録卷九十二：「正德七年九月……庚子，大學士李東陽等言：『昨該臣等辭免恩蔭，未蒙俞允。……洪惟我朝，立法定制，武職之授，非軍功不得預。……若銀幣之賞，本非所安，臣等已仰體聖心，强顔登受。正以蔭子恩命，決不敢承。故略虚辭，務存實讓，伏望聖明鑒察。』不允。」

求退録三有奏爲懇辭恩蔭事之疏。

十月，四日，復與同官上疏懇辭。詔改蔭六品文職。

明武宗實録卷九十三：「正德七年冬十月……甲辰，大學士李東陽等奏：『臣等一再具疏辭免恩蔭，未蒙俞允。……事非虚讓，設若堅辭而未允，則將引避以自明。』……詔改蔭六品文職，令毋再辭。」

求退録三有奏爲懇切辭免恩蔭事之疏。

七日，與同官上疏辭免文蔭。不允。

明武宗實録卷九十三：「正德七年冬十月……丁未，大學士李東陽等上疏曰：『伏蒙聖恩，録臣等子侄一人，改蔭文職。……六品之華階，何可一朝而驟致？懇乞天恩，并收成命。……』上曰：『朕以卿等勞勩，特蔭武臣，堅志不受，今改文秩，可不必辭。』」

求退録三有奏爲陳情懇乞辭免恩蔭事之疏。

十四日，復與同官上疏辭免文蔭。不允。

明武宗實録卷九十三：「甲寅，大學士李東陽等再辭免六品文蔭。……上曰：『成命累下，卿等可勉受之，毋固辭。』」

求退録三有奏爲懇乞辭免恩蔭事之疏。

二十三日，復與同官上疏懇辭文蔭，始獲允。繼而敕各加進階一職，賓之兼支尚書俸。

明武宗實録卷九十三：「正德七年冬十月……癸亥，大學士李東陽等上疏曰：『……所有前項恩蔭，臣等終不敢受。伏望聖明，俯從愚請，並收成命，以慰憂惶。』上始許之。」

求退録有奏爲陳情懇乞辭免恩蔭事之疏。案，進階兼俸事，參下疏。

二十七日，上疏辭免兼俸。允免支大學士俸。

明武宗實録卷九十三：「正德七年冬十月……丁卯，大學士李東陽辭免兼俸。疏曰：『伏奉手敕：「連年兵燹，卿等指顧籌畫，勞勩實多。蔭子一官，以伸朕念，今又懇辭，特允所請。還各加進階一職，李東陽兼支尚書俸。」……尤望聖明下燭，洞察懇誠，准免兼俸，……』上曰：『朕以卿輔導竭心，謀議裨國，累辭蔭敍，特命三俸兼支，今又懇辭，姑免大學士俸，可兼支尚書俸，以副至意。』」

求退録三有奏爲辭免兼俸事之疏。

十一月，抗疏力諫京軍與邊軍對調，極言十不便。

唐鶴徵輔世編：「有獻密計者，託言京軍不習戰陣，欲調宣府邊軍三千人入衛京師，而以京軍如數戍邊，每歲春秋番换。上遣司禮監谷大用至閣議，東陽以爲不可。大用等謂此已有先入之言，盍如試之？東陽曰：『某等職在論思，與聞國計，知其不可。若勉强曲從，即有後患，獻計者不知何在，而執筆者固存。國事一壞，雖死何贖？』往返再日，乃下兵部復議至再，皆云不可。而内議已定，司禮監逼令擬票。上坐乾清宫門，必欲今夜批出。東陽等乃具題極言不便，曰：『京邊官軍各有分地，必有亟事，方可互相應援，今無事而動，一不便也；京軍備邊，不習戰陣，難保必勝，恐傷國威，二不便也；京軍出京，傳聞各處，未免驚疑，三不便也；京軍在外，倚勢占住房屋，需索酒食，强買貨物，姦污婦女，將官護短而不肯禁，邊方受害而不敢言，四不便也；邊軍在内，傲睨軍民，蔑視官府，治之則不能堪，縱之則愈不可治，五不便也；違遠鄉井，或風氣寒暖之不相宜，或盤纏供給之不相續，六不便也；糧草之外，必有行糧，布花之外，必須賞賚，非緊急不得已之時，爲糜費無窮極之計，七不便也；往來交錯，日無寧息，倉卒之際，或變起道途，厭倦之餘，或患生肘腋，八不便也；示京營之空虚，見中國之單弱，九不便也；西邊諸邊，見報聲息，唇齒之地，正須策應，脱有疏虞，咎將誰歸？十不便也。……所有前項事情，臣等不敢别議。』翌日，乃内降行之。」案明武宗實録紀此事於本年十一月，參該書卷九十四。

十二月，十六日，上疏以老病乞休。不允。

求退録三奏爲老病乞休事：「正德七年十二月十六日，奉聖旨：卿耆德重望，輔導功多朝廷。連章乞休，已屢遣官慰諭。方勉爲朕起，如何又引疾求退？宜亟起視事，以副眷懷。再不必辭。」案，此次上疏乞休，實録未記，姑以奉旨之日繫於此。

二十七日，復以老病懇乞休致。始勉從其請，賜敕褒譽，令有司時加存問，歲給輿隸十名，月饋官廪八石，蔭其侄兆延爲中書舍人。

明武宗實録卷九十五：「正德七年十二月……丁卯，少師兼太子太師吏部尚書華蓋殿大學士李東陽致仕。東陽屢以老病乞休，不允。至是，復上疏云：『每當具奏乞休，實是哀鳴懇訴，未蒙覽察，曲荷涵容。顧在告之辰，歲過其半；素餐曠職，累積愆尤。况今歲暮祫享，不能陪列；正旦朝賀，不能隨班；郊壇大祀，不能看牲、分獻。而深居飽飯，偃仰在牀，寤寐不寧，食不下咽。臣之狼狽，實不知所以自處也。伏望許臣休致，則進退之節，庶全始終。』上始可其請，賞銀五十兩、文綺四襲，蔭其侄兆延爲中書舍人。仍賜敕曰：『朕惟君臣相遇，自古爲難。而人臣事君，才德相稱，始終如一者，尤難其人。卿資禀神異，慧悟素成。爰自童年，召見中禁，應對稱旨，名動四方。遂以宏博之學，蜚英藝苑，優遊常調三十餘年，資歷既深，聞望彌重。逮我皇考，簡自聖心，擢居政府，朝夕獻替。便殿之延訪，平臺之賜問，有懷必吐，無言不從。弘治之治，光於列祖，惟是二三大臣佐理之功。而卿之誠心直道，不激不隨，無私無比，尤爲皇考所眷注。顧命之際，推誠付託。卿感激知遇，益竭忠勤。事涉憂違，委曲匡救。西鄙戡亂，兩河討賊，廟謨勝算，多所贊畫。釐革弊政，率循舊規，樂育人才，明揚善類。代言足以宣朕意，敷奏足以達民隱。況文學詞翰，獨步一時，貫穿古今。精練政務，立朝僅五十年，輔政十有八年。清慎之操，始終不渝。自古大臣兼兹衆美者，代不數人。朕仰承先志，圖任老成。屬時多難，方切倚仗。卿年猶未至，精力有餘，乃以止足爲念，動輒引疾乞休。比年以來，章疏十上，每奏愈切，重違雅志。特賜俞允，降敕褒諭。命有司時加存問，歲給輿隸十名，月饋官廩八石，仍賜白金綵幣，襲蔭子侄一人爲中書舍人。用表朕懷舊優老、崇德報功之意。於乎！功成名遂身退，卿之自處善矣。乃暮西顧，居第伊邇，國有大政，尚將就而問焉。卿其頤養天和，茂膺壽祉，以慰天下之望。故諭。』」

求退録三有奏爲老病懇乞休致事之疏。

案：法式善李文正公年譜引館閣漫録及明朝典彙記賓之致仕於本年十一月，誤。

三十日，上疏謝恩。

求退録三有奏爲謝恩事之疏。

門人孫承恩撰啓致賀，極頌其文章德業。

孫承恩瀼溪草堂稿卷四十六賀少師西涯先生李公致仕啓：「……德業皋、夔，文章韓、孟。著忠勤於四世，蹈夷險以一心。功業施於天下而人不知，風節表於一世而士咸服。曩者内朝變故，以及西寇搶攘，左右維持，馴致底定。……蓋宰相致仕，始於韋賢，而事業未見；功成請老，見於裴度，而文章則無傳。其或兼是二長，則又多虧晚節，未有全美之善，卓如我公之賢。……某自昔登門，雅深受教，顧此瞻依之久，尤深喜慰之私。」案，是啓既爲賀賓之致政而作，時日自當相近。

四庫全書總目提要卷一百七十二：「（孫）承恩，字貞父，南直隸華亭人。正德辛未進士，官至禮部尚書，兼翰林院學士，掌詹事府事。……及官禮部時，齋宫設醮，承恩獨不肯黄冠，遂乞致仕。較之嚴嵩諸人青詞自媚者，人品卓乎不同。其文章亦純正恬雅，有明初作者之遺。」

## 正德八年癸酉　一五一三　六十七歲

春正月，求退録三卷成編。

求退録序：「弘治乙卯春，東陽辱先皇帝簡入内閣，參預機務。自揣涼薄，弗克膺重任，具疏辭，不許，黽勉就職。辛酉春，屬以疾告，三具疏乞休，繼以災異辭，以不職辭，前後十餘上，皆不許。自受顧命以來，恭遇今上皇帝嗣大歷服，自度無所補益，當正德丙寅秋，與少師洛陽劉公、少傅餘姚謝公並辭，亦不許。疏再上，二公皆得請以去，而東陽獨被留命。旋值權姦竊柄，國是動搖，既不獲退，則曲爲匡救，十不能一二，累疾累辭。及會典、實録次第告成，藩賊外平，逆臣內殄，……中間疢疾時作，輒不得已而辭。……或浹月再陳，或期歲十上，誠悃之積，上通于天，乃於壬申之冬歲未盡四日，特賜俞旨，許令致仕。……居間無事，檢閱舊章，……彙録之，得若干篇，爲三卷，總名曰求退録。而辭廕之章、謝恩之奏，亦以事附焉。正德癸酉春正月二十四日……致仕李東陽謹序。」

是春，以致仕事報知諸故舊門人，先後有與劉大夏、謝遷、劉健、姜諒、喬宇、邵寶等書；復有寄劉大夏、謝遷詩各二首，以道得請之樂。

文續稿卷六答劉東山書：「蓋一歲之間，奏章十上，而後得請。古稱難進易退，而退之難乃如此。……敢言中道之歸，輒以寸心質諸知己，仍用話别韻賦得二章。」答謝木齋書「……及冬，偶有所觸，再伸前請，始蒙聖恩俯賜俞允。……此情此誼，非泓潁輩所能達也，再和留别韻，聊附此便。……春尚寒，惟爲道自重。不宣。」與晦庵先生書：「去冬臘底，固申前請，始蒙恩旨，獲賜歸休。」與喬希大書：「自去秋復出以來，幾滿三月，勉答聖恩，再申前請，乃蒙俞旨，獲遂歸休。」與貞庵姜太守書：「僕非才竊位，獨後歸休。蓋年近七旬，官逾四紀，而方得請。」答邵國賢書：「顧郎中所寄書，穀日始到，時已獲請歸休閱歲十餘日矣。計國賢尚未得報，報時，當爲我一莞然也。」案，諸書所言，皆報知致仕事，顯作於獲請後不久之本年春。

詩續稿卷一寄木齋先生，用留別韻二首：「君向江南把釣綸，我從東閣罷詞臣。」「樓鐘閣漏依稀遠，澗柳山花次第新。」寄東山先生，用話別韵二首：「若起謝公應大笑，笑予今亦解朝衣。」

楊一清以耆英圖索題長句，得請後，乘興爲之。

詩續稿卷一有長句邃庵先生以杜古狂愳男所作耆英圖鉅軸索題長句，予以休致未遂，每一構思，輒太息而止。得請後，乘興爲之，率爾而就，還此宿逋，如釋負重矣。邃庵其爲我和之。

潘辰壽日，以七律二首祝之。

詩續稿卷一壽潘南屏先生二首：「問君春興復如何？院柳城花次第多。……記取壽筵人日是，幾時攜酒共高歌？」

案，詩續稿所收詩以得之先後爲序，卷一、卷二爲本年之作，卷三、卷四爲正德九年之作，卷五、卷六、卷七爲正德十年之作，卷八爲正德十一年之作。本譜所徵續稿諸詩，不復煩考。

楊廷和贈梅，有詩遣興。

詩續稿卷一有石齋閣老贈梅二本，春半無花，用舊韻遣興一首詩。

楊一清饋天鵝雛雁，兼致二詩，有詩二首次韻答之。

詩續稿卷一有邃庵饋天鵝雛雁，兼致二詩，次韻奉答詩二首。

爲亡師劉定之撰呆齋劉先生集序。

劉定之劉文安公策略卷首所載是序署曰：「正德癸酉三月既望，特進光祿大夫左柱國少師兼太子太師吏部尚書華蓋殿大學士門生長沙李東陽謹序。」案，文續稿卷三亦收是序。清刊本懷麓堂全集入文稿卷五，失考。

是春，尚有見雪、步日、湖上瞻雲圖爲夏參議題、崔甥復借紅梅，花朝二日始開，復用舊韻、清明日西莊作、惠崇沙鳥圖爲邃庵題、喜雨、訟風諸詩。

案，諸詩皆見詩續稿卷一。

夏，聞四川捷，有詩。

詩續稿卷一有聞四川捷用前韻。

明史卷十六武宗本紀：「八年，……夏四月乙丑，彭澤破賊於劍州。」案，劍州，明屬四川保寧府。

吳儼攜酒過，限韻索詩，爲賦一律。

詩續稿卷一有七律克温少宗伯攜酒見過，名曰「古樸」，限韻索詩，走筆一首。

顧清饋松江酒，有獨酌詩二首。

詩續稿卷一有獨酌二首，時顧士廉饋松江酒。

楊一清石淙詩抄卷八有和西涯先生獨酌二首詩。

顧清東江家藏集卷十一有涯翁示獨酌二詩，序云是日飲松江酒，次韻奉謝詩。

與汪俊、汪偉兄弟飲襄陵酒，有詩書懷。

詩續稿卷一一醉二首，其二：「醉鄉天地本來寬，萬事無悲亦不歡。四十九年醒是醉，醉時翻作醒時看。」

顧清東江家藏集卷十一有涯翁與二汪飲襄陵酒，聞清來，留一尊見待，已而盡之，賦一醉二首，清至，首以見示，敬和二絶。

案，「二汪」爲汪俊、汪偉二兄弟。錢謙益列朝詩集小傳丙集：「石潭者，汪文莊公，與其弟侍郎偉皆長沙所舉士。麓堂集中所云『二汪』也。」

汪俊，字抑之，人稱石潭先生，弋陽人。舉弘治六年進士，官至禮部尚書。史稱行誼修潔，立朝光明端介。傳詳明史卷一百九十一。

汪偉，字器之，俊之弟。弘治九年進士，官至吏部左侍郎。史稱剛介敢諫。傳詳明史卷一百九十六。

傳珪致仕將歸，病暑，彊起爲賦長句。

詩續稿卷一有北潭大宗伯將歸，談雞泉别業之勝，病暑，强起走筆爲長句，情見乎辭。蓋予之於北潭，有鄉郡場屋之舊，幾三十年矣。

案，明史七卿年表紀珪於本年六月致仕。

傳珪，字邦瑞，號北潭，清苑人。舉成化二十三年進士，官至禮部尚書。時稱剛直忠讜，有古大臣風。傳詳明史卷一百八十四。

六十七壽辰，楊一清、楊廷和、梁儲、費宏、顧清、魯鐸、何孟春等故舊門生，及翰林、春坊之大夫士皆賦詩頌壽，靳貴爲撰序。

靳貴戒庵文集卷六賀少師西涯先生李公詩序：「少師兼太子太師吏部尚書華蓋殿大學士西涯先生李公致仕之明年六月九日，實維嶽降之辰，是春秋六十有七矣。內閣少師石齋楊公、少傅厚齋梁公、太子太保鶼湖費公過公第賦詩爲壽，而翰林、春坊諸君又各獻詩以致祝頌之意，聯爲一軸。石齋公以貴受教最久，命僭爲序。」

楊一清石淙詩抄卷八有涯翁先生初度之辰，和所作耆英會圖歌韻爲壽一詩。案，賓之於本年春爲一清賦耆英圖詩（參上），本年十二月復用此韻壽一清，中有「蓋予初度時先生嘗用此韻，不敢不以此爲答」語，因知一清是詩作於本年賓之壽辰。

顧清東江家藏集卷十一有涯翁六十七壽詩。

魯鐸魯文恪公集卷二有涯翁致政壽詩。

何孟春燕泉何先生遺稿卷三有壽涯翁太師詩二首。其二有「黄閣歸來白髮新，壽村分得帝城春」語，顯作於本年祝壽之際。

是夏，尚有瞻雲圖歌爲劉郎中克柔作、致仕後以朝衣二襲與延、蕃，仍示以詩、以玉佩與崔氏女、五月七日、次答汪器之韻、和汪抑之舟中見懷韵、盧溝行爲松庵劉二老作、今我樂矣等詩。

案，諸詩皆見詩續稿卷一。

秋，與李士實有詩唱和。

詩續稿卷二有雨中再疊韻答白洲二首詩。

爲孫交賦九峰書院長句。

詩續稿卷二有九峰書院爲孫户部志同賦，時孫已致政矣詩。案，明史孫交傳記交於本年六月致仕。孫交，字志同，安陸人。舉成化十七年進士，官至户部尚書。史稱清慎恬愨，始終如一。傳詳明史卷一百九十四。

中秋之十七夜，與吴儼等會東園；十八夜，復與汪俊等會東園。皆有詩紀之。

詩續稿卷二有十六夜與克温諸客會東園，疊前韻、十八夜與抑之兄弟諸客會東園，再疊前韻二詩。

繼母麻氏壽八十，故舊門人來賀，有疊席間聯句韻詩四首。

詩續稿卷二有正德癸酉八月二十八日，老母麻太夫人壽八十，疊席間聯句韻四首詩。

汪俊壽李太夫人九十詩序：「正德癸酉太夫人壽八十，公時已致政，館閣諸老及其門生皆獻頌以娱彩。」

顧清東江家藏集卷十一有李太夫人麻氏壽八十詩。

與汪俊、顧清汎舟趙永園，有詩。

詩續稿卷二有再汎趙生園次前韻詩。其註云：「是日大風，舟不能行，汪、顧兩内翰有僮善操，往復二里許乃罷，以酒賞之。」

顧清東江家藏集卷十一有九月十四日，趙爾錫西莊泛舟，和涯翁韻詩。

趙永，字爾錫，臨淮人。舉弘治十五年進士，官至南京禮部侍郎。史稱廉介。傳詳明史卷一百六十三。

## 石珤之任南京，贈之以詩。

詩續稿卷二石邦彥少宰告別，席間用所賦壽詩韻以贈：「幾向金陵夢玉堂，不勝吟思繞離觴。……故人若問西園景，庭樹猶青菊正黃。」案，王世貞弇山堂別集卷五十四紀石珤於本年遷南京吏部右侍郎，賓之於詩中稱之少宰，又有「幾向」句，所言正合。

石珤，字邦彥，藁城人。舉成化二十三年進士，嘉靖間官至少保武英殿大學士。史稱清介端亮，孜孜奉國。錢謙益列朝詩集小傳丙集石少保珤言：「其爲歌詩，淹雅清峭，諷諭婉約，有詞人之風焉。初入詞林，李長沙亟稱之曰：『後進可託以柄斯文者，其石氏季方乎！』長沙又嘗評其詩曰：『邦彥詩詞，皆中槼度，而七言古詩，尤超脱凡近，衆所不及。』」錢氏列之爲長沙門下六君子之首。明史卷一百九十有傳。

## 吳一鵬之任南京，爲賦長句，并寄毛澄、喬宇。

詩續稿卷二有長句白樓行贈吳南夫祭酒。南夫新作白樓，樓成而去，毛憲清學士居之。毛嘗號白齋，喬希大宗伯號白巖，因此并寄。

案，王世貞弇山堂别集卷六十三南京國子祭酒年表紀吴一鵬於本年任南京國子監祭酒。吴一鵬，字南夫，長洲人。舉弘治六年進士，官至禮部尚書。史稱剛介清正，直言敢諫。傳詳明史卷一百九十一。

毛澄，字憲清，昆山人。舉弘治六年進士第一，官至禮部尚書。史稱端亮有學行。傳詳明史卷一百九十一。

是秋，尚有中元日西莊作、再次韻與汪抑之、題李龍眠臨衛協高士圖、聽松庵爲李副使麟作、畫龍、畫虎、中秋夜崔塄與兩郎同奉東園之會，漫興一首、郊行二首柬張遂逸親家、九日登高不果與趙生、望前一日西莊觀稼、雙檜亭爲張大經侍郎作等詩。

案，諸詩皆見詩續稿卷二。

十一月，爲文玉書近作一醉二首詩，并跋其後。

詩見詩續稿卷一，跋詳全集卷一三七。

是冬，與劉春、蔣冕、李遜學、吴儼會酌，有詩。

詩續稿卷二有冬夜與劉宗伯仁仲、蔣敬之、李希賢、吴克温三亞卿會酌，各出韻請賦，走筆一首詩。

案，劉春，字仁仲，巴人。舉成化二十三年進士，官至禮部尚書。史稱其慎守彝典。傳詳明史卷一百八十四。

蔣冕，字敬之，全州人。舉成化二十三年進士，正德十一年入閣預機務，嘉靖間代楊廷和爲首輔。史稱其持正不撓，有匡弼功。傳詳明史卷一百九十。

殿閣詞林記卷六禮部尚書兼學士李遜學：「李遜學，字希賢，河南上蔡人。成化丁未進士，選庶吉士，授檢討。弘治丙辰，出補浙江僉事，以憂去。服闋，陞陝西副使，又以憂去。……正德戊辰，召入爲太常少卿，提督四夷館，仍兼侍講。……乙亥，陟南京禮部尚書。丙子，以慶賀入京，調禮部。明年，兼學士，掌詹事府事，典誥敕，授庶吉士業，卒。」

汪偉之任南京，贈之以二詩。

詩續稿卷二有雙溪草堂歌題贈汪器之司業。其序云：「汪新築鳶山居兩溪之間，堂成而北上，今復之南都。」同卷會別汪器之司業，疊聯句：「又續離筵第二詩，詩成還放客歸遲。……長安十月春如暖，莫道黄花獨後時。」

楊一清六十壽辰，賦長句壽之。

詩續稿卷二有長句邃庵先生六十初度，用前所賦耆英圖歌韻爲壽。蓋予初度時，先生嘗用此韻，不敢不以此爲答。先生方柄用顯施，爲時達尊，而乃以山林之韻相倡和，非知先生之深，其謬不至此也。正德八年十二月六日。

與吴儼、蔣冕冬夜論文劇飲，有詩十首。

詩續稿卷二有冬夜，克温少宗伯、敬之少宰同會，論文劇飲，二君限韻索詩，醉中走筆一首、再疊韻贈二君、三疊韻奉懷邃庵太宰、四疊韻贈敬之、客散後醉不能寐，五疊韻贈克温、六疊韻自述、七疊韻、八疊韻再贈克温、九疊韻再贈敬之、十疊韻贈二客諸詩。

楊廷和、梁儲、費宏來會飲，有詩與之唱和。靳貴不至，亦有詩索其和章。

詩續稿卷二疊聯句韻答石齋：「一陽生後始生寒，頗覺交遊會面難。」再疊韻答厚齋：「禁城深鎖漏聲寒，情話匆匆欲盡難。陸海風波今日定，玉堂詩酒故人歡。」三疊韻答湖東：「高情每荷千金重，勝會聊同一笑歡。面對棋枰當局坐，手翻詩草就牀看。」是日靳充道不至，四疊韻索和章：「客去爲君成不寐，幾回趺坐擁蒲團。」

李士實送葛根，以詩謝之，復有次其留別韻詩四首。

詩續稿卷二有白洲送葛根，云是葛洪井上物，有詩，次韻奉謝詩一首及次白洲留别韻詩四首。

是冬，尚有重遊慈恩寺，走筆三首、海錯圖四絕、次白沙歸思韻二首、守歲等詩。

案，諸詩皆見詩續稿卷二。

## 正德九年甲戌　一五七四　六十八歲

三月，爲徐源之詩文集撰序，以爲文必本諸經傳，參諸子史，而以其心之所得、口之能言者發之，然後隨其才質，有所成就，掇拾剽襲之文，無所用於世。

文續稿卷三瓜涇集序：「夫所謂文者，必本諸經傳，參諸子史，而以其心之所得、口之能言者發之，然後隨其才質，有所成就。苟徒掇拾剽襲於片語隻字間，雖有組織繪畫之巧，卒無所用於世也。執是以考之，宜莫有遁其情者。於此見作文之難，非可以强而致也。」案，明正德刻本徐源瓜涇集卷首所收次序署：「正德甲戌三月三日，特進光禄大夫左柱國少師兼太子太師吏部尚書華蓋殿大學士致仕長沙李東陽序。」

春，費宏饋赭亭茶，以詩謝之。

詩續稿卷三赭亭茶一首謝費湖東閣老：「……采掇常當穀雨前，勾萌不待春雷後。誰其饋者湖東公，珍重風情託筐篋。……」

林魁以詩贄謁，次韻答之，又爲賦白石草堂詩。

詩續稿卷三有鎮江府林知府魁以詩爲贄，次韻答之、林復求白石草堂詩，因疊前韻一詩。

爲林俊賦寄題臨滄亭詩二首。

詩續稿卷三有寄題林待用臨滄亭，用前韻二首詩。

林俊見素詩集卷五有臨滄亭承涯翁李先生次韻寄題，和答詩十四首。

於東園新構一亭，林俊有詩，因次其韻，得二絶，謝遷有詩相和。

詩續稿卷三有兒輩於東園新構一亭，落成之日，林待用都憲寄詩一絶，因用其韻得二首詩。

謝遷歸田稿卷六有和西涯新構園亭韻二首詩。

是春，尚有步日次去歲韻、觀黃源續編修舊卷次前韻、西莊借前韻贈同遊者、見雪次去歲韻、看雪次前韻、黃筌花鳥圖二絶、李宗易編修送樹十株，絶句三首、俞給事國昌送紅梅一株，花已開盡，用前歲韻答之、題畫錦春暉圖卷爲白千户埈作等詩。

案，諸詩皆見詩續稿卷三。

夏，重過趙永芍藥園，有詩。

詩續稿卷三重過趙生芍藥園：「名花開遍屋西東，勝會重來社不同。」案，芍藥花於夏，因知是詩作於本年夏。

爲張綸題敬亭覽勝卷及疊嶂樓。

詩續稿卷三有題張大經侍郎敬亭覽勝卷、張大經談疊嶂樓之勝，請予寄題一首二詩。

六十八壽辰，館閣楊廷和等賦詩爲壽，孫承恩爲撰序。

孫承恩瀼溪草堂稿卷二十七壽少師西涯李公序：「……兹壽六十有八矣，彊實完厚如少壯者。……六月九日，爲公初度，館閣諸公自石齋而下，各賦詩爲壽，而謬屬某爲敍。」

爲何孟春作陟望堂詩三章。

詩續稿卷三有陟望堂詩爲何生孟春作詩三章。

是夏，尚有邵節夫持紙求書，信筆二絶、題畫二絶、樹色、花香、鳥聲、鶴舞等詩。

案，諸詩皆見詩續稿卷三。

秋，爲何孟春作燕泉行。

詩續稿卷三有燕泉行爲何子元作一詩。魯鐸魯文恪公集卷一有燕泉行爲何子元少宰作，次涯翁韻。

何孟春、盧雍、曹時信攜酒至園亭，有詩五絶。

詩續稿卷三有師邵御史與曹司務時信攜酒冒雨過園亭，再次前韻，其序曰：「向時車馬客，多以雨爲辭，未有冒雨而至者。惟何子元參政攜酒先至，留與共酌。酒半，雨益甚。屋漏入杯中，衣盡沾濕，劇飲而罷。是日士廉不至，且有後約云。」

吴縣志卷六十六：「盧雍，字師邵。正德辛未進士，授御史。武宗北狩，督宣府建行宫甚急，雍上疏請罷役。已清戎畿内，長寧伯横歛纍民，雍抗章請釋無辜而還其侵地。河間旱，奏請免賦減科，則盡出藏鏹貸民，全活甚衆。再按四川，首劾巡撫不法，一方肅然。妖人挾幻術惑衆，立擒置法。……擢四川提學副使，未任卒。雍嗜學能詩，爲李東陽所賞。」

中秋之十六夜，楊一清來共賞月，有詩唱和。

詩續稿卷三有十六夜次邃庵韻二首詩。

楊一清石淙詩抄卷八有八月十六日涯翁宅上賞月二首詩。

以家園生胡桃百個饋閣中楊廷和、梁儲、蔣冕、楊一清等，有詩唱和。

詩續稿卷四有七律饋生胡桃百個於閣中諸老，以歐陽公謝梅聖俞鴨脚百個鵝毛千里詩爲例，石齋、厚齋以詩見答，次韻謝之。

楊一清石淙詩抄卷八有涯翁惠家園胡桃，石、厚諸老有詩，次韻奉謝詩。

蔣冕湘皋集卷三十五有次韻奉謝李西涯分惠胡桃、再次韻奉謝李西涯老先生詩二首。

吴儼以詩饋通天筆，有詩唱和。

詩續稿卷四有無錫通天筆自邵國賢户侍攜入京師，制法圓健，甚宜大書。近吴克温禮侍以詩見饋，謂未經題品，兼索和章，次韻一首、克温再和，復疊前韻答之二詩。

案，吴儼詩已無考。

喬宇、文森來會東園及西莊，皆有詩。復爲宇賦白巖行。

詩續稿卷四有希大宗伯南來，文宗嚴太僕適至，小會東園，醉後得一首、八日希大、宗嚴會西莊，次前韻、希大會東園，疊前韻、白巖行爲喬希大席上作等詩。

吴縣志卷六十七長洲：「文森，字宗嚴，林異母弟。成化丁未進士，授慶雲知縣。歲大旱，上疏乞田租，户部以無撫按奏，不報。再疏，語切，卒免其半。一切力役，皆以民饑力争於上官，得減。境故高，舊渠堰，民視雨澤以田，遇旱則束手待槁，森教民鑿塘蓄水以備旱。……召拜御史。會吏部尚書缺，大臣有夤緣求進者，森疏論之，因舉劉大夏、周經。或以爲非所宜言，下詔獄。上知其直，答而不問。正德中，逆瑾用事，例致仕。瑾誅，起故官，陞南京太僕少卿。十一年，擢右僉都御史巡撫南贛，以疾乞休。兵部尚書王瓊劾其託疾，罷歸。又十餘年而卒。」

吴儼以詩饋蟹糕，有詩答之。

詩續稿卷四有克温以詩致蟹糕，次韻答之、克温再和，復疊前韻二詩。

顧清、楊廷和先後饋假山石，皆謝之以詩。

詩續稿卷四有士廉學士送假山石，適與客飲，酒闌有贈、石齋閣老送假山石，奉謝一首諸詩。

魯鐸省墓湖南，爲賦夢野臺詩。

詩續稿卷四有夢野臺詩爲魯振之司業席上作，仍疊前韻。其序曰：「振之時省墓湖南，有旨趣其早還，亦異數也。」

與文森等遊慈恩寺，有詩四首。

詩續稿卷四重遊慈恩寺，用舊韻四首：其一「酒邊看竹誰爲主」句下注曰：「是日文宗嚴東道尚未至，呼酒獨酌。」詩中有「楊柳風多鷗不定，石田秋晚稻初收」句，知時序尚在秋。

假山成，靳貴、陳玉偶過。爲賦詩二首，并簡楊廷和、顧清。

詩續稿卷四有假山成，充道閣學、德卿亞卿偶過，趣予爲詩，因疊謝石韻二首，并簡石齋閣老、士廉學士詩。

顧清東江家藏集卷十二有小軒山頽，輦置涯翁園亭，石齋少師繼有太湖之貽，翁喜有詩。山成，次韻奉賀詩。

是秋，尚有秋日感懷回文二首、觀顧士廉學士與盧師邵御史「久雨壁壞，隔牆送酒」之作，予家鄰壁亦壞，而詩與酒皆不至，憮然感之，戲次其韻。韻蓋用「牆頭過濁醪」五字也、天趣圖爲蕭主事韶題、苦雨、十四夜東園對月，用去歲舊韻，坐客仍各占一字爲句首、待喬希大不至，再疊一首、費編修寀求詩壽母，補寄一首、遮陽詩、賀喬希大生子，疊前韻、陳德卿侍郎六十等詩。

案，諸詩分別見詩續稿卷三、卷四。

冬，喬宇南歸，與楊一清賦會別聯句七律八首、五言長句一首送之。

文續稿卷三會別聯句詩引：「希大自北而南，三年而始會，兩月而遽別，往復繾綣，其情可知。邃庵先生暨予，皆有一日之長，欲爲聯句，以敍離合。適邃庵爲公務所絆，又以予方退處，弗能出門户，乃創新例，各出起句，以書郵相遞續。予以銓曹繁重、形迹之嫌爲解，而希大意不置，謂二先生不宜有是。其理似直，予不能屈也。於是日一再遞，得七言律八章、五言古一章。雖出倉卒，亦詩家奇事，不可以不録。乃令邃庵之子紹芳及吾子兆蕃各書其半。卷既成，希大已就道，則屬其兄本大寄之，以終是約云。」

案，諸詩見楊一清石淙詩抄卷八，詩續稿未收。

又案，詩續稿卷四希大宗伯南來，文宗嚴太僕適至，小會東園，醉後得一首詩下注曰「九月七日」，參之以引中「兩月而遽別」語，知宇南歸，已序屬初冬。

楊一清壽日，賦長句并以崆峒圖壽之。

詩續稿卷四有長句崆峒圖壽邃庵先生，仍用耆英會韻。

案，一清壽日爲十二月六日，參上年譜。

楊廷和饋香圓，謝之以詩。

詩續稿卷四有石齋送香圓，奉謝一首詩。

與謝遷有唱和詩八首。

詩續稿卷四追次陶韻答木齋四首，其四：「江路幾千里，别腸日萬周。山川正摇落，楚客忽驚秋。」山居雜興四首次木齋韻，其二：「右軍書法剡溪藤，手爲佳兒自制肱。……笑我學書空老大，夜窗呵凍寫殘冰。」案，以詩中「山川」、「夜窗」句，知諸詩非一日之作，約成於本年秋冬間，姑並繫於此。

謝遷歸田稿卷二題西涯詩篆卷後：「甲戌夏，杏莊與雪湖唱和消遣，詩頗多。間因便摘寫數首寄西涯，已而，西涯寄和還。以吾子正稍習篆學，素愛之，故特示以篆體。」

是冬，尚有十一月對菊疊前韻二首、銀燭朝天圖爲董給事鏊題、夢雪、聞雪枕上作、待曙樓爲俞給事國昌作、夏仲昭墨竹三首爲毛憲清席上作、守歲五平五側等詩。

案，諸詩皆見詩續稿卷四。

## 正德十年乙亥　一五一五　六十九歲

春，潘辰壽七十，以七律四首祝之。

詩續稿卷七有壽南屏先生七十四首詩，其一有「七日春光到七旬」句。案，潘辰壽日爲正月初七，參正德八年譜。

又案，詩續稿卷五、卷六、卷七所收詩皆爲本年之作，以得之先後爲序，惟卷序有誤。考之諸詩，卷七爲春夏之作，卷五爲夏秋之作，卷六爲秋冬之作。詳後。

上元前後數夜，客每來宴集，皆有詩紀之。

詩續稿卷七有上元前一夕，客罷一首、上元夜，客罷用前韻、十六夜，舜舉都憲見過，大經亞卿適歸自湖南，席上用前韻、十八夜集崔甥，再疊前韻諸詩。

與劉忠有詩唱和。

詩續稿卷七有次韻答劉野亭閣老詩四首。

劉忠，字司直，號野亭，陳留人。舉成化十四年進士，正德五年入閣預機務，官至少傅。史稱正直。事具明史卷一百八十一。

花朝前後賞梅，與楊一清有唱和詩數首，復爲毛澄、李宗易、盧雍等賦詩。

詩續稿卷七有花朝約邃翁看梅，不至，有詩，次韻奉答、薄暮邃庵攜酒見過，席間再疊前韻、緑萼梅盛開，公儀憲長過我言別，再疊前韻一首、再疊一首贈二楊、毛憲清侍郎來看二花，索用前韻，仍限律文八字爲句首、李宗易編修索用前韻，亦限八字爲句首、盧師邵御史索用前韻，仍限律文八字爲句首等詩。

是春，尚有題藏錢紀瑞卷、茶陵顔知州翀迎母就養，請詩爲壽、作詩苦、作詩樂、春日感懷回文二首、春暉曲壽劉中允舜卿母恭人六十、迎春花用梅韻、種樹等詩。

案，諸詩皆見詩續稿卷七。

五月，爲翰林前輩劉玥之文集撰序，極言文主於氣。

文續稿卷四劉文和公集序：「人有形斯有氣，有氣斯有聲。文者，聲之成章者也。氣昌而大，則其文雄偉明鬯，惟所欲言而無所底滯。一餒於中，則萎苶綿弱，不能自振。强而使之，不失之蹇澀，必陷於怪僻。劖鉥刻斫，矻矻若不給其役，心愈勞而氣之傷也益甚矣。且人之聲少而弱，長而壯，老而衰。其少而不弱，老而不衰者蓋鮮。惟文亦然，一視其氣而已矣。孔子之論辭尚達，其所謂達固未易言，歷代之文亦未暇悉論。朱子深慨夫之弊，謂今之爲文徒得減字與换字法耳。夫爲文而法止於是，又惡知有所謂氣者哉！」

案，明嘉靖刻本劉玥古直先生文集卷首所載此序作古直先生文集序，署「正德乙亥五月望日，特進光禄大夫左柱國少師兼太子太師吏部尚書華蓋殿大學士致仕長沙李東陽序」。

夏，過趙永園池賞牡丹汎舟，有詩二首。

詩續稿卷七有晚過趙生園卷牡丹，重入西濠汎舟二首詩。案，牡丹花於春末夏初。

爲吴儼賦詩寄費宏。

詩續稿卷七有園亭雨坐，克温少宗伯誦「邀子充閣老宜興山莊避暑詩二首」，索予和韻寄子充。時子充亦欲卜居宜興，不果而去詩。

任兆延得男，湯餅宴喜而有詩。

詩續稿卷五有延兒得男，湯餅喜而有作詩。

喬宗、何景明來謁，酒間有詩。

詩續稿卷五有湯餅後，喬員外宗、何中書景明同過，酒間再賦詩。

屠勳以詩寄壽，次韻答之。

詩續稿卷五有屠司寇元勳以詩寄壽，時元勳致仕歸平湖八年，年七十矣，因次來韻答之、是日有爲予寫真者，壽詩適至，再次前韻，并寄元勳二詩。案，楊一清爲勳所撰墓誌紀其生於正統丙寅，計至本年，正七十。

是夏，尚有夏日西莊二首、赤壁圖、洴練莊詩、張大經借芍藥，盆花盛開，與客同看，疊前韻、病起遊西莊，時何生送肩輿，遂發小興、椿桂堂詩、借水三絶、寄題黄鶴樓柬秦國聲都憲、南村草堂爲華亭劉鳳章作、斷酒、石壁阡詩爲豐諭德原學作等詩。

案，諸詩分别見詩續稿卷七、卷五。

夏秋之際，有七絶漫興三十首。

詩續稿卷五漫興三十首：其二：「大亭丈餘高過牆，小亭八尺僅容牀。小亭不如大亭闊，却得槐陰一樹涼。」其十二：「空亭六月已驚秋，旋設圍屏繞坐周。徑草叢花都不見，被人呼作背山樓。」其二十一：「郁蒸連月不曾開，小坐園亭亦快哉。酷日炎埃渾避却，衹愁風雨打頭來。」其二十八：「夏日田園麥已秋，晚風籬落豆初收。聽説農家好生事，閒愁不上老眉頭。」楊一清石淙詩抄卷九和西涯漫興二十首，其十三有「園亭風日入清秋，緣樹重蔭護四周」語。和涯翁漫興後十首，其七：「水面微風意入秋，園亭溽暑不曾收。繁陰匝地雨初霽，忽聽蟬聲在樹頭。」

案，二人詩中所寫，顯爲夏秋六、七月間之景。

秋，遊城南李氏莊，遇雨，有七律五首。

詩續稿卷五有遊城南李氏莊遇雨詩，其一有「碧天涼雨送新秋」語。

李遜學將赴南都，小亭話别，有詩。

詩續稿卷五有希賢李宗伯將赴南都，小亭話别，因談及焚黄省母事，識之以詩。

有詩與謝遷唱和。

詩續稿卷五有次韻答木齋詩。

八月十三夜，楊一清過東園賞月，有詩唱和。

詩續稿卷六有十三夜，邃翁見過，疊前歲韻詩二首。楊一清石淙詩抄卷九有八月十三日，過涯翁東園賞月，席上和去年聯句韻詩。

中秋節間，盧雍、顧清、張大經、劉汝忠等攜酒來過，孫思行饋東坡巾，何孟春饋小山巾，皆有詩。

詩續稿卷六有十四夜盧師邵御史攜酒見過，疊前韻、是日孫思行御史制東坡巾見贈，顧士廉學士謂不可無作，因疊前韻、何子元少卿以新意制一巾，用全幅帛折成，四面折處皆作山形，予名爲小山巾，并疊前韻、中秋夜園亭小會，疊前韻、即席贈張大經、劉汝忠尚賓出枸杞酒，疊前韻、十七夜，顧士廉學士攜酒見過，疊前韻諸詩。

劉大夏八十，賦長句寄壽。

詩續稿卷六有長句壽劉東山先生八十，用耆英圖詩韻爲壽。詩本爲邃庵楊先生作者，中間語及東山。蓋予三人者，皆黎文僖公門下士，情志氣分，古所謂異姓兄弟者。比嘗壽邃庵六十，亦疊此韻，是故有不能已云。案，劉節劉忠宣公年譜紀大夏生於正統元年十二月，計至本年，正八十。又，詩寄至華容，以當時條件，非兩三月不能至，因知是詩約成於本年秋。

與吴儼、毛澄、石珤會飲，有詩紀事。

詩續稿卷六有吴寧庵將有使命，毛礪齋、石熊峰皆自遠至，與蔣敬所同會，因用舊韻紀事一首詩。

與盧雍等飲惠泉酒，有詩二首。

詩續稿卷六有秋夜與盧師邵輩飲惠泉酒，次聯句韻二首詩。

何孟春送菊攜酒有詩，賦次韻詩二首。

詩續稿卷六有何生送菊攜酒有詩，次韻二首詩。

何孟春燕泉何先生遺稿卷三有送菊涯翁藉以一律詩。

與孔聞韶會別，顧清、汪俊、何孟春、王崇文聯席偶坐，有詩。

詩續稿卷六有與衍聖公會別，顧士廉學士、汪抑之侍讀、何子元少卿、王叔武參政聯席偶坐，皆予所取士，限韻一首詩。

山東通志卷二十八：「王崇文，字叔武，曹州人。寧夏巡撫珣子。弘治癸丑進士，授翰林庶吉士，改部郎。武宗即位，遣中官織造，因討長蘆鹽萬二千引，鬻買料，崇文執奏，内監憚之。歷山西參政。壺關盜起，將發兵剿之，崇武戒勿輕出，諭以禍福，多聽解散，因擒其首惡，餘黨悉平。陞右副都御史，巡撫保定，引疾罷。卒，賜葬祭。」

是秋，尚有劉給事濟聘吾女孫，間來謁見，禮部張郎中繼孟、劉員外文煥及吾甥崔尚賓傑實議姻事，請詩紀之，限韻二首、獨坐二首、來鶴樓詩、暮秋西莊作等詩。

案，諸詩見詩續稿卷五、卷六。

冬，有六言詩不寐五首寫懷。

詩續稿卷六不寐，其一：「歲序當長至節，風光近古稀年。白雲飛處凝佇，紅日高時醉眠。世事任教巧拙，人情閱盡媸妍。問予蹤迹何似，不在山邊水邊。」

朱輔饋赤壁圖，謝以二絶。

詩續稿卷六有成國送赤壁圖，酬以二絶詩。

楊一清壽日，填風入松詞二闋祝之。

詩續稿卷六有風入松二闋壽邃庵先生詞。

謝遷、馮蘭遥寄聯句，賓之次韻答之。

詩續稿卷六有次木齋先生與馮雪湖提學聯句見懷韻詩。

張汝立提學南畿，有會别詩贈之。

詩續稿卷六張御史汝立提學南畿，花下會别一首：「寒花開滿臘前枝，有客將行欲贈之。……多情一日難忘酒，好事千回不厭詩。明到江陵須憶我，燈前花底共傳卮。」

爲亡友張弼撰張東海集序。

文續稿卷四收此序。張弼張東海集卷首所載此序署：「正德乙亥長至前一日，特進光禄大夫左柱國少師兼太子太師吏部尚書華蓋殿大學士致仕長沙李東陽序。」

是冬，尚有冬日西莊作、蝶戀花四首次盧師邵韻、買炭、畫貓、臘月江梅盛開，與崔甥用舊韻、約齋爲周子庚作等詩詞。

案，諸詩詞皆見詩續稿卷六。

近年，爲亡友董越之詩文集撰序，以爲文章貴規矩。

文續稿卷三董文僖公集序：「古之以文名者，若左氏、司馬氏、韓氏皆預史事，歐、蘇、曹、王諸氏皆出自翰林。蓋翰林、史局典法所在，理道所出，以爲根榦，律度之真正、藻飾之華彩遞相傳續，若所謂專門而居肆，故雖不中，亦不遠。自餘間見獨得者固不乏人，而出盤之珠、汎駕之御，殆弗多矣。」

案，此序撰於何時，暫無考，而爲賓之致仕後之作則無疑，姑並繫於此，以概見其晚年之文學思想。

## 正德十一年丙子　一五一六　七十歲

二月，爲張甥書往歲種竹諸詩，并跋其後。

詩見全集所收種竹、悼竹、懷竹、漫興、春興、春日感懷、獨坐等詩，跋見全集卷一三七。真迹現存世，華夏收藏網可見其照片。

是春，上元日，梁儲分致一梅，有詩。是日夜會，復有戲作詩二首。

詩續稿卷八有上元日厚齋先生借梅，分致一樹，用韻自笑一首、是日夜會，令用各姓依序爲起字，仍押前韻聯句，正倒各一首，予亦戲作二詩。

崔傑席上賞燈，與楊一清有詩唱和。

詩續稿卷八有崔甥席上賞繚絲燈，次邃庵先生韻二首詩。案，楊一清詩已無考。

楊一清饋襄陵酒，謝之以詩，邀以同飲。

詩續稿卷八襄陵酒柬邃庵：「襄陵水清清絶塵，襄陵酒香香可人。……石淙詩翁美風度，贈送不厭僮奴頻。……翁從何處得此物？故吏義重門生親。……獨醒衆樂兩不遂，欲置廣席延佳賓。翁來相就且劇飲，共醉莫負花朝辰。」

是春，尚有紅梅兩株並開，詩興落莫，又復斷飲，客謂連歲借梅，不乏觴詠，今自有梅，不可虛負，仍用前韻一首、賞梅之會聞希大生子，仍用前韻、病起西莊感事二首、又和從婿張指揮楫韻一首、甘泉書屋爲胡主事永齡作、與棋士范洪，次邃庵韻、清明日西莊作等詩。

案，諸詩皆見詩續稿卷八。

夏，久旱得雨，有詩。

詩續稿卷八得雨：「一雨動經歲，秋殘春又歸。到窗時側耳，入坐忽沾衣。地渴如貪飲，花窮似解圍。賞心何足道，先與救年饑。」

再至趙永園池賞花泛舟，得詩四首。

詩續稿卷八有再過趙生園池二首、又疊前韻二首。疊韻詩其二：「倒舵回船西復東，渚蘩溪荇礙還通。簾櫳半捲山頭日，楊柳時來水面風。……牡丹開過芙蕖發，消盡閒愁向此中。」

七十壽辰，故舊門生楊一清、梁儲、靳貴、顧清、何孟春、何景明等相繼攜酒獻詩，彌月不止。南都之喬宇、羅欽順等十一人，家居之謝遷、馮蘭、邵寶三人，亦遥寄詩、序頌壽。賓之先後有壽筵喜雨詩一首、七十自壽三首等。

梁儲鬱洲遺稿卷四賀閣老西涯李公七十詩序：「……明年此際，雖欲再從吾邃庵、戒庵諸公作爲詩歌，以祝公壽，且不可得。……兹因公初度之辰，述公德業文章之盛，與儲區區景慕之情，庶幾與諸公之作亦互有相發云。」

楊一清石淙詩抄卷九有壽少師涯翁先生七十詩。

顧清東江家藏集卷十三有涯翁七十壽詩二首。

何孟春燕泉何先生遺稿卷三有壽涯翁太師詩。

何景明大復集卷二十六有壽西涯相公詩，中有「十年天下先憂淚，五畝園中獨樂身」句，因意是詩約作於本年頌壽之際。

羅欽順整庵存稿卷七奉壽少師西涯先生李公七十詩序：「今内而臺省，外至蕃，方居高位當事任者，往往多公之故人與其門生弟子。微言奥論，人懷所得。既以見諸行事，其有不合，亦必於公焉質之。几杖之操、箋牘之貢，日相繼於門下，而公皆樂爲之盡其出也，源源不窮。身雖退藏於家，而道未始不行於天下。此天下之士所以莫不願公之壽千萬以爲期，況於門生弟子？有位於南都者凡十有一人，大司馬喬宇先期訂議，期各賦詩一篇，以效南山之祝。詩以『八荒開壽域，一氣轉鴻鈞』爲韻，而韻不及欽順，則俾序於卷端。」

謝遷歸田稿卷七有寄壽李西涯七十，用雪湖韻一詩。

邵寶容春堂後集卷九有涯翁先生七十壽辭二章。

案，賓之詩見詩續稿卷八。

七月，一日，楊一清爲賓之詩文集撰序。謂其詩文深厚雄渾，不爲倔奇可駭之辭，而法度森嚴，思味雋永，盡脱凡近，而古意獨存。先是，門人何孟春助編其詩文爲懷麓堂稿，門人熊桂等得之，刻於徽郡。

楊一清懷麓堂稿序：「先生高才絶識，獨步一世，而充之以問學，故其詩文深厚雄渾，不爲倔奇可駭之辭，而法度森嚴，思味雋永，盡脱凡近，而古意獨存。每吮毫伸紙，天趣溢發，操縱開闔，隨意所如，而不逾典則。……譬之大人君子，冠冕佩玉，雍容委蛇於廟堂之上，指麾百執事各任其職，未嘗有叱咤怒駡之威，而望之者起敬，即之者傾心。至其衆體具備，無所不宜。探之而益深，索之而益遠，則如大河之源出於崑崙，至於積石，又至於龍門底柱，既乃吞納百川以達於海，涵浴日月，頃刻萬變而不知其所窮。嗚呼，至矣！……先生嘗自輯其詩文凡九十卷，總名之曰懷麓堂稿：詩稿二十卷、文稿三十卷，在翰林時作；詩後稿十卷、文後稿三十卷，在内閣時作。

南行稿、北上録則附於前稿之末，講讀、東祀、集句、哭子、求退諸録則附於後稿之末，以皆雜記，故不入卷中。徽州守熊君桂，先生禮闈所取士，間從所知得副本，乃謀諸同知王君仲仁輩刻之郡齋，走書京師，索余序。……正德丙子秋七月朔，光禄大夫柱國少傅兼太子太傅吏部尚書武英殿大學士知製誥兼經筵官石淙楊一清序。」

何孟春餘冬續録摘抄二：「懷麓堂詩文後稿，涯翁見付編次。」

熊桂，字世芳，南昌人。弘治十二年進士，歷官大理寺左評事、寺正、徽州府知府、山東參政等。著作有石崖稿若干卷。傳詳本朝分省人物考卷五十七。

二十日，積壽慶之勞，病不能興，終於正寢。訃聞，朝廷震悼，特隆恤典，爲營葬事，贈太師，謚文正。故舊門人謝遷、梁儲、蔣冕、靳貴、喬宇、顧清、陸深、何孟春等皆有哀輓之作。邵寶於數千里外聞訃，執喪如子，爲位慟哭，賦哀詩數十首，辭極悲愴，復遣家人赴京祭吊。楊一清爲撰墓誌銘。

墓誌：「丙子年七月，公卿大夫士奉觴獻壽者彌月不止。積勞與熱，病卧不能興，至七月二十日，終於正寢。聞者莫不嗟嘆曰：『西涯先生亡矣！』有司以訃聞，上震悼，輟視朝一日，賜寶鏹一萬貫，致米布爲賻，遣禮部官諭祭九壇，贈太師，謚文正。國朝文臣謚文正者，自公始。」

王鴻緒明史稿李東陽傳：「故與楊一清善，及疾亟，一清視之，東陽以謚爲憂。一清曰：『本朝無謚文正者，請以奉公。』東陽自牀上頓首謝，後竟得之。」

靳貴戒庵文集卷十二諭祭致仕特進光禄大夫左柱國少師兼太子太師吏部尚書華蓋殿大學士贈太師謚文正李公文曰：「卿純粹清和，得於天賦。文章德業，光輔明時。始遵晦於詞林，若無心於用世。既專司於帝制，猶自牧以如愚。迨我先皇，中求良弼，遂從人望，簡置黄扉。日告嘉猷，允受股肱之託；時當倉卒，親承顧命之音。朕嗣位以來，遹遵先志，於予舊學，信任尤專。雖嘗稍間於匪人，終益仰成於大老。至於戡亂西鄙，討賊兩河，廟算既於此而深資，弊政復因之而改紀。眷耆俊之在服，方切倚毗，顧累疏之懇辭，難違高尚。温公既老，猶廑走卒之思；明道既亡，孰副後賢之望？訃音來告，良用震驚。永念老成，特隆恤典。載加穹秩，肇易嘉名。既敕有司，爲營葬事，復兹諭祭，用於寵懷。靈爽如存，尚克歆饗！」

謝遷歸田稿卷七哭李西涯：「死别吞聲杜老詩，一吟雙淚不勝悲。長箋短札勞頻寄，海角天涯慰遠思。陽羨卜居空有約，汝南會老更無期。瓣香聊寓平生意，目斷寒雲北雁遲。」

同書卷三有祭西涯先生文。

梁儲鬱洲遺稿卷七有祭李西涯文。

蔣冕湘皋集卷十一有代祭涯翁文正李公文。

靳貴戒庵文集卷十二有祭西涯先生李公文。

喬宇喬莊簡公遺集卷九祭涯翁李公先生文：「嗚呼痛哉！我先生之訃何從而來耶？夢耶，真邪？且信且疑，倉皇駭愕，莫知所之。仲夏望日，先生猶寄我以手札，訓我以篆詞。曾幾何時，而遽至於斯也。嗚呼痛哉！甲戌之歲，宇以考績北上京師，先生見宇而喜曰：『爾來何遲？』教我之所未學，勉我之所當爲。或連晨侍坐，或侵夜忘歸。擬洛社之傾蓋，效程門之摳衣。公事既竣，言旋有期。留僕以暫駐，悵函丈之遠離。拜辭之夕，使我凄其，然强爲慷慨而出者，實恐勞先生之繫思。一以冀門牆瞻近之可再，一以祝先生壽考之未涯。孰知夫天運難測，人事多違，甫及二載之别，遂成百年之悲也！嗚呼痛哉！先生萃山川清淑之氣，稟天地中和之資。道德高天下，而謙以自持。文章高天下，而貞以自守；有匡扶社稷之功，與物無競；有斡旋乾坤之力，處世不隨。而又保完名於勇退，鑒盛滿於知幾。是以馳譽中夏，聲聞外夷。仰四海之山斗，著一代之蓍龜也。今則奄然長逝，而邈不可追矣。嗚呼痛哉！昔宇受教門下，實奉邃翁先生之命，俾宇獲撰杖屨，有所歸次。感念今昨，倏忽三十六年於兹。先生視宇如子，而宇所以視先生如父者，慚未報於恩私。病不問藥於牀，殯不執紼於野，葬不掩土於墓，身欲往而莫遂，心屢折而增欷，徒緘辭於數千里之外，北望長吁，而不知涕之交頤也。嗚呼痛哉！」

顧清東江家藏集卷二十七祭李文正公文：「維正德十一年歲次丙子九月己卯朔二十日戊戌，少傅兼太子太傅吏部尚書謹身殿大學士梁儲等謹以牲帛庶羞清酌之儀，敬祭於故少師兼太子太師吏部尚書華蓋殿大學士贈太師謚文正李公之靈曰：嗚呼！真元間氣，會於公身。正而不亢，直而能温。孝友之行，足以儀於邦國；忠清之志，可以誌於鬼神。食天禄者五十三年，而家無贏産；參機政者十有八載，而門無雜賓。蓋舉天下無足以投其意好，而所爲汲汲，獨世道之與人文。用以結深知於先帝，荷末命於投艱。當其震撼擊撞，盤錯糾紛。勇者蒙難而削迹，懦者毁轍而回輪。徐握其機，默運以神。或掎其後，或逆其先。有縱有操，維義之徇。卒能掃凶竪之烈焰，清皇路之妖氛。蓋昔人云：泰山喬嶽，人不見其運動，而功利之及物，不可以數計。而周知者，惟公其有焉。至於文章翰墨，本經綸之餘事；急流勇退，乃庸人之所難。惟夫虚静之天，終老靡晦，憂勤一念，未死常存。此故人所以負天下之重，服天下之心，而公之所以見先帝於九原也。儲等從公也久，飲德惟醇。望獨樂之園，如將復起；誦憖遺之誄，悲不忍云。素車臨載，酹此一尊。此又昔人所謂上爲天下慟而下以哭其私也，先生其聞之乎！尚饗。」同書卷十五有清明日遣三兒奠李文正公墓詩，卷四十有辭别李文正公文。

陸深儼山文集卷八十八有哭賓之詩。參正德七年譜。

何孟春燕泉何先生遺稿卷十祭太師李文正公墓文：「嗚呼！公棄諸生，今忽七年。比於列星，箕尾是躔。春去京萬里，五年而還。追惟我公，北斗在懸。不見其人，拜公墓田。慨兹臨窆之所，久絶執鞭之緣。公之儀刑，不可作於九原。而棲魄之地，吾徒視之，實猶函丈之前。公之詩與文，蓋自文章家以來所鮮者，論者謂李白、馬遷不足爲其似；若德望勳績，則維唐裴、郭，宋韓、杜，亦難比擬其全。事之著也國有史，書之傳也家有編。春知有吾師，期於不負而已，兹何更假乎言！灑掃券臺，行觀寢垣，觴陳俎奠，有淚潸然。尚饗！」

邵寶容春堂後集卷八祭先師文正公文：「正德丙子七月己亥，少師兼太子太師吏部尚書華蓋殿大學士致仕西涯先生李公薨於京第。越三十有九日八月戊寅晦，門生卲寶聞訃於汪司業器之。既爲位寢哭三日，又十三日九月甲午，謹具瓣香束帛，遣家人寧奔奠於几筵之下，力疾陳詞，跽授寧以致之。嗚呼哀哉！先生已矣。今歲何歲？惟先生壽七十。寶嘗爲辭祝之，願其耋且期以至無疆，而不意遽至此也。嗚呼哀哉！……先生於天下，有默旋宏濟之功，有允乎中立之德，有大雅振古之言。古稱三不朽者，先生兼之。先生我師，而能成我所以生，處我所以爲食，蓋有罔極之恩焉。昌黎所謂『傳道、授業、解惑』三者，先生皆有意於不肖。或遠或近，或合或離，無非教者，而寶之未能承也。蓋至於今，慚負方切，而先生已矣。眇哉我躬，既病而衰，未耆而老及之，誠有如今日者。嗚呼哀哉！昔蘇子瞻祭歐陽子，其言曰：『上爲天下慟，下以哭吾私』，寶於先生亦云。雖然，寶愚且遜，敢慟而不敢陳重華之詞，敢哭而不敢擬尼父之誄，北向長號，有淚如水，惟先生鑒之！」

同書卷十、卷十三有哭師詩二十餘首，兹録得訃詩一首，以見其情。八月二十九日，門人華雲來自汪司成器之所，致吾師少師西涯先生之訃，哭已有作：「忽自司成得訃音，燕山湘水夜沉沉。百年恩義師兼父，千載文章古在今。無路可奔空縞素，有身堪鑄乏黄金。京華北斗遥瞻處，泣對朱絃欲毁琴。」

九月二十八日，葬於京城西直門外畏吾村祖塋。

墓誌：「擇以卒之年九月二十八日，葬於京城西直門外畏吾村，蓋公祖塋也。」

**圖書在版編目(CIP)數據**

李東陽全集:全八册/錢振民編訂;鄭利華,陳廣宏,錢振民主編. —上海: 復旦大學出版社, 2022.11
(明人别集叢編/鄭利華,陳廣宏,錢振民主編)
ISBN 978-7-309-16350-6

Ⅰ.①李… Ⅱ.①錢… ②鄭… ③陳… Ⅲ.①李東陽(1447-1516)-全集 Ⅳ.①I214.82

中國版本圖書館 CIP 數據核字(2022)第 139861 號

**李東陽全集**
錢振民　編訂
鄭利華　陳廣宏　錢振民　主編
責任編輯/杜怡順
裝幀設計/路　静

復旦大學出版社有限公司出版發行
上海市國權路 579 號　郵編: 200433
網址: fupnet@fudanpress.com　http://www.fudanpress.com
門市零售: 86-21-65102580　團體訂購: 86-21-65104505
出版部電話: 86-21-65642845
江陰市機關印刷服務有限公司

開本 890×1240　1/32　印張 113.375　字數 1 905 千
2022 年 11 月第 1 版
2022 年 11 月第 1 版第 1 次印刷

ISBN 978-7-309-16350-6/I・1325
定價: 698.00 元

---